MAGIC ACADEMY

BAND 1

DIE VERGESSENE MAGIE

Hallo, Jupiter Phaeton hier! Ich schreibe Fantasy-Romane, seit ich zwölf Jahre alt bin.

Du kannst mir folgen und mich kontaktieren:

Blog: www.jupiterphaeton.com

Facebook: @jupiterphaeton

Instagram: @jupiterphaeton

TikTok: @jupiterphaeton

E-Mail: courrier@jupiterphaeton.com

Schreib mir gerne oder schau auf der Amazon-Seite des Buches vorbei, um einen Kommentar zu hinterlassen!

JUPITER PHAETON

MAGIC ACADEMY

BAND 1

DIE VERGESSENE MAGIE

Aus dem Französischen von

Maud Laborde

Dieses Buch ist eine Fiktion. Jeder Bezug auf historische Ereignisse, das Verhalten von Personen oder reale Orte wurde fiktiv verwendet. Andere Namen, Personen, Orte und Ereignisse sind Produkte der Fantasie der Autorin, und jede Ähnlichkeit mit lebenden oder real existierenden Personen wäre völlig zufällig. Fehler, die möglicherweise bestehen bleiben, sind das alleinige Verschulden der Autorin. Durch Raubkopieren werden dem Autor und den Personen, die an diesem Buch gearbeitet haben, ihre Urheberrechtsansprüche entzogen.

Umschlaggestaltung: ©Hannah-Sternjakob-Design.com
Titelbild: ©adobe stock
Lektorat: Dorothea Engel
Qualitätsprüfung: Julie Goubin
Einbandgestaltung: Blandine Pouchoulin

Das Werk, einschließlich seiner Teile, ist urheberrechtlich geschützt. Jede Verwertung ist ohne Zustimmung des Verlages und des Autors unzulässig. Dies gilt insbesondere für die elektronische oder sonstige Vervielfältigung, Übersetzung, Verbreitung und öffentliche Zugänglichmachung. Um diese Zustimmung zu beantragen und für alle anderen Informationsanfragen wenden Sie sich bitte an Jupiter Phaeton Éditions — 35 rue Fonbalquine F-24100 Bergerac.

Deutsche Erstveröffentlichung
Titel der Originalausgabe: Magic Academy 1, La magie Oubliée
Copyright © 2022 Jupiter Phaeton
Jupiter Phaeton Éditions
Copyright © für die deutschsprachige Ausgabe 2023 Jupiter Phaeton Éditions
— 35 rue Fonbalquine F-24100 Bergerac.
Erste Auflage : Januar 2023
Pflichtabgabe bei der BNF (dépôt légal): Januar 2022
Loi n° 49-956 du 16 juillet 1949 sur les publications destinées à la jeunesse: Mai 2022
ISBN : 979-8-36390-810-1
www.jupiterphaeton.com

PROLOG

Ich fühle mich plötzlich schlecht und mir wird schwindelig. Meine Sinne werden stumpf. Ich sehe verschwommen und habe das Gefühl, dass ich meinen Geruchssinn verliere. Ich gehe in die Hocke, um nicht zu fallen. Prudence verlässt meine Arme und landet auf den Boden. Kleiner Kerl schmiegt sich an mich und ich spüre gerade noch, wie seine Zunge über meine Hand streicht. Die Geräusche verschwinden und plötzlich fühle ich mich wie in einem Sog.

Der einzige Sinn der zurückkehrt, ist mein Sehvermögen. Aber was ich sehe, erfüllt mich mit Entsetzen.

Claw liegt auf dem Boden und die Vögel fallen über ihn her. Prudence liegt daneben. Ihr Körper aufgeschlitzt. Und Heather sieht aus, als hätte sie sich den Kopf an der Stalltür gestoßen und liegt bewusstlos daneben.

KAPITEL 1

ASHKANA

Ich runzle die Stirn, während mein Zeigefinger mit einer Strähne meines hellblond-rot-kastanienbraunem Haar spielt. Ich war nie in der Lage, dieser Farbe einen Namen zu geben, aber ich mag es, wie sie die Blicke der Mitschüler auf sich zieht.

„Hast du vor zu spielen, oder willst du die Uhr laufen lassen, bis du das Ende erreicht hast?"

Es ist Jake, der spricht. Jake und sein überlegener Blick. Jake und sein halblanges, braunes Haar, das ihm über die Schultern fällt und jedes Mädchen in der Schule dazu bringt, sich vor ihm zu verneigen, als wäre er ein Cullen aus Twilight, einer dieser Vampire, die in der Sonne glänzen und Teenagerherzen höher schlagen lassen. Jake hätte das Klischee eines Sportlers erfüllen können, der nicht in der Lage ist, auch nur einen Tropfen Intelligenz in sein Gehirn zu pressen, aber dann hätte er nicht vor mir mit ein Schachbrett gesessen und mich angestarrt.

„Brauchst du eine extra Einladung?"

„Heute nicht", entgegne ich.

Ich hasse diese Art von Ausdruck, der nur darauf abzielt, Druck auszuüben. Ich erforsche den Blick des jungen Mannes und streiche mit meinem Daumen über meine Fingerspitzen. Das ist eine Geste, die ich aus Gewohnheit mache, wenn ich nach einer Lösung für ein kniffliges Problem suche. Ich habe nicht einmal einen Blick auf das Schachbrett geworfen. Das ist nicht das, was mich interessiert. Für mich ist Schach wie ein Pokerspiel. Welches Manöver will Jake versuchen und wie kann ich ihn daran hindern, sein Ziel zu erreichen? Das ist es, was mich wirklich herausfordert. Ich will ihn nicht nur schlagen, ich will ihn ein für alle Mal lächerlich machen. Er hätte sich nicht beim Rennen über Cassandra lustig machen sollen.

„Wenn ich dich besiege, entschuldigst du dich öffentlich. Sind wir uns einig?"

„Ich bin sogar bereit, dir eine Million Dollar zu versprechen, weil du mich nicht besiegen wirst, Ashkana. In dieser Schule hat mich noch nie jemand geschlagen."

Jake hat einen großen Ego. Warum seufzen die Mädchen bei ihm? Diese Frage stelle ich mir selbst, während sich ein dünnes Lächeln auf meine Lippen schleicht. Ich höre auf meine Intuition. Schiebe eine Figur auf dem Brett hin und her, ohne Jake aus den Augen zu lassen, drücke auf die Schachuhr, um anzuzeigen, dass er wieder an der Reihe ist und warte. Jetzt ist er dran, die Stirn zu runzeln.

Ich sehe einen Schweißtropfen über seinen Augenbrauen, aber ich hätte diesen Hinweis nicht gebraucht, um zu wissen, dass ich meinen Gegner in seine eigene Falle gelockt habe.

„Weißt du, Jake, wir hätten das auch anders regeln können. In einer Disziplin, in der du zum Beispiel nicht ungeschlagen bist. Erstens wäre das fairer gewesen und zweitens wärst du nicht innerhalb von ein paar Stunden zum Gespött der Schule geworden."

"Hör auf, deine Träume für die Realität zu halten. In drei Zügen bist du matt."

"Wirklich?"

Ich klimpere amüsiert mit den Wimpern.

„Bist du sicher, dass du dir das Brett genau angesehen hast?", dränge ich.

Er zögert, schaut sich die Figuren auf den schwarzen und weißen Feldern an, bis sein Gesicht blass wird.

„Wie kannst du...?"

„Wie kann ich was, Jake? Wie kann ich dich in zwei Zügen besiegen, obwohl ich kein Schachexperte bin wie du und erst vor drei Monaten die Spielregeln gelernt habe?"

Ich lege eine Hand auf den Tisch und lasse meine Fingernägel darauf hüpfen, um meine Ungeduld zu signalisieren.

„Das kann doch nicht sein, das kann doch nicht sein ..."

Jake wiederholt diese Worte in einer Endlosschleife, was am Ergebnis dieses Kampfes nichts ändern wird.

„Spielst du oder willst du deine Qual in die Länge ziehen?", frage ich.

Er schaut mich an, ballt die Fäuste und steht dann auf, um den Tisch und das Schachbrett umzuwerfen. Die wenigen Neugierigen um uns herum treten einen Schritt zurück, aber ich rühre mich nicht von der Stelle. Ich bleibe brav auf meinem Stuhl sitzen und verschränke die Arme vor der Brust.

„Du hast geschummelt!", ruft Jake aus, während sein Gesicht vor Wut schäumt.

„Natürlich habe ich beim Schach geschummelt."

"Du hast einen Knopf im Ohr!"

Er versteht keine Ironie...

„Willst du meine Ohren inspizieren, Jake? Bitte! Sieh nach!"

"Du kannst mich nicht besiegt haben!"

„Du bist nicht sehr elegant in deiner Niederlage... Aber sagen wir, da es das erste Mal seit langer Zeit ist, dass du verlierst, kann ich dir verzeihen."

„Ich will eine Revanche hinter verschlossenen Türen, wo dir niemand die Antworten einflüstern kann!"

Er kommt auf mich zu und schaut mich bedrohlich an.

„Und ich will eine öffentliche Entschuldigung bei Cassandra. Ich will, dass du dich beim Lehrer meldest und nie wieder so etwas tust."

Ich stehe vom Stuhl auf, ohne durch seinen Blick schwach zu werden.

„Und sammle die Figuren ein", füge ich hinzu. „Das ist nicht die Art und Weise, wie man ein Spiel beendet, und das weißt du."

Cassandra kichert in der Ecke. Wir tauschen einen Blick aus, erleichtert über die Wiedergutmachung und aufgeregt darüber, dass wir den selbsternannten König der Schule besiegt haben. Ich verlasse Arm in Arm mit meiner Freundin den Raum.

„Ich kann es nicht fassen! Ich hätte nie gedacht, dass du es schaffst, ihn zu besiegen! Ich weiß, dass du ein Talent für Sport hast, sowohl für Mannschafts- als auch für Einzelsportarten, aber Schach, wirklich? Ich dachte, du wärst eine Anfängerin. Es sah so aus, als ob du genau gewusst hast, was du tust, du... Okay Ich habe nicht alles verstanden, was auf diesem Brett vor sich ging, ich habe mir die wichtigsten Regeln gemerkt, die du mir beigebracht hast, aber... es war wow!"

„Ein Glücksfall", sage ich und zucke mit den Schultern.

„Jake wird sich davon nicht erholen!"

„Oh, er wird darüber hinwegkommen, und sein Status als kleiner Gangsterboss wird sich auch morgen nicht ändern, aber zumindest wird er wissen, dass wenn er sich mit dir anlegt, er sich auch mit mir anlegt. Dieser Vollidiot wird es sich zweimal überlegen, dich im Sportunterricht zu beleidigen."

„Oder dafür zu sorgen, dass man mir meine Kleidung aus der Umkleidekabine klaut?", fügt Cass hinzu.

„Ja."

„Oder seine Kumpel zu bitten, eine Strähne meines Haares mit einem Feuerzeug anzuzünden?"

„Ja", seufze ich. „Warum lässt du dir das gefallen, Cass? Du bist keine Fußmatte, du hast die Mittel, um dich zu wehren, du könntest…"

„Was könnte ich tun?"

„Etwas sagen?"

„Und was würde das ändern?", meint meine Freundin und zuckt mit den Schultern. „Sie würden noch härter vorgehen. Du hast ihn dir wahrscheinlich zum Feind gemacht, indem du ihn beim Schach fertig gemacht hast. Darüber wird er nicht mehr hinwegkommen, das sage ich dir. Er wird es auf mich abzielen, nur um dich zu ärgern."

„Ich werde das nicht zulassen. Ich verspreche es dir."

„Oh, Asha, du wirst nicht immer da sein, um mich zu beschützen, aber mach dir keine Sorgen. Allein zu sehen, wie er den Tisch durch den Raum geschmissen hat, war alle Qualen der Welt wert. Ich werde von Jake mit seinem scharlachroten Gesicht und dem Rauch aus seinen Ohren träumen, und ich werde ihn die ganze Nacht stottern hören, da bin ich mir sicher."

Ich packe meine Freundin an den Schultern.

„Ich werde dir beibringen, wie man sich verteidigt", sage ich.

„Das ist die Pubertät, das ist… nur das undankbare Alter. Ich habe kein Glück, ich gehöre zu denen, die man zerquetschen will, weil…"

„… weil du es ihnen so leicht machst", entgegne ich.

„Nein, weil sie mich nicht leiden können. Mein rotes Haar, meine Figur, meine hohe Stimme, die Art, wie ich mich kleide. Nichts davon. Schau mich an, ich habe nicht mal die gleichen Klamotten wie alle anderen Mädchen. Ich stehe am Rande der Gesellschaft und dafür wird man immer mit dem Finger auf mich zeigen."

„Cass, du bist perfekt, so wie du bist, okay? Jake und seine Clique werden dich nicht mehr in Schwierigkeiten bringen."

„Ach ja?"

Wir bleiben beide vor einer der Außenmauern des Schulgeländes stehen, auf die „*Cass = fette Kuh*" gesprüht ist.

„Sehr subtil", grummelt Cass.

Ich werde wütend.

„Warum lässt du sie das machen? Verschaff dir Respekt! Wenn du es nicht kannst, werde ich es für dich tun."

Ich drehe mich um und gehe so schnell, dass Cass Mühe hat, mit mir Schritt zu halten.

„Warte auf mich! Tu nichts, was du später bereuen wirst. Als Nächstes sind sie hinter dir her. Asha, Asha, bitte! Ich kann ja wohl so ein blödes Graffiti überleben, das ist nicht schlimm. Was kümmert es mich? Schau, ich lächle, mir geht es gut … Asha!"

Zu spät. Ich bin wieder im Schachraum, wo Jake immer noch ist, umgeben von seinem Fanclub: seiner Freundin, die er fröhlich betrügt, ohne es wirklich zu verbergen, und seinen Kumpels aus seiner Fußballmannschaft.

„Sag mal, hast du vielleicht das neue Graffiti gesprüht, weil du zu sehr daran geglaubt hast, dass du unser Spiel gewinnen würdest?", knurre ich, als ich hereinkomme.

Jake unterbricht seine Diskussion mit Danny, einem Vollidioten ohne Verstand, der aber zu allem, was Jake sagt, nickt, als wäre er der Messias höchstpersönlich.

Er dreht sich langsam um, sodass man sich fast wie in einem Film vorkommt.

„Was ist los, Asha? Bist du gekommen, um mir zu gestehen, dass du geschummelt hast? Jeder hier weiß es Es gibt keinen Grund, die Unschuldige zu spielen."

„Du wirst jetzt einen Eimer Farbe holen und dieses verdammte Graffiti übermalen, sonst verspreche ich dir, dass ich es selbst mache und deinen Skalp als Pinsel benutze."

Die Wut hat mich erfasst. Ich balle meine Fäuste und spüre, wie meine Fingernägel einen Abdruck in meinen Handflächen hinterlassen.

„Sonst was, hm?"

Seine Provokation ist der Funke, der noch gefehlt hat, um meinen ganzen Körper in eine glühende Wut zu setzen. Ich sehe rot. So rot, dass meine Sicht verschwimmt. Ich stoße einen wütenden Schrei aus, balle meine Fäuste noch fester und spüre, wie die Kälte über meine Haut kriecht, wie ein Panzer aus Eis.

Ich beginne mit den Zähnen zu klappern, während der Raum immer kälter wird. Ich versuche, mich zu beruhigen. Zähle im Kopf bis zehn, wie es mir diese verdammte Meditations-App beigebracht hat. Jedoch ohne Wirkung. Ich stoße einen weiteren Schrei aus und spüre, wie Cass sich an meinen linken Arm klammert. Ein leichter weißer Eismantel beginnt die Wände zu bedecken, während ich das Zeitgefühl verliere.

Als ich wieder zu mir komme, sind die Wände des Raumes mit einer Frostschicht überzogen, obwohl sie sich im Inneren des Gebäudes befinden. Es ist so kalt wie im Winter in Kanada, oder besser noch, wie bei einem Spaziergang auf dem Packeis. Ich atme durch den Mund und der warme Hauch aus meinem Körper strömt über meine Lippen. Jake will schreien, mich vielleicht beleidigen, aber sein Mund ist so vereist, dass er sich nicht artikulieren kann, sondern nur stottert:

„He... xe! He... xe!"

Sogar Cass schaut mich mit komischen Augen an. Ich, die die letzten Monate damit verbracht hat, meine Andersartigkeit so gut wie möglich zu verbergen, habe die Wahrheit ans Licht gebracht. In meinem Kopf kreisen Entschuldigungen, um die Ereignisse zu erklären, aber keine davon ergibt Sinn. Keine könnte mir die Verantwortung abnehmen. Meine Hände sind noch von einem leichten weißen Schimmer umgeben.

Ich schlucke.

„Niemand bewegt sich", entscheide ich. „Wer versucht, diesen Raum zu verlassen, wird es bereuen."

KAPITEL 2

ASHKANA

Cass sprach nach dem, was ich als „Vorfall" bezeichnete, nicht mehr mit mir. Eigentlich war es mehr eine „interplanetare Katastrophe". Es erschien mir aber etwas übertrieben. Jedenfalls verschwand meine Freundin, ohne auch nur ein Zeichen zu geben.

„Ich habe nichts getan", versuche ich mir einzureden, während ich auf dem Bürgersteig nach Hause gehe. Ich habe nichts getan. Es ist ein seltsames Klimaphänomen, ein ... Mikroklima, das ist es. Im Fernsehen sprechen sie doch von Mikroklima, oder? Nur weil es mitten im September ist, heißt das nicht, dass es nicht zu plötzlichen Frostschüben in ... in Innenräumen kommen kann. Vielleicht sind einfach die Leute vom Wissenschaftsclub Schuld... Ja, bestimmt. Sie haben ein Experiment gewagt und uns ganz schön reingelegt.

Ich habe jede Person bedroht. Ich habe geschworen, dass ich mir die Namen und Gesichter aller merken würde und dass ich, wenn den Lehrern etwas zu Ohren käme, alle auf der Stelle erfrieren lassen würde.

Es ist nicht so, dass ich dazu in der Lage wäre oder wüsste, wie man das macht, aber alle schrieben mir die fulminante Kältewelle zu und sie zweifelten keine Sekunde daran, dass ich meine Drohung wahr machen könnte, als sie die Entschlossenheit in meinen Augen sahen.

„Ich bin nicht verrückt", füge ich hinzu. Ich bin absolut nicht verrückt. Vielleicht habe ich etwas Illegales geraucht, ohne es zu wissen? Vielleicht hat mir jemand in der Kantine eine seltsame Flüssigkeit in mein Glas geschüttet und ich habe gerade Halluzinationen?

Ich beginne heftiger zu atmen, je näher ich meinem Haus komme. Was ist, wenn die Lehrer etwas gemerkt haben? Wenn mein Name bereits gefallen ist? Wie kann ich ein solches Phänomen erklären?

Das Pochen meines Herzens beruhigt sich erst, als ich vor der Haustür stehe. Meine Eltern sind noch nicht zu Hause. Ich kann ihnen wahrscheinlich den ganzen Abend aus dem Weg gehen, indem ich behaupte, keinen Hunger zu haben. Sie sind liebevolle Menschen und sie werden sich Sorgen machen, aber ich habe zu viel Angst davor, in Tränen auszubrechen und ihnen die Wahrheit zu sagen. Was werden sie darüber denken? Dass ich eine Hexe bin, wie Jake es gesagt hat?

Ich stürze in mein Zimmer, werfe meine Schultasche neben den Schreibtisch und lege mich auf das Bett, die Augen an die Decke gerichtet. Ich habe Zitate und Bilder aus meinem eigenen Paradies aufgeklebt, damit ich sie mir vor dem Einschlafen ansehen kann. Es gibt sogar Leuchtsterne, die schwach glühen, wenn ich vor dem Schlafengehen das Licht ausschalte.

Mein Handy vibriert und ich ignoriere es. Ich weiß, dass das Phänomen nicht neu ist. Ich habe schon öfter gespürt, dass die Kälte eindringt, aber noch nie so stark, dass sie die Wand mit Frost überzieht. Was ist hier los? Halte ich mich für Elsa aus „Die Eiskönigin"?

„Das ist alles nur ein Albtraum, ich werde aufwachen und in die Realität zurückkehren."

Mein Handy zeigt immer noch eine Nachricht an, also greife ich in die Tasche meiner Jeans und beiße mir auf die Lippen, als ich sehe, dass Cass sich Sorgen macht.

Cass: *Du bist superschnell weggegangen.*

Cass: *Bist du sicher, dass es dir gut geht?*

Nein, natürlich geht es mir nicht gut. So wie wir uns verabschiedet haben, war ich mir sicher, dass Cass nicht so schnell wieder mit mir reden würde. Ich zögere mit der Antwort, während die Nachrichten weiter eintrudeln.

Cass: *Ich wollte nicht verletzend sein. Ich hatte Angst, ich war in Gedanken und habe nicht daran gedacht, dich zu fragen, ob es dir gut geht.*

Cass: *Also, wie geht's dir?*

Cass: *Antworte mir! Ich weiß, dass du meine Nachrichten siehst, also sag mir wenigstens, dass es dir gut geht. Soll ich mal vorbeikommen?*

Ich schlucke schwer. Ich weiß nicht, was ich will. Ich fühle mich der Situation hilflos ausgeliefert. Ich wollte keinen Wutanfall bekommen, ich wollte nicht, dass dieses seltsame Phänomen auftritt und schon gar nicht wollte ich allen Schülern im Raum drohen. Das war die einzige Lösung, die ich für praktikabel hielt. Was soll ich tun, wenn sie alles ausplaudern? Wird man mich einsperren? Nein, es gibt keine Beweise. Es sind nur Aussagen von Jugendlichen, die sich bereits ein Duell lieferten. Es wird nichts geschehen.

Ich versuche vernünftig zu argumentieren, um meine Ängste zu beruhigen.

Cass: *Ich mache mich auf den Weg.*

Das bringt mich dazu, zu antworten. Ich will niemanden sehen.

Asha: *Nein, das ist nicht nötig, mir geht es gut, danke.*

Cass: *Was ist passiert?*

Will sie es jetzt wissen, nachdem sie wie eine Verrückte weggerannt ist, ohne sich von mir zu verabschieden?

„Beruhige dich, Asha, sie hatte Angst, so viel, wie du Angst hattest. Sie hat reagiert, wie sie konnte. Du hast all das getan, um sie in erster Linie zu schützen, oder?"

Laut zu sprechen hat zwar nicht die beruhigende Wirkung, die ich mir erhofft habe, aber es hilft mir zumindest, meine Gedanken zu ordnen.

Asha: *Ich weiß nicht.*

Cass: *Es schien von dir zu kommen.*

Asha: *Ich weiß.*

Cass: *Ist dir das schon mal passiert?*

Ich zögere, kaue auf meiner Unterlippe und schaue zur Decke hoch. Meine Werte stehen dort auf Zetteln, die ich aufgeklebt habe. „Wahrheit", lese ich.

Asha: *Ja.*

Ich höre auf zu atmen, nachdem ich die Nachricht abgeschickt habe. Was wird Cass dazu sagen? Wird sie aufhören, mir zu antworten?

Cass: *Wahnsinn!*

Das ist nicht die Antwort, die ich erwartet habe, aber umso besser.

Cass: *Was ist das? Ich meine, hast du damit experimentiert? Bist du so etwas wie ein X-Men? Glaubst du, dass das Institut von Professor Charles Xavier wirklich existiert? Ich dachte mir, dass es nicht nur Fiktion sein kann, dass es von wahren Geschichten inspiriert sein muss, man kann doch nicht so eine blühende Fantasie haben! Könnte ich dorthin mitkommen, wenn du gehst?*

18

Ich bin mir nicht mehr sicher, ob ich an dieser Stelle antworten soll. Cassandras Enthusiasmus ist ziemlich gruselig und ich frage mich, ob ich mich nicht lieber tot stellen sollte, anstatt mich in eine Diskussion über die Existenz oder Nichtexistenz der X-Men zu stürzen.

Cass: *Weiß sonst noch jemand Bescheid? Weißt du, wie das funktioniert?*

Asha: *Wie kannst du das so einfach hinnehmen? Ich bin selbst kurz davor, eine Panikattacke zu bekommen.*

Da, ich habe es gesagt. Von uns beiden ist es normalerweise Cass, die schnell Angst bekommt und sich den Magen verdreht. Diesmal bin ich es, die Bauchschmerzen wie nie zuvor hat und sich regelmäßig daran erinnern muss, wie man atmen soll.

Cass: *Es gibt so viele Filme, Fernsehserien und Bücher, die von solchen Phänomenen oder Kräften berichten, da muss es doch so etwas geben, oder?*

Asha: *Es ist ein Unterschied, ob du glaubst, dass es so etwas gibt, oder, ob du feststellst, dass deine beste Freundin komische Sachen mit der Kälte macht.*

Cass: *Dann ist es die Kälte? Ich habe mich gefragt, ob es das Eis ist, oder sonst die Wetterelemente, wie Storm in X-Men.*

Wenn Cass mir noch ein einziges Mal X-Men zitiert, habe ich das Gefühl, dass ich mein Handy ans andere Ende des Raumes werfen werde.

Asha: *Ich weiß nicht.*

Cass: *Wann hast du das jemals getan?*

Ich zögere. Das Wort „Wahrheit" scheint sich an meiner Decke hervorzuheben. Aber wird sie dies alles ertragen können?

Asha: *Zweimal, es ist zweimal passiert, zumindest glaube ich das. Vielleicht habe ich beim ersten Mal fantasiert. Ich hatte nur meine linke Hand, die plötzlich sehr kalt wurde. Ich war an meinem Schreibtisch und als ich meine Finger auf meine Notizen für den Unterricht gelegt habe, waren sie mit einem weißen Film bedeckt. Aber am nächsten Tag war es weg, also dachte ich, ich hätte geträumt.*

Cass: *Und das zweite Mal?*

Asha: *Am Esstisch mit meinen Eltern. Sie sprachen darüber, ans andere Ende des Landes zu ziehen. Meine Faust ist kalt geworden, ich habe meine Hand unter den Tisch geschoben und als sie mit meiner Jeans in Berührung kam, dachte ich, ich hätte mir eine Frostbeule geholt.*

Cass: *Okay, ich weiß nicht, wie ich diese Nachricht verstehen soll. Zuerst einmal: Warum hast du mir das nicht erzählt?*

Asha: *Weil es gruselig ist?*

Cass: *Aber es ist doch toll, im Gegenteil! Vielleicht hast du ja Superkräfte! Ich meine, nein, das ist sogar sicher!*

Asha: *Cass, das ist kein Spiel, das ist... echt.*

Cass: *Warte, ich bin mit meinen Fragen noch nicht fertig. Was soll das mit dem Umzug ans andere Ende des Landes?*

Ich habe ihr nichts davon erzählt, weil die Information von meinen Eltern noch nicht bestätigt worden ist. Mein Vater hat sich für einen Job an der Ostküste beworben. Er ist letzte Woche zu einem Vorstellungsgespräch geflogen und mit einem Lächeln auf den Lippen zurückgekommen, aber ohne die Antwort, die in den nächsten Tagen kommen soll. Wenn er angestellt wird, werden wir noch vor Jahresende wegziehen und ich werde mich von meinem Haus, Cass und der ganzen vertrauten Umgebung hier verabschieden müssen. Ich habe noch nie woanders gelebt.

Cass: *Warum solltet ihr umziehen?*

Ich erzähle es ihr, versuche sachlich zu bleiben und mich nicht zu sehr mit meinen Gefühlen aufzuhalten. Ich habe Angst, dass meine Faust wieder kalt wird und das Phänomen noch einmal ausbricht. Das ist doch die Verbindung, oder? Es ist die Gefühlswelle, die mich überrumpelt und dieses… wie soll ich es nennen? Wenn meine Hypothese stimmt, muss ich in einem starken emotionalen Zustand gewesen sein, als ich an meinem Schreibtisch saß und meine Notizen weiß wurden. Über welches Thema grübelte ich nach? Ich bin nicht in der Lage, mich daran zu erinnern.

Cass: *Also, ich drücke dir die Daumen, dass du nicht umziehst und wenn es doch passiert, dann erzählst du mir davon, okay? In der Zwischenzeit sollten wir mit deiner Fähigkeit experimentieren!*

Asha: *Es kann aber auch gut sein, dass wir alle halluziniert haben, was passiert ist. Oder ich habe es nicht verursacht und wir bilden uns das nur ein.*

Cass: *Ich glaube, es war ziemlich klar! Es war eine Art weißer Nebel um dich herum.*

Asha: *Wirklich?*

Cass: *Wirklich.*

Asha: *Es tut mir leid, Cass, ich wollte dich nicht erschrecken.*

Cass: *Echt jetzt? Das könnte das Aufregendste sein, was mir in meinem ganzen Leben passieren wird!*

Ich kann nicht anders, als vor meinem Handy zu lächeln. Meine beste Freundin hat es geschafft, die Gelassenheit in mein Herz zurückzubringen.

Cass: *Morgen werden wir uns auf Experimente einlassen!*

Asha: *Ich muss mich wohl bei Jake und seiner Clique entschuldigen, oder?*

Cass: *Du verarschst mich doch nicht? Nein, sie haben den Horrortrip ihres Lebens bekommen und das ist auch gut so. Sie werden dich so sehr fürchten und gleichzeitig verehren.*

Cass hätte bestimmt noch mehr Fragen stellen wollen aber ich nutze die Rückkehr meiner Eltern als Vorwand, um den Nachrichtenfluss zu stoppen. Ich habe keine Lust mehr, darüber zu reden. Ich wage es, ins Erdgeschoss hinunterzugehen und küsse meine Mutter, als wäre nichts geschehen. Als man mir das Abendessen anbietet, grinse ich und sage, dass ich keinen Hunger habe. Mein Vater macht sich sofort Sorgen, legt seine Hand auf meine Stirn, fühlt keine erhöhte Temperatur und fragt mich, ob alles in Ordnung sei. Ich zucke mit den Schultern und antworte, dass ich nur müde vom Schulanfang bin. Ich gehe unter die Dusche, trockne mich ab, ziehe meinen Pyjama an und gehe in mein Zimmer zurück. Ich schalte das Licht aus, betrachte die Decke und frage mich, ob ich es morgen in die Schule schaffen werde. Werde ich Jake und den Blicken seiner Freunde standhalten können? Es wird wieder ein Graffiti geben, das ist sicher und dieses Mal wird es sich auf mich beziehen. Man wird mich als Hexe bezeichnen, mit dem Finger auf mich zeigen und sich über mich lustig machen. Bin ich bereit, mir das alles gefallen zu lassen?

Meine Gedanken schwirren bis spät in die Nacht. Ich habe immer noch keinen Schlaf gefunden, obwohl die Leuchtsterne der Decke schon seit langer Zeit nicht mehr glühen. Ich bin erst im Halbschlaf, als ich Stimmen unten am Fenster höre.

„Durch die Haustür oder direkt hier?"

Es ist eine Frau. Ihr Tonfall ist herrisch und autoritär.

„Sicherlich nicht durch die Eingangstür, das ist der beste Weg, um entdeckt zu werden", erwidert ein Mann.

Dieser Satz riss mich aus dem Schlaf. Ich schlage die Bettdecke zurück, stehe auf und gehe zum Fenster. Eine Frau mit krausem braunem Haar stand auf einer Leiter direkt vor mir und versucht gerade in mein Schlafzimmer zu gelangen.

„Was zum ...?"

Ich öffne den Mund zum Schreien. Die Frau schnippt hastig mit den Fingern und ich habe das Gefühl, dass meine Lippen versiegelt sind. Es gelingt mir nicht mehr, sie zu öffnen. Ich schreie, aber der Ton wird in meinem Mund erstickt. Ich gehe vom Fenster weg, renne zur Schlafzimmertür und drücke die Klinke herunter, aber nichts passiert. Ich ziehe daran, schaffe es aber nicht, die Tür zu öffnen. Ich versuche, noch lauter zu schreien, während sich das Fenster hinter mir öffnet und die Frau einen Fuß hindurch schiebt. Ich drehe mich um und lehne mich mit dem Rücken gegen meinen einzigen Fluchtweg. Hinter der Frau klettert der Mann ebenfalls zum Fenster herein. Das Alter der beiden dürfte in etwa um die 40 sein.

„Wie machen wir das jetzt?", seufzt er und klopft sich den Staub ab.

„Sollen wir sie mitnehmen?"

„Sollten wir sie nicht erst testen?"

„Oh ja, das sollten wir. Na gut, dann machen wir das."

Huh? Mich testen? Ich kralle meine Fingernägel in das Holz der Tür und merke dann, dass es noch eine andere Möglichkeit gibt, Lärm zu machen und vor der Gefahr zu warnen, die in das Zimmer eingedrungen ist. Ich drehe mich um, hebe die Faust und will gegen die Tür trommeln, als plötzlich der Schlaf, der mir seit Stunden fehlt, von mir Besitz ergreift, meine Bewegung stoppt und mich schwanken lässt. Der Ruf ist so stark, dass ich nicht widerstehen kann. Ich schließe die Augen, sinke halb zu Boden, spüre, wie mich Arme auffangen, und lasse mich unfreiwillig in den Schlaf fallen, während um mich herum geflüstert wird:

„Das ist nicht unsere beste Entführung."

„Das ist unsere einzige Entführung", meint der Mann.

„Nun, das wird eindeutig nicht die beste sein."

KAPITEL 3

ASHKANA

Mit großer Mühe öffne ich meine Augen. Die Augenlider sind so schwer, dass ich sie am liebsten für immer geschlossen halten würde. Jemand klopft mir auf die Wange und ich murmele unverständliche Laute, die aber meinen Willen, weiterzuschlafen, deutlich machen.

„Oh, mach es richtig, Bert!", ertönt eine Frauenstimme.

Eine schallende Ohrfeige trifft meine Wange und ich wache sofort auf. Ich schlucke. Mein Mund ist trocken. Ich erkenne keinen Teil des Raumes um mich herum und vor allem habe ich keine Ahnung, wie spät es ist. Wie lange habe ich schon geschlafen? Die Gesichter vor mir kommen mir bekannt vor. Erinnerungen an meine Entführung steigen in mir auf und Angst macht sich in meinen Körper breit.

„Wer seid ihr?", frage ich sofort.

Ich trage immer noch meinen Schlafanzug, einen einfachen Jogginganzug als Hosenunterteil und ein viel zu großes T-Shirt mit dem Wappen des Hauses Gryffindor. Cass hatte ihn mir geschenkt, als wir im letzten Sommer nach London gereist sind und das Museum besucht haben, das der Harry-Potter-Saga gewidmet war.

Es war zwar nicht mehr in meiner Größe vorhanden, aber ich hatte mich trotzdem in das T-Shirt verliebt, und während ich durch den Laden schlenderte, hatte sich Cass ein XL-Format geschnappt und war damit zur Kasse gerannt, um es mir zu schenken.

„Wo bin ich?"

Das ist die zweite Frage, die mir durch den Kopf geht. Mir gegenüber ist ein grauhaariger Mann in den Vierzigern, der stocksteif da sitzt. Seine klaren Augen starren mich besorgt an. Seine Komplizin ist eine gleichaltrige Frau mit krausem, halblangem braunem Haar, die die Hände in die Hüften gestemmt hat. Ein schreckliches Grinsen macht sich in ihrem Gesicht breit.

„Sind wir soweit? Hat Dornröschen die Augen geöffnet?", knurrt sie.

Sie sieht griesgrämig aus und ich habe sofort das Gefühl, dass ich sie enttäuscht habe, ohne zu verstehen warum. Ich nutze die Gelegenheit, um mir den Raum anzusehen. Ich befinde mich in einem Zimmer, das völlig normal aussieht: ein Bett, ein Schreibtisch, ein Stuhl, weiße Wände und ein Parkettboden. Der einzige Haken: Es ist nicht mein Zimmer. Ich versuche, meinen Hals zu recken, um durch das Fenster einen Blick auf die Landschaft draußen zu erhaschen, aber die Frau versperrt mir die Sicht, indem sie sich vor das Fenster stellt.

„Du machst ihr Angst", sagt Bert in einem ruhigen Ton.

„Ja, nun, ich hatte die meiste Angst, okay?", wirft die Frau ein. „Das ist nicht mehr mein Alter, diese Dummheiten. Ganz zu schweigen davon, dass es das erste Mal ist, dass ich so etwas mache. Was zum Teufel hat sie unter Menschen gemacht, hm?"

„Das kannst du sie direkt fragen."

Sie schweigt und beobachtet mich. Ich bin mir nicht sicher, ob ich antworten soll oder nicht. Worüber reden sie? Ich schlinge die Hände um meine Arme. Ich habe Angst und die Kälte beginnt unter meine Haut zu kriechen. Nein, nein, nein! Nicht die Kälte! Ich spanne meinen Kiefer an, schließe kurz die Augen und versuche, meine Emotionen zu beruhigen, um nicht diese Hexensache auszulösen, die die Hälfte meiner Klasse erleben durfte. War es Jake, der dafür gesorgt hat, dass ich entführt wurde? Seine Eltern sind so reich, dass es mich fast nicht wundern würde, wenn ich herausfände, dass sie irgendeiner Mafia angehören und ich die Vergeltung für meine gestrigen Taten zu spüren bekomme. Andererseits leben sie in einer ruhigen Gegend und es ist eher unwahrscheinlich, dass sie mit der Mafia zu tun haben. Wir sind schließlich nicht in einer Fernsehserie... Aber wer sind diese Leute dann? Wissen meine Eltern, was vor sich geht? Haben sie die Polizei gerufen? In was für einem Schlamassel stecke ich?

„Wer seid ihr?"

Ich wiederhole meine Frage, während ich die Augen öffne und dampfende Luft durch den Mund ausstoße. Die Temperatur im Raum ist plötzlich um mindestens fünf Grad gesunken. Ich versuche, meine Gedanken auf etwas Positives oder zumindest Neutrales zu fokussieren. Mir geht es gut, ich bin nicht verletzt, ich habe niemandem etwas getan. Die ganze Geschichte ist nur ein unglaubliches Durcheinander, aus dem ich mich in wenigen Sekunden befreien werde.

„Nun, es ist nicht so schlimm, dass wir den Test nicht gemacht haben", wirft die Frau ein. Es gibt keine Notwendigkeit dafür."

„Nein, nicht wahr?", antwortet Bert, während er die Wände betrachtet und die Hand hebt, als würde er in der Luft nach einem Hinweis suchen. „Kälte? Eis? Elementar auf jeden Fall, scheint mir, oder?"

„Wahrscheinlich ein Hybrid."

„Du bist enttäuscht."

„Ja."

Sie macht aus ihrer Unzufriedenheit nicht einmal einen Hehl.

„Millie, Hybriden sind Übernatürliche wie du und ich", sagt Bert mit sanfter Stimme, „du musst ihnen keinen anderen Wert beimessen."

„Sie sind nur zur Hälfte übernatürlich. Was soll ich ihnen denn für einen Wert beimessen, hm?"

„Sie haben Kräfte oder Fähigkeiten."

„Ja, halbe Kräfte und halbe Fähigkeiten."

Sie verschränkt die Arme über ihrer üppigen Brust, die auf ihren fülligen Bauch fällt.

„Millie, zeig doch mal ein bisschen Mitgefühl, oder?"

Der Mann namens Bert lächelt mich wohlwollend an. Ich kann die negative Gedankenspirale, die sich in meinem Schädel aufgebaut hat, nicht mehr aufhalten.

„WER SEID IHR?"

Diesmal schreie ich. Ich schnaufe laut, während mein ganzer Körper zittert. Ich fühle mich, als wäre ich einen Sprint oder vielleicht einen Marathon gelaufen, so angespannt sind meine Muskeln und so schwer atme ich. Ich weiß, dass es der Stress ist, der von mir Besitz ergriffen hat, und dass ich alles tun soll, um mich zu beruhigen. Aber diese drängenden Gefühle müssen raus.

„WO BIN ICH?"

Die Kälte bedeckt meine Finger, die Haut meiner Arme, greift nach den blonden Haarsträhnen, die mir über die Schultern fallen, und beginnt, sich auf meiner Kleidung auszubreiten. Ich ziehe an der Decke, auf der ich sitze, greife danach und wickle mich zitternd darin ein.

„Siehst du, du hast so schlecht über den Hybriden gesprochen, dass sie jetzt aus dem Häuschen ist", murrt Bert.

„Na, dann mach dich mal auf die Socken, ich habe keine Lust, mich mit dem Papierkram herumzuschlagen oder eine Lösung für ihre Eltern zu finden."

Millie wirft mir noch einen letzten Blick zu, bevor sie sich abwendet und direkt zur Tür geht. Kurz bevor sie die Tür schließt, ruft sie:

„Und sag ihr, sie soll aufhören, ihre Kraft auf Teufel komm raus zu benutzen. Wenn sie nicht in der Lage ist, sich selbst zu kontrollieren, dann benutzt sie diese nicht und basta!"

„Sie weiß es noch nicht ..."

Die Tür knallt zu, bevor Bert seinen Satz beenden kann. Er seufzt und wegen der Kälte kann ich die Luft sehen, die aus seinem Mund kommt. Er lächelt mich trotzdem an, als er meinem Blick begegnet.

„Sie ist kein schlechter Mensch", entschuldigt er Millies Verhalten, „sie hat ihre Launen und die Hybriden sind nicht ihre Lieblingsmenschen auf diesem Planeten. Sie hatte einige Meinungsverschiedenheiten mit ihnen."

Ich weiß nicht, was ich antworten soll, also starre ich weiter die einzige Person im Raum an, die mir die Antworten geben kann.

„Meinst du, du könntest aufhören, deine Magie zu benutzen, bevor ich Frostbeulen bekomme?", fragt mein Gegenüber freundlich.

Ich schlucke. Es gibt zu viele Begriffe, die nun vorkommen, als wären sie direkt aus einem Science-Fiction- oder Fantasy-Film entnommen.

„Ich ... ich ..."

Ich zittere und kann kaum sprechen. Bert schiebt seinen Arm vor. Ich weiche instinktiv unter die Decke zurück und drücke mich mit dem Rücken gegen die Wand.

Meine Beine sind an der Brust angezogen und meine Arme umschließen meine Knie.

„Ich will dir nichts Böses", beruhigt er mich. Ich will dir nur helfen, deine Magie ein wenig zu kontrollieren.

„Meine ... meine ... Magie?"

Ich kann es nicht glauben, weil es einfach nicht wahr sein kann. Cass hat gestern in Nachrichten darüber gesprochen, aber das waren doch nur Scherze, oder? Es ging nur um Vermutungen und Hypothesen. Ein Arzt hätte eine rationale Erklärung für diese Geschichte gefunden. Vielleicht waren wir alle Opfer einer kollektiven Halluzination. Vielleicht gab es chemische Substanzen in den Farben der Schule, die uns vergiftet haben. Vielleicht wurden wir hypnotisiert. Ich weiß, dass das alles auch nicht rational ist, aber es ist so viel einfacher, das Geschehene auf diese Weise zu erklären, dass ich lieber daran festhalte, koste es, was es wolle.

„Magie", bestätigt Bert und zieht seinen Arm zurück.

Er geht zum Kleiderständer in einer Ecke des Zimmers, nimmt sich einen Blazer und knurrt, dass Millie wieder ohne ihre Daunenjacke losgezogen ist und gleich wiederkommt, um sich über die Kälte zu beschweren. Er zieht sein Kleidungsstück an, das wie eine Anzugsjacke aus Tweed aussieht, und zieht es über sein weißes Hemd mit marineblauen Einfassungen. Er schnappt sich eine Akte vom Tisch, schiebt den Schreibtischstuhl neben das Bett und setzt sich darauf.

„Ashkana, richtig?"

Er scheint die Informationen auf der Mappe zu lesen, die er zwischen den Fingern hält. Ich nicke. Ich weiß nicht, was es mir nützen würde, nein zu sagen, und außerdem sind sie bis zu meinem Haus gekommen. Sie wissen, wo ich wohne und es ist im Vergleich dazu nicht sehr kompliziert, meinen Namen zu bekommen.

„Ashkana, ich habe viele Informationen mit dir zu teilen und es tut mir wirklich leid, dass Millie so... brutal gesprochen hat. Ich werde versuchen, dir alles zu erklären."

Er sucht in meinen Augen nach einem Funken Verständnis, aber ich rühre mich nicht, zucke nicht einmal mit der Wimper und warte auf das, was kommt. Ich zögere, aufzustehen, ihn anzurempeln und zur Tür zu rennen. Sie ist doch offen, oder? Millie ist durch die Tür abgehauen, ohne einen Schlüssel ins Schloss gesteckt zu haben.

„Du zauberst", fährt er fort. „Die Kälte im Raum, der Frost auf deiner Kleidung, das kommt von dir. Du bist eine Magierin, eine Halbmagierin, um genau zu sein, das, was Millie einen Hybriden genannt hat. Das ist kein Begriff, den ich verwende, ich nenne euch lieber Halbe. Hybride ist für uns eher ... abwertend. Ich meine, wenn ich darüber nachdenke, klingt *Halbe* auch nicht sehr positiv."

Er fährt sich mit der Hand durch sein graues Haar. Ein paar Schuppen fallen auf die Schulterklappen seiner Jacke, aber er achtet nicht darauf.

„Ich nehme an, dass diese Begriffe für dich nichts bedeuten", seufzt er. „Deine Mutter oder dein Vater war eine Magierin oder ein Magier".

„Meine Eltern sind Menschen", korrigiere ich.

Er lächelt und scheint sich zu freuen, dass ich etwas gesagt habe.

„Ich nehme an, dass deine Adoptiveltern Menschen sind, ja. Ihr Haus ist übrigens sehr niedlich, und du scheinst in einer ruhigen Gegend zu wohnen und ein angenehmes Leben zu führen. Es tut mir leid, dich aus all dem herauszureißen."

KAPITEL 4

ASHKANA

Mich von all dem herauszureißen? Wie bitte? Ich kehre nicht mehr zurück? Ich beiße die Zähne etwas fester zusammen. Ich bin bereit, so schnell wie möglich von hier zu verschwinden, aber im Moment ist mir so kalt, dass es mir unmöglich erscheint, auch nur ein Bein zu bewegen.

„Es ist unwahrscheinlich, dass einer von ihnen ein Übernatürlicher ist, sonst hätte er dich nicht in der Unwissenheit gelassen, in der du dich zu befinden scheinst. Es ist wahrscheinlicher, dass du ihnen von jemandem aus ihrem Umfeld anvertraut wurdest, oder vielleicht sogar auf die richtige Art und Weise adoptiert wurdest. Obwohl... Naja, ich habe da meine Zweifel. Ein Halbkind in das System einzuschleusen, ist..."

Er wischt mit der Hand durch die Luft, als wolle er andeuten, dass das ein anderes Thema wäre und er nicht gleich darauf zurückkommen würde.

„Was du verstehen musst, ist, dass du im Moment Magie betreibst. Und du hast die Macht, diese Kälte zu stoppen. Du musst deine Gefühle kanalisieren, dich zum Beispiel auf einen einzigen Punkt konzentrieren und du wirst sehen, dass deine Energie wieder auf ein normaleres Maß zurückkehrt."

Er faltet die Hände und beobachtet mich geduldig.

„Je... jetzt?", frage ich.

„Ja, jetzt, wenn es dir nicht zu viel Mühe macht. Ich war nie ein Fan von Hitzewellen, von großen Kältewellen auch nicht. Ich genieße meine Umgebung mit gemäßigten Temperaturen."

Er spricht, als wäre das alles nichts Außergewöhnliches. Ich stottere. Die Decke rutscht von meinen Schultern. Ich fange sie wieder auf, erleichtert, dass ich meine Arme bewegen kann und versuche, meine Gedanken zu sortieren. Alles, was dieser Mensch mir erzählt, erscheint mir völlig an den Haaren herbeigezogen. Ist er mit seiner Komplizin aus einer geistigen Anstalt ausgebrochen? Ich muss mein Handy in die Finger bekommen. Ich schiebe meine Finger in die Nähe der Taschen meiner Pyjamahose, jedoch kann ich das elektronische Gerät nicht finden. Sicherlich liegt mein Smartphone auf *meiner* Matratze, neben *meinem* Kopfkissen und in *meinem* Schlafzimmer. Ich muss jemanden benachrichtigen. Bert muss etwas haben, um mit der Außenwelt zu kommunizieren. Und wenn nicht, bleibt mir nichts anderes übrig, als zu fliehen. Vielleicht durch das Fenster? Ich kann nicht erkennen, ob ich mich in einem hohen Stockwerk befinde oder nicht. Es ist schwer zu sagen, da ich mich ganz hinten im Bett zurückgezogen habe und nicht nach draußen sehen kann.

„Vielleicht kannst du dich zum Beispiel auf eine positive Erinnerung konzentrieren?", ermuntert Bert mich. „Ich verspreche dir, dass diese Diskussion viel einfacher wird, wenn du deine Energie in die richtigen Bahnen lenken kannst."

Ich atme tief ein. Die Kälte reizt meine Atemwege und ich unterdrücke ein Röcheln. Ich suche in meinem Kopf nach glücklichen Erinnerungen, bevor mir klar wird, dass ich den Anweisungen eines Typen folge, der wahrscheinlich an irgendeiner psychischen Krankheit leidet. Gibt es nicht in der Nähe von mir zu Hause eine psychiatrische Klinik?

„Eine Erinnerung an deine Familie, vielleicht? Mit deinen Adoptiveltern, eben...?"

Adoptiveltern? Er wiederholt den Begriff weiter, als wäre er selbstverständlich. Ich wurde nicht adoptiert. Meine Eltern sind meine Eltern. Zwar sind meine Augen hell, während sie beide dunkle Augen haben, aber sie haben mir immer wieder gesagt, dass das nichts mit den vererbten Genen zu tun hat, und ich habe nie im Internet nachgeschaut, ob sie die Wahrheit sagen oder nicht. Warum sollte ich das auch tun? Und ja, ich bin blond und mein Vater ist dunkelhaarig, während meine Mutter rothaarig ist. Aber eben sie haben mir immer wieder gesagt, dass ich den rötlichen Schimmer inmitten meines blonden Haarschopfes von meiner Mutter geerbt habe.

Ich lasse nicht zu, dass ein Fremder meine Gewissheiten zerschlägt. Ich atme tief durch und entwerfe einen Plan, wie ich hier rauskommen kann. Zuerst werde ich ihm das Gefühl geben, dass ich ihm glaube, und wenn er mir genug vertraut, um mich nicht ständig zu beobachten, werde ich aufstehen, zur Tür rennen und in den Flur verschwinden. Von dort aus, wo auch immer es mich hinführt, gehe ich hinunter auf die Straße und fange an, so laut wie möglich zu schreien, dass ich entführt wurde. Irgendjemand wird mir zu Hilfe kommen und ich werde meine Familie, Cass und sogar Jake am nächsten Tag in der Schule wiedersehen.

Ja, ich würde mich sogar freuen, das Gesicht von Jake, diesem Vollidioten aus reichem Hause, wiederzusehen.

„Okay", hauche ich. Eine glückliche Erinnerung.

Meine Lippen haben aufgehört zu zittern. Ich kann wieder klar denken. Obwohl ich vorhabe, Bert von vorne bis hinten zu belügen, sucht mein Gehirn wie automatisch nach einer glücklichen Erinnerung. Die Reise nach London mit Cass kommt mir wieder in den Sinn. Wie wir beide im Museum über jedes neue Objekt staunten, wie wir die Abzeichen Hogwarts betrachteten und uns fragten, wie es wohl wäre, in solch einer Schule aufgenommen zu werden.

„Kannst du dir vorstellen, dass wir in Hufflepuff wären?"

„Oder in Gryffindor!", hatte Cass geantwortet.

Wenn ich meine Erinnerung verlasse, hat der Raum wieder eine normale Temperatur und die Kälte, die mich zittern ließ, ist verschwunden.

„Sehr gut!", schwärmt Bert. „Das Leben ist bei gemäßigten Temperaturen doch viel angenehmer, oder?"

Ich zucke zunächst mit den Schultern, dann lächle ich ihn an und werfe ein:

„Ja, tatsächlich."

Ich will diesen Spinner für mich gewinnen, sein Vertrauen bekommen und dann von hier abhauen.

„Ich habe also gesagt, dass du eine Halbe bist und zur Kaste der Übernatürlichen gehörst. Magier sind nicht die einzigen in dieser Kaste. Es gibt auch Werwölfe, ebenso wie Vampire und ähm ... ich denke, wir können die Liste an dieser Stelle beenden, Dämonen sind nicht mehr wirklich aktuell. Schließlich wirst du all das in Stallen lernen."

„Stallen?"

Das Wort habe ich noch nie gehört.

„Ja, Stallen, die renommierteste magische Akademie der Welt."

Ich will ihm gerade ins Gesicht lachen, weil diese Maskerade lange genug gedauert hat, aber da ist etwas in seinem Blick, das mich dazu bringt, nicht zu kichern und dazu mischt sich meine verdammte Intuition mit ein. Auf die habe ich seit Jahren zu hören gelernt, weil sie sich zugegebenermaßen noch nie geirrt hat. Und sie flüstert mir zu, dass er die Wahrheit sagt. Die ganze Wahrheit.

Dann fallen meine Schultern zurück, während ich versuche, die Scherben seiner Rede zusammenzusetzen und die Realität zu akzeptieren.

„Bin ich eine Magierin?"

„Ja, eine Halbmagierin", bestätigt er mit einem wohlwollenden Lächeln. „Du wirst etwas verspätet in Stallen eintreten, aber wenn du dich gut anstellst, kannst du deine Lücken recht schnell schließen."

„Ich werde nach Stallen gehen? Was ist mit meinen Eltern? Was ist mit Cass? Was ist mit den Kursen?"

„Du wirst sie wiedersehen. Na ja, nicht deine Menschenkurse. Aber du kannst deine Eltern wiedersehen, oder diese Cass, die... ja, ich glaubte, ihren Namen in der Akte gesehen zu haben. Sie war doch bei dem letzten Vorfall dabei, oder? Keine Sorge, du wirst sie wiedersehen..."

Ich seufze erleichtert.

„... wenn du in der Lage bist, dich zu beherrschen", beendet er. „Vielleicht im Frühling?"

„In mehr als sechs Monaten?", keuche ich.

„Oder vielleicht an Weihnachten", versucht er sich zu fangen, als er merkt, dass ich die Information in den falschen Hals bekomme. „Das ist jetzt nicht wichtig, zumal wir gleich zu deinen Eltern zurückgehen und ihnen erklären werden, dass du auf ein angesehenes Internat gekommen bist und sie ..."

„Ein angesehenes Internat?"

„Das ist eine Untertreibung. Stallen repräsentiert heute die Elite der Magier, wir stehen ganz vorne auf der Bühne. Aber gut, natürlich können wir ihnen das nicht sagen, wir werden deine guten Schulleistungen als Deckmantel nehmen und darauf hinweisen, dass du ein außergewöhnliches Stipendium erhalten hast und ein beschleunigtes Programm absolvieren wirst, um... was wolltest du denn später mal machen?"

Ich stottere, unfähig zu antworten. „Ich bin sechzehn Jahre alt, warum sollte ich wissen, was ich für den Rest meines Lebens machen will?"

„Hm, du hast keine Ideen. Hast du ein wenig Interesse am Weltraum, an Astronomie und solchen Dingen gezeigt?"

Ich zucke mit den Schultern.

„Gut, wir sagen ihnen, dass du an einem Programm für junge Astronauten teilnehmen wirst, was hältst du davon? Es ist sehr geheimnisvoll, es ist kein Thema, über das die Leute viel wissen..."

Ich muss schlucken.

„Muss ich sie anlügen?"

Er blinzelt, als würde er die Frage nicht richtig verstehen, oder als wäre die Antwort offensichtlich.

„Ähm, natürlich. Wir werden ihnen nicht sagen, dass du eine Magierin oder eine Halbe bist. Oder, dass wir wissen, dass sie nicht deine biologischen Eltern sind. All diese Punkte würden Fragen aufwerfen und du wirst sehen, dass die Übernatürlichen die Fragen der Menschen hassen. Nein, wir werden dir eine Tarnung basteln und sei beruhigt, du kannst sie sogar von der Schule aus anrufen, solange du nichts Wichtiges verrätst.

Die anderen Halben werden dir erzählen, wie sie mit der ganzen Sache umgehen. Du wirst sowieso in ihrem Schlafsaal in der Schule sein. Sie werden dich bei dem Thema begleiten, sie haben die nötige Erfahrung. Ich bin kein Halber und außerdem muss ich dir gestehen, dass es... ähm... das erste Mal ist, dass ich mich mit einem solchen Fall befassen muss. Es ist nicht gewöhnlich. Ich glaube sogar, dass es ziemlich außergewöhnlich ist. Wir hatten Bereitschaftsdienst, als der Alarm auf dem Computer ertönte. Meistens sind es Fehlalarme, und wir waren kurz davor, nicht auszurücken, und dann..."

„Und dann was? Was ist das für ein Alarm?"

„Wir erhalten Alarme", erklärt er und zieht ein Mobiltelefon aus der Hosentasche. „Normalerweise ist es auf dem Computer für die Leute, die Dienst haben. Um ehrlich zu sein, hat niemand Lust auf Bereitschaftsdienst, die meiste Zeit passiert nichts."

„Aber dieses Mal ist etwas passiert."

„Ja, unsere Analysen und Berichte haben eine potenziell magische Anomalie in unserem Gebiet aufgedeckt und es ist unsere Aufgabe als Magierakademie, dafür zu sorgen, dass die magischen Ereignisse in unserem Gebiet den Menschen nicht bekannt werden."

„Lebt ihr versteckt?"

„Ja."

Er scheint sich nicht zu schämen oder sich bei diesem Thema verteidigen zu wollen. Ich bestehe nicht darauf.

„Es gibt unzählige Daten, die jeden Tag ausgewertet werden. Einer deiner Mitschüler hat gestern seinem Lehrer von einem interessanten Ereignis berichtet. Dieser hat es dann online eingegeben und einem anderen Kollegen per SMS davon erzählt ... Ich glaube, dass die Spur, die im Netz hinterlassen wird, heutzutage die einfachste Spur ist, die man verfolgen kann.

Alles, was in Computern gemacht wird und mit dem Netz verbunden ist, geht auf uns zurück."

„Arbeitet ihr mit Hackern zusammen?", frage ich erstaunt.

„So etwas in der Art", bestätigt Bert. „Er mag diesen Titel nicht, aber ja, ich schätze, man kann sich vorstellen, dass er ein Hacker ist."

Also hat jemand trotz meiner Drohungen die Katze aus dem Sack gelassen, und ein Lehrer hat die Information aufgenommen. „Steht in meiner Schulakte ein besonderer Vermerk? Übernatürliche Phänomene? Hexe?"

„Keine Sorge, wir werden die Sache vertuschen."

„Womit denn?"

Er zuckt mit den Schultern.

„Mit irgendeiner rationalen Erklärung, die sie beruhigen wird. Menschen sind schnell dabei, Entschuldigungen für übernatürliche Phänomene zu finden. Man muss nur den Mund aufmachen, ihnen sagen, dass es nicht so ist, wie sie sich das vorstellen, und schon werden sie ihre angeblich wissenschaftlichen Hypothesen vorbringen."

„Und was soll ich meiner besten Freundin sagen?"

„Das Gleiche, was wir deinen Eltern sagen."

Ich schließe kurz die Augen. Cass wird mir nie glauben, nicht nach dem, was wir am Vortag besprochen haben. Sie wird fast lachen, denn wenn sich eine von uns beiden für irgendein Sonderprogramm beworben hätte, hätte sie der anderen davon erzählt. Wir haben vor einander keine Geheimnisse. Wie könnte ich eine solche Information meiner besten Freundin gegenüber nicht erwähnen?

„Ist das für dich deutlich genug? Ich... ähm... ich kann dir nicht sagen, dass ich weiß, wie sich das anfühlt, ich bin selbst ein Ganzer und..."

„Ein Ganzer?", wundere ich mich.

„Ich bin kein Halber. Ich bin ein Magier, der von zwei Magier abstammt, wie die meisten von uns früher. Aber mit der Zeit haben sich die... Fehler und Unfälle gehäuft."

Er räuspert sich, als ob ihn das Thema nervt.

„Ich weiß nicht, wie sich das anfühlt", fährt er fort, „aber ich versichere dir, wenn du erst einmal in Stallen bist, wird alles einen Sinn ergeben. Du wirst dort Mitschüler wie dich finden, auch wenn sie sich ihrerseits seit ihrer Kindheit darüber im Klaren sind, was sie sind. Sie können dir in dieser neuen Welt, die sich dir eröffnet, zur Seite stehen."

„Habe ich eine Wahl?", frage ich plötzlich mit einem Hauch von Hoffnung.

Ich glaube nicht mehr, dass dieser Typ in die Psychiatrie gehört, oder dass er eine Bedrohung für mich ist. Ich bin mir nicht sicher, ob ich zaubern kann, ob ich eine Halbe bin oder wie auch immer er es nennen will. Das ist der rationale Teil meines Gehirns, der spricht. Der intuitive Teil hat bereits akzeptiert, dass alles, was Bert sagt, eine Selbstverständlichkeit ist, dass ich es früher hätte merken müssen und dass ich dumm bin, weil ich nicht versucht habe, mit meiner Gabe zu experimentieren.

„Nein", antwortet Bert.

Ich versuche, die Informationen zu verarbeiten. Ist er bereit, Gewalt anzuwenden, um mich zu dieser Akademie zu bringen? Er blättert durch die Seiten der Akte, die mich betrifft.

„Weißt du, die Sache mit dem Eis ist zwar ein krasses Symptom deiner Macht, aber ich sehe, dass deine Noten in allen Fächern glänzend sind, egal ob intellektuell oder körperlich. Deine Lehrer haben lobende Bemerkungen über dich. Einer von ihnen schrieb sogar:

Ashkana hat die Gabe, im Voraus zu wissen, wie man ein Thema behandelt und es zur Geltung bringt. Das künstlerische Talent, das ihr fehlt, macht sie durch ihre Intelligenz und Intuition wett.

„Haben Sie meine Schulzeugnisse?"

Er zeigt mir verschiedene Blätter des Ordners, der anscheinend alle digitalisierten Informationen über mein Leben enthält. Ich halte den Atem an, als ich meine ersten Zeugnisse Revue passieren lasse.

„Was ich damit sagen will: Wenn du bereits so fleißig bist, wirst du in Stallen ohne Probleme zurechtkommen. Es wird natürlich einige Hürden zu überwinden geben. Du bist ein Ausnahmefall. Wir haben seit... ähm... so lange, wie ich an der Schule bin, keinen *Unwissenden* mehr mitgebracht."

„Unwissenden?"

„Menschen, die nichts von der Existenz des Übernatürlichen wissen. Ich bin mir nicht sicher, wie du empfangen wirst."

Sein Gesichtsausdruck wird plötzlich weniger fröhlich.

„Was soll das heißen?"

„Wenn du eine Ganze wärst, wäre es anders."

„Was würde mich erwarten?"

„Ähm, zwischen der Tatsache, dass du eine Halbe bist, und deiner späten Ankunft, denke ich, dass die anderen Schüler dich vielleicht auslachen werden. Aber wenn du fleißig lernst, wirst du ohne Probleme zu ihnen aufschließen. Es ist nur so, dass Teenager manchmal hart miteinander umgehen können, verstehst du, was ich meine?"

Ich schüttele den Kopf bevor ich nicke. Ich denke wieder an Jake und wie er Cass behandelt. Wenn sie mir nichts Schlimmeres als ein paar Beleidigungen und

Graffitis an den Wänden antun, werde ich überleben. Ich kann mich verteidigen.

„Wie auch immer, du stehst ganz schön unter Druck, junge Halbe. Kein Unwissender hat je den Boden von Stallen betreten."

Ich schlucke schwer. Ich habe noch nicht einmal „Ja" gesagt, da spüre ich schon die Erwartungen der anderen auf meinen Schultern lasten.

„Willkommen in der magischen Akademie. Heute ändert sich dein Schicksal. Ich verspreche dir, dass dein Leben alles andere als langweilig sein wird."

Er spricht mit einer Stimme, die voller Versprechungen ist, was mich überhaupt nicht beruhigt. Ich habe nicht das Gefühl, dass mein Leben bis jetzt langweilig war. Ganz im Gegenteil. Das Adrenalin, das ich gestern gespürt habe, als ich Jake die Stirn geboten habe, ist ein erstes Beispiel dafür. Ich schaue zu Bert auf und frage mich, ob er jedes Wort glaubt, das er sagt. In meinem Kopf wirbelt alles durcheinander. Meine Gewissheiten. Alles, was er mir erzählt hat. Was ich tun soll. Was ich nicht tun soll. Meine Intuition.

Ein elektrischer Strom fließt durch meinen Körper, wie eine Entladung, die mich dazu bringt, mich zu bewegen. Ich springe aus dem Bett und renne zur Tür, bevor Bert sich bewegen kann. Ich öffne sie, stürme zur rechten Seite des Korridors, ohne zu wissen, ob ich so den Ausgang erreichen kann. Ich finde die Treppe, renne sie hinunter und erreiche eine Tür, die nach draußen führen könnte. Ich öffne sie und entdecke Millie, die sehr schlecht gelaunt aussieht.

„Was haben wir denn da?", sagt die 40-Jährige. „Eine Ausreißerin? Glaubst du wirklich, dass ich mir so viel Mühe gegeben habe, dich mitten in der Nacht zu finden, um dich dann einfach laufen zu lassen? Das Leben, wie du es kanntest, ist vorbei, junge Frau. Akzeptiere es und mach weiter."

Millie fröstelt, schließt die Tür hinter sich und schiebt mich die Treppe hinauf. Bert steht oben auf der Treppe und sieht enttäuscht aus.

„Ich dachte, ich hätte sie überredet", versichert er Millie.

„Zum Glück bin ich wieder da!", entgegnet sie. Dein Vertrauen in die Unwissenden wird uns noch zum Verhängnis werden.

„Aber die sehen sich doch heutzutage viele Science-Fiction-Filme an, da müssen sie doch denken, dass die Legenden von der Realität inspiriert sind, oder?"

„Nein, sie sind froh, dass sie in ihrer Komfortzone sind, in dem das Übernatürliche nur ein fiktives Element ist."

Bert seufzt und wirft einen Blick in meine Richtung mit einem zutiefst enttäuschten Gesichtsausdruck.

„Ich habe mir Zeit gelassen", haucht er. „Ich habe versucht, die Situation so gut wie möglich zu erklären. Und du dankst mir, indem du versuchst zu fliehen? Hättest du nicht ein paar Fragen stellen können, um besser zu verstehen, was hier vor sich geht? Was ist das für eine seltsame Neigung von Teenagern, so schnell wie möglich wegzulaufen, anstatt sich der Gefahr zu stellen? Zum Glück ist der große Krieg vorbei, sonst wären wir unseren Feinden gegenüber ziemlich aufgeschmissen."

Ich werde in Richtung Schlafzimmer geschoben. Ich gehe alle möglichen Details durch: Wir sind in einem Stadthaus, ganz nah an der Straße, draußen sind Leute unterwegs. Vielleicht kann man mich von draußen hören, wenn ich sofort sehr laut schreie?

Es gibt nur einen Weg, das herauszufinden. Ich schreie mit Leibeskräften.

KAPITEL 5

ASHKANA

Aus meiner Kehle kommt kein Laut.

Millie schnipst mit den Fingern und ich greife mit den Händen an meinen Hals. Die Luft wird knapp. Das Atmen fällt mir schwer. Es ist, als könnte ich meine Lungen nicht mehr spüren. Ich suche vergeblich nach Sauerstoff. Ich gerate in Panik. Viel mehr als gestern, als ich nach dem Vorfall von der Schule nach Hause kam. Viel mehr als damals, als meine Eltern mir sagten, dass wir vielleicht umziehen würden.

„Lass sie los, du bist zu weit gegangen, Millie! Sieh sie dir an, sie kann nicht mehr atmen!"

Die beiden Magier stehen mir gegenüber, als ob nichts gewesen wäre.

„Habe ich dein Versprechen, dass du nicht noch einmal versuchst zu schreien? Weißt du, wie kompliziert es war, einen leeren Ort in deiner Nähe zu finden, an dem wir keine Aufmerksamkeit erregen würden?", zischt die Frau schlecht gelaunt. „Glaubst du, ich will hier sein? Da irrst du dich. Übrigens Bert, wir haben erfolglos deine Methode ausprobiert. Ich schlage vor, dass wir zu meiner Strategie übergehen."

Sie schnippt wieder mit den Fingern und meine Lungen füllen sich wieder mit Sauerstoff. Ich falle auf die Knie und schnappe wie wild nach Luft. Millie packt mich am Arm und zwingt mich aufzustehen.

„Sie braucht einen Elektroschock", beschließt sie. „Wir nehmen sie mit."

„Was ist mit ihren Eltern?", fragt Bert besorgt.

„Sie wird es erst verstehen, wenn wir sie ins kalte Wasser schmeißen. Wir fahren heute hin und zurück. Sie wird erst heute Abend mit ihren Eltern sprechen. Sie werden ihr Verschwinden nicht vorher bemerken. Sie sind zur Arbeit gegangen. Ich habe vorbeigeschaut."

Haben meine Eltern nicht bemerkt, dass ich heute Morgen nicht da war? Es stimmt, dass sie beide früh das Haus verlassen und am Donnerstag beginne ich später als sonst mit dem Unterricht. Außerdem tun sie alles, um mich morgens nicht zu wecken, seit sie einen Dokumentarfilm über die Bedeutung des Schlafs bei Teenagern gesehen haben. Also sucht niemand nach mir? Cass vielleicht, wenn sie merkt, dass ich nicht in der Klasse bin, aber sie wird nichts tun können. Sie wird denken, dass ich krank bin, oder dass mich der Vorfall gestern erschüttert hat und ich lieber zu Hause geblieben bin, aus Angst davor, noch eine seltsame Situation heraufzubeschwören.

„Komm, wir gehen", sagt Millie.

„Wohin?", hauche ich.

„Nach Stallen."

„Aber... wie?"

„Das ist gar nicht so weit weg. Zwei Stunden Autofahrt, mehr nicht."

„Ich habe aber nur einen Pyjama an!", protestiere ich.

„Und wenn schon? Sie werden alle tausend andere Gründe haben, sich über dich lustig zu machen.

Ein Hybrid, pfft! Ich habe keine Zeit zu verlieren. Du willst die Wahrheit nicht akzeptieren, daher bringe ich dich an den einzigen Ort, an dem du es verstehen wirst. Nimm die Sachen, Bert. Ich lasse sie die Magie am eigenen Leib spüren und sie glaubt immer noch nicht daran! Was soll ich tun, hä? Ihre kleinen Schulkameraden quälen, um es ihr zu zeigen? Sie scheint das ganz gut alleine zu können. Verdammter Hybrid, dem man nichtmal das Nötigste beigebracht hat!"

„Es ist nicht ihre Schuld", plädiert Bert. „Sie kann nicht wissen, was — nun ja, was sie eben nicht weiß. Wenn es ihr niemand beigebracht hat, wenn ihre Adoptiveltern Menschen sind..."

„Sie sind es, ich habe die Akten geprüft, keine Spur von Beziehungen zum Übernatürlichen", murrt Millie. „Schöne, wunderschöne Menschen, in jeder Hinsicht. Ich könnte kotzen. Wie sind sie nur an eine Hybride geraten? Sogar die Adoptionsunterlagen sind makellos."

Die Akte für die Adoption? Mein Atem stockt wieder, aber diesmal ohne jegliche Fremdeinwirkung von Magie. Ich will es nicht wahrhaben, dass meine Eltern mir die Adoption wissentlich verschwiegen haben.

„Los, hopp, hopp, Tempo, kleiner Hybrid!", wirft Millie ein und klatscht in die Hände. „Mein Tag ist wegen dir schon chaotisch genug."

„Hetze sie nicht, du siehst doch, wie schwer es ihr fällt!"

„Na ja, mir ist es egal, bitte schön."

Millie verschränkt die Arme über der Brust und stampft mit dem Fuß ungeduldig auf den Boden.

„Ich entschuldige mich für das Verhalten meiner Kollegin", seufzt Bert. „Sie ist kein Fan von Hybri... von Halben, wie ich dir erklärt habe, und dein Fall ist ziemlich außergewöhnlich, weshalb wir aus dem Rahmen fallen. Sie mag das nicht besonders.

Es ist wirklich nichts gegen dich. Außerdem hat sie ihren Kaffee noch nicht bekommen."

„Beeil dich, Bert! Hör auf, sie zu bemuttern. In zwei Stunden wird sie ihren Augen nicht mehr trauen können. Das wird hoffentlich seine Wirkung haben."

Millie scheint hier die Chefin zu sein und Bert bemüht sich, seine Fassung wieder zu finden. Ich hingegen konzentriere ich mich auf meine Atmung.

„Bist du bereit?", fragt er und zeigt Richtung Ausgang.

Ich nicke. Ich muss es jetzt wissen. Ich muss dieser Geschichte auf den Grund gehen. Mein Verstand schaltet sich langsam ab. Sie könnten mich an einen verlassenen Ort bringen und mich töten oder foltern oder was auch immer. Aber ich denke nicht mehr daran. Ich denke an meine Eltern. Eigentlich hätte ich selber auf die Idee kommen können, dass ich adoptiert wurde. Dafür gab es doch genügend Hinweise. Ich muss wieder Gewissheit haben. Vielleicht ist es der schlimmste Fehler meines Lebens, vielleicht ist es eine riesengroße Dummheit, aber ich gehe trotzdem mit. Es wird immer noch Zeit sein, zu fliehen, wenn ich mich kläglich geirrt habe. Meine Intuition sagt mir, dass das nicht der Fall ist, und meine Intuition hat sich noch nie geirrt.

Ich steige in ein Auto, das vor dem Haus geparkt hat. Ich stelle fest, dass ich nicht weit von zu Hause bin. Etwa drei Blocks entfernt. Ich schätze, wir befinden uns in einer benachbarten Wohnanlage. Ich setze mich auf den Rücksitz und der Wagen fährt los. Millie sitzt am Steuer und sofort wird mir klar, dass diese Frau nicht gerade umsichtig fährt.

„Du musst Millie entschuldigen, sie fährt nicht so oft Auto", erklärt Bert und versucht, sich umzudrehen, um mit mir zu sprechen.

Ich ignoriere die Information und frage mich eher, warum er in diesem Fall nicht selbst fährt.

„Hast du vielleicht noch Fragen?", setzt er nach.

Ich zögere, aber was habe ich schon zu verlieren? Zu schweigen wird mir nicht helfen, die Situation besser zu verstehen.

„Sie sind wirklich ein Lehrer an dieser Schule da?"

„*Diese Schule da*?! Wie kannst du sie sowas sagen lassen?", schreit Millie, woraufhin ich zusammenzucke.

„Sie hat den Namen nur ein paar Mal gehört, also ist es normal, dass sie sich nicht daran erinnert", entgegnet Bert.

„Stallen, die Akademie von Stallen, S-T-A-L-L-E-N, zu Ehren einer außergewöhnlichen Magierin, deren Geschichte du in der Schule lernen wirst. Wage es nicht, ihren Namen noch einmal zu verstümmeln."

Millie schweigt und für eine Handvoll Sekunden herrscht Stille, vielleicht weil Bert ihr Zeit geben will, sich zu beruhigen, bevor er fortfährt.

„Ja, ich bin dort wirklich Lehrer", bestätigt er dann. „Millie ebenfalls."

„Wenn ich nicht gerade dabei bin, eine verdammte Hybridin zu retten."

„Wir haben so selten Bereitschaft, Millie. Du kannst Dir einreden, dass wir einfach Pech haben, dass dieses außergewöhnliche Ereignis über uns hereinbricht. Oder du kannst dir im Gegenteil sagen, dass es eine unglaubliche Chance ist."

Bert scheint ein Vermittler in allen Lebenslagen zu sein.

„Was unterrichten Sie?", frage ich weiter und beobachte, wie die Landschaft an mir vorbeizieht.

Wir haben längst mein Viertel und meine Stadt verlassen. Bin ich verrückt, mich darauf einzulassen? Was ist, wenn sie mich außer Landes bringen? Ich habe mein

Handy nicht dabei, wie auch meine Papiere. Verdammt, ich bin im Pyjama und barfuß!

„Ich bin für die Geschichte der Magie zuständig", erklärt Bert. „Millie leitet die botanische Abteilung."

„Botanik? Also Sachen mit Pflanzen?"

Millie knurrt und wirft mir einen bösen Blick aus dem Rückspiegel zu.

„Genau", bestätigt Bert. „Es gibt eine ganze Reihe von Pflanzen, die für Übernatürliche sehr nützlich sind."

„Wo befindet sich die Schule?"

„Man kann sie nicht wirklich auf einer Karte finden. Wir werden durch ein Portal gehen, um dorthin zu gelangen."

„Wenn Gregory sich nicht aus dem Staub gemacht hat, um sich eine Pause zu gönnen. Wir sollten schon vor Stunden zurück sein", seufzt Millie.

„Wer ist Gregory?"

„Er ist der Portalwächter. Wir brauchen ihn, um das magische Portal zu öffnen und zur Schule zu gelangen, es sei denn, du willst zig Stunden mit dem Auto fahren, statt nur zwei. Eigentlich ist es nicht die Schule, die wir erreichen, sondern das Portal, das uns im Handumdrehen nach Stallen bringen wird."

„Ist das gefährlich?"

„Nein, überhaupt nicht", beruhigt er mich.

„Und wie sieht es dort aus?"

An einer roten Ampel fahren wir fast auf das Fahrzeug vor uns auf, weil Millie zu spät gebremst hat. Ich bin kurz davor, das Fahren anzubieten. Ich habe zwar noch keinen Führerschein, aber ich bin schonmal Auto gefahren und zweifle nicht daran, dass ich es besser kann als Millie.

„Was soll ich in dieser Schule lernen?", füge ich hinzu, da meine vorherige Frage nicht beantwortet wird.

Bert räuspert sich und beginnt einen langen Monolog, so dass man meinen könnte, er würde mir einen Vortrag halten. Ja, er ist tatsächlich einen Lehrer oder zumindest war er es mal, das merkt man sofort. Irgendwie beruhigt mich dieser Gedanke.

„Alles!", sagt er begeistert. „Absolut alles! Zunächst einmal, wie du deine Kräfte kontrollieren kannst. Das ist das wesentliche Element der blauen Jahreszeit, die dein erstes Trimester darstellt. Du bist ein paar Wochen im Rückstand, ganz zu schweigen von all dem Wissen, das wir aufholen müssen, weil dir bis dahin niemand etwas beigebracht hat. Aber wir sollten es schaffen, dich in kürzester Zeit zu einer fähigen Schülerin zu machen, wenn du hart arbeitest. Du wirst lernen, wie man Zaubersprüche anwendet und wie man Pflanzen pflegt. Du wirst die Geschichte der Magie kennenlernen — deine Geschichte letztendlich — und eine Menge anderer nützlicher Fähigkeiten. Man wird dir die zukünftigen Berufe vorstellen, die dir zur Verfügung stehen, damit du dich bei der Wahl deiner Fächer orientieren kannst, und dann..."

Ich höre nicht weiter zu, sondern versuche, mir diese Schule, ihre Schüler und die anderen Lehrer vorzustellen.

„Dieses Ding klingelt ständig", murrt Millie und zieht ein Handy aus ihrer Hosentasche. „Ich gebe es dir, aber wage es nicht, auch nur eine einzige Information weiterzugeben. Wenn es besorgte Menschen gibt, beruhige sie, lüge sie an, das ist mir egal. Aber wenn du etwas verrätst, verspreche ich dir, dass meine Strafe schrecklich sein wird."

Ich beobachte den Gegenstand, der in Millies Hand vibriert. Ich kann es nicht fassen.

„Oh, du hast es mitgenommen?", wundert sich Bert.

„Ich habe es geholt, als ich Luft schnappen war, für alle Fälle. So konnte ich mich vergewissern, dass die Eltern nichts ahnen. Gut, nimmst du's oder soll ich's aus dem Fenster werfen?"

Ich greife sofort danach. Ein Anruf wird angezeigt. Es ist Cass und ich hebe ab, während Millie im Rückspiegel misstrauisch schaut. Bert dreht sich nicht um, sondern flüstert seiner Kollegin zu:

„Weißt du, du würdest viel bessere Ergebnisse erzielen, wenn du deine Schüler nicht so sehr drangsalieren würdest. Es ist erwiesen, dass eine positive und wohlwollende Erziehung Kinder und Jugendliche dazu..."

„Erspar mir den Mist, Bert. Weißt du, was ich von deiner bescheuerten positiven Erziehung halte? Jeder braucht einen Stock, um weiter geradeaus zu laufen, so ist das nun mal. Es gibt einen Grund, warum deine Schüler dir keinen Respekt entgegenbringen, nämlich weil sie wissen, dass du sie nicht bestrafen wirst. Bei mir ist es so still im Klassenzimmer, dass man seinen eigenen Atem hören kann. Sie folgen meinem Unterricht wie einer Andacht."

Bert murmelt vor sich hin, dass er das alles ganz anders sieht.

„Asha? Asha? Bist du da? Verdammt, jetzt habe ich schon 8000 Mal versucht, dich zwischen den Stunden anzurufen! Wo bist du? Was ist denn los? Warum antwortest du auf keine meiner Nachrichten? Bist du sauer?"

Ich schlucke und bin mir nicht ganz sicher, was ich antworten soll. Ich stottere, treffe Millies Blick im Rückspiegel und suche dann nach Worten, ohne sie zu finden:

„Ich ... ich ... sagen wir mal ... ich ..."

Nichts Interessantes kommt aus meinem Mund.

„Hast du Fieber? Soll ich während des Mittagessens kommen? Was soll ich den Lehrern sagen?"

„N-n-nein, komm nicht, ich bin nicht zu Hause."

„Wo bist du?"

„Ich-ich-ich bin-ich bin...

Bert dreht sich mit seinem freundlichen Lächeln um und flüstert:

„Ein Gespräch mit einem speziellen Programm für zukünftige Astronauten", flüstert er so leise wie möglich.

Ich runzle die Stirn. Glaubt er wirklich, dass die Leute ihm diese Ausrede abkaufen werden? Ja, es ist mysteriös, aber es ist auch ... unmöglich. Welches Programm würde Sechzehnjährige anwerben, um sie eines Tages zu Astronauten zu machen? Man muss jahrelang studieren, bevor man überhaupt in ein Programm in diesem Bereich aufgenommen werden kann.

Mein Gehirn arbeitet auf der Suche nach einer plausibleren Ausrede. Ich will Cass nicht in Gefahr bringen, und solange ich keine Bestätigung dafür habe, was wirklich vor sich geht, weigere ich mich, ihr irgendeinen Hinweis auf die Situation zu geben.

„Erinnerst du dich noch, als wir uns die Wahlmöglichkeiten für unsere Orientierungen angesehen haben?"

„Ja", antwortet Cass in einem Tonfall, der zeigt, dass sie nicht weiß, worauf ich hinaus will.

„Da war das Programm für das MIT."

„Ja, aber du hast gesagt, dass du dich nicht bewerben willst, weil du mich vor dem Abschluss der Highschool nicht allein lassen willst. Asha, hast du dich beworben?"

Ich beiße die Zähne zusammen. Ich hasse es, meine beste Freundin anzulügen. Aber ist eine Lüge nicht die Lösung, die sie in diesem Moment am besten schützt? Millie schaut mich immer noch ständig durch den Rückspiegel an, so dass sie mehr in den Spiegel als auf die Straße schaut.

„Ja", seufze ich, „ich wurde angenommen. Ich habe mich nicht getraut, es dir zu sagen. Ich habe es nicht einmal meinen Eltern erzählt. Es ist alles bezahlt und es könnte mir den Weg nach Stanford ebnen, und es ist ..."

„... ein Programm für kleine Genies, oder?"

Cass' Tonfall ist weder hart noch neidisch. Meine beste Freundin ist nicht so.

„Nein, noch nicht, ich habe heute das Abschlussgespräch und werde noch heute Abend Bescheid bekommen."

Es wäre zu verdächtig, wenn ich meinen Eltern nicht gesagt hätte, dass ich genommen wurde. Meine Ausrede mit dem Vorstellungsgespräch hält viel besser.

„Oh, sie werden dich testen, um zu sehen, ob du die Kriterien von... Charles Xavier erfüllst."

Ich ziehe eine Sekunde lang die Augenbrauen hoch, bevor ich lächle. Nur Cass kommt zu diesem Schluss.

„Ich will alles wissen", fügt sie hinzu.

„Wir reden nach dem Gespräch, okay?"

„Ich bin schon auf alle Details gespannt."

„Die werde ich Dir erzählen, versprochen."

Ich weiß nicht, ob ich Cass irgendetwas mitteilen kann. Eher nicht, nehme ich an. Zumindest nicht unter Millies Aufsicht. Aber wird sie mir ständig im Nacken sitzen? Woher soll sie wissen, was ich zu Cass sage? Werden in Stallen die Telefone abgehört?

Ich lege auf und sofort macht Bert einen enttäuschten Gesichtsausdruck.

„War mein Astronautenprogramm nicht ausgefeilt genug?"

„Nein, es war nur nicht sehr glaubwürdig."

„Aber wonach streben Sie denn, wenn nicht danach, als Teenager die Sterne zu entdecken?"

„Nach ..."

Ich nehme mir einen Moment Zeit zum Nachdenken.

„Nach nichts, denke ich."

Ich zucke mit den Schultern.

„Eine gute Zeit mit Freunden zu haben, Netflix zu schauen und sich keine Sorgen um die Zukunft zu machen?" schlage ich vor.

Mein Satz entlockt Millie ein Grunzen.

„Alles Idioten", zischt sie. „Sie schauen den ganzen Tag TokTok."

„TikTok", korrigiere ich.

„Nun, es sollte TokTok heißen, weil es in deinem Kopf tock tock macht. Es klingt hohl wie nie zuvor."

„Sie wird keine Probleme verursachen", erwidere ich und komme wieder auf das Hauptthema zurück.

Ich unterdrücke ein Lächeln und bin froh, dass Cass nicht so einfach durcheinanderzubringen ist. Ich weiß nicht, ob meine beste Freundin die Situation wirklich verstanden hat, aber ich bin froh, dass sie trotz allem ein bisschen in die Geschichte hineingezogen wird. Ich muss diese Ereignisse nicht allein bewältigen. Cass ist irgendwo da draußen und macht sich Sorgen um mich.

„Du musst deinen Eltern die gleiche Geschichte erzählen", fährt Bert fort. „Niemand darf Verdacht schöpfen. Es wird einfacher, wenn du in den Ferien nach Hause kommen kannst, sobald du deine Kräfte beherrschst."

Ich stelle keine weiteren Fragen, obwohl mir einige immer noch auf der Zunge brennen: Werden meine Eltern jemals die Schule sehen können? Aber das ist dumm, ich weiß noch nicht, ob das alles real ist oder nur der Fantasie zweier Spinner entsprungen ist, von denen eine nicht einmal die Straßenverkehrsordnung kennt.

Wir erreichen eine menschenleere Gegend, in der es nur eine Spelunke am Straßenrand gibt, mit einem Schild, das nachts vielleicht leuchtet, tagsüber aber nicht besonders auffällig ist. Es sieht aus, als wäre der Ort verwahrlost und doch gibt es drinnen Licht.

„Er ist hier", sagt Bert.

Er löst seinen Autogurt, als Millie neben dem einzigen anderen Auto auf den Parkplatz parkt. Eigentlich ist es eher ein leerer Platz neben dem Laden.

„Steig aus", befiehlt Millie.

Ich füge mich. Der Boden unter meinen nackten Füßen ist warm. Bert mustert mein Outfit und seufzt flehentlich.

„Nein", knurrt Millie.

„Sie ist ein Teenager. Ich bin mir sicher, dass es einen Kodex für den Umgang mit Halben gibt, der besagt, dass wir ihnen in dieser Aufmachung nicht die Schule zeigen dürfen."

„Sie ist eine Unwissende."

„Jetzt nicht mehr."

Millie verdreht die Augen.

„Dann komm Du eben für die Kosten auf! Mir ist es egal und ich habe nicht vor, mir den Kopf darüber zu zerbrechen, wie ich meine Auslagen zurück bekomme wenn ich ihr etwas zum Anziehen kaufe."

Ich blinzle verständnislos. Bert bietet mir an, ihm in den Laden zu folgen, und ich gehorche, ohne ein Wort zu sagen.

Im Laden herrscht eine seltsame Atmosphäre. Ich fühle mich wie in einem kleinen Tankstellensupermarkt, mit den fahlen, knisternden Lichtern, den weißen, aber nicht zu weißen Fliesen, sodass es nicht schockierend ist, wenn es schmutzig ist, und den Metallregalen, auf denen die Produkte ausgestellt sind. Bert führt mich zu den Touristen-T-Shirts, auf denen Slogans wie „I Love New York" oder „California Dreams" stehen. Ich schüttle den Kopf, als er nach einem greift, um es vor mich zu halten.

„Mein T-Shirt ist sehr gut", versichere ich ihm.

Ich mag viel lieber mein eigenes T-Shirt und meine alte Jogginghose als die Bugs-Bunny-Hose, die vor mir im Regal liegt.

„Trotzdem brauchst du Socken und Schuhe."

Es gibt keine, dafür aber ein Paar schwarze Hausschuhe, die ich mir schnappe, nachdem ich vergeblich nach meiner Größe gesucht habe.

„Einheitsgröße", lese ich auf dem Schild.

Ich verziehe keine Miene und probiere sie an. Ich beschließe, dass ich lieber mit hässlichen Hausschuhen als barfuss herum laufen will. Immerhin haben sie keinen hässlichen Slogan auf der Oberseite. „Gibt es sonst noch etwas? Hast Du Hunger oder Durst?"

Bert ist rücksichtsvoll. Ich habe aber gar keinen Hunger. Ich fühle eine bleierne Schwere im Magen, die mir das Gefühl gibt, mich übergeben zu müssen. Der Lehrer geht an den Süßwarenregalen vorbei, wo wir Millie treffen, die einen Korb mit Chips und Süßigkeiten füllt.

„Was ist?", knurrt sie. „Das ist für meinen Frust. Ich habe meinen Kaffee nicht bekommen."

„Ich war mir sicher, dass du dir einen geholt hast, als du vorhin rausgegangen bist."

„Nun, ich habe wegen ihr einen langen Tag voller Papierkram vor mir."

„Ich verurteile dich nicht Millie, du kannst dir ruhig nehmen, was du willst."

Er geht zur Kasse und ich bekomme zum ersten Mal einen Blick auf den Mann namens Gregory. Sein Name steht auf dem Namensschild, das er trägt. Er hat ein blau-gelb kariertes Hemd und eine Jeans an. Er sieht uns an und lächelt.

„Kommt noch was dazu?"

Bert reicht ihm das Preisschild der Hausschuhe, damit ich sie an den Füßen behalten kann.

„Für uns, ja. Millie kommt mit etwas für ihren ständigen Hunger und dann möchten wir nach Stallen."

„Alles klar! Einen Durchgang für den Herrn und die Damen in fünf Minuten."

Bert bezahlt per Kreditkarte und wartet dann neben der Kasse. Millie kommt schließlich zu uns und fügt ihren Einkäufen eine Einkaufstasche hinzu, damit sie alles mitnehmen kann.

„Haben Sie noch andere Passagiere?", fragt Gregory, als er mit dem Kassieren der Frau fertig ist.

„Nein, nur wir drei."

„Also gut, los geht's."

Er geht bis zum Eingang und schließt den Laden. Danach läuft er ins Hinterzimmer und öffnet eine Tür. *Nur für Personal*, lese ich. Millie stürmt als Erste hinein, gefolgt von Bert. Ich bin hingegen ziemlich zögerlich.

„Willst du nicht rübergehen?", fragt Gregory.

Er trägt eine Mütze, die sein braunes Haar teilweise verdeckt. Ich antworte nicht und folge Bert. Als wir alle in einer Art sechs Quadratmeter großen Besenkammer stehen, räuspere ich mich. War es wirklich gut, dass ich mir das gefallen ließ? Hier werden sie mich auf jeden Fall töten.

„Keine Sorge, alles wird gut. Du wirst den Übergang nicht spüren. In einer Sekunde sind wir an einer Stelle, in der nächsten woanders — das ist alles."

Bert verstummt, als Gregory auf Steine klopft, die links von der Wand vor uns liegen. Es klingt fast wie eine Musik, die er mit seinen Händen auf der Fläche spielt. Ein Licht erscheint zuerst zaghaft, dann wird es immer breiter und verschluckt schließlich die Hälfte der

Wand in einem Kreis. In der Mitte leuchtet ein gelber Wirbel.

„Danke, Gregory!", ruft Millie höflich, bevor sie einen Schritt nach vorne macht und in der Lichtspirale verschwindet.

„Du wolltest doch überprüfen, ob es Magie gibt, oder?", wirft Bert mit amüsiertem Unterton ein.

Er streckt seinen Arm aus, um mich zum Weitergehen zu bewegen.

„Millie ist manchmal etwas grob", fügt er hinzu, „aber in einem Punkt hat sie recht: Einen besseren Beweis wirst du nicht bekommen."

Ich weiß nicht, ob ich Angst habe, ob ich aufgeregt bin, ob ich staune, aber ich spüre das Adrenalin in meinem ganzen Körper. Ich zähle bis drei, weil ich Angst habe, mich sonst nicht zu entscheiden. Dann mache ich einen Schritt und werde hineingesogen.

KAPITEL 6

ASHKANA

„Willkommen in Stallen", sagt Millie mit einem Anflug von Stolz, als ich auf der anderen Seite ankomme.

Verblüfft drehe ich mich um die eigene Achse. Ich stottere und beobachte den Wirbel hinter mir, aus dem Bert in der nächsten Sekunde herausspringt. Ich schließe meine Augenlider fest, um sicherzugehen, dass es sich nicht um eine Halluzination handelt. Als ich sie wieder öffne, ist die Lichtspirale verschwunden. Bert drängt mich in dieselbe Richtung wie Millie zu schauen. Jenseits der riesigen grünen Wiese, die sich vor uns erstreckt, befindet sich unter uns eine Reihe von Gebäuden von beeindruckender Größe, die aus einer anderen Zeit zu stammen scheinen.

„Mit dem Bau von Stallen wurde 1856 begonnen", beginnt Bert. „Es war damals nicht die angesehene Schule, die du vor Augen hast und sie hieß auch nicht Stallen."

Millie geht zügig los und wir tun es ihr gleich.

„Das Hauptgebäude stammt aus dem 19. Jahrhundert, aber die anderen Gebäude, die du rundherum siehst, wurden später errichtet. Es gibt sogar noch einen Schlafsaal, der in den nächsten Monaten fertiggestellt werden soll, um mehr Schüler pro Jahrgang aufnehmen zu können."

„Nicht zu viel", sagt Millie mürrisch.

„Nicht zu viel", bestätigt Bert, „denn Stallen bildet nur die Crème de la Crème aus."

„Die Elite der Elite", betont Millie.

„Die besten Übernatürlichen Amerikas."

„Der ganzen Welt", fügt sie hinzu.

Beide wölben stolz ihre Brust und ich muss lächeln, weil sie so glücklich sind, an dieser Schule arbeiten zu dürfen. Ich lasse meinen Blick über die Szene schweifen und versuche, jedes Detail in mich aufzunehmen, damit ich Cass davon erzählen kann. Wenn ich es überhaupt jemals erzählen darf... Die Sonne scheint am blauen Himmel und der Augenblick erscheint mir surreal.

„Und wo genau befinden wir uns?"

„Diese Information kann ich dir nicht geben", antwortet Bert.

„Irgendwo in den Vereinigten Staaten", entgegnet Millie.

„Der Standort der Schule wird aus Sicherheitsgründen geheim gehalten."

„Sie ist aber durch einige Portale erreichbar, deren Eingänge gut bewacht sind."

Ich finde nicht, dass Gregory wie ein Wachmann mit scharfen Zähnen aussieht, aber das ist nicht mein Problem. Wir nähern uns den Gebäuden und kommen an einem Trainingsplatz am Waldrand vorbei, wo Jugendliche, vor allem Jungen, lernen, mit dem Kampfstock umzugehen. Ein Junge mit braunen Haaren und haselnussbraunen Augen starrt mich so intensiv und konzentriert an, dass er sich nicht mehr auf den Kampf konzentriert. Sein Ausbilder verpasst ihm einen Schlag und seine Kameraden machen sich über ihn lustig, als er zu Boden geht, nachdem er am Bein getroffen wird. Erst als er zu Boden geht und sich seinen Kopf anstößt, löst er kurz seinen Blick von mir ab.Mit meinem Harry-Potter-Pyjama ist es kein Wunder, dass er mich so anstarren muss. Wobei man dabei sagen kann, dass dieses Outfit in dieser Magierakademie gerade passend ist. Wir gehen zwischen den Gebäuden hindurch und treffen auf eine Menge Schüler, von denen die meisten etwas tragen, das wie eine Uniform aussieht: graue Hosen oder Röcke, die je nach Person in einer anderen Farbe eingefasst sind. Ich erkenne Blau, Grün, aber auch Gelb. Meine Augen schwirren in alle Richtungen. Einige Teenager tragen ganz normale Kleidung: Jeans, weiße Turnschuhe, weißes T-Shirt. Eigentlich das typische Outfit eines jungen Erwachsenen.

„Wo soll ich sie hinbringen?", fragt Bert.

„Wohin du willst, ich kümmere mich um den Bericht."

Millie geht, ohne einen Blick zurückzuwerfen, zu einem Gebäude auf der linken Seite, während Bert sich zu mir umdreht und die Hände auf seine Hüften legt. Schließlich hebt er eine davon und kratzt sich an seinem bartlosen Kinn.

„Ich muss zugeben, dass die Situation für mich neu ist. Ich weiß nicht, was ich dir zeigen könnte, um dich zu überzeugen. Vielleicht würdest du es besser verstehen, wenn du an einer Unterrichtsstunde teilnehmen würdest?"

Ich bin kurz davor, ihm zu sagen, dass ich keine Argumente mehr brauche, um überzeugt zu sein. Ich bin gerade durch ein magisches Portal gegangen und fühle mich, als wäre ich in einer neuen Welt gelandet. Zu meiner Linken sind Teenager dabei, etwas wie magische Lichtkugeln zu erschaffen.

„Ja", sage ich, weil ich neugierig bin und mehr wissen will.

Meine Neugier ist auf dem Höhepunkt, als wir etwas betreten, das wie das Hauptgebäude aussieht. Wir durchqueren eine majestätische Halle. Anstatt mir Sorgen darum zu machen, was ich anhabe, drehe ich mich um die eigene Achse im Raum, hebe den Kopf und betrachte das Gewölbe, das sich mehrere Meter darüber befindet. Ich habe das Gefühl, ein märchenhaftes Schloss betreten zu haben.

„Hier entlang, junge Dame", ermutigt mich Bert.

Ich eile ihm hinterher. Wir gehen die zentrale Treppe hinauf, an deren Stufen sich links und rechts eine Frauenstatue erhebt. Ich möchte die Beschriftung am Fuße des Sockels der Statue lesen, habe aber keine Zeit dazu. Bert läuft ziemlich schnell und ich habe Angst, ihn in der Weite des Gebäudes zu verlieren.

„Wir befinden uns im historischen Gebäude der Schule. Am Anfang war alles hier: die Verwaltung, der Unterricht, sogar die Schüler waren hier untergebracht. Mit der Zeit und den neuen Gebäuden wurden die Schlafsäle verlegt und die Verwaltung befindet sich in einem anderen Gebäude. Schulversammlungen und Feste finden hier statt. Außerdem finden immer noch einige Kurse hier statt, vor allem Magiekurse, die du belegen wirst."

Hier gibt es keine Aufzüge, keine automatischen Türen, auf den ersten Blick nichts Modernes. Die Schüler sehen mich an, als ob ich ein komisches Tier wäre. Aber das ist mir egal, was sie von mir denken, denn ich bin zu sehr damit beschäftigt, diese neue, spannende Umgebung zu betrachten. Ich habe mich weder zu Hause noch in der Schule je richtig wohl gefühlt. Aber hier habe ich das Gefühl hinzugehören. Genau hier.

In Stallen. Meine Intuition sagt ja. Ja zu dieser neuen Welt. Und sie hat recht.

„Wir werden jetzt ganz still sein, um den Unterricht nicht zu stören", flüstert Bert.

Er öffnet die Tür zu einem Klassenzimmer, in dem etwa zwanzig Schüler an einzelnen Tischen sitzen. Ein Lehrer in den Dreißigern erzeugt gerade ein Licht zwischen seinen Fingern und lässt es immer größer werden.

„Die Kraft, die ihr als Magier entfalten könnt, hängt vollständig von eurer Fähigkeit zur Kontrolle ab. Ihr zieht eure Kraft aus eurer Umgebung. Je besser ihr die Energie um euch herum kanalisiert, desto mächtiger werdet ihr sein. Eure Konzentrations- sowie Anpassungsfähigkeit sind eure mächtigste Trümpfe, um für euch den Vorteil zu sichern, wenn es darauf ankommt. Ein großer Magier ist in der Lage, seine Magie unter allen Umständen anwenden zu können. Deshalb werden wir nächste Woche praktische Übungen durchführen, in denen wir eure Konzentrationsfähigkeit herausfordern werden."

Er klatscht in die Hände. Das Licht zwischen seinen Fingern verschwindet und er lächelt in die Runde. Er sieht Bert in der Ecke des Raumes und sie winken sich kurz zu. Die ganze Klasse dreht sich um, aber der Lehrer fährt mit seinem Unterricht fort.

„Gibt es Fragen?"

Er hat kastanienbraunes Haar, nicht zu kurz, aber auch nicht zu lang. Einige Strähnen fallen ihm ins Gesicht, aber nicht auf die Schultern. Sein Bart ist schlecht rasiert, was ihm ein jugendliches und cooles Aussehen verleiht. Ich zweifle nicht daran, dass dieser Stil junge Studentinnen ansprechen muss.

„Was für eine Art von praktischen Übungen?", sagt ein Junge in der zweiten Reihe.

„Die Art, die euch nicht gefallen wird", antwortet der Lehrer.

„Es handelt sich um Maximus Stargar", flüstert Bert neben mir. „Er war während seiner gesamten Schulzeit in Stallen Jahrgangsbester, verließ unsere Reihen mit allen Ehren, schlug eine Karriere als Alchemist ein, bis er auf die politische Bühne gedrängt wurde. Er entschied sich dafür, auszusteigen, um als Lehrer zu arbeiten und die nächste Generation auszubilden. Er hat sogar ein Buch über seine Vision der Zukunft über die Magie und dem Übernatürlichen geschrieben. Es ist ein Bestseller."

„Ihr müsst zum Beispiel auf einem fünfzig Meter langen Drahtseil Seiltänzer spielen, ohne abzustürzen, und dabei ständig eure Macht demonstrieren."

Gemurmel geht durch den Raum, was den Lehrer offenbar amüsiert.

„Ich verlange nicht, dass ihr Zauberkraft erzeugt", sagt er. „In der ersten Zeit reicht mir ein Funken Magie. Aber ihr müsst verstehen, dass das Zaubern letztendlich für euch so natürlich wird wie das Atmen. Sagen wir, ihr bereitet euch nächste Woche einfach auf einen athletischen Hindernisparcours vor und wir werden erst aufhören, wenn jeder von euch erfolgreich war."

Nicht alle Schüler sind über diese Neuigkeiten erfreut, auch wenn einige von der Herausforderung, die diese Übung darstellt, begeistert sind. Der Lehrer klatscht noch einmal in die Hände und verkündet das Ende der Stunde. Alle stehen auf und gehen zur Tür, wobei sie an Bert und mir vorbeigehen. Sie werfen mir einen langen Blick zu. Ich betrachte kritisch mein T-Shirt und meine Hausschuhe. Vier Schüler, darunter drei Mädchen, bleiben stehen, um dem berühmten Maximus Fragen zu stellen. Er setzt sich auf die Kante seines Schreibtisches, um ihnen zu antworten.

Wie er da sitzt, kriege ich sofort den Eindruck, dass Eitelkeit seinen Charakter prägt. Ich habe nicht einmal mit diesem Lehrer gesprochen und schon habe ich mir eine Meinung über ihn gebildet. Ich stelle mir vor, was ich Cass von ihm erzählen würde:

Er ist ein Typ mit so viel Selbstbewusstsein und kann sich praktisch immer durchsetzen, in dem er seinen Charme spielen lässt.

Ja, so etwas würde ich ihr wahrscheinlich sagen. Bert räuspert sich und Maximus entlässt die Schüler, während wir auf ihn zugehen.

„Es tut mir leid, dass ich den Unterricht gestört habe, aber ich habe eine neue Rekrutin, die zu uns stoßen wird und sie musste... überzeugt werden", erklärt Bert, der seine Hände auf meine Schultern legt und mich vor sich her schiebt.

„Überzeugt?", wundert sich Professor Stargar und steht vom Schreibtisch auf.

Ich muss zugeben, dass er wie ein Supermodel aussieht.

„Sie ist eine Unwissende", sagt Bert, bevor er nach einem Moment des Zögerns hinzufügt: „Und auch eine Halbe."

„Wir hatten noch nie eine..."

Er bricht mitten im Satz ab und mustert mich von Kopf bis Fuß. Er will um mich herumlaufen, aber ich hebe mein Kinn an, schaue ihm direkt in die Augen und bemerke, dass er stehenbleibt.

„Noch nie... Das stimmt", bestätigt Bert.

„Sie war unter den Menschen?", fragt er erstaunt.

„Ja. Seltsam, nicht wahr? Die Adoptiveltern scheinen nichts von ihrer Gabe zu wissen."

„Ist das so?"

„Keiner von beiden ist ein Magier und hat ihr etwas über unsere Welt beigebracht."

„Du hast also gerade erst von der Existenz deiner Kräfte erfahren?"

Maximus spricht mich direkt an, ohne sich an Bert zu wenden. Es ist das erste Mal, seitdem ich hier bin, dass ich als eigenständige Person wahrgenommen werde. Vielleicht ist Maximus Stargar doch nicht so unangenehm, als ich dachte? Bisher hatte ich mich wie eine seltsame Trophäe gefühlt, die man zur Schau stellt.

„Ja", hauche ich.

„Für dich ist es bestimmt..."

Er sucht vergeblich nach dem richtigen Wort und ich beende seinen Satz:

„... verrückt. Völlig verrückt. Und gleichzeitig trotz allem vertraut."

Ich mag die Gerüche der Schule, die Farben der Gebäude, sogar die Uniform ist ansprechend. Die Schüler sehen nicht gerade umgänglich aus, aber sie sind eben Schüler und ich habe es schon an meiner Schule geschafft, mich durchzusetzen, warum sollte es mir hier nicht gelingen?

„Du hast also wirklich noch nie etwas von Magie gehört vor...?"

„...vor heute Morgen", antwortet Bert an meiner Stelle.

Maximus schenkt ihm ein höfliches Lächeln, bevor er ihn darauf hinweist:

„Ich denke, die junge Frau ist in der Lage, meine Fragen selbst zu beantworten."

Der Geschichtslehrer wird sofort rot. Ist er wegen Stargars Bemerkung wütend oder eher verlegen, als würde er sich für sein Benehmen schämen?

„Heute Morgen", wiederhole ich.

„Und du bist schon hier."

„Ich konnte es nicht glauben", gestehe ich. „Wie sollte man auch daran glauben? Es kann doch nicht echt sein."

„Und doch ist es wahr. Hat man dir schon dein Zimmer gezeigt?"

Ich schüttele den Kopf. Bert wagt es, sich zu räuspern.

„Ich dachte, ich stelle sie dir für eine... Demonstration vor", sagt er.

„Oh, richtig, er sagte, du müsstest überzeugt werden. Was würdest du gerne sehen? Was würdest du gerne wissen?"

Er verschränkt die Arme über der Brust und setzt sich teilweise wieder auf den Schreibtisch.

„Magie?", biete ich an.

„Du hast sie am Ende der Stunde gesehen."

„Ich war weit weg. Vielleicht war es eine Illusion."

„Magie kann eine Illusion sein", lacht er. „Aber ich hab schon verstanden: Du willst überzeugt werden. Du hast doch selbst gezaubert. Wenn du hier bist, musst du doch schon früher mal mit deinen ungewöhnlichen Fähigkeiten aufgefallen sein, oder?"

Ich schlucke. Warum erscheinen mir alle Begriffe, die man für mich verwendet, abwertend? „Hybride", „Halbe", „Unwissende", „Ungewöhnlich"?

„Ich habe vorhin das Licht fragmentiert", erklärt er dann. „Jeder hat eine andere Gabe, meine kann eben Illusionen erzeugen, und zwar auf einem sehr hohen Niveau. Aber man kann damit auch einfach nur Spaß haben."

Er nimmt die Arme auseinander, hebt seine linke Hand auf Augenhöhe, reibt die Finger aneinander und plötzlich schießt eine Lichtkugel aus seinen Fingerspitzen. Sie ist blau, leuchtend und prächtig. Er streckt seinen Unterarm aus, um sie vor meinen Augen zu halten.

Ich staune wie nie zuvor. Die Farbe der Kugel wechselt von Blau zu Orange, dann zu Rot, dann zu Violett, dann zu Tiefschwarz, das mich einzusaugen scheint, bevor es weiß und strahlend wird. Maximus schließt seine Hand und die Kugel verschwindet zu meinem Entsetzen.

„Magie", sagt er.

„Magie", bestätige ich.

„Magie, zu der du fähig bist. Vielleicht nicht mit Licht. Das ist eine seltene Gabe."

Bert räuspert sich erneut und Maximus dreht den Kopf zu ihm und runzelt die Stirn.

„Eis, wahrscheinlich", sagt der grauhaarige Professor.

„Oh, interessant, vor allem von einer Halben. Das hätte ich nicht erwartet, das muss ich zugeben. Nun, Miss ..."

„... Ashkana", ergänze ich.

„Miss Ashkana, wir werden uns morgen im Klassenzimmer treffen, nehme ich an."

Er greift nach einer Ledertasche, die auf seinem Schreibtisch liegt, klemmt sie unter seinen Arm und verlässt vor meinen erstaunten Augen den Raum. Die Magie existiert. Es gibt sie wirklich. Es ist kein Traum, es ist keine Fiktion. Ich gehöre zur Welt der Magier. Ich kann es nicht glauben. Die ganzen neuen Informationen wirbeln in meinem Kopf durcheinander.

„Vielleicht sollten wir uns dein zukünftiges Zimmer ansehen?", schlägt Bert vor, als er mich lächeln sieht.

Ich nicke und folge ihm. Ich habe nicht mehr die Absicht, wegzulaufen, mich gegen ihn zu wenden oder Ähnliches. Ich bin bereit, meine Eltern anzulügen, um sie zu schützen, aber ich will hierher zurückkehren und herausfinden, wie ich meine Gabe beherrschen kann, denn ich spüre es: Hier gehöre ich hin.

Ganz abgesehen davon weigere ich mich, eine Gefahr für Cass zu sein. Und sogar auch für Jake und seine Clique. Oder eine Enttäuschung für meine Eltern, weil ich irgendwann in der Schule die Kontrolle verliere bis alle mich schließlich als Hexe bezeichnen, mich ausgrenzen, mich schikanieren ... Nein, mein Platz ist hier. Aber wird Cass es ohne mich dort aushalten?

Ich bin so abgelenkt vom Deckengewölbe als ich wieder in die Haupthalle komme, dass ich unbeabsichtigt mit einer Schülerin zusammenstoße.

„Pass auf, wo du hingehst!", blafft das Mädchen mich an, dessen Sachen auf den Boden gefallen sind.

Ich beuge mich sofort vor und will ihr beim Einsammeln der Bücher helfen, die verstreut auf der Treppe liegen.

„Es tut mir leid", stammle ich, „ich wollte nicht ..."

Aber mir wird klar, dass das Mädchen sich nicht einmal bückt, um mir beim Aufsammeln der Bücher zu helfen.. Stattdessen eilen zwei andere herbei, um ihr die wertvollen Gegenstände wieder in die Arme zu legen. Ich richte mich auf und klopfe mir reflexartig den Staub von meinem Pyjama.

„Na, Harry Potter? Ernsthaft?", sagt die Jugendliche.

Sie hat braunes, langes, lockiges Haar, das ihr anmutig über die Schultern fällt. Die beiden Mädchen stellen sich wieder einen Schritt hinter sie.

„Das ist doch für Kinder", fügt sie hinzu. „Wage es nicht, mir noch einmal im Weg zu stehen."

Ihre grünen Augen durchbohren mich. Ich nicke, während die Gruppe an mir vorbeigeht und ihren Weg die Treppe hinauf fortsetzt. Bert kommt wieder hoch, als er sieht, dass ich ihm nicht mehr folge.

„Oh, du hast Heather kennengelernt."

„Heather?"

„Heather Rhoanne", bestätigt er. „Sehr bekannt. Sehr berühmt. Ihre Eltern erwarten viel von unserer Schule, um ihre Tochter auszubilden. Wir dürfen uns keinen Fehler erlauben."

Ich weiß nicht genau, was an Heather so besonders sein soll, abgesehen von ihrer hochmütigen Art. Ich gehe weiter hinunter und laufe durch die große Eingangstür. Hier trifft sich mein Blick mit dem des Jungen, den ich vorhin bei seinem Training beobachtet habe. Seine haselnussbraunen Augen leuchten, als er mich erblickt. Die Jungs aus seiner Gruppe rempeln ihn an, als er auf Augenhöhe mit mir stehen bleibt. Er öffnet den Mund, um etwas zu sagen. Vielleicht um mich zu fragen, ob ich neu bin oder was ich hier im Pyjama mache, aber eine Stimme ertönt von der Treppe:

„Thresh, du bist zu spät! Und du bist noch nicht einmal geduscht. Ich will dich in zehn Minuten in der Mensa sehen."

Ich drehe mich um und entdecke die *berühmte* Heather oben auf der Treppe, die ihn anbrüllt. Ich nehme an, dass er wohl ihr Freund ist. *Thresh*? Komischer Name, aber hey, meiner ist auch nicht besser.

„Ich komme, Heather."

Einer seiner Freunde klopft ihm energisch auf die Schulter, um sich über seine Unterwürfigkeit zu amüsieren:

„Was man sich aus Liebe alles gefallen lässt, was?" Er kichert. „Aber du hast dir 'ne echte Prinzessin geschnappt, Threshlein."

Er ignoriert es mit einem Lächeln und wirft mir dann einen weiteren Blick zu.

„Später", sagt er.

Später? Hat er ein Wort vergessen? Wollte er „bis später?" sagen oder ist das hier die coole Art, „bis später" zu sagen? Nur „später"? Er verschwindet, ohne etwas hinzuzufügen.

KAPITEL 7

ASHKANA

Nachdem wir den Campus überquert haben, zeigt mir Bert meinen zukünftigen Schlafsaal. Es gibt eine Gemeinschaftsküche für die Halben, aber ansonsten hat jeder sein eigenes Zimmer und sein eigenes Bad, wie auf einem echten Campus. Das ist lange nicht das schönste Gebäude von allen, die ich hier bis jetzt gesehen habe.

„Der zukünftige Schlafsaal der Halben wird gerade renoviert", erklärt Bert. „Das ist eben das Gebäude, an dem gerade gebaut wird."

„Dessen Bau nicht vorankommt", murmelte jemand mürrisch, als er an uns vorbei in sein Zimmer geht.

Bert und ich sind in einem kleinen Wohnzimmer, das sich am Eingang zum Wohnheim der Halben befindet, an dem jeder vorbeikommt.

„Ja, ähm... man kann nicht sagen, dass die Halben sehr angesehen sind. Bis vor einigen Jahren durften sie nicht in Stallen unterrichtet werden. Der Rat beschloss jede Schule der Halben aus ihrem geografischen Gebiet unter ihre Fittiche zu nehmen, um ihnen eine angemessene Ausbildung zu ermöglichen.

„Wir sind aus Wohltätigkeitszwecken hier", sagt ein Junge und lässt sich auf das Sofa fallen, auf dem ich sitze. „Wir zahlen nicht einmal Schulgeld, was einige andere Schüler sehr wütend macht."

„Wirklich? Ich muss nichts bezahlen?", frage ich.

„Nicht einen Dollar", bestätigt er. „Sie haben zu viel Angst um ihren Ruf, wenn du bei den Menschen ausrasten solltest."

„Ferynn", begrüßt Bert den Jungen. „Ich freue mich, dass du die Sache in die Hand nimmst und deiner neuen Mitschülerin erklärst, wie es hier zugeht, aber vielleicht könntest du etwas ..."

„... scheinheilig sein?", beendet der Junge mit einem breiten Grinsen.

Bert seufzt.

„Stallen hat sich in das politische Spiel eingeschaltet", fährt Ferynn fort. „Sie sind der Meinung, dass sie Amerika beherrschen und mit Amerika meine ich Nord-, Mittel- und Südamerika — obwohl es in Südamerika noch eine andere Schule gibt. Na gut, du hast mich schon verstanden... Es ist ihr Gebiet, und wenn du auf ihrem Gebiet etwas anstellst, dann hast Du ein Problem! Sowas geht gar nicht. Und da es allgemein bekannt ist, dass die Halben miese Typen sind..."

„Das wollen wir nicht behaupten, Ferynn!", protestiert Bert.

„Wirklich? Ist das nicht der Grund, warum wir in Schulen gesteckt werden?"

„Nicht alle Halben werden unterrichtet. Und davon sind lange nicht alle in Stallen", erinnert Bert. „Wir nehmen diejenigen auf, die sich in einer schwierigen Lage befinden, um ihnen bessere Perspektiven zu bieten."

„Um uns besser zu überwachen", erklärt Ferynn. „Oder um uns besser zu versklaven, damit wir die Jobs besetzen können, die besetzt werden müssen. Jobs niedriger Klasse, natürlich. Wir sind keine Ganzen, wir verdienen es nicht, zum Beispiel Alchemisten zu werden."

„Ihr wisst ganz genau, dass euch alle Stellen offen stehen, wenn ihr nur hart genug arbeitet..."

„Tja, Bert vergisst zu erwähnen, dass wir nicht von Geburt an die gleichen Chancen haben. Man hat uns eher vor der breiten Öffentlichkeit versteckt, verstehst du."

„Und warum?" frage ich erstaunt.

„Oh, weil es für einen übernatürlichen Menschen strengstens verboten ist, sich mit Menschen einzulassen, geschweige denn mit einem von ihnen ein Kind zu zeugen."

Bert und Ferynn, der keine Uniform, sondern eine etwas zu große Jeans und einen schwarzen Kapuzenpullover trägt, setzen ihr Wortgefecht fort. Währenddessen versuche ich, das Puzzle, mit dem was ich über meine Eltern weiß, zusammenzusetzen. Mein Vater oder meine Mutter war ein Magier, der sich in einen Menschen verliebt hat. Haben sie sich überhaupt richtig geliebt? Stelle ich mir ihre Geschichte vielleicht romantischer vor als sie wirklich war? Was, wenn es sich um einen One-Night-Stand handelte? Ich schlucke und vertreibe meine Gedanken, weil ich nicht sicher bin, ob ich das wirklich zu Ende denken will.

„Oh Bert, du willst mir doch nicht weismachen, dass wir nicht für die Verbrechen unserer Eltern bestraft werden? Wir werden in das schlimmste Gebäude in ganz Stallen gepfercht. Die anderen behandeln uns wie Arme, und du wagst es, mir zu sagen, dass wir doch alle gleich sind, sobald wir diesen Campus betreten? Hör auf, mich zu verarschen!"

Verlegen steht Bert aus seinem Sessel auf. Er wirft mir einen eindringlichen Blick zu, um mir zu signalisieren, dass es Zeit ist, zu gehen.

Ich drehe meinen Kopf zu Ferynn.

„Ich muss meinen Eltern Bescheid geben", erkläre ich.

„Oh, sie wissen nicht, dass du hier bist?"

Ich schüttele den Kopf.

„Aber einer von ihnen ist ein Magier, oder?"

„Das sind ihre Adoptiveltern", mischt sich Bert ein, um mir weitere Erklärungen zu ersparen. „Sie wird heute Abend zurück sein. Bitte sorge dafür, dass es ein Zimmer für sie gibt."

Ferynn steht vom Sofa auf, führt seine Hand an die Stirn und imitiert ironisch den Soldatengruß.

„Zu Befehl, Bert."

„Und hör auf, mich zu duzen. Man duzt seine Lehrer nicht, Ferynn."

Ich verstehe jetzt besser, was Millie damit meinte, dass Bert sich von seinen Schülern auf der Nase herumtanzen lässt. Der Junge mit den kurzen kastanienbraunen Haaren springt über das Sofa und huscht in Richtung der Zimmer.

„Achte nicht auf seine Forderungen! Ferynn hat sehr feste Vorstellungen. Ich versichere dir, dass wir alle unsere Schüler gleich behandeln."

Der frühe Nachmittag ist bereits in vollem Gange und mein Magen beginnt zu knurren, als wir Millie in einem lächerlich großen Büro antreffen. Die Botaniklehrerin ist hinter unzähligen Papiersäulen versteckt.

„Hier!", antwortet sie, als Bert sie bei ihrem Namen ruft.

„Wir müssen zurück zu Ashkana, weil ihre Eltern wieder da sind", gibt der Geschichtslehrer zu verstehen.

„Und muss ich wirklich bei dieser lästigen Pflichtaufgabe dabei sein?"

Bert antwortet nicht, vielleicht weil er nicht weiß, wie er sich gegen Millie behaupten soll.

„Ich komme schon", mault sie trotzdem.

Seufzend steht sie von ihrem überfüllten Schreibtisch auf und kommt gemächlich zu uns herüber.

„Gut, ist die Dame überzeugt? Hat sie unsere Zeit schön verschwendet?", wirft sie ein, während wir durch den Campus zum Portal zurücklaufen.

„Ja", antworte ich respektvoll.

„Es wird keinen Versuch geben, Mama und Papa alles zu erzählen, wenn wir nach Hause kommen?" fährt Millie fort.

„Nein, ich werde ihnen erzählen, was ich Cass gesagt habe."

„Und du wirst ganz brav deine Sachen packen. Hast du verstanden, dass du nicht zu ihnen zurückkehren wirst, solange du deine Fähigkeit nicht beherrschen kannst?" fragt sie streng als wir die Wiese erreichen.

„Ja."

Ich brauche Millie meine Antwort nicht im Detail zu erläutern, da ihr nur meine Zustimmung wichtig ist.

„Gut", sagt sie zufrieden.

Wir steigen den grünen Hügel hinauf und erreichen die Spitze. Millie geht noch ein paar Schritte weiter, bevor sie sich bückt.

„Was zum Teufel...?"

Sie steckt ihre Finger ins Gras und reibt sie aneinander, bevor sie Bert ihren Fund zeigt.

„Blut?", wundert er sich.

Sie nickt mit dem Kopf.

„Aber... aber... aber...", wirft der Geschichtslehrer ein.

Millie geht halb in der Hocke weiter bis zur nächsten Blutspur, die sich zwischen den Gräsern der Wiese befindet.

„Frisch", fügt sie hinzu.

„Meinst du, dass...?"

„Ich weiß es nicht, Bert. Ich weiß genauso viel wie du. Warum musst du dich so sehr auf andere verlassen?"

„Du bist doch die Expertin für Botanik und seltsame Substanzen."

„Es ist Blut, was soll ich dir noch sagen? Glaubst du, ich habe die Macht, diese Person zu identifizieren, nur indem ich an ihrem Blut schnuppere? Ich bin kein Bluthund, Bert."

„Ähm... sollten wir nicht jemanden warnen?"

„ Doch", bestätigt sie. „Pass auf die Kleine auf."

Millie greift in ihre Hosentasche und zieht ein Handy heraus, das aussieht, als wäre es zehn Jahre alt. Es gibt nicht einmal Farben auf dem Bildschirm. Sie wählt eine Nummer und wartet.

„Es gibt nur eine einzige Telefonleitung zu Stallen", erklärt Bert. „Es ist die einzige, die hier funktioniert. Es handelt sich um das private Netzwerk von Stallen. Um mit dem menschlichen Netzwerk zu kommunizieren, ist es nicht so einfach."

Das Klingeln ertönt mehrmals im luftleeren Raum. Ich spüre, wie sich mein Magen zusammenzieht, als würde mich meine Intuition vor einer Gefahr warnen wollen. Ich will gerade den Mund aufmachen, um etwas zu sagen, aber ich habe Angst, wie ein Idiot da zu stehen. Ich schweige lieber. Die beiden wissen viel besser als ich, was vor sich geht.

„Glaubst du, das ist ein Däm...?" beginnt Bert.

„Psst!" macht Millie, als endlich abgehoben wird. „Hier spricht Millie Tenerys. Ich bin auf der Wiese beim Südtor, um eine unwissende Halbe zu ihrem Zuhause zu begleiten, bevor ich sie dann dauerhaft hierher zurückbringe. Es sind Blutspuren zu sehen."

Sie geht weiter, um der Spur zu folgen, die offenbar zu einem kleinen Waldstück zu unserer Linken führt.

„Ich weiß es nicht", geht sie auf die Frage ein, die man ihr wahrscheinlich kürzlich gestellt hat. „Wir brauchen unbedingt ein Team, und zwar sofort. Wir stehen neben einem Portal."

Es gibt eine kleine Pause.

„Ja, mir ist bewusst, dass dies nicht das am häufigsten benutzte Portal ist, aber wir sind kurz davor, hindurchzugehen, also muss ich was tun, hm?"

Die Spuren, die in den Wald führen, zweigen ab, um wieder auf die Wiese zu gelangen, und bleiben an einer Stelle stehen, die Bert mit Angst erfüllt. Er beginnt zu stottern wie nie zuvor.

„Mi... Mi... Mi... Millie! Die... die... die Spuren! Da... das... Po-Por-Portal!"

Millie schluckt schwer, als sie versteht, was Bert mit den Worten auszudrücken versucht.

„Schicken Sie sofort ein Team zum Südportal", sagt sie mit autoritärer Stimme. „Wir haben einen Wächter, der möglicherweise in Gefahr ist. Ich kann nicht auf die Verstärkung warten, ich gehe hinein."

Sie wirft ihr Handy zu Bert, der es nicht auffangen kann. Es rutscht ihm aus der Hand und fällt auf den Boden. Ich will das Handy aufheben und es Bert reichen aber seine Finger zittern zu sehr. Er beobachtet Millie, die anscheinend auf dem Boden die Öffnung zum Portal sucht.

„Willst du ernsthaft da hineingehen? Das ist gefährlich, Millie! Was soll ich denn in der Zwischenzeit machen?"

„Du bleibst hier!", gibt sie ihm harsch zurück. „Beschütze das Kind.Und überzeuge diese verdammten Sekretärin! Sie nimmt mich nicht ernst und weigert sich, Hilfe zu schicken... Ich jedenfalls werde Gregory nicht im Stich lassen."

„N-n-n-n-nein! I-ich w-will ni-nicht!"

Er richtet sich auf und wölbt den Oberkörper, während er die Augen weit aufreißt.

„Was willst du nicht, Bert? Dich verstecken, bis die Gefahr vorbei ist, so wie du es immer getan hast?"

„J-ja, ich ko-komme mit!"

Er greift nicht einmal nach dem Telefon, das ich ihm hinhalte. Schließlich führe ich das Telefon an mein Ohr.

„Hallo? Hallo?" sagt die Stimme am anderen Ende.

„Ja, hallo, ich bin Ashka..."

Ich verzichte darauf, zu erklären, wer ich bin. Das würde zu lange dauern.

„Ich bin mit Millie und Bert hier", fange ich an. „Sie bereiten sich darauf vor, durch das Portal zu gehen, um sich dem Wächter Gregory anzuschließen. Er ist vielleicht in Gefahr, wenn ich das richtig verstanden habe."

Ich kann die Antwort der Frau am anderen Ende nicht hören, denn Bert und Millie haben die Stimme erhoben.

„Du wirst mir auf keinen Fall folgen!" schreit Millie. „Du bleibst brav hier, passt auf das Kind auf und öffnest das Tor für die Verstärkung, ist das klar?"

„Ich komme mit!" erwidert Bert diesmal ohne zu stottern.

„Du bleibst, wo du bist!"

Schließlich findet sie, was sie sucht, drückt auf einen grauen Stein am Boden und mit einem Ruck öffnet sich das Portal. Millie lässt Bert keine Zeit zum Protestieren und stürmt in das Wurmloch. Der Geschichtslehrer wirft mir einen Blick zu.

„Du bleibst hier!" ruft er.

Er geht ebenfalls hindurch. Mein Herz rast wie verrückt. Ich halte das Telefon wieder an mein Ohr.

„Hallo?" rufe ich.

Ich höre Stimmen aus der Ferne, aber niemand scheint mehr am Hörer zu sein. Ich schreie, um mir Gehör zu verschaffen, drehe mich um und schaue, ob Verstärkung in der Nähe ist, aber auf der Wiese ist alles ruhig und friedlich, bis mein Blick auf den Wald fällt.

Jemand oder etwas in einem schwarzen Umhang ist aus dem Schatten der Bäume getreten und marschiert direkt auf mich zu.

„Hallo? Hallo?" wiederhole ich lauter. „HALLO?"

KAPITEL 8

ASHKANA

Das Wurmloch ist noch offen. Ich zögere: Soll ich zur Schule rennen, die mehrere hundert Meter weiter unten liegt, oder hinübergehen? Wartet die Gefahr auf der anderen Seite auf mich? Wird die Kreatur mir folgen? Die Gestalt geht mit entschlossenen Schritten auf mich zu. Ihr Gesicht ist verhüllt. Sie ist nur noch etwa hundert Meter entfernt. Ich stehe verunsichert am Portal.

Schließlich stürze ich mich durch das Wurmloch, als die bedrohliche Gestalt nur noch wenige Meter von mir entfernt ist. Ich lande auf der anderen Seite, in der Besenkammer in Gregorys Hinterzimmer. Bert ist immer noch dort und zittert am ganzen Körper.

„Das Portal!" rufe ich. „Wir müssen es schließen! Und zwar sofort! Da ist jemand, der mich verfolgt!"

„Die Ver-ver-verstärkung?" haucht Bert hoffnungsvoll.

„Nein!"

Er blinzelt mit den Augen.

„Wer?" fragt er.

Es ist zu spät, die Silhouette taucht vor dem Wurmloch auf. Ich stürze zur Tür und öffne sie. Ich schubse Bert in den Laden, schließe die Tür hinter uns und zwinge den Professor, sich zu ducken. Zusammen rennen wir zum ersten Regal, um Schutz zu suchen.

„Geh zurück!" befiehlt Millies Stimme einer dritten Person.

Bert schaut ängstlich zu mir hoch. Ich packe ihn am Arm und führe ihn in den Laden, während die Tür der Besenkammer aufgeht und ich die Schritte meines Verfolgers höre.

Ich greife nach meinem eigenen Handy, das sich noch in der Tasche meines Schlafanzugs befindet, und beginne, die Nummer der Polizei zu wählen. In diesem Moment kommt Bert wieder zu sich.

„Nein", flüstert er.

Ich reiße meine Augen auf.

„Du hast keine Ahnung, welche Folgen das haben würde", fährt er mit sehr leiser Stimme fort. „Wir können uns das nicht leisten."

Er kauert sich hinter ein Regal und zieht mich mit sich. Er schließt kurz die Augen, um seinen ganzen Mut zu sammeln.

„Wir müssen näher an Millie heran", flüstert er, „und sie über die zweite Person informieren."

„Wer ist er?"

„Ich weiß nicht, *wer* er ist, aber ich glaube zu wissen, *was* er ist."

Bert ermutigt mich, uns weiter in Richtung Millies Stimme zu bewegen. Wir gehen auf Zehenspitzen, so schnell wir können. Als wir an dem Regal mit den Chips vorbeikommen, packt mich jemand am Arm.

Er hat auf uns gewartet.

Ich schlucke schwer. Ich suche seine Augen und kann sie unter der Kapuze nicht finden. Angst erfasst meinen ganzen Körper.

„Millie!" rufe ich, als ich sehe, dass Bert neben mir alle Kraft verliert. „Es gibt noch einen zweiten!"

Jetzt, da ich entdeckt wurde, kann ich zwar nicht mehr zu der Frau vordringen, aber sie wenigstens vor der Gefahr warnen.

„Kind!?" brüllt Millie zurück.

Ich hoffe, dass ich die Situation damit nicht verschlimmert habe. Der Kampf geht weiter und irgendwas trifft mit voller Wucht das Regal.

„Lass mich los!" rufe ich meinem Gegner zu. „Bert! Bert!"

„Lass sie los!"

Der Lehrer löst sich endlich aus seiner Erstarrung. Er versucht, den Griff der Person zu lösen, aber es gelingt ihm nicht. Mein Angreifer trägt Handschuhe. Seine Haut ist nicht zu sehen, da seine dunkle Klamotten ihn überall bedecken. Ich weiß nicht, wo ich ihn anfassen könnte, damit meine magische Kälte in ihn eindringen kann.

„Was wollt ihr von mir? Lass mich los!"

Bert schlägt mit der Faust auf den Unterarm des Feindes, ohne Erfolg. Die Kreatur führt ihre freie Hand vor mein Gesicht als ob sie es berühren wollte. Erst jetzt sehe ich das Blut auf seinem Handschuh. Ich weiß nicht warum, aber plötzlich lässt er von mir ab. Ich packe Bert und ziehe ihn mit mir nach hinten, ohne meinen Verfolger aus den Augen zu lassen.

Plötzlich spüren wir jemanden hinter uns und zucken zusammen.

„Millie!" schreit Bert.

„Was zum Teufel machst du hier, du Angsthase?"

Ich drehe mich kurz um und entdecke Millies Gegner und Gregorys leblosen Körper ein Stück weiter hinten. Blut klebt an seiner Kleidung und bildet eine Pfütze um seinen Kopf. Ich versuche den Geschmack meines aufsteigendem Mageninhaltes zu verdrängen.

„Du hast die Kleine zurückgebracht", keift Millie. „Ich habe dir gesagt, du sollst auf sie aufpassen."

„Sie sprang mir hinterher und wurde verfolgt. Wer sind die, Millie?"

„Du weißt, wer sie sind."

Ich suche nach einer Waffe, irgendetwas. Ich greife nach einer Rolle Geschenkpapier und halte sie wie einen Baseballschläger, bevor mir klar wird, dass ich damit nicht weit komme. Ich werfe sie zu Boden, sehe Berts verzweifelten Blick und fühle mich gezwungen, ihn zu beruhigen.

„Es wird schon alles gutgehen", verspreche ich.

Er hat so viel Angst, dass er zittert. Es muss ihn sehr viel Mut gekostet haben, durch das Tor zu gehen und sich dieser Gefahr auszusetzen.

Mein Verfolger streckt den Arm aus und ich spüre instinktiv, was er vorhat. Ich trete einen Schritt zurück, während seine Finger meinen Hals streifen. Ich schlage meinen Arm auf seinen Ellebogen, um ihn zu destabilisieren, und stoße Bert von mir weg.

„Magie, Magie, Magie", jammere ich. Warum kann ich sie nicht anwenden, wenn ich sie brauche?

Weil ich keine Kontrolle habe. Offensichtlich. Oder weil Bert und Millie in allen Punkten falsch liegen und alles nur ein dunkler Albtraum ist, aus dem ich gleich aufwachen werde?

Nein, ich muss aufhören zu träumen. Ich habe akzeptiert, wer ich bin. Ich habe erst heute akzeptiert, dass Magie existiert. Und auch wenn es schwer zu glauben ist, ist jetzt nicht die richtige Zeit, um darüber nachzudenken. Ja, es könnte sein, dass es alles nur einen Traum war. Oder eben nicht. Egal wie, irgendwann muss ich mich mit dieser verrückten Realität abfinden. Aber nicht jetzt.

„Bert!" rufe ich. „Zauberei? Irgendwas Nützliches? Ein Verteidigungsmittel?"

Ich greife nach einem Karussell mit Lollis, das auf dem Kassentisch hinter mir steht und werfe es meinem Gegner ins Gesicht, um Zeit zu gewinnen. Er gibt ein menschlich klingendes Grunzen von sich. Die Lollis fallen mit der Maschine auf den Boden und rollen überall unter den Auslagen herum.

„Ich... ich..."

Ihrerseits wehrt Millie sich so gut es geht. Ich nehme magische Blitze wahr, höre leise Schreie und die brummige Stimme der Lehrerin.

Ich will nach der Kasse greifen, um sie als Wurfgeschoss zu benutzen, aber der Gegenstand ist zu schwer für mich. Also stütze ich mich auf den Tresen und kippe darüber. Mit dem Schlüssel öffne ich den Glasschrank, in dem die Schnäppse aufbewahrt sind. Ich schnappe mir eine Flasche und schleudere sie dem Fremden ins Gesicht.

„Nimm das!", brülle ich. „Und das!"

Er weicht aus, tritt zurück und bekommt eine in den Magen. Das Glas zerspringt überall und die Flüssigkeit verteilt sich auf den weißen Fliesen. In einem Karton neben der Kasse liegen Feuerzeuge. Ich greife nach weiteren Flaschen und schmeiße sie um mich herum. Ich finde ein Feuerzeug, zünde es an und schleudere es mit der letzten Flasche weg.

Ich schnaufe vor Erleichterung, als ich sehe, wie sich der Alkohol entzündet. Ich hoffe sehr, dass die Flammen nach oben schlagen und unser Angreifer in Brand gerät. Oder zumindest eine Schutzmauer zwischen ihm und mir errichten. Ich glaube, dass Bert dicht gepresst mit dem Rücken an der anderen Seite der Tresen lehnt.

Ich weiß nicht, wie ich ihn schützen soll, da ich ihn von hier aus nicht sehen kann. Vielleicht ist er zu Millie gekrochen? Ich hoffe es. Trotz allem ist sie noch in der Lage zu kämpfen und könnte ihren Kollegen besser verteidigen als ich.

Die Flammen bringen nichts. Sowas klappt eher nur im Fernsehen.

„Glaube nie den Fernsehserien", flüstere ich mir zu.

Ich schaue mich nach einer Lösung um, aber diesmal hat der Mann nicht vor, mich gewähren zu lassen. Ich wundere mich, dass er mir bis jetzt nichts Schlimmeres angetan hat. Schließlich wollte ich ihn anzünden! „Jetzt reicht's!", schreit er.

Es ist eine Männerstimme, tief und autoritär. Ich erstarre, bevor mir klar wird, dass ich ihm nicht gehorchen darf. Mein Überleben hängt von meiner Fähigkeit ab, eine Lösung zu finden. Was sagt mir meine Intuition, hm? Warum meldet sie sich in diesem Moment nicht?

Ich spüre, wie Blut an meinen Fingern entlang rinnt. Mir wird klar, dass ich mich an einer Flasche geschnitten haben muss, die in meiner Hand zerbrochen ist.

Das Blut tropft auf den Boden, als ob die schreckliche Szene, die sich in dem Laden abspielte nicht schlimm genug gewesen wäre. Ich balle die Faust. Ich kann nicht von Bert oder Millie erwarten, dass sie mich retten. Sie sind beide beschäftigt und ich sollte ihnen eigentlich gar nicht folgen. Erst gestern habe ich es geschafft, Jake und seine Clique auf Distanz zu halten. Zugegeben, sie sind keine Magier, aber vielleicht ist es einen Versuch wert, oder?

Ich versuche, mir die Gefühle, die die Kälte und das Eis erzeugt haben, wieder ins Gedächtnis zu rufen. Ich denke an die ganzen Beleidigungen, die Cass ertragen musste und ihre Reaktion darauf. Ich spiele die ganze Szene im Kopf noch einmal durch.

Der Mann mit dem schwarzen Umhang ist gefährlich nah. Er streckt seinen Arm aus, packt mich an der Kehle und drückt mich gegen das Regal hinter mir. Sein schwarzes Gewand ist an mehreren Stellen durchlöchert und aus seinen Wunden fließt Blut. Wenigstens konnte ich ihn verletzen und es war nicht alles umsonst.

Er hebt mich leicht an und ich muss meine Füße ausstrecken, um noch den Boden zu berühren und meinen Hals so weit wie möglich von meinem eigenen Gewicht zu entlasten. Ich kriege immer weniger Luft. Er drückt fester zu und es kommt kaum noch Sauerstoff in meine Lunge. Ich lege meine Hände auf seinen Arm und versuche, ihn wegzuziehen, aber es gelingt mir nicht. Was haben sie mir im Selbstverteidigungskurs diesbezüglich beigebracht? Ich kann mich nicht daran erinnern. Mein Gehirn gerät in Panik und ich beginne zu spüren, wie mich die Kälte überkommt — ein Zeichen dafür, dass das Ende naht...

... oder dass meine Magie endlich wirkt. Ich reiße meine Augen auf und konzentriere mich auf das aufsteigende Gefühl von Panik. Ich will es ausnutzen, um meine magische Kraft zu verstärken. Nur so werde ich eine Chance gegen dieses Monster haben. Ein Frösteln beschleicht mich und mein Griff um den Unterarm des Angreifers wird enger. Ich spüre, wie die Kälte über den Umhang meines Gegners kriecht. Instinktiv suche ich nach einer seiner Wunden und berühre ihn. Meine Magie umschlingt meinen Gegner und lässt ihn vor Schmerzen stöhnen. Sein Griff löst sich von mir.

Ich stehe zwischen den Regalen und der Schiebevitrine und kann nicht mehr atmen. Ich schlucke gierig die Luft, während ich meine Hand an die Kehle führe.

„Du blöde Göre..."

Er ist noch nicht fertig mit mir. Ich habe noch nicht einmal Luft geholt. Ich hebe meinen Arm, um mich vor dem kommenden Angriff zu schützen und plötzlich erscheint ein weißer Schleier vor mir. Ein Nebel, der sich vor mir rasend schnell zu einem soliden Schild aus Eis manifestiert und mich vollständig schützt.

Der Schild wird immer größer. Mir bleibt aber keine Zeit, um Erleichterung zu spüren, da sofort ein Gefühl der Enge die Oberhand gewinnt. Ich habe den Eindruck, dass das Eis mich in einen Kokon einhüllen wird, aus dem ich nicht entkommen kann. Ich rutsche zur Seite, um nicht in meiner eigenen Magie gefangen zu sein.

„Nicht in der Lage, irgendetwas zu beherrschen, was?"

Der Tonfall in der Stimme des Feindes ist belustigt. Er macht einen Schritt nach vorne und drängt mich hinter die Kasse. Ich kann einfach nicht mehr. Das ist das Ende. Er streckt noch einmal seinen Arm aus, wahrscheinlich um mich zu erledigen. Ich schließe die Augen, aber seine Finger erreichen meinen Hals nicht. Dafür ertönt ein riesiger Knall. Ich öffne meine Augenlider wieder und entdecke Bert, der neben dem Tresen steht und zitternd die Hände in die Luft streckt. Offensichtlich hat er die Kasse auf meinen Gegner geworfen.

„Verdammter Magier", röchelt er, unfähig aufzustehen.

„Schnell, Ashkana! Beeil dich!"

Bert ermutigt mich. Ich zögere nicht: Ich steige über den Fremden hinweg, solange er noch am Boden liegt, gehe um die Theke herum und folge Bert zwischen die Regale. Wir treffen beide auf Millie und ihren Gegner, der ebenfalls in einen seltsamen schwarzen Umhang gekleidet ist und seine Gesichtszüge verdeckt. Bert gibt mir Handzeichen, die ich nicht verstehe.

„Wir werden um ihn herum gehen und die Regale auf ihn werfen", flüstert er schließlich.

Ich nicke. Während Millie hemmungslos ihre gesamte Magie dem Gegner entgegen bringt, um ihn daran zu hindern näher zu kommen, schleichen wir uns zwischen den Regalen hindurch. Wir zählen schweigend bis drei, legen die Hände auf das mit Büchern gefüllte Metallregal, das an dieser Stelle steht, und drücken mit aller Kraft dagegen. Das Möbelstück bewegt sich keinen Millimeter, also murmelt Bert ein paar Worte und es ist, als würde sich plötzlich eine dritte Person zu uns gesellen. Zumindest flüstert mir das meine Intuition zu, als das Bücherregal endlich umkippt. Wir halten den Atem an und hoffen, dass wir unser Ziel erreicht haben.

„Was zum...?"

Der Mann beendet seinen Satz mit einem Fluch. Man hört, wie er ein paar hastige Schritte macht und lacht, als die Bibliothek mit all ihren Büchern auf den Boden fällt, er aber rechtzeitig zur Seite springen kann.

„Wirklich?", kichert er. „War das die Art und Weise, wie ihr mich loswerden wollt? Magier sind in unserer Zeit nur noch billige Übernatürliche. Allein die Tatsache, dass Sie noch am Leben sind, ist eine große Leistung."

Er hebt seine Hände nach oben. Ich fühle mich sofort bedroht und zweifle nicht daran, dass in einer Sekunde etwas Magisches auf mich niederprasseln wird. Doch ein heller Blitz trifft den Feind, dann ein zweiter. Mit einem Schmerzensschrei bricht er zusammen. Bert greift nach allem, was er finden kann und stürzt auf ihn in der Hoffnung, für uns Zeit zu gewinnen.

„Wir hauen ab", sagt Millie und schnauft. „Und jetzt zum Portal."

Das lassen wir uns nicht zweimal sagen: Ich ziehe Bert an seiner Jacke und ziehe ihn mit mir, während er weiter mit Gegenständen nach dem Angreifer wirft. Ich schließe mich Millie an, die den vorderen Teil unserer Truppe im Auge behält.

„Euer Gegner?" fragt sie.

„Betäubt, aber lebendig. Er könnte Probleme verursachen."

Meine Stimme ist rau von der Strangulation, aber die Silben sind verständlich.

„Wo denn?"

„In der Nähe der Kasse."

Wir gehen zwischen den Regalen hindurch. Jetzt, als der andere nicht mehr zu sehen ist, hat Bert damit aufgehört, Gegenständen zu werfen. Wir rennen zur Schranktür, schließen sie und finden uns im Dunkeln wieder. Ich erreiche das Licht und suche nach etwas, um den Türgriff zu blockieren, denn der Schlüssel ist nirgends zu sehen. Ich greife nach einem Besen und klemme ihn unter den Griff.

„Der Portalcode, Bert", keucht Millie und hält sich die Rippen.

Sie sieht müde aus, atmet schwer, schwitzt und hält sich an einem Regal fest, um stehen zu bleiben.

„Ich... ich..."

Er betrachtet die Steine, auf die Gregory eine Art Melodie geklopft hat, um es heute Morgen zu öffnen.

„Hast du ihn dir nicht gemerkt?" sagt Millie panisch.

„N-n-nein, es ist für einen Lehrer verboten, die Kombination zu kennen, und das weißt du! Es gibt einen Grund, warum sie sich jeden Tag ändert und warum es überall in Amerika Wächter gibt!"

„Ich dachte, dein Gedächtnis wäre ein Wunder und du hast damit geprahlt, dir alles merken zu können!"

Sie hören auf zu streiten, als ein Knall an der Tür ertönt.

„Deiner oder meiner?", keucht Millie.

Zwei bedrohliche Stimmen ertönen von der anderen Seite.

„Beide", antworte ich.

Ich trete zurück, um mich zwischen den Lehrern zu befinden. Der Besen fällt bei der nächsten Erschütterung um. Er hat etwa zehn Sekunden gehalten. Trotz all der Gemeinheiten, die Millie mir an den Kopf geworfen hat, legt sie eine Hand auf meine Schulter und zwingt mich, mich hinter sie zu stellen, als die beiden Männer in den Umhängen die Tür öffnen.

„So sollte es nicht sein", keucht Millie.

„Ich nehme an, dass Sie neue Schüler nicht jedes Mal auf diese Weise begrüßen."

Ich versuche, humorvoll zu sein, aber Millie antwortet nicht und beißt die Zähne zusammen. Magie umgibt ihre rechte Hand, sie hat eine orangerote Farbe und pulsiert zwischen den Fingern der Lehrerin. Sie feuert einen Lichtstrahl ab, dem die beiden Feinde ausweichen, indem sie einen Schritt weitergehen. Millie knurrt frustriert, atmet noch schwerer und legt ihre Hand wieder auf ihre Rippen.

„Sie sind erschöpft", sage ich.

„Ich bin noch nicht ganz fertig."

Aber in dem Moment, in dem sie diesen Satz ausspricht, fällt sie fast zu Boden und schwankt. Ich lege meinen Arm unter ihre Schultern, um sie zu stützen und zu verhindern, dass sie umkippt.

Doch bevor Bert die Kombination finden kann, öffnet sich plötzlich hinter uns das Wurmloch.

KAPITEL 9

ASHKANA

Sechs Männer kommen nacheinander herein und vertreiben die beiden Angreifer. Sie verlassen den Schrank, damit alle durch das Portal gehen können. Wir hören Schreie, Projektile werden abgefeuert und Flüche werden ausgetauscht. Bert, Millie und ich bleiben in der Besenkammer stehen und schnaufen.

Schließlich kommt ein Mann zu uns zurück.

„Sie sind weg", sagt er.

„Gefangene?", fragt Millie.

„Nein, sie sind weg", betont er. „Wir konnten sie nicht festhalten."

„Sie sind sechs Leute, brauchen viel zu lange und jetzt sagen Sie mir ernsthaft, dass Sie nicht in der Lage waren, zwei Typen gefangen zu nehmen?"

Ich finde, dass die Lehrerin auf einmal wieder etwas lauter geworden ist. Vielleicht zieht sie ihre Energie aus ihrer Aufregung?

Der Magier trägt einen weinroten Umhang, sein Gesicht ist frei, und mit seinen kurz geschnittenen kastanienbraunen Haaren sieht er ebenfalls wie Mitte vierzig aus.

„Wir werden die Sache in Stallen besprechen und klären", fügt er hinzu.

„Nein", sage ich.

„Häh?", rufen Bert und Millie gleichzeitig.

„Ich muss mit meinen Eltern reden", erinnere ich sie. „Deshalb sind wir bis hierher gekommen. Wenn ich in den nächsten Stunden nicht nach Hause komme oder ihnen eine plausible Erklärung gebe, werden sie die Polizei nach mir suchen lassen."

Millie legt ihre Hand auf ihren Schädel, wo sie ihre Schläfen massiert, als hätte sie eine heftige Migräne.

„Ja, sie hat Recht. Das darf jetzt nicht alles umsonst gewesen sein. Na, dann los", seufzt Millie. „Bert, du wirst die Gespräche führen, ich bin nicht in einem vorzeigbaren Zustand."

Blut tropft von ihrem Arm. Schließlich verlassen wir den Schrank und lassen das Wurmloch offen. Zwei Männer gehen hindurch. Sie tragen Gregorys Leiche und gehen damit durch das Portal.

„Wir brauchen noch einen Fahrer", sagt Bert.

„Ich kann fahren", mault Millie.

„Selbst wenn du fahren kannst, ist mir ein Fahrer lieber."

Der Magier vor ihnen zuckt mit den Schultern, streckt den Arm aus und verlangt die Autoschlüssel.

„Wir besprechen alles auf der Fahrt."

Millie legt den Schlüssel widerwillig in seine Hand und schaut Bert an.

„Und *jetzt* findest du ein Funken Mut in dir."

Er wird rot und antwortet nicht.

„Er hat mich gerettet", sage ich.

„Wirklich?", seufzt Millie. „Es ist nicht nötig, ihn zu verteidigen, weißt du. Es gibt einen Grund, warum ich wollte, dass er bei dir in Stallen bleibt."

„Er hat mich gerettet und es war seine Idee, hinter die Regale zu gehen, um deinen Gegner abzulenken", füge ich hinzu.

Bert hätte es besser machen können, das steht fest, aber er hat es wieder gut gemacht. Und so wie er die ganze Zeit gezittert hat, muss es ihn unglaublich viel Mut gekostet haben, sich auch nur von seiner Position neben der Theke zu bewegen oder durch das Wurmloch zu gehen.

„Wer waren diese Typen?" frage ich, während wir uns alle vier in das Fahrzeug setzen.

Niemand antwortet mir. Ich werfe einen Blick auf Bert und er verzieht das Gesicht, um anzudeuten, dass es ihm leid tut.

„Ich will nicht, dass Gerüchte in der Schule verbreitet werden, wenn wir noch nicht einmal sicher sind, wer sie waren und wenn sie auch noch frei herumlaufen", sagt Millie.

„Und wie sollen wir die Nachbesprechung machen, wenn sie nichts wissen soll?" seufzt der Fahrer.

„Patel, gieß nicht noch mehr Öl ins Feuer", sagt Millie. „Wir werden die Nachbesprechung machen, wenn sie mit den Eltern spricht."

„Sehr gut."

Ich habe nicht mitbekommen, wie er seinen Männern Befehle gegeben hat, als er wegging. Können sie vielleicht telepathisch oder über unsichtbare Ohrstöpsel kommunizieren? Ich versuche, mich von meinen Gefühlen zu erholen. Ich muss mich in etwas anderes vertiefen, also ziehe ich mein Handy aus der Tasche und stelle fest, dass ich auch Millies Handy hineingeschoben habe. Ich halte es der Magierin hin, bevor ich alle Nachrichten lese, die Cass mir geschickt hat. Wenn meine beste Freundin wüsste, was ich gerade alles erlebt habe, wäre sie... Eigentlich habe ich keine Ahnung, in welchem Zustand sie wäre. Mein Tag war absurd, aufregend, surreal und gefährlich zur gleichen Zeit. Ich bin erschöpft und träume nur von einem: mich auf meine Matratze zu legen und bis Montagmorgen tief und fest zu schlafen.

Cass: *Wie sieht Professor Charles Xavier aus?*

Cass: *Ist er süß? Sind die anderen X-Men auch süß?*

Cass: *Ich mache mir Sorgen, weil du nichts von dir hören lässt.*

Cass: *Kann ich nach der Schule zu dir kommen? Wirst du da sein?*

Cass: *Asha, gib mir bitte ein Lebenszeichen.*

Ich beginne, auf der virtuellen Tastatur zu tippen.

Asha: *Lebenszeichen.*

Cass' Antwort lässt nicht lange auf sich warten.

Cass: *Du bist bescheuert!*

Asha: *Danke.*

Cass: *Ich habe mir Sorgen gemacht. Bist du zu Hause? Bei dir war keiner da.*

Ich werfe einen Blick auf die Uhr: Warum ist Cass vorbeigekommen, obwohl es noch nicht einmal 16 Uhr ist? Am Donnerstag haben wir erst um 17 Uhr Schluß.

Asha: *Was ist passiert?*

Cass: *Hä?*

Asha: *Was ist passiert, dass du an einem Donnerstag um 16 Uhr zu mir kommen kannst?*

Cass: *Ein kranker Lehrer... Wir haben den Unterricht früher beendet.*

Asha: *Welcher Lehrer? Zwei Lehrer? Das würde heißen dass zwei Stunden ausgefallen sind. Ich bin in deiner Klasse, Cass, du kannst mir nichts vormachen.*

Cass: *Okay, ich habe mich schlecht gefühlt. Ich habe der Krankenschwester gesagt, dass ich krank bin, damit ich nach Hause gehen kann.*

Asha: *Was hast du denn?*
Cass: *Nichts, gar nichts.*
Asha: *Ist es wegen Jake?*
Cass: *Wann ist es denn nicht wegen Jake?*
Asha: *Ich werde dieses verdammte, reiche Kind zerlegen! Er verdient nichts besseres als den Tod durch Enthauptung!*
Cass: *Ich glaube nicht, dass das eine gute Idee ist. Er hat jetzt ein Hühnchen mit dir zu rupfen und er hat gedroht, die Anwälte seines Vaters einzuschalten und ich weiß nicht was...*
Asha: *Die Anwälte seines Vaters, ernsthaft? Warum? Weil er gestern vor Angst gezittert und sich in die Hose gemacht hat? Und wen sollen wir wegen seiner beleidigenden Graffitis kontaktieren?*
Cass: *Ich habe keine Lust, mich darauf einzulassen. Das ist ein Kampf, den ich nicht gewinnen werde — zumindest nicht ohne dich. Außerdem wird er immer einen Weg finden, noch einen draufzusetzen, also ist es wohl besser, wenn ich nicht auffalle.*
Asha: *Ist das deine Lösung? Ihn jedes Mal machen zu lassen und zu warten, bis er keine Lust mehr hat?*

Cass antwortet nicht und ich verstehe, dass ich zu weit gegangen bin — vor allem, da ich meiner besten Freundin in den nächsten Tagen nicht mehr zur Seite stehen kann. Wann werde ich das überhaupt wieder können? Werde ich den Rest meines Lebens von Magiern umgeben sein, weit weg von meinen Eltern und meiner besten Freundin?

Asha: *Wir werden uns schon etwas einfallen lassen, okay?*
Cass: *Ich werde die Highschool wechseln.*
Asha: *Hä?*

Cass: *Du wirst doch sowieso nicht mehr auf der Highschool sein, oder?*

Asha: *Stimmt.*

Cass: *Dann habe ich auch keinen Grund mehr. Ich bin dort geblieben, weil du da warst, Asha, aber wenn du nicht mehr da bist, will ich lieber wechseln und woanders neu anfangen.*

Ich wusste nicht, dass Cass nur wegen mir auf unserer Highschool geblieben ist.

Asha: *Wenn du das willst und es für dich das Beste ist...*

Cass: *Deshalb habe ich heute Nachmittag geschwänzt. Ich habe mich um den Papierkram gekümmert. Ich werde meinen Eltern heute Abend davon erzählen. Ich werde ihnen sagen, dass du in eine prestigeträchtige Highschool aufgenommen wurdest und dass ich die Schule wechseln möchte, weil ich gemobbt werde.*

Asha: *Es tut mir leid, Cass, wenn ich es anders machen könnte...*

Cass: *Nein, nein, es muss dir nicht leid tun. Es ist das Beste. Fühl dich auf keinen Fall schuldig.*

Asha: *Ich wusste nicht, dass du wechseln wolltest. Warum hast du mir das nicht gesagt? Wir hätten gemeinsam wechseln können.*

Cass: *Ich habe mich nicht getraut, es dir zu sagen.*

Asha: *Aber wir können uns doch alles sagen.*

Ich sehe, dass Cass eine Antwort schreibt, aber es dauert lange, bis sie sie abschickt.

Cass: *Ich weiß, ich war nur feige. Ich tu so als ob mich das alles nicht trifft, aber es verletzt mich trotzdem und ich will nicht, dass es so bleibt.*

Asha: *Ich verstehe.*

Cass: *Sagst du mir Bescheid, wenn du zurückkommst und wenn du wieder gehst? Und was mit dir passiert? Bist du wirklich von* Charles Xavier *rekrutiert worden?*

Asha: *Ich darf nicht darüber sprechen.*

Cass: *Das ist also ein* Ja*!*

Ich lächle vor meinem Handy.Ich kann gerade das Geheimnis nicht verraten. Nicht mit drei Magiern in der Nähe. Und vor allem wegen Millies Warnung. Menschen dürfen eben nichts davon erfahren... Aber ich werde Cass doch nicht wirklich einweihen, oder? Sie hat sowieso seit unserem Telefonat heute Morgen alles verstanden. Es ist also nicht so, dass ich noch etwas verraten müsste...

Ich schließe die Augen und versuche meine Gedanken zu ordnen. Ich will die Fahrt nutzen, um wichtige Fragen zu stellen. Als ich aber die Augenlider wieder öffne, stehe ich vor meinem Haus. Ich muss eingeschlafen sein, ohne es bemerkt zu haben. Bert rüttelt mich sanft am Arm. Dabei lächelt er wie immer wohlwollend.

„Wir sind da. Deine Eltern sind noch nicht zurück, du solltest die Zeit nutzen, um dich umzuziehen. Sie müssen ja nicht unbedingt mitkriegen, dass du im Pyjama rausgegangen bist."

„Oder dass ich von magischen Wesen angegriffen wurde, von denen man mir nicht sagen will, wer oder was sie waren?"

Millie grummelt, da anscheinend der Respekt heutzutage nichts mehr wert ist und Teenager denken, sie könnten sich alles erlauben.

„Und du bist nur ein Hybrid", fügt sie hinzu, als wäre das die ultimative Beleidigung.

Daraufhin zucke ich mit den Schultern, denn ich habe noch nicht ganz verstanden, warum es ein Problem sein soll, ein Hybrid zu sein. Ich kann ja nichts dafür.

„Komm, lass uns gehen", ermutigt Bert mich.

Ich öffne die Autotür, strecke mich ein wenig und gehe zur Haustür. Ich greife nach den Schlüsseln unter einem kleinen Blumentopf auf der linken Seite, schließe auf und lasse Bert reinkommen. Im Auto sind Millie und Patel bereits in ein Gespräch vertieft.

„Wer waren sie?", frage ich Bert.

Wenn es jemanden gibt, der mir die Information geben kann, dann ist er es.

„Ich kann nicht darüber reden. Geh und pack deine Sachen!"

Er schüttelt den Kopf und ich sehe, dass es ihm leid tut. Ich seufze, schließe die Tür hinter mir und steige die Treppenstufen hinauf, um ins Schlafzimmer zu gelangen. Ich hole einen Koffer aus meinem Schrank. Ich ziehe meine Hausschuhe aus und werfe sie hinein. Ich packe Kleidung für die Woche zusammen und lege ein sauberes Outfit beiseite, das ich mit ins Badezimmer nehme. Ich lasse das warme Wasser über meinen Körper laufen und entspanne mich. Mein Nacken ist sehr verspannt und ich dehne ihn, während das heiße Wasser darüber läuft, in der Hoffnung, die Verkrampfungen zu lösen.

Schließlich steige ich aus der Dusche, trockne mich ab und ziehe mich wieder an. Ich greife nach meinem Kulturbeutel und fülle ihn mit Kosmetik. Ich habe nicht viel davon, daher geht es schnell. Ich gehe zurück in mein Zimmer, werfe alles in den Koffer und gehe die Dinge durch, die ich als Erinnerungen mitnehmen möchte. Ich greife nach der Schneekugel, die mir meine beste Freundin letztes Jahr zu Weihnachten geschenkt hat. Es ist eine Darstellung unserer Stadt. Der große Rathausplatz ist zu sehen, auf dem jedes Jahr für ein paar Wochen eine Eisbahn aufgebaut wird. Ich schüttle die Kugel und der Schnee fällt auf die kleine Szenerie.

Ich nehme auch meine Halskette mit dem Sternzeichen-Anhänger mit. Meine Eltern haben mir erzählt, dass ich sie vor meinem sechsten Lebensjahr ständig getragen habe. Irgendwann wollte ich das nicht mehr, weil ich erkannt hatte, dass Sternzeichen Quatsch sind. Ich habe sie aber trotzdem behalten, weil sie ein Geschenk von ihnen war. War sie das wirklich? Oder hatte ich sie schon vor meiner Adoption? Kann ich meine Eltern damit konfrontieren? Nein, das wäre ein Hinweis darauf, dass ich heute sehr, sehr viel Neues erfahren habe. Sie dürfen aber nichts von der Magie wissen.

Ich schließe den Koffer, nachdem ich Schreibzeug für den Unterricht und ein Paar Turnschuhe hineingepackt habe. Ich rolle meinen Harry-Potter-Schlafanzug zu einer Kugel zusammen und stecke ihn in eine Plastiktüte, die ich gut verschließe. Ich will ja nicht, dass die Gerüche sich im Koffer verbreiten. Nach diesem krassen Tag ist er schmutzig und stinkt nach Alkohol und Rauch. Ich habe vor, ihn als alle erstes zu waschen, wenn ich in Stallen ankomme.

Ich lasse meinen Koffer im Schlafzimmer stehen, damit er meinen Eltern nicht auffällt, wenn sie heimkommen. Einen Fremden in ihrer Küche zu sehen, dürfte ausreichen, um sie zu verunsichern, selbst wenn es sich um den harmlosen Bert handelt.

„Ich muss deinen Eltern erklären, was wir in dem angeblichen Programm machen, das du dir ausgedacht hast", erklärt der Lehrer, als ich wieder nach unten komme.

„Ich habe nichts erfunden. Diese Programme gibt es wirklich, das macht meine Erklärung umso plausibler."

„Und werden sie dich nicht in der Schule besuchen kommen wollen?"

Ich zucke mit den Schultern.

„Besteht nicht die Gefahr, dass sie das tun, egal wohin ich gehe? Sie sind meine Eltern, sie werden eine Adresse, eine Telefonnummer haben wollen …"

„Du darfst ihnen nichts von alldem geben. Je schwammiger du mit deinen Erklärungen bleibst, desto geringer ist das Risiko."

Ich kann nicht länger mit Bert argumentieren, denn die Haustür öffnet sich und meine Mutter grinst mich breit an, bevor sie auf den Zauberlehrer trifft.

„Wer sind Sie?" fragt sie.

„Mama, darf ich vorstellen? Professor Bert…"

Sein Nachname ist mir entfallen, und man stellt einen Professor nie ohne seinen Nachnamen vor.

„Bert Tharys", sagt der Professor und streckt die Hand aus, um sich vorzustellen.

Er hat seine Kleidung gereinigt, während ich mich fertig gemacht habe. Er hat sich die Haare gekämmt und ich muss zugeben, dass er mit seiner Jacke und seinem Hemd gut aussieht. Er sieht aus wie der coole Lehrer, der einen MIT-Vorbereitungskurs leiten könnte.

„Freut mich sehr", antwortet meine Mutter, während sie ihre Schlüssel in eine Schüssel im Flur legt.

Mein Magen knurrt. Ich habe den ganzen Tag nichts gegessen.Die Zeit für einen Snack ist vorbei und ich glaube nicht, dass ich bis zum Abendessen durchhalte, wenn ich jetzt nicht etwas herunterwürge. Ich öffne die Schränke, um etwas zum Essen zu finden. Ich mache mir ein Nutella-Toast und schiebe einen davon über den Küchentisch zu Bert, der den Aufstrich mit einem seltsamen Blick betrachtet.

„Kann ich Ihnen einen Tee anbieten? Oder Kaffee?", fragt meine Mutter.

Sie hat ihr rotes Haar am Hinterkopf zu einem Pferdeschwanz zusammengebunden und ist bereits in der Küche beschäftigt.

„Sind Sie Lehrer an der Highschool?", fährt sie fort.

„Nein, Mama, er ist ... er ist Lehrer und arbeitet für das MIT-Schulprogramm."

Ich schlucke schwer, während meine Handflächen feucht werden. Ich stopfe mir den Nutella-Toast in den Mund und ermutige Bert, dasselbe zu tun, bevor sein Zögern verdächtig wirkt. Weiß er wirklich nicht, was Nutella ist? Er sollte es mal probieren, dann kann er nicht mehr darauf verzichten.

„Ach ja? Und ich will nicht unhöflich sein, aber was machen Sie in meiner Küche?"

Meine Mutter ist zart und liebenswert, aber sie hat auch gerne alles unter Kontrolle. Ich bin hier mit einem Überraschungsgast im Haus. Sie hat allen Grund der Welt, misstrauisch zu sein.

„Mama, ich will nicht, dass du ausflippst", fange ich rasch an, bevor Bert irgendwas sagen kann.

Er hat das Toastbrot endlich in den Mund geschoben und hat Mühe, es zu essen. Er versucht, ein paar Worte zu sagen, verstummt aber sofort, als meine Mutter fortfährt.

„Ich flippe nicht aus, ich möchte nur verstehen, was los ist", antwortet meine Mutter ruhig.

„Okay", hauche ich, als würde ich gleich ein dunkles Geheimnis gestehen.

Es fällt mir nicht schwer, zu schauspielern. Allein die Tatsache, dass ich lügen muss, stresst mich wie nie zuvor. Aber schließlich wäre jemand, der gerade ein Geheimnis verraten würde, genau in dem Zustand, in dem ich mich gerade befinde.

„In der Highschool hatten wir Besuch von einigen Elite-Hochschulen, die manchen Schülern anbieten, an Vorbereitungskursen für begabte Schüler teilzunehmen. Danach können wir an einer großen Universität aufgenommen werden. Ich... ich habe dir nichts davon erzählt, weil ich nicht damit gerechnet habe, dass ich genommen werde und ich wollte nicht, dass du und Papa enttäuscht seid, wenn ich eine Absage bekomme."

Verlegen spiele ich mit den Händen, bevor ich weiterspreche. Meine Mutter hängt an meinen Lippen.

„Heute habe ich die Schule geschwänzt", füge ich hinzu, weil meine Mutter sowieso davon erfahren würde.

„Ashkana! Du hast noch nie in deinem Leben geschwänzt!", ruft meine Mutter.

„Ich habe geschwänzt, um zu meinem Vorstellungsgespräch mit Professor Tharys zu gehen", fahre ich fort und erinnere mich in letzter Sekunde an den Namen, den er gesagt hat. „Meine Bewerbung wurde ausgewählt und ich habe zwei Stunden damit verbracht, die Fragen des Professors zu beantworten und über meine Zukunft zu diskutieren. Ich habe... ich wurde genommen, Mama."

„Ihre Tochter ist sehr klug", fügt Bert hinzu, nachdem sein Nutella-Brot aufgegessen ist.

Ich warte auf eine Antwort von meiner Mutter, die aber nicht kommt. Anstatt weiter an meinen Fingern herumzuspielen, beschließe ich aufzustehen. Ich greife nach einer Packung Kekse, was meine Mutter sofort kommentiert:

„Es ist bald Essenszeit. Du wirst heute Abend keinen Hunger mehr haben, wenn du die jetzt isst."

Ich lächle. Ich mag die Art und Weise, wie meine Mutter mich behütet und an mein Wohlergehen denkt. Ich genieße jedes Detail meines Lebens hier und denke sogar, dass ich sie nicht richtig geschätzt habe, jetzt, da ich gehen muss.

„Ich werde hier nicht zu Abend essen, Mama," sage ich sanft. Ich mache mich sofort auf den Weg zum Campus."

Ich warte darauf, dass die Worte ihren Weg finden und meine Mutter versteht, was das bedeutet.

„Du... hä?"

Mein Vater kommt gerade nach Hause, während die Szene wie eingefroren wirkt und meine Mutter begreift, was das bedeutet: Ihr geliebtes Töchterchen wird das Heim verlassen und sie hat keine Zeit, sich an den Gedanken zu gewöhnen.

„Aber ich... ich habe noch nicht einmal mit deinem Lehrer gesprochen. Wo ist diese Schule? Was wirst du dort machen? Ich habe nicht einmal das Gelände besichtigt, ich habe nicht... man unterbricht doch nicht einfach so ein laufendes Schuljahr?"

Gut. Ich hatte zwar vermutet, dass es nicht so einfach sein würde, aber ich habe nicht damit gerechnet, solch einem Verhör ausgesetzt zu sein. Ich blicke verzweifelt zu meinem Vater auf, der bereits dabei ist, die Krawatte zu lösen, die er jeden Tag bei der Arbeit trägt. Er legt sie auf den Tisch und streckt seine Hand aus, um Bert zu begrüßen.

„Professor Tharys", stellt er sich vor und schüttelt die Hand meines Vaters.

„Gibt es ein Problem?", fragt mein Vater.

„Unsere Tochter wurde von einem Sonderprogramm der MIT angeworben", antwortet meine Mutter.

„Ah, aber das ist doch wunderbar! Und wann? Für welchen Bereich? Du hast mir gar nicht gesagt, dass du dich beworben hast! Das ist eine tolle Nachricht!"

Er streckt seine Arme nach dem Schrank mit den Stielgläsern aus und nimmt vier Gläser heraus, die er auf den Küchentisch stellt. Dann geht er zum Kühlschrank und zieht die Flasche Champagner heraus, die er dort für besondere Anlässe kühl hält.

„Wie sieht es aus? Sag mir alles!"

Ich beobachte ihn dabei und bin mir nicht sicher, ob ich verstehe, was hier vor sich geht. Mein Vater muss in diesem Moment noch misstrauischer sein als meine Mutter. Während es meiner Mutter gefällt, ständig die Kontrolle zu haben, hat mein Vater die Tendenz, seine Tochter eindeutig vor allem beschützen zu wollen.

„Es ist eine MIT-Vorbereitungsschule, ich habe meine Bewerbung eingereicht..."

Ich fasse für ihn zusammen, was er verpasst hat. Ich versuche, mich nicht in meiner Lüge zu verheddern und mich an die Fakten zu halten. Ich merke das Misstrauen meiner Mutter und packe sie auf der Gefühlsebene. Ich erzähle ihr von meinem Stress, weil ich nicht mithalten kann. Meinem Wunsch, mich nicht mehr im Unterricht zu langweilen. Meiner Hoffnung, etwas aus meinem Leben zu machen. Meinem Ehrgeiz, einen Gang höher zu schalten.

Mein Vater ist begeistert wie nie zuvor. Überraschenderweise stellt er keine Fragen zum Ort, zum Thema des Programms oder zur Art und Weise, wie der Unterricht ablaufen wird. Meine Mutter hingegen runzelt die Stirn.

„Ich... Mama, du musst verstehen, dass ich in der Highschool nicht glücklich war. Es war, als ob... als ob ich dort nicht hingehörte und ich einen Ort finden musste, an dem ich so akzeptiert werde, wie ich bin."

Ich lüge in dieser Hinsicht nicht ganz. Ich war glücklich in der Highschool. Na ja, solange es Cass gab. Aber als ich einen Fuß nach Stallen setzte, wusste ich sofort, dass ich dort hingehörte und nirgendwo anders.

„Und Cass verlässt die Schule", füge ich hinzu, um es auf den Punkt zu bringen.

„Geht Cass auch weg? In die gleiche Hochschule?"

Meine Mutter ist bei diesen letzten Worten voller Hoffnung. Sie wäre beruhigt, wenn sie wüsste, dass ihre Tochter nicht allein ist und ihre beste Freundin sie begleitet. Aber das wäre nicht plausibel. Cass und ich haben nicht die gleichen schulischen Leistungen, also schüttele ich langsam den Kopf.

„Sie wird in der Highschool von Jugendlichen belästigt, die daran Spaß haben, sich über ihr Aussehen lustig zu machen", erkläre ich, weil meine Mutter bei diesem Thema wenigstens jedes Detail überprüfen kann. „Und... und ich bin auch nicht besonders gut auf diese Leute zu sprechen."

„Haben sie dich ausgelacht?" knurrt meine Mutter.

Die Wolfsmutter ist bereit, ihre Krallen und Reißzähne auszufahren, um ihr Kind zu schützen.

„Ein bisschen", gebe ich zu, „aber nicht so sehr wie bei Cass. Mama, ich will keinen Tag länger in dieser Schule bleiben."

Die Diskussion geht weiter. Bert beantwortet die Fragen meiner Mutter mit einer Geschicklichkeit, die ich ihm nicht zugetraut habe. Er preist die Vorzüge seiner neuen Schülerin mit großem Enthusiasmus an. Mein Vater hat sich direkt neben seiner Frau niedergelassen und legt schließlich einen Arm auf ihren Rücken, um sie zu beruhigen. Das ist der Moment, in dem meine Mutter kapituliert, obwohl sie nicht mal konkret erfahren hat, wo ich genau leben werde:

„Na gut, wenn es das ist, was dich glücklich macht, und wenn es das ist, was du willst... Ich hätte nicht erwartet, dass es so abrupt sein würde."

„Aber ich werde zurückkommen, Mama", versichere ich ihr. „Für die Ferien. Und wir werden uns auch regelmäßig anrufen."

Bert lächelt daneben und nickt. Nach einer weiteren minutenlangen Diskussion gehe ich wieder nach oben, um meinen Koffer zu holen. Als ich meine Eltern umarme, bin ich ziemlich schockiert, dass sie mich einfach so gehen lassen, ohne Berts Identität zu überprüfen, ohne auch nur im Internet zu recherchieren, ob es den Campus und das Programm, von dem ich gesprochen habe, wirklich gibt.

„Was war das denn?", frage ich, als die Nacht über das Wohnviertel hereingebrochen ist.

Wir laufen zu Millies Auto, das sie ein Stück weiter unten geparkt hat. Bert öffnet mir den Kofferraum. Ich stelle meinen Koffer hinein und nehme wieder auf dem Rücksitz Platz. Mit einem Stich im Herzen drehe ich meinen Kopf in Richtung Haus. Wirklich, meine Eltern lassen mich einfach so gehen? Sie lieben mich nicht so sehr, wie ich dachte. Ich hatte mir Schreie oder zumindest Nachforschungen vorgestellt. Aber das...

„Ist das gut so? Hat der Zauber gewirkt?", fragt Millie, als ich nach meinem Gürtel greife.

„Hä?"

Sie und Patel scheinen sich nicht bewegt zu haben, aber ich bemerke die leeren Chips-Packungen, die Getränkebecher und die Kompressen mit Blutflecken darauf.

„Glaubst du, ich hätte dir die Aufgabe überlassen, deine Eltern zu überzeugen, ohne einen kleinen magischen Anstoß zu geben? Ich habe deinen Vater mit einem übertragbaren Zauber belegt. Wenn er seine Frau beim Heimkommen küsste, war die Sache im Sack."

„Aber wie...?"

„Ich habe ihn auf dem Rasen aufgehalten, bevor er hineingehen konnte. Ich habe deine Mutter verpasst. Sie ist direkt hineingestürmt und hat mir keine Zeit gelassen, sie magisch zu manipulieren."

„Du hast gar nichts verzaubert", lacht Patel. „Ich habe alles gemacht."

„Ja, nun, das war meine Idee."

„Wir dürfen keine Zaubersprüche auf Menschen anwenden", erinnert er.

„Na gut, dann beschwer dich bei der Kontrollkommission und frag sie, ob der Tag, den wir gerade erlebt haben, irgendwo in den normalen Fällen verzeichnet ist, hm? Nein? Das denke ich auch. Außergewöhnliche Situationen erfordern außergewöhnliche Maßnahmen. Das ist das erste Mal, dass wir eine unwissende Halbe zurückbekommen. Wie hätten wir da ihre Eltern überzeugen sollen, sie gehen zu lassen, hm?"

Patel seufzt und kapituliert. Er startet den Motor und parkt langsam das Auto aus. Ich würde mich gerne über Millie aufregen, aber ich sehe keinen Sinn darin. Im Grunde hat sie recht: Meine Eltern hätten mich niemals gehen lassen, egal wie viele Argumente ich vorgebracht hätte, wenn sie nicht verzaubert gewesen wären. Auf jeden Fall hätten sie mich nicht sofort gehen lassen. Ich drehe mich im Fahrzeug um, um einen letzten Blick auf mein Haus zu erhaschen. Ich weiß nicht, wann ich zurückkomme.

Asha: *Ich bin gegangen. Ich habe meinen Eltern erzählt, dass du die Schule wechselst, ich brauchte ein Argument.*

Cass: *Ich bin gerne deine Lieblingsausrede.*

Asha: *Danke.*

Cass: *Du rufst mich an, wann immer du willst. Ich lasse das Telefon die ganze Nacht an. Ich kann sowieso nicht schlafen. Ich bin so sehr darauf gespannt, was du mir alles erzählst!*

Ich weiß nicht einmal, ob ich auf dem Campus überhaupt Netzempfang habe. Sind wir noch in den Vereinigten Staaten, wenn wir in Stallen sind? Bert klang so, als würde er das bejahen, aber die Netzabdeckung sei kompliziert. Wenn sie außerhalb der Welt der Menschen leben, ist das logischerweise nicht der Fall.

„Das Portal wurde offen gelassen, sie warten auf uns. In weniger als zwei Stunden bist du in deinem Zimmer und dann will ich nichts mehr von dieser Geschichte hören", murrt Millie.

„Was ist mit den Leuten, die uns angegriffen haben?"

„Das hat nichts mit dir zu tun, lass die Erwachsenen das regeln! Du warst nur zur falschen Zeit am falschen Ort. Und du hast Glück gehabt, dass du davongekommen bist. Das nächste Mal gehorche einfach den Befehlen."

„Wenn ich diesen *Befehl* nicht missachtet hätte, hätte mich diese... Kreatur bei lebendigem Leib gefressen."

„Ja, also... ja."

Millie gehen die Argumente aus, was mich erleichtert. Ich habe schon von Anfang an davon geträumt, dieser Lehrerin über den Mund zu fahren und es ist mir tatsächlich gelungen.

Ich gebe gerne zu, dass wir ohne sie vorhin alle gestorben wären, aber angesichts der ganzen Beleidigungen in den letzten Stunden, betrachte ich ihr Schweigen als einen Sieg und es fühlt sich unbeschreiblich gut an.

Patel parkt vor dem Laden und wir steigen aus. Ich nehme an, dass dieses Auto der Schule gehört und nur dazu da ist, um *Auffälligkeiten* wie mich in der Menschenwelt zu suchen.

„Wie oft fahrt ihr eigentlich in die Menschenwelt?", frage ich, während ich hinter Bert durch den Eingang des Ladens gehe.

Die Räumlichkeiten sind von einer Vielzahl von Magiern besetzt, die auf ihre eigene Art und Weise Ermittler zu spielen scheinen. Überall im Raum sind magische Kräfte in Aktion. An der Stelle, wo Gregorys Leiche gelegen hat, sind die Umrisse grob auf den Boden gezeichnet worden. Ich versuche, nicht auf die Blutspur zu schauen. Ich halte meinen Blick geradeaus auf Berts Nacken gerichtet und folge ihm in den Portalraum, dessen Tür offen steht. Es herrscht ein ständiges Kommen und Gehen, sodass wir mehrmals zur Seite treten müssen, um nicht Neuankömmlingen oder Abgängern, anzurempeln. Ich sehe Personen, die keine Magie praktizieren, aber sie ... *schnüffeln herum*? Warum schnüffeln sie herum?

„Los geht's", sagt Bert und drängt sich zwischen zwei Männern hindurch.

Aber in dem Moment, als er mich durch das Tor ziehen will, kommen drei Männer heraus und sofort senkt Bert den Kopf und verbeugt sich. Ich bleibe aufrecht stehen und verstehe nicht, warum das Protokoll plötzlich verlangt, sich zu verbeugen. Von den drei Männern ist der in der Mitte der größte. Er wirft mir einen Blick zu und lächelt.

„Neu?" wirft er ein.

Ich nicke. Bert stößt mir den Ellebogen in die Rippen. Ich muss mich unfreiwillig verbeugen und schimpfe innerlich auf den Professor. Ich wage es, meinen Blick etwas zu heben: Der Mann in der Mitte, der mich angesprochen hat, hat braunes Haar, scheint Ende 30 zu sein, trägt ein schwarzes Hemd, schwarze Hosen und schwarze Mokassins. Man könnte meinen, er hängt mit den Leuten ab, die uns angegriffen haben, so wie er sich für dunkle Kleidung begeistert. Auf jeder Seite steht einer seiner kleineren Gefolgsleute, die ein weißes Hemd mit komischen Puffärmeln aus einer längst vergangenen Zeit tragen.. Sie beobachten den Raum und die offene Tür.

Als drei Magier hereinkommen wird es plötzlich sehr eng im Raum. Der erste wirft einen Blick auf seine Uhr.

„Pünktlich auf die Minute, wir haben auf euch gewartet", sagt er und deutet den Männern an, ihnen zu folgen.

Alle drei nicken dezent mit dem Kopf. Der in der Mitte räuspert sich, streckt den Arm aus und hebt Berts Kinn an. Erst jetzt löst sich Bert aus seiner Verbeugung.

„Wir verwenden keine Hypnose, Professor Tharys, das ist eine urbane Legende. Und von all den Lehrern in Stallen hätte ich erwartet, dass Sie mehr darüber wissen, als ihre kleinen Mitschüler."

Bert schluckt schwer, beißt die Zähne zusammen und hebt den Kopf, um dem Blick seines Gesprächspartners standzuhalten.

„Besser", bestätigt dieser mit einem Lächeln, „viel besser."

Die Person zu seiner Linken sieht viel jünger aus, vielleicht achtzehn Jahre alt? Wegen seines bartlosen Kinns, das er nicht einmal zu rasieren scheint, fällt es mir schwer, ihm ein genaues Alter zu geben.

„Gehen wir weiter."

Sie verlassen alle den Raum und Bert atmet tief durch, als hätte er kurz vor einer Panikattacke gestanden.

„Sie sind gegangen, oder? Wirklich gegangen?"

„Ja, ja", bestätige ich.

Millie und ihr Kollege sind im Laden zurückgeblieben und nur Professor Tharys soll mich zu meinem Schlafsaal begleiten.

„Wer waren sie?", wage ich zu fragen.

„Vampire", antwortet er zwischen zwei Atemzügen. „Ich mag sie nicht. Ich habe sie nie gemocht. Sie sind nicht böse, aber sie sind geheimnisvoll und man sagt ihnen Kräfte nach... Sie leugnen es. Aber ich kann mir nicht vorstellen, was sie veranstalten können, wenn nur die Hälfte der Gerüchte wahr ist."

Er legt die Hände auf seine Oberschenkel und bleibt einen Moment lang gebeugt stehen, um Luft zu holen.

„Und sie sind in der Schule?", wundere ich mich. „Sind sie nicht... gefährlich?"

„Sie sind Übernatürliche. Wir bilden alle Übernatürlichen aus", entgegnet Bert. „Na ja, fast alle."

Er richtet sich auf, streicht mir sanft über den Rücken und ermutigt mich, durch das Portal zu gehen. Ich füge mich und plötzlich stehe ich auf der anderen Seite, mitten auf der Campuswiese. Ich schreie, als ein weißer Wolf mir den Weg versperrt, seine goldenen Augen auf mich richtet und mich beschnüffelt.

KAPITEL 10

ASHKANA

Er ist nicht allein. Etwa zehn Wölfe tummeln sich auf der Wiese, inmitten von Männern. Magier, nehme ich an. Ich weiche zurück und stoße mit Bert zusammen, der mir dicht auf den Fersen war. Er legt seine Hand auf meine Schulter.

„Werwölfe", erklärt er. „Sicherheitsprotokoll. Es gab einen Eindringling auf dem Schulgelände. Sie versuchen, seine Spur zu erschnüffeln."

„Und ich nutze die Gelegenheit, um eine Übung für unsere neuen Rekruten durchzuführen", fügt dann ein Mann mit kurz geschnittenem braunem Haar hinzu, während er näher kommt und seine Hand nach Bert ausstreckt.

Sie schütteln sich die Hände und Professor Tharys wirkt gleich viel entspannter.

„Erstklässler?", fragt er.

„Ja, einige, aber unter der Leitung von Fünftklässlern", antwortet sein Gesprächspartner. „Und natürlich hat die Elite die Spur bereits gewittert."

„Und?", erkundigt sich der Lehrer.

„Schwer zu sagen, auf welchem Weg er gekommen ist, aber zu Fuß würde ich sagen."

„Zu Fuß?", wundert sich Bert. „Was ist mit dem Schild?"

Sein Gesprächspartner zuckt mit den Schultern und schaut mich dann an. Der riesige, weiße Wolf versperrt mir immer noch den Weg. Ich versuche mein Bestes, nicht zu zittern.

„Tut mir leid. Sicherheitsmaßnahme. Thresh tritt zurück. Sie ist bei Professor Tharys. Er stellt keine Gefahr dar."

Thresh? Ich runzle die Stirn. Thresh ist ein... Werwolf? Ich versuche, diese neue Information zu verdauen. Es wird langsam zu viel. Zwar wurde mir vorhin gesagt, dass es verschiedene Arten von Übernatürlichen gibt und dass sie alle hier zusammenleben, aber ich bin den ganzen Tag nur Magiern begegnet. Oder zumindest dachte ich, ich wäre nur Magiern begegnet. Mitten in der Nacht Nase an Nase mit einem Wolf zu stehen, ist nicht gerade die Vorstellung, die ich mir von einer ruhigen Rückkehr in die Schule gemacht habe.

Thresh weicht zurück. Er ist ein massiver, weißhaariger Wolf, dessen Kopf über meine Hüften hinausragt. Seine goldenen Augen verdunkeln sich und er sieht hoch zu seinem Anführer.

„Professor Cramsteil", sagt der Anführer von Thresh und stellt sich vor. „Ich bin für die Werwölfe auf dem Campus zuständig."

Ich nicke, da ich mich inmitten der vielen Leute noch nicht ganz wohl fühle.

„Gibt es denn keine anderen?", fragt Bert.

Professor Cramsteil antwortet ihm nicht. Er lächelt nur verkniffen und nimmt sich kurz Zeit, um nachzudenken:

„Es ist zu früh für eine Antwort. Wir haben das Sicherheitsprotokoll für ganz Stallen angehoben und Patrouillen werden Tag und Nacht die Gegend absuchen."

Bert schluckt. Es scheint ihm Unbehagen zu bereiten.

„Dein Tag war nicht gerade erholsam, mein Freund. Du solltest jetzt schlafen gehen, denn morgen ist genug Zeit, um sich Sorgen zu machen."

Sich Sorgen machen? Ich verstehe immer noch nicht, wer diese Männer sind, die angegriffen haben.

„Die Eltern verlassen sich darauf, dass ihre Kinder in Stallen sicher sind", fügt Bert hinzu.

„Das weiß ich auch."

Wir trennen uns und Professor Tharys führt mich weg von all der Aufregung, die auf der Wiese herrscht. Wir erreichen das Hauptgebäude. Im Gegensatz zu vorhin ist niemand mehr in den Gängen oder auch nur draußen. Es scheint, als ob eine Ausgangssperre verhängt wird. Wenn ich jetzt darüber nachdenke, ist das nicht unmöglich, wenn man bedenkt, welche Gefahr aus dem Nichts aufgetaucht ist. Gibt es noch andere Individuen wie diejenigen, die heute auf der Wiese aufgetaucht sind? Könnten sie die Schüler auf dem Campus angreifen?

Bert klopft an eine Bürotür. Niemand antwortet ihm. Also geht er hinein und versichert sich, dass wirklich niemand mehr da ist.

„Ähm, ja, es ist spät, das ist normal. Du musst morgen noch einmal herkommen, um dich für den Unterricht anzumelden. Hier musst du dir deinen Stundenplan abholen und den ganzen Papierkram erledigen."

Ich nicke und wir drehen um. Wir verlassen das historische Gebäude und laufen zu den Schlafsälen der Halben. Bert begleitet mich bis zur Tür, die er öffnet. Wir sehen beide Ferynn, der schnarchend auf dem Sofa liegt. Bert rüttelt an seinem Bein, um ihn zu wecken und der Junge schreckt hoch.

„Was ist denn los? Was ist denn? Werden wir angegriffen?"

Er springt auf die Füße, bevor er merkt, dass es sich nur um Bert und mich handelt. Er fährt sich mit der Hand durch sein Haar und seufzt.

„Ich habe schon seit Stunden auf euch gewartet", murrt er.

„Danke, Ferynn, für deine Unterstützung für die neue Schülerin", sagt Bert und räuspert sich. „Ich vertraue sie dir an. Zeig ihr das Zimmer, erkläre ihr die Grundregeln und begleite sie morgen ins Sekretariat, damit sie ihren Stundenplan abholen kann."

Ferynn parodiert einen militärischen Gruß, um Bert einen guten Abend zu wünschen. Als der Professor geht, wirft er ein paarmal Blicke über seine Schulter, als ob er prüfen möchte, ob Ferynn tatsächlich bei mir bleibt.

„Ich zähle auf dich, ja?", wirft er ein und schließt die Tür des Gebäudes.

Ferynn seufzt, als er endlich den Raum verlassen hat.

„Jetzt sind wir die Autoritätsfigur los", beginnt er. „Erzähl mir alles. Was hat dich hierher geführt? Wie haben sie dich gefunden? Wer sind deine Eltern? Von welcher Rasse stammst du ab? Warum hast du dich so lange versteckt?"

Er überschüttet mich mit Fragen und ich weiß nicht einmal, welche ich zuerst beantworten soll.

„Lass mich raten, du bist keine Schnelle, oder?", lacht er.

Ich lege meine Hand auf meinen Koffer, den ich die ganze Zeit mit mir herumgetragen habe.

„Na gut, dann dein Zimmer zuerst."

Ich folge ihm in einen dunklen Flur, in dem die Lichter automatisch angehen, wenn wir uns nähern.

„Sind die anderen im Bett?", frage ich.

„Befehl von oben", murrt Ferynn. „Alle in ihre Zimmer, keine Ausnahmen möglich. Außer, nun ja, für dich. Wir wissen nicht einmal, was los ist. Hast du etwas gesehen?"

Seine Neugierde ist unendlich weit zu spüren. Ich antworte nicht sofort. Ich weiß nicht, welche Informationen ich weitergeben darf und welche nicht, und ich möchte nicht Millies Zorn auf mich ziehen. Andererseits war Thresh der Sicherheitsdienst, also wird die Sache sowieso bald öffentlich werden, oder?

„Komm, sag schon, wenn du etwas gesehen hast! Ich habe gehört, dass es am Südportal ziemlich hektisch zugeht, da kommst du doch her, oder? Außerdem sah Bertchen noch blasser aus als sonst, und das will schon was heißen. Der Typ muss sich jeden Tag in die Hose machen, so ängstlich ist er."

„Professor Tharys hat heute großen Mut bewiesen", erwidere ich in einem sehr ernsten Ton.

Mir kommt es vor, als würden Jake und seine Clique meine Freundin Cass beleidigen. Ich bin nicht hierher gekommen, um die gleichen Situationen zu erleben. Zugegeben, Bert ist sicher nicht der mutigste Lehrer der Schule, aber er hat sich unglaublich bemüht, seine Ängste zu überwinden, wenn es darauf ankam.

„Musste er also kämpfen? Was hat er getan? Kleine Funken mit seinen Fingern?"

Ich verpasse Ferynn einen finsteren Blick, während er die Tür zu meinem Zimmer aufstößt. Hinten rechts steht ein Bett, links ein Schreibtisch und ein Schrank. Eine Tür führt zum Badezimmer auf der rechten Seite des Flurs. Direkt davor ist ein Fenster.

„Wir haben dir Handtücher, Bettwäsche, ein Kissen und eine Bettdecke mitgebracht. Ich nehme an, dass du nichts davon in deinem Koffer hast?"

Ich nicke mit dem Kopf.

„Im anderen Flügel gibt es einen Waschraum, dort kannst du deine Sachen bei Bedarf waschen."

Ich denke an meinen Harry-Potter-Schlafanzug.

„Kann ich sofort dorthin gehen?"

Er runzelt die Stirn.

„Solltest du nicht mit sauberer Kleidung auftauchen? Was hast du gemacht? Hast du den Korb mit der schmutzigen Wäsche mitgenommen?"

„Darf ich das, oder nicht?"

Er zuckt mit den Schultern.

„Die Regel ist, dass man sich in seinem Zimmer aufhält. Keine Versammlung im Wohnzimmer. Naja, ich nehme an, dass du die Ausnahme bist, da du über den Campus gehen durftest. Wie auch immer, sie werden nicht zu uns kommen, um irgendetwas zu überprüfen. Es ist ihnen egal, was mit den Halben passiert."

Ich stelle meinen Koffer in eine Ecke, öffne ihn und greife nach der Plastiktüte.

„Ist das alles?", wundert sich Ferynn.

Ich schaue ihn noch einmal an, um ihn von einem weiteren Kommentar abzubringen. Ich gehe wieder in den Flur und er hält mir den Schlüssel hin.

„Du willst abschließen", sagt er.

„Hä?"

„Ich versichere dir, dass du abschließen willst."

„Was, schnüffelt ihr hier in den Sachen anderer Leute herum?"

„Nicht herumschnüffeln, nein. Die Neuen in die Pfanne hauen, ja."

„Wunderbar... Als ob ich nach diesem Tag eine weitere Schikane bräuchte."

„Hey, ich warne dich nur. Ich kann nichts dafür. Komm schon, ich begleite dich zum Waschraum."

„Danke", murmel ich.

Wir gehen schweigend durch den Flur. Die Tür zur Waschküche steht offen, ich stürme hinein und der Junge bleibt im Türrahmen stehen und beobachtet mich.

„Musst du nicht wieder in dein Zimmer?", frage ich.

„Glaubst du, ich lasse dich in Ruhe, bis du mir nicht alles über deine Ankunft hier erzählt hast? Und was ist eigentlich am Südtor passiert?"

Ich runzle die Stirn.

„Ist das die Art, wie man hier begrüßt wird?"

„Ich bin der beste Willkommensgruß, den du bekommen kannst", verkündet er mit einem breiten Grinsen.

„Das sagt viel über die Gastfreundschaft der Halben aus."

„Wir sind der Abschaum des Campus, was auch immer du dir vorstellst. Warte mal ab, wie du ab morgen behandelt wirst, verzehnfache es und du wirst noch weit von der Realität entfernt sein."

„Wenn sie uns hier nicht haben wollen, warum stecken sie uns dann trotzdem in diese Schule?"

„Für das Image, meine Liebe!", sagt er und hebt einen Zeigefinger in die Luft, um seine Worte zu veranschaulichen, als wäre er ein Aristokrat. „Für das Image!"

Seine theatralische Art entlockt mir ein Lächeln. Ich kreise meine Schultern, um sie zu entspannen, bevor ich meine wenigen Kleidungsstücke in eine Maschine stopfe. Ich suche nach dem Waschmittel und Ferynn zeigt auf einen kostenlosen Automaten. Ich danke ihm und starte die Maschine, die sofort zu laufen beginnt. Ich sitze wartend im Schneidersitz davor.

„Willst du etwa hier rumsitzen und zusehen, wie sich die Maschine dreht?", wundert sich Ferynn.

„Warum, stört dich das?"

„Du kannst deine Wäsche holen und sie morgen früh zum Trocknen aufhängen."

„Ich werde nicht schlafen können, wenn ich bedenke, was alles passiert ist. Und ich habe nicht vor, mein Lieblings-T-Shirt unbeaufsichtigt zu lassen, nachdem du mir von dem *Willkommenskomitee* erzählt hast."

„Was heißt hier, *Willkommenskomitee?*", fragt er empört. „Wir sehen es als nettgemeinten Willkommensgruß".

„Na toll. Ich habe schon Jugendliche erlebt, die sich für die Mafia halten und denken, sie könnten jeden ungestraft schikanieren ..."

Ich denke an Jake und hoffe insgeheim, dass ihm in diesem Moment die Ohren klingeln.

„... und ich möchte von vorne herein klarstellen, dass ich nicht vorhabe, mir das gefallen zu lassen. Egal, was für ein Übergangsritual ihr plant, zählt nicht mit mir für eure Spielchen. Es wird nicht funktionieren und ihr werdet ebenfalls Federn lassen müssen."

„Warum ist das so?"

„Weil ich die Macht habe, euch alle zum Ausflippen zu bringen."

„Und was glaubst du, warum wir alle hier sind, hm? Denkst du, du bist die einzige Halbe mit Kräften? Wir sitzen alle im selben Boot, also schraub deine Hoffnungen zurück."

Ich seufze. Er hat Recht: Es ist keine kleine Gruppe menschlicher Teenager, die ich wie neulich in meiner alten Schule mit meiner magischen Kraft einfrieren kann.

„Das hast du Menschen angetan?", platzt es aus Ferynn heraus.

„Verdammt, kannst du Gedanken lesen?", grummele ich.

Er lächelt hämisch.

„Was glaubst du, warum ich hier bleibe, auch wenn du nichts sagst, hm?"

„Geh mir aus dem Kopf!", schreie ich.

„Leiser, du wirst noch den ganzen Flur aufwecken …"

„Sie schlafen nicht. Sie müssen in ihren Zimmern bleiben. Nur zur Sicherheit."

„Ja, aber das ist kein Grund, denn es gibt eine Menge Leute mit einem Supergehör hier in der Gegend."

„Ist es erlaubt, meine Gedanken zu lesen? Gibt es keine Regeln für ... private persönliche *Daten*, oder so?"

„Hast du gedacht, du bist im Internet in der Welt der Menschen?", lacht er.

Ich verschränke die Arme vor der Brust.

„Da kommst du doch her, oder? Wie war es dort?"

Ich bleibe stumm und starre wieder auf das Rotieren der Waschmaschine.

„Komm schon, erzähl!"

„Wieso? Du hast doch sowieso schon vor, die Antwort in meinen Gedanken zu lesen, oder? Was nützt es, wenn ich rede?"

„Wenn ich meine Gabe so gut beherrschen würde, müsste ich dir nicht so viele Fragen stellen und würde etwas mehr Informationen aufnehmen."

Ich verdrehe die Augen.

„Und was soll ich tun? Mitleid mit dir haben, weil du ein armer kleiner Halber bist, der nicht in der Lage ist, die Gedanken anderer zu erfassen?"

Er kichert.

„Ich kann nicht zaubern und ich kann nicht telepathieren."

„Hä?"

„Das ist Teil des Willkommenskomitees!", ruft er aus.

„Wie hast du dann gewusst, dass...?

„Ich habe es gerochen, ich habe daran geschnüffelt", sagte er und tippt sich an die Nase. „Du stinkst wie ein Mensch. Ich nehme an, du warst auf einer Highschool mit Menschen und sie haben dich gefunden, weil die Dinge aus dem Ruder gelaufen sind. Was hast du getan? Hast du ein Gebäude in Brand gesetzt? Hast du einen Menschen erschossen?"

Diesmal reiße ich vor Entsetzen die Augen auf.

„Gibt es Leute, die wegen solcher... Taten hierher gekommen sind?"

„Nein. Du bist die Erste, die hier auftaucht, daher die Neugier."

„Bin ich dann ein Freak?"

„So etwas in der Art", bestätigt er.

„Wie angenehm das ist."

„Du bist eine Halbe, das heißt, du bist an sich schon ein Freak. Aber du bist auch eine Unwissende. Sagen wir, du hast den Tiefpunkt erreicht. Der Vorteil ist, dass du nicht mehr tiefer fallen kannst."

Ich mache eine Pause. Ich habe keine große Lust, Ferynn in der Diskussion zu ermutigen, aber die Neugier siegt und ich frage ihn trotzdem:

„Bin ich wirklich die einzige Unwissende, die... in die Schule aufgenommen wurde?"

Ich nehme sein Kopfnicken am Rande meines Blickfelds wahr. Ich bin immer noch zu Stolz und habe keine Lust, ihm zu zeigen, dass mich das, was er erzählt, interessieren könnte. Ich starre stur auf mein T-Shirt, das in der Waschmaschine rotiert.

„Bisher ist das noch nie passiert", fügt er hinzu. „Oder... ich weiß es nicht."

„Aber die anderen Halben, wie sind sie angekommen?"

„Sie wurden in der Regel von ihren übernatürlichen Familienmitgliedern aufgenommen und wie Ganze erzogen. Na ja, nicht unbedingt wie Ganze. Man könnte meinen, dass wir nicht die gleichen Rechte haben. Weißt du, sie wurden mit dem Wissen über all das erzogen, was man dir in der Kindheit beibringt."

„Was zum Beispiel?"

„Magier, Vampire, Wölfe, Dämonen, die ganze Palette eben."

„Dämonen?", wundere ich mich.

Bisher hat mir noch niemand von Dämonen erzählt.

„Ja, es wird behauptet, dass sie mehr oder weniger von der Bildfläche verschwunden sind, dass sie im großen Krieg vernichtet wurden."

„Der große Krieg?"

Ich habe gehört, wie Bert diesen Begriff benutzt hat.

„Nicht nur die Unwissenden sind in der Lage, sich gegenseitig zu töten."

„Wie sehen die Dämonen aus?"

Er zuckt mit den Schultern.

„Ich weiß es nicht, ich habe noch nie einen gesehen und sie haben alle Bilder von ihnen aus den Büchern entfernt. Es ist gerade mal so, dass man irgendwo eine Illustration erspähen kann. Sie haben die Statue von Stallen aufgestellt und schwupps, haben sie die Dämonen aus der Geschichte gelöscht."

„Stallen? Ist das die Frau, das man am Eingang sieht?"

„Die riesige Statue, die das Gebäude in den Schatten stellt, meinst du? Ja, das ist sie. Direktorin Stallen, die aus den Schülern der Schule eine Armee zusammengestellt hat und im Großen Krieg eine große Rolle beim Sieg über die Dämonen gespielt hat. Zumindest wird das so erzählt. Wenn du mich fragst, ist es hauptsächlich Bullshit, damit wir einen Helden haben, den wir anbeten können und damit die Schule gut da steht."

„Ich habe den Eindruck, dass du die Schule und ihre Aushängeschilder nicht besonders magst."

Ich habe mich ihm zugewandt, ohne es zu bemerken. Man kann nicht gerade sagen, dass es eine spannende

Tätigkeit ist, zu beobachten, wie sich die Waschmaschine dreht.

„Wenn man bedenkt, wie sie uns behandeln, ist es schwierig, sie anzubeten."

„Aber warum bist du in diesem Fall überhaupt hier?"

„Weil ich keine andere Wahl habe. Irgendwo muss man ja lernen und der Unterricht hier ist kostenlos."

„Also aus Trotz. Warum verbringst du nicht dein Leben unter den Menschen?"

Er kichert, bevor er laut zu lachen beginnt und nicht mehr aufhören kann.

„Oh... ich... entschuldige...", sagt er, als er wieder zu Atem kam. „Diesmal habe ich wohl alle geweckt, das ist sicher."

Mein Gesichtsausdruck verrät meinen Ärger.

„Du machst dich seit meiner Ankunft nur über mich lustig und wunderst dich, dass ich dir keine Informationen geben will."

Er hört auf zu lachen und macht ein ernstes Gesicht.

„Entschuldigung", platzt es aus ihm heraus, was mich überrascht.

Ich hatte nicht erwartet, dass er sich so schnell entschuldigen oder seine Fehler eingestehen würde.

„Du hast Recht, ich habe dich viel geärgert und ... und ich habe vergessen, dass du nichts davon weißt. Du kommst aus der Welt der Menschen, also ist es für dich selbstverständlich, dass du zurückgehen und dein Leben dort verbringen könntest, oder?"

Ich nicke mit dem Kopf.

„Lass uns einen Neuanfang machen", schlägt er vor und streckt seine Hand aus.

Ich zögere. Er hat mich so oft verarscht, dass ich mich frage, ob er nicht eines dieser elektrischen Geräte hat, die mir einen Stromschlag versetzen, wenn unsere Finger sich berühren.

„Du bist misstrauisch, das verstehe ich. Wir müssen uns nicht die Hand geben. Du hast das Recht, Angst zu haben."

Ich knurre frustriert, strecke meinen Arm aus und umklammere seine Finger.

„Ah, Stolz, was? Das ist deine Schwäche."

„Ich dachte, wir wollten einen Neuanfang machen", murre ich.

„Du hast Recht, mea culpa."

„Warum kannst du dann nicht in die Welt der Menschen ziehen?"

„Weil es dir nicht erlaubt ist, mit einem Menschen auszugehen, einen Menschen zu heiraten oder eine Familie mit einem Menschen zu gründen. Das ist strengstens verboten. Daher werden wir Halbe als ... Abschaum der Gesellschaft betrachtet. Wir dürften nicht existieren, wenn sich alle an die Regeln halten würden."

„Aber warum sollte man eine solche Regel aufstellen? Das ist doch... dumm, oder? Man entscheidet nicht, in wen man sich verliebt. Gefühle kann man nicht kontrollieren."

„Oh, die Übernatürlichen glauben fest daran, dass man sie kontrollieren kann. Das heißt, im Rahmen des Möglichen. Wölfe sagen gern, dass das Schicksal die Wahl einer Partnerin oder eines Partners lenkt. Daher sind Wölfe unter den Halben auch viel stärker vertreten. Aber du musst schon verstehen, dass unsere beiden Welten sehr getrennt sind: Wir können ein ganzes Jahr verbringen, ohne mit Menschen zu interagieren. Ich denke, das ist eine gute Regel, um das Geheimnis zu wahren. Und niemand, absolut niemand, will, dass morgen der ganze Planet von der Existenz der Übernatürlichen weiß."

"Ja, ich kann mir vorstellen, dass das euren Tagesablauf erschweren würde. Aber wie ... nun, wir sind in den USA, es gibt Strafverfolgungsbehörden, Satelliten. Die müssen doch wissen, wo sich Stallen befindet, oder?"

„Komisch, ich habe mir diese Frage nie gestellt. Es ist so offensichtlich für mich, dass wir uns an einem geheimen Ort befinden. Ich nehme an, dass der Schild ausreicht, um uns für all ihre Instrumente unsichtbar zu machen."

„Der Schild?"

„Es gibt einen Schild, der Stallens Gebiet umgibt. Er ermöglicht es, eine Illusion über die Schule aufrechtzuerhalten und er schützt uns. Er ist unser Sicherheitskokon."

„Also müsste jemand, der die Schule betreten will, diesen Schild durchbrechen? Was wären die Folgen? Würde ein Alarm losgehen?"

„So etwas in der Art, könnte ich mir vorstellen. Naja, eine Art magischer Alarm. Aber niemand könnte den Schild durchbrechen."

„Hat das jemals jemand getan?"

„Nicht seit dem großen Krieg, nehme ich an."

„Was sind dann die anderen Möglichkeiten, um nach Stallen zu gelangen?"

„Durch die Portale."

„Was ist, wenn wir kein Portal benutzen?"

„Es gibt keine anderen Wege."

Er neigt den Kopf zur Seite, vielleicht um zu versuchen, zu erraten, was ich denke und wohin mich mein Nachdenken führt.

„Irgendetwas ist passiert, als ich wieder gegangen bin."

Ich beiße mir auf die Unterlippe. Millie hat mir verboten, mit Menschen wie Cass über Magie zu sprechen, aber sie hat mir nicht verboten, etwas über den Angriff zu verraten. Im Gegenteil, sie schien zu ahnen, dass ich etwas sagen würde, so wie sie die sensiblen Informationen geschützt hat.

„Es waren zwei Typen, die uns angegriffen haben", gebe ich flüsternd zu.

Ferynn lässt den Türrahmen los. Er kommt näher und setzt sich im Schneidersitz mir gegenüber.

„Zwei Typen?", sagt er.

Ich habe seine volle Aufmerksamkeit.

„Wir waren am Portal. Es gab Blutspuren auf der Wiese, weshalb Millie hindurchging und Bert und mir befahl, an Ort und Stelle zu bleiben. Im Inneren von Gregorys Laden wartete einer auf sie."

„Gregory?"

„Der Mann, der für das Portal zuständig ist."

Ich suche vergebens in Ferynns Augen nach einem Funken Verständnis. Er scheint aber Gregory nicht zu kennen.

„Er ist tot", füge ich hinzu.

Er zuckt nicht einmal mit der Wimper.

„Bert sprang auf, um Millie zu folgen und ihr zu helfen und ich stand dann alleine rum. Da tauchte plötzlich ein anderer Typ auf und rannte direkt auf mich zu."

„Wie sah er aus?"

„Groß und schwarz. Alles an ihm war schwarz: schwarzer Umhang, schwarze Kleidung ... Aber seine Stimme war menschlich. Seine Bewegungen waren nicht hastig. Es war, als ob er alle Zeit der Welt hätte. Er hätte mich mehrmals töten können, aber es schien ihm zu gefallen, es langsam anzugehen."

„Was hast du gemacht?"

„Das Portal war noch offen, also bin ich gesprungen. Wir trafen uns alle im Laden, mussten kämpfen und überlebten um Haaresbreite. Die Verstärkung kam, aber unsere beiden Feinde waren schon verschwunden."

„Also sind sie irgendwo in der Menschenwelt?"
Ich nicke.

„Und mindestens einer von ihnen hat es geschafft, auf den Campus zu gelangen?", fährt er fort.

„Beide, nehme ich an, denn das Blut auf dem Gras der Wiese muss dem ersten gehört haben."

„Und du konntest nicht identifizieren, wer sie waren?"

Ich schüttele den Kopf.

„Selbst wenn ich ihre Gesichter hätte sehen können, ich kenne niemanden in dieser Welt, wie soll ich da jemanden identifizieren?"

„Du hättest bestimmte Merkmale beobachten können... Glaubst du, dass sie es waren?"

„Wer sind sie?"

„Haben sie vielleicht ein Blutopfer gebracht? Welche Zaubersprüche haben sie auf dich angewendet?"

„Ich weiß nicht, er hat mich physisch angegriffen, nicht... nicht mit seiner Magie oder was auch immer."

„Keine Magie? Gar keine? Seltsam..."

„Wer sind diese Leute?"

„Ich war nicht dabei, woher soll ich das wissen?"

„Du scheinst eine Hypothese zu haben."

„Natürlich habe ich eine Hypothese", fährt er fort und zuckt mit den Schultern. „Unser einziger gemeinsamer Feind, den wir alle wirklich kennen, ist die Dämonenkaste. Und nur weil seit Jahren niemand mehr einen gesehen hat, heißt das nicht, dass sie von der Oberfläche des Planeten verschwunden sind. Ich bin überzeugt, dass sie sich verstecken und auf ihre Zeit warten. Sie schmieden ihre Rache, sie..."

„Du solltest einen Roman schreiben", erwidere ich.

„Warte mal ab. Wenn sie zurückkommen, kannst du nicht mehr sagen, dass ich dich nicht gewarnt habe."

„Aber wenn sie Dämonen sind — und ich weiß nicht einmal, wie ein Dämon aussieht — dann kann ich dir kaum bestätigen, wie sie auf den Campus gekommen sind! Die Portale werden bewacht und du sagst mir, dass der Schild unüberwindbar ist. Der Typ war im Wald versteckt. Wie... wie konnte er dort sein, ohne dass es jemand bemerkt hat? Und gibt es noch mehr davon? Ich nehme an, dass sie deshalb die Sicherheitsvorkehrungen bei meiner Rückkehr verschärft haben..."

Ich denke laut nach und Ferynn nutzt die Gelegenheit, um Fragen zu stellen.

„Die Sicherheitsmaßnahmen? Wen hast du auf dem Rückweg gesehen?"

Ein Lächeln huscht über meine Lippen, als ich mich an das weiße Fell des Wolfes erinnere.

„Thresh. Ich glaube, er heißt so. Unter der Führung seines ... seines Anführers? Ich habe mir seinen Namen nicht gemerkt. Es wimmelt von Menschen auf dem Rasen dort drüben. Ich wurde beschnüffelt, Bert hat mich hierher begleitet und sie lassen niemanden rein oder raus, ohne seine Identität zu überprüfen, denke ich. Sie durchkämmen jeden Quadratzentimeter des Geländes dort unten, um Hinweise zu entdecken."

„Also haben auch Wölfe an der Durchsuchung teilgenommen, im ersten Jahrgang noch dazu. Und natürlich wurde nicht ein einziger Halber eingeladen, obwohl wir die Gelegenheit dazu gehabt hätten, Erfahrungen vor Ort zu sammeln. Immer werden die Ganzen bevorzugt. Sie behaupten, uns die gleiche Bildung zu geben, aber..."

Er verstummt, als er merkt, dass er laut überlegt hat und schließt kurz die Augen.

„Ich werde morgen im Unterricht ein paar Fragen stellen. Diskrete Fragen", versichert er. „Um mehr zu erfahren."

Die Waschmaschine piept. Ich stehe auf und greife nach meinen Kleidern.

„In deinem Zimmer ist ein Wäscheständer", sagt Ferynn, als er mich hinausbegleitet. „Soll ich dich auf dem Laufenden halten, wenn ich etwas erfahre?"

„Ich will nicht noch tiefer in die Sache hineingezogen werden, als ich es ohnehin schon bin", erwidere ich und schiebe den Schlüssel in sein Schloss.

Ich erwarte fast, dass mein Zimmer schon auf dem Kopf steht, nachdem Ferynn mir das mit der Schikane erklärt hat, aber es sieht alles ganz normal aus.

„Wirklich? Gibt es nicht einen winzigen Teil in dir, der unbedingt wissen will, wer der Typ ist, der dich angegriffen hat?"

Ich antworte nicht, sondern hänge meine Kleidung auf, während die Tür zu meinem Zimmer noch offen ist. Ferynn scheint sich nicht von selbst aus dem Staub machen zu wollen.

„Und wie hast du dich überhaupt verteidigt? Willst du mir weismachen, dass Bertchen dich gerettet hat?"

Ich schaue ihn böse an und gehe auf ihn zu.

„Gute Nacht, Ferynn."

Dann knalle ich ihm die Türe vor der Nase zu.

KAPITEL 11

ASHKANA

Ferynn ist nicht nachtragend. Vielleicht hat ihn die Geschichte mit der zugeschlagenen Tür sogar amüsiert, denn am nächsten Morgen wartet er brav vor meinem Zimmer und lächelt.

„Schläfst du manchmal?", seufze ich.

„Das kommt vor", antwortet er schulterzuckend.

„Muss ich dich den ganzen Tag ertragen?"

„Oh nein, ich muss dich nur zum Sekretariat für deine Anmeldung bringen. Frühstück?"

Er hält mir ein Toastbrot hin und ich zögere. Ist da wirklich Nutella drauf?

„Ich werde mir lieber mein eigenes Frühstück machen, wenn es dir nichts ausmacht."

Ich remple ihn an, damit ich meine Tür abschließen kann und gehe in die Gemeinschaftsküche. Dort wuselt es aus allen Richtungen. Ich kann mir ein Lächeln nicht verkneifen. Ich habe immer davon geträumt, Teil eines Campus zu sein, in der Cafeteria zu frühstücken und gesellige Momente mit meinen Mitschülern zu verbringen. Denn wir sitzen ja alle im selben Boot. Wir müssten uns auf Prüfungen vorbereiten und die Lehrer würden uns zu viele Hausaufgaben geben. So habe ich mir die Universität vorgestellt.

„Wer füllt die Schränke?", frage ich Ferynn, der mir auf Schritt und Tritt folgt.

Er beißt genüsslich in sein Toastbrot und ich denke, dass ich es hätte nehmen sollen. Nutella ist meine süße Sünde, aber ich schränke meinen Konsum so weit wie möglich ein.

„Bert hatte bis vorgestern noch nie Nutella probiert", werfe ich ein.

„Nutella?", fragt Ferynn.

Ich kneife die Augen zusammen und runzle die Stirn, wobei ich mich frage, ob er sich über mich lustig macht.

„Was du gerade isst. Das ist doch ein Nutella-Toast, oder? Oder ein Ersatz?"

Er nimmt den Rest des Toasts aus seinem Mund und betrachtet den Aufstrich.

„Wovon redest du?"

Ich seufze und öffne alle Schränke auf der Suche nach etwas, das wie Nutella aussehen könnte. Ich stoße schließlich auf einen komischen Brotaufstrich in einem Glas ohne Etikett im Kühlschrank.

„Was ist das?"

„Schokoladen-Haselnuss-Marmelade", antwortet Ferynn. „Gekocht von der berühmten Miss Johnson. Für Miss Johnson heißt es: Hipp, hipp, hipp!"

„Hurra!", rufen die anderen Mitschüler in der Küche, bevor sie wieder ihren Beschäftigungen nachgehen.

„Wer ist Miss Johnson?", frage ich.

„Oh, jetzt sind wir neugierig?"

Ich verdrehe die Augen. Es ist nicht möglich, mit Ferynn zu plaudern, ohne alle drei Minuten zu seufzen. Sowas geht eigentlich nur mit vollem Akku…

„Wer ist Miss Johnson?", wiederhole ich mit aller Freundlichkeit, zu der ich fähig bin.

In einem Schrank finde ich eine Schüssel und einen kleinen Löffel. Auf den Verpackungen sind keine Markierungen, alles sieht ... selbstgemacht aus.

„Wonach suchst du?"

„Ich werde es finden", murmel ich.

Ich finde Milch in einem der Kühlschränke, die an den Wänden der geschmackvoll eingerichteten Küche stehen. Die Schranktüren sind schwarz, der Boden ist aus hellem Parkett und alle Arbeitsflächen sind aus Holz. Das Ganze wirkt modern und gemütlich. Ich kann mir vorstellen, dass die Gemeinschaftsküchen an der Universität auf dem Campus nicht von dieser Qualität sind.

Es ist jedoch unmöglich, Frühstückszerealien in die Finger zu bekommen.

„Wenn du mir sagst, was du suchst, kann ich dich dabei unterstützen", lacht Ferynn.

Er greift nach einem Apfel, der auf der Arbeitsplatte in einem riesigen Obstkorb liegt.

„Müsli", kapituliere ich. „Ich suche nach Müsli."

Um mich herum erstarren alle und Ferynn verzieht das Gesicht.

„Miss Johnson würde es nicht gut finden, wenn du ihre Kochkünste auf diese Weise kritisieren würdest."

„Huh?"

„Ist das, was sie kocht, nicht nach deinem Geschmack? Sie und ihr Team zaubern doch wunderbare Gerichte. Ich kann mir vorstellen, dass dein menschlicher Gaumen noch nicht an solch köstliche Speisen gewöhnt ist. Wirklich, du solltest die Schoko-Haselnuss-Marmelade probieren."

Ich schließe meine Augen und versuche das, was er mir erzählt, zu ordnen.

„Gibt es irgendwo in dieser Küche Müsli, Ferynn?"
„Nein, Miss Johnson würde uns nie etwas servieren, das nicht hausgemacht ist."
„Okay, wer ist Miss Johnson?"
„Ah, das willst du unbedingt wissen?"
„Ich habe dir diese Frage schon dreimal gestellt, Ferynn. Du magst es einfach, begehrt zu werden."
„Miss Johnson ist die Hausköchin der Schule. Sie hat die Aufsicht über alle Köche und im Gegensatz zum Rest der Bevölkerung von Stallen hat sie immer eine kleine, liebenswerte Aufmerksamkeit für uns und unsere Küche."
„Aber sie lässt euch kein Müsli liefern?"
„Nein, das wäre für sie ein Verbrechen!"

Ich stelle meine Schüssel zurück, greife nach dem Glas mit der Schoko-Haselnuss-Marmelade, finde Brot, das ebenfalls frisch aussieht, und toaste es. Dabei befolge ich Ferynns Anweisungen, als ob er mir erklären wolle, wie ich Nutella-was-nicht-Nutella-ist auf mein Toast schmieren soll.

„Weißt du, da, wo ich herkomme, gibt es diese Art von Aufstrich in mindestens zwölf verschiedenen Marken, in Gläsern, die bis zu zehn Kilo schwer sein können. Und es gibt Hunderte von ihnen in den Regalen."

„Das ist nicht die Marmelade von Miss Johnson. Probier mal, du wirst danach nie wieder etwas anderes essen können."

Ich beiße in den Toast. Mein Gaumen genießt die Süße des Aufstrichs und meine Geschmacksknospen explodieren mit Verzückung.

„Miss Johnson verkörpert die Perfektion auf diesem Planeten", seufzt Ferynn und isst seinen eigenen Toast auf.

„Okay, ich gebe zu, es ist köstlich. Und sie ist diejenige, die dafür sorgt, dass die Schulküchen immer voll sind?"

„Und die auch die Mahlzeiten verwaltet, die im Speisesaal serviert werden. Komm, beeil dich, sonst kommen wir zu spät."

Ich kann gerade noch mein Toastbrot aufessen, als Ferynn mich am Arm zieht. Ich gehe noch einmal durch mein Zimmer und schnappe mir den Rucksack, den ich in meinem Koffer verstaut habe. Darin sind die Sachen, die ich zum Notieren hineingesteckt habe. Zuletzt überprüfe ich dreimal, ob die Tür abgeschlossen ist, bevor ich zu Ferynn gehe. Der Junge zwingt mich, zum Hauptgebäude zu traben, unter dem Vorwand, wir seien spät dran, obwohl, als wir losgingen, noch viele Leute in der Küche waren und es auf dem Campus von Schülern wimmelt.

Wir betreten das Hauptgebäude und nehmen sofort den Gang rechts, den ich bereits am Vortag mit Bert gegangen bin. Ferynn bleibt vor der Bürotür stehen.

„Hier endet meine Mission", kündigt er an. „Miss Langohr mag mich nicht besonders und ich habe den Befehl, mich außer Sichtweite von ihr aufzuhalten."

„Miss Langohr?"

„Du wirst es verstehen, wenn du sie siehst. Sie wird dir deinen Stundenplan geben und wenn sie gute Laune hat, wird sie dich zum ersten Klassenzimmer bringen. Wir sehen uns wahrscheinlich erst heute Abend wieder!"

„Moment, bist du nicht in meiner Klasse?"

Er runzelt die Stirn, als würde er die Frage nicht verstehen.

„Ich bin ein Halbwolf, Asha. Du bist eine Halbmagierin. Wir haben nicht die gleichen Klassen. Willst du lernen, wie man nach einer kompletten Regennacht eine

Spur durch den Wald erschnüffelt? Wie willst du das machen?"

Ja, das ist offensichtlich.

„O. K., O. K."

„Was? Bist du gestresst, weil du meinen wölfischen Charme nicht mehr spüren darfst? Nachdem du den ganzen Abend damit verbracht hast, mir das Gefühl zu geben, dass ich dich nerve, bist du endlich meinem Charme erlegen?"

Seine Tirade gibt mir den Rest.

„Ja, hau ab, mein Leben wird viel einfacher sein, wenn du nicht ständig im Weg bist."

Er lacht, als er sich entfernt und mir einen guten Tag wünscht. Er verspricht, mich beim Mittagessen abzuholen, um zu sehen, ob ich meinen ersten Vormittag hier überstanden habe. Auch wenn ich es ihm nicht gestehen werde, beruhigt es mich zu wissen, dass er auf mich aufpasst und ich inmitten dieser neuen Umgebung nicht auf mich allein gestellt bin.

Ich wage es, die Hand zu heben, um an die Bürotür zu klopfen, trete ein und entdecke Miss Langohr, deren Ohren tatsächlich viel tiefer als der Durchschnitt zu hängen scheinen. Es ist, als wäre ihr Ohrläppchen zu schwer, um seine normale Größe beizubehalten, und als würde es fünf Zentimeter tiefer hängen. Der Effekt wird durch die langen Ohrringe, die die Sekretärin trägt, noch verstärkt, die wohl wie verrückt ihren Ohren ziehen.

Ich versuche, meine Augen von dem Schauspiel zu lösen und räuspere mich, um die Aufmerksamkeit der Sekretärin zu erregen, die auf ein Bündel Papier starrt.

„Ja?", sagt sie, ohne den Kopf zu heben. „Vorname? Name?"

Ohne mich auch nur ein einziges Mal anzusehen, füllt die Sekretärin eine Reihe von Dokumenten von Hand aus, bevor sie ihren Kopf zu einem Computerbildschirm dreht, dessen flackerndes Licht am Ende des Tages Migräne verursachen muss. Angesichts der Größe des Bildschirms, der typischerweise den Bildschirmen der 90er Jahre ähnelt, verstehe ich, dass Stallen noch nicht auf die nächste Stufe gewechselt hat. Wie auch immer, wenn es nur eine Telefonleitung gibt, sollte das Internet nicht von überall her verfügbar sein, oder? Ich schiebe meine Hand in meine Hose und stelle fest, dass ich bei all dem, was passiert ist, nicht daran gedacht habe, Cass auf dem Laufenden zu halten. Ich versuche, den Bildschirm einzuschalten, aber das Gerät hat kein Akku mehr.

„Hier ist es", sagt die Sekretärin und hält mir ein Papier hin.

Sie hat mich immer noch nicht angesehen. Auf dem Blatt steht mein Stundenplan. Ich versuche ihn zu entziffern, aber die Namen der Kurse haben nichts mit denen in meiner Schule zu tun. Hier gibt es keine Mathematik oder Erdkunde. Ich warte mit dem Papier in meinen Händen, bis die Sekretärin meckert:

„Nun, raus aus meinem Büro! Los, hopp, hopp!"

Sie wird mir also nicht helfen, mein erstes Klassenzimmer zu finden. Ich verlasse den Raum, gehe zurück in die Halle und versuche zu verstehen, wie das Gebäude organisiert ist. Werde ich hier unterrichtet oder in einem anderen Gebäude? Wie soll ich das wissen? Auf dem Zettel gibt es keinen Hinweis auf ein Gebäude.

„Verloren?", sagt eine vertraute Stimme.

Ich muss lächeln, als Tresh seinen Kopf über meine Schulter streckt, um meinen Stundenplan zu entziffern.

„Nicht zu müde?", erwidere ich.

„Ein bisschen", gibt er zu und nimmt mir das Papier aus der Hand. „Ich habe Kopfschmerzen vom vielen

Schnüffeln, als ob sich alle Gerüche in meiner Nase vermischt haben."

"Oh."

Ich weiß nicht, was ich darauf antworten soll.

„Das ist bestimmt nicht angenehm", füge ich hinzu.

Na bitte, das war doch diplomatisch, oder? Was weiß ich eigentlich? Ich bin ja keine ... Wölfin. Verdammt, mir wird einfach allein wegen der Tatsache, dass es Werwölfe gibt, schwindelig. Einem von ihnen gegenüber zu stehen macht es gerade nicht besser.

„Professor Dumdory", sagt er, als er sich meinen Stundenplan genauer ansieht. „Es ist nicht in diesem Gebäude. Puh, das klingt nach einer langweiligen Vorlesung. Ich bin froh, dass ich ihn nicht habe."

„So schlimm?"

„Boah, da geht es um Magie. *Beherrschung der Energieabsorption* steht da."

„Woher weißt du, in welchen Raum und welches Gebäude ich gehen muss?"

„Da", sagt er und deutet auf die Angaben unter dem Titel des Kurses. *Knisternder Raum.*

„Oh, und ich soll als Neuling wissen, wo sich der Knisternder Raum befindet?"

„Nein, absolut nicht, aber sobald du dich mit Leichtigkeit durch die Gebäude bewegst, weißt du, wo sich alle Räume befinden. Warum hast du Geschichte der Magie als Wahlfach gewählt? Das ist wahrscheinlich der langweiligste Kurs aller Zeiten, besonders mit Bert Tharys."

„Oh, ich hatte die Wahl?", wundere ich mich.

„Ich schätze, Miss Langohr hat dir nicht alles erklärt. Nun, damit musst du leben, es sei denn, du willst mit ihr kämpfen, um das alles zu ändern, und ich warne dich, sie ist nicht einfach."

„Ich werde mich damit abfinden", seufze ich. „Ich habe sowieso keine Ahnung davon, also muss ich irgendwo anfangen."

„Die Stundenpläne ändern sich jedes Quartal, also wird deine Qual nicht allzu lang sein, zumal das Jahr bereits begonnen hat."

Ein Klingelton ertönt und Thresh hebt den Kopf.

„Gut, ich kann nicht mehr lange warten, wenn ich nicht am Ende 50 Liegestütze zum Vergnügen meines Ausbilders machen will. Findest du deinen Weg? Du gehst raus, erstes Gebäude rechts, dann linker Gang, dritte... oder vierte Tür links?"

Er zieht eine Grimasse, um mir zu zeigen, dass er sich nicht sicher ist. Ich lächle ihn an.

„Ich werde fragen", beruhige ich ihn.

„Alles klar! Bis später, Neuling!"

Er verlässt das Gebäude und rennt so schnell es geht. Ich frage mich, wie er so viel Energie haben kann. Vor allem wenn er einen Teil der Nacht durchgearbeitet hat.

Ich folge seinen Anweisungen und gehe zum ersten Gebäude auf der rechten Seite, dann links. Schon viele Schüler haben die Räume betreten. Ein zweites Klingeln ertönt. Der Gang leert sich und ich zögere zwischen der dritten und vierten Tür. Es ist wie in einem Korridor in einem Schloss oder Kerker. Er ist lang, aber dunkel und unbeleuchtet. Die Türen sind aus Holz und Eisen und scheinen zwei Jahrhunderte alt zu sein.

„Knisternder Raum, Knisternder Raum...?"

Unsicher gehe ich immer wieder an der dritten und vierten Tür vorbei, während ich nach einem Hinweis auf meinen Stundenplan suche.

„Ich hasse es, zu spät zu kommen, Mary. Du weißt, dass ich es hasse, zu spät zu kommen. Ist eine Königin jemals zu spät? Nein. Glaubst du, dass Stallen einmal in ihrem Leben zu spät gekommen ist? Glaubst du, dass sie, als es darum ging, eine Armee von Dämonen zu besiegen, dachte: „Oh nein, ich werde noch zwei Minuten schlafen, weil ich müde bin, dann können die Dämonen warten"?"

Ich drehe meinen Kopf zum Ende des Ganges. Dort steht Heather mit ihren langen Haaren, ihrer glatten, sauberen Kleidung und ihren beiden Gefolgsleuten. Sie hat sich dem Mädchen zu ihrer Linken zugewandt und mustert sie mit einem Blick.

„Es... tut mir leid, Heather. Es wird nie wieder vorkommen."

„Weißt du, was passiert, wenn du zu spät kommst? Ich komme zu spät. Eine Königin kann nicht irgendwo ohne ihren Hofstaat auftauchen oder ohne ihren Kaffee getrunken zu haben, den du mir morgens machst. Ist Finarelle seit Beginn des Schuljahres auch nur ein einziges Mal zu spät gekommen?"

Sie wartet einige wenige Sekunden.

„Finarelle?", ruft sie ihrer anderen Freundin nach.

„Ja? Äh, nein, nein, ich bin nicht zu spät gekommen."

„Hier ist es, Mary, du solltest dir ein Beispiel an Finarelle nehmen. Ich will nicht mehr zu spät kommen."

„Ich... ich..."

„Und auch keine Ausreden, jetzt mach die Tür auf und erkläre Professor Dumdory, warum wir die Klasse stören, obwohl der Unterricht schon begonnen hat."

Sie treten alle drei vor die zweite Tür im Flur und ich eile ihnen hinterher. Heather erblickt mich und mustert mich von Kopf bis Fuß mit einem bösen Blick.

„Fräulein-ich-rempele-Leute-an-und-werfe-Bücher-um. Was führt dich in diese Richtung?"

Ich kann nicht antworten, da geht die Tür auf. Die drei Mädchen gehen herein und Mary stammelt eine

Entschuldigung an einen Lehrer mit weißem Haar und gleichfarbigem Bart.

„Und was ist deine Entschuldigung?", fragt er, als ich an der Reihe bin.

„Ich bin neu", sage ich.

„Neu?", wundert er sich.

„Ich bin erst gestern Abend angekommen", füge ich hinzu.

„Das Schuljahr hat schon begonnen."

„Ich bin eine Halbe und eine Unwissende."

Ich sage diese Worte ohne nachzudenken, weil ich sie gestern den ganzen Tag lang gehört habe. Sofort erhebt sich Gemurmel im Raum und ich höre Heather kichern.

„Eine Halbe, ich wurde von einer Halben beschmutzt, noch dazu von einer Unwissenden."

Ich verdrehe nicht die Augen, weil diejenige, die sich offenbar für eine Königin hält, so etwas sagt. Professor Dumdory räuspert sich, um das nicht gerade diskrete Getuschel in seinem Klassenzimmer zum Schweigen zu bringen.

„Danke für diese Erklärung."

Er scheint noch etwas sagen zu wollen, aber er findet keine Worte und lässt mich in die hinterste Ecke des Klassenzimmers zu einem leeren Tisch gehen. Heather und ihre beiden Begleiterinnen sitzen direkt davor. Sie drehen sich um und mustern mich.

„Ihr Haar sieht gefärbt aus, hast du den rötlichen Schimmer gesehen?"

„Was ist mit ihrem Gesicht, reden wir darüber? Ekelhaft, ich würde mich schämen, ihre Mutter zu sein."

„Kein Wunder, dass ihre Mutter oder ihr Vater sie bei den Unwissenden gelassen haben, die müssen sich doch übergeben haben, als sie auftauchte."

Wie schafft es Cass, angesichts der wiederholten Beleidigungen, die sie in der Schule über sich ergehen lassen muss, die Ruhe zu bewahren? Ich strecke meine Hand nach meinem Handy aus, weil ich dringend Trost brauche und meine beste Freundin die beste Person ist, um mir diesen zu geben. Jedoch fällt mir ein, dass mein Handy kein bisschen Akku mehr hat. Ich balle meine Fäuste, denn es kommt nicht in Frage, dass ich am ersten Schultag die Beherrschung verliere.

Schließlich verstummt das Geplauder und Professor Dumdory hebt den Kopf von seinem hölzernen Schreibtisch und beobachtet die Schüler.

„Absorption", sagt er in einem schärferen Ton. Das ist ein Verfahren, das alle Magier — ihr inklusive — kennen, und eure Fähigkeit, sie zu beherrschen, wird euch stark oder schwach machen.

Mary gähnt und hält sich im letzten Moment die Hand vor den Mund.

„Vielleicht langweile ich dich?", wirft Professor Dumdory ein und schiebt seine runde Brille von der Nase. „Würdest du lieber woanders sein?"

Die Schülerin schüttelt den Kopf und lehnt sich in die hinterste Ecke ihres Stuhls, als ob sie verschwinden wollte.

„Als ich selber ein Schüler in Stallen war…"

Ein Seufzen ertönt im Chor und ich interpretiere es als Zeichen dafür, dass der Lehrer uns eine Moralpredigt halten, oder eine schon oft gehörte Anekdote erzählen will. Er beginnt, zwischen den Reihen der Schüler im Saal auf und ab zu gehen.

„… kam niemand zu spät zum Unterricht. Jeder gab sein Bestes und jeder war sich bewusst, wie wichtig es ist, den Energiefluss zu kontrollieren, denn unser…"

„... Überleben davon abhing", beendete die gesamte Klasse.

Er dreht sich um und schenkt der Klasse ein mageres Lächeln.

„Ich weiß, dass ihr den Großen Krieg nicht erlebt habt und dass das Thema euch nicht interessiert. Alles, was euch interessiert, ist, dass Stallen uns beschützt hat. Sie hat den Frieden unter den übernatürlichen Kasten wiederhergestellt. Aber was würdet ihr tun, wenn uns wieder Gefahr droht? Ihr seid nicht einmal in der Lage, die Energie unter euren Füßen zu bündeln."

Heather murrt, sie sei anders und durchaus dazu in der Lage. Der Professor hört sie und tritt an ihren Tisch.

„Was ist los, Miss Heather? Möchten Sie uns vielleicht etwas vorführen? Da Sie so talentiert sind, warum zeigen Sie Ihren Mitschülern nicht, was Sie können?"

Ich kann nicht erkennen, ob Dumdory versucht, Heather in eine unangenehme Lage zu bringen, oder ob sie sein ... Liebling ist, vielleicht? Die Jugendliche scheint den Befehl nicht als Herausforderung zu verstehen. Sie steht gehorsam auf und zieht die hochhackigen Schuhe aus, die sie trägt. Sogleich antwortet ihr ein missbilligendem Grinsen.

„Wenn du angegriffen wirst, hast du natürlich genug Zeit, um deine Schuhe auszuziehen, nicht wahr, Heather?"

Heather schluckt, schiebt ihre Füße zurück in die Schuhe, verliert aber nicht die Fassung. Sie schenkt dem Lehrer ein riesiges Lächeln.

„Natürlich nicht, Sie haben Recht."

„Sehr gut, zeig uns die Fähigkeiten der Familie Rhoanne."

Ich fühle mich kleinlich, weil ich hoffe, dass das Mädchen sich kläglich blamiert. Ich halte meine Augen auf Heather gerichtet und hoffe, dass es Gerechtigkeit gibt. Sie soll bloß niemanden blenden.

Eine Minute später muss ich feststellen, dass ich einen Anflug von Bewunderung für das Mädchen empfinde. Selbst wenn sie sich für eine Königin hält. Mary klatscht laut, Finarelle ebenfalls, und sogar Professor Dumdory lächelt aufrichtig.

Heather badet in einem Lichtschein, der ihre Silhouette vom Boden aus umgibt und ihr Gesicht mit einem sanften gelb-orangefarbenen Schimmer beleuchtet. Sie hebt die Hände leicht an und zu ihren Füßen erscheinen Blumen, die in Ranken und Flechten um sie herum klettern und sie wie einen schützenden Kokon umschließen.

„Ich denke, es reicht, Heather. Haben alle ihre Position bemerkt? Wie sie sich die Zeit genommen hat, sich zu konzentrieren? Und habt ihr gespürt, wie sie die Energiequelle um sich herum gesammelt hat?"

Einige nicken und geben einen kleinen Kommentar ab. Ich versuche zu verstehen, was ich hätte fühlen sollen. Vergebens. Heather lässt ihre Ranken verschwinden. Sie lösen sich in einem Lichtregen auf und sie setzt sich wieder hin, während sie mir einen Blick zuwirft.

„Glaube nicht, dass du jemals eine solche Leistung erbringen kannst. Wenn du diese Schule verlässt, wirst du gerade mal gut genug sein, um die Flure zu putzen.", sagt Heather schnippisch in meine Richtung.

Am liebsten hätte ihr meine Meinung gegeigt. Aber nein. Der klügere gibt nach. Heather will Ärger suchen, das kann man förmlich sehen. Ihre überlegene und verächtliche Art bringt mich dazu, ihr den Kopf abreißen zu wollen.

Ich werde durch eine Anweisung des Lehrers abgelenkt, der alle auffordert, die Energie des Tisches zu absorbieren, um eine Lichtkugel in der Hand zu erzeugen.

Ich konzentriere mich, aber ich spüre nichts, rein gar nichts.

„Energie ist wie ein Strom", sagt Professor Dumdory. Man muss diesen Strom umlenken. Ihn dazu bringen, eins mit ihm zu werden. Diese Energie kanalisieren. Erst dann ist es überhaupt möglich, einen Zauberspruch zu wirken.

„Und wie spüre ich diesen Strom?"

Er runzelt die Stirn.

„Es ist eine Wärmequelle, die euch überall hin begleitet. Wenn ihr die Quelle identifiziert, von dem diese Wärmequelle ausgeht, habt ihr den Punkt gefunden, an dem ihr mit dem Energiekanal in Kontakt treten könnt."

Die Erklärungen sind viel zu obskur, als dass ich etwas davon verstehen könnte. Als es klingelt, bin ich erleichtert und hoffe, dass das Quartal schnell vorbei ist und ich das Fach wechseln kann. In diesem Kurs werde ich eindeutig nicht glänzen. Andererseits scheint es mir die Grundlage des Zauberunterrichts zu sein. Kann ich mich dem wirklich entziehen? Da müsste ich mich umhören.

Ich verzichte darauf, diese Frage einem Mitschüler zu stellen, während ich mich auf den Weg zur nächsten Unterrichtsstunde mache. Ich folge den Leuten vor mir, um mich nicht zu verlaufen, aber so, wie sie mich alle anstarren, möchte ich ihnen nicht allzu nahe kommen. Ich hasse die Idee, sie um Hilfe bitten zu müssen. Warum mögen sie mich eigentlich nicht? Liegt es daran, dass ich neu bin? Oder daran, dass ich eine Halbe bin? Ferynn würde wahrscheinlich sagen, dass es eine Kombination aus beidem ist.

In der nächsten Stunde treffe ich Bert Tharys wieder und bin sofort erleichtert, dass ich in seiner Klasse bin. Er ist das erste bekannte Gesicht, das ich wieder sehe und vielleicht die einzige Stütze, die ich hier habe.

Er begrüßt mich mit einem Lächeln, stellt mich vor und erwähnt meinen Status als Halbe nicht, wofür ich ihm sehr dankbar bin. Die Klasse ist nicht vollzählig und ich verstehe, dass je nach Wahlmöglichkeit nicht jeder denselben Stundenplan hat. Wir sind kaum ein Dutzend in diesem Kurs, aber Heather ist trotzdem anwesend.

Als Person ist Bert eigentlich ein guter Kerl. Er hat mich gestern trotz seiner Angst beschützt. Aber als Lehrer... Ich muss zugeben, ist er mega langweilig.

„Die Geopolitik des letzten Jahrhunderts hat die Art und Weise geprägt, wie unsere Kasten und die Magie heute funktionieren", wirft er ein.

Mary schnarcht übertrieben laut.

„Ähm, störe ich dich?"

Sie tut so, als würde sie aus einem langen Traum erwachen.

„Ich dachte nur, wir würden heute über etwas reden, das nicht langweilig ist", murmelt sie respektlos.

Dem Lehrer steigt die Schamesröte ins Gesicht und ich halte mich zurück, um ihm nicht zu Hilfe zu eilen. Es würde nur seinen Ruf noch weiter ruinieren. Außerdem halte ich lieber meinen Mund, damit die anderen mich in Ruhe lassen.

„Warum hast du dich dann angemeldet?"

Mary dreht ihren Kopf zu Heather, die mit den Schultern zuckt. Ich kann mir vorstellen, dass die beiden Gefolgsleute der Königin ihr aufs Wort gehorchen müssen, auch wenn es um die Wahl der Fächer in der Schule geht.

„Na gut", sagt Bert und klatscht in die Hände. „Welches... welches Thema wäre in diesem Fall weniger langweilig?"

„Geopolitik heute", schlägt Heather vor. „Meine Eltern haben mich nicht hierher geschickt, damit ich lerne, was vor ein oder zwei Jahrhunderten passiert ist. Sie wollen, dass ich die Regeln von heute lerne, damit ich taktvoll, aber mit fester Hand regieren kann. Diese Art von Wissen möchte ich erlangen."

Sie wirkt auf einmal grimmig und spricht, als wäre nur sie im Raum. Andererseits sind es nicht sehr viele. Vielleicht ist das ein Kurs für Pantoffelhelden, der leicht zu bestehen ist und in dem man in aller Ruhe gute Noten bekommt? Wurde ich angemeldet, weil es anderswo keinen Platz mehr gibt oder müssen bestimmte Quoten erfüllt werden?

„Und was genau willst du über die Geopolitik von heute wissen, Heather?", führt Bert fort.

Er ist nicht beleidigt, sondern antwortet freundlich.

„Wer hat im Moment die Zügel in der Hand? Wo stehen die Familien wirklich in Bezug auf ihren Einfluss? Wer sind unsere Feinde?"

„Das sind Fragen, die nach weitreichenden Antworten verlangen."

„Wir haben alle Zeit der Welt im Unterricht."

„Nun, ja ..."

Bert wirft einen Blick auf die anderen Schüler, um zu sehen, ob sie protestieren wollen.

„Millie wird es bestimmt nicht gefallen, aber egal...", murrt er in seinen Bart. „Gut, sehr gut, Miss Heather. Normalerweise überlasse ich den Schülern nicht die Entscheidung über das Programm, aber erstens ist dein Fall besonders und zweitens ... nun ja, ich nehme an, euch mit Informationen zu bombardieren, die euch nicht interessieren, wird euch nicht aufmerksamer machen."

Er seufzt, dann hellt sich sein Gesicht mit einem Lächeln auf, als würde er im selben Moment den Programmwechsel in seinem Kopf vollziehen und die Situation akzeptieren.

„Die Übernatürlichen haben ihre eigenen Regierungsmittel innerhalb ihrer Kasten geschaffen", beginnt er.

Heather klopft mit den Fingernägeln auf den Tisch, offensichtlich ist sie an dieser Art von Information nicht interessiert.

„Wir haben heute drei Kasten vertreten: die Werwölfe, dessen das System noch sehr barbarisch ist, wenn ihr mich fragt."

Ich beobachte die Reaktionen der anderen, um zu sehen, ob es Wölfe im Saal gibt, aber anscheinend gibt es keine, denn niemand verzieht das Gesicht oder protestiert.

„Kommen wir gleich zu den Magier", schlägt Heather vor und schneidet Bert das Wort ab. „Jeder weiß, wie das bei den Wölfen abläuft."

„Hm..."

Berts Blick bleibt an mir hängen und er macht eine kleine Bewegung mit den Schultern, um sich zu entschuldigen, denn er ist sich bewusst, dass nicht alle Bescheid wissen. Ich werde es schaffen, an die Informationen zu kommen, Ferynn wird mir sicher alles erzählen können.

„Bei den Magiern funktionierte es bis zum großen Krieg nach dem demokratischen System der Abstimmung. Seitdem haben sich die Dinge ein wenig verändert. Stallen hat gezeigt, dass eine einzige Person, die uns führt, nicht ausreicht, und dass ein Anführer noch so brillant sein kann. Manchmal braucht man andere Standpunkte, die man ihm entgegenstellt, um zu einer optimaleren Lösung zu gelangen. Aus diesem Grund ist es ein Rat, der aus sieben Personen besteht, der uns derzeit regiert. Um die Stabilität des Rates zu gewährleisten, werden die Mitglieder nicht gewählt, sondern stammen aus den Familien, die bereits im Rat vertreten sind. Miss Rhoanne wird also den Thron der Rhoannes erben und mit den Erben der anderen sechs Familien zusammenkommen. Dennoch enthält der Rat mehrere Stimmen und wenn es darum geht, einheitliche und schnelle Entscheidungen zwischen den Kasten zu treffen, d. h. zwischen Vampiren, Wölfen und Magiern, hat die Familie, die den Vorsitz im Magierrat innehat, dieses Recht. In unserem Fall wird der Vorsitz derzeit von den Devallois, einer mächtigen, in Europa ansässigen Magierfamilie, geführt."

"Sie werden nicht mehr lange die Nummer eins sein", murmelt Heather zwischen den Zähnen. „Nicht mit unserer Allianz."

„Die Magier haben viele Streitigkeiten, was zum einen an unserer Anzahl liegt: Unsere Bevölkerung ist viel größer als die der Wölfe oder Vampire, weshalb viele meinen, dass wir eine höhere Stimmgewalt haben sollten, als die anderen Übernatürlichen. Dass unsere Stimme doppelt zählen sollte, zum Beispiel. Aber wenn das der Fall wäre, würden die Magier ständig für die gesamte Kaste der Übernatürlichen entscheiden, was zu vielen Unruhen führen würde. Wir kennen zum Beispiel die Bedürfnisse der Vampire natürlich lange nicht so gut, wie sie selbst. Wer könnte besser über das Schicksal eines Vampirs entscheiden als ein Vampir?"

„Ja, ja, das wissen wir, die ewige Debatte, ob die Magier die Macht über alle Kasten übernehmen sollten oder nicht", sagt Heather und wischt mit der Hand durch die Luft. „Welche anderen Familien sind einflussreich?"

Es fällt dem schüchternen Bert sichtlich schwer, so im Mittelpunkt zu stehen, aber er beantwortet die Fragen mit großem Vergnügen. Er ist es wohl nicht gewohnt, dass sich so viele Menschen aktiv an seinem Kurs beteiligen. Ich höre nur mit halben Ohr zu.

Das Einzige was ich mitbekomme, ist die Tatsache, dass Heather nicht wirklich eine Königin ist. Allerdings ist ihr Status dieser Position quasi gleich gestellt.

Als es klingelt, stehe ich auf und verschwinde, während ihre Majestät zurückbleibt, um mit Bert weitere Informationen zu besprechen. Ist sie so machthungrig, dass sie alles wissen muss, um die Konkurrenz auszuschalten? Ich habe Menschen ihrer Art nie gemocht. Menschen wie Jake. Sie haben schon alles, aber sie brauchen immer noch mehr.

Ich will meinen Mitschülern zur Mensa folgen, aber sie bilden Grüppchen, die ich schnell aus den Augen verliere. Glücklicherweise laufen außerhalb des Gebäudes alle in die gleiche Richtung. Ich folge der Bewegung der Menschenmenge und suche mit meinem Blick nach Ferynn. Auch wenn der Halbe mich eigentlich nervt, würde es mich beruhigen, sein Gesicht zu sehen.

Als ich den Speisesaal betrete, entdecke ich überall einzelne Tische. Es gibt keine Schlange, um sein Essenstablett zu holen. Besteck und Teller befinden sich direkt am Tisch und es gibt riesige Schüsseln mit Essen, die auf den Tischen stehen. Ich lächle, wenn ich an Miss Johnson und ihre Armee von Köchen denke.

Ich suche mir einen Platz und entdecke ein rothaariges Mädchen, das ganz allein an ihrem Tisch sitzt. Ich gehe näher heran, pralle aber sofort mit einem jungen Mann zusammen, der dadurch zu Boden geht.

„Na", sagt Thresh und steht auf. „Du hast ja die Angewohnheit, mir immer im Weg zu stehen, egal wo ich bin."

„Dasselbe könnte ich von dir sagen", erwidere ich.

„Wie war dein erster Morgen?"

Seine dunklen Augen beobachten mich mit einem amüsierten und zugleich faszinierten Blick. Was könnte ihn an mir interessieren? Ist er nicht mit Heather zusammen? Warum spricht er dann mit mir?

„Seltsam", antworte ich. „Dynamisch. Ich wusste nicht, dass die Halben wie Fremde behandelt werden. Eigentlich schon. Ich wusste es, ich wurde mehrmals gewarnt, aber ich hatte nicht erwartet, dass es so schlimm sein würde."

Ich verschränke die Arme vor der Brust, um ihn herauszufordern, das Gegenteil zu behaupten.

„Willst du damit sagen, dass wir privilegierten Teenager uns von Leuten wie du bedroht fühlen und daher sie nicht freundlich aufnehmen? Aus Angst, dass ihr das Recht auf unsere höhere Stellung uns streitig machen könntet?"

Ich lache, als ich sehe, wie er in das Spiel einsteigt und sich selbst zum Gespött macht.

„Wirklich, so etwas hätte ich nie vermutet", fährt er fort.

Sein sarkastischer Ton zwischen den Zeilen verrät, dass auch er nicht begeistert ist, wie seine Mitschüler mit den Halben umgehen.

Einige Freunde winken ihm von einem Tisch aus zu und er ignoriert sie.

„Wenn du Hilfe brauchst, um dich auf dem Campus zurechtzufinden, melde dich ruhig", sagt er.

„Thresh!", ruft eine Stimme aus dem Eingang der Mensa.

Ich drehe mich um und bin nicht sehr erstaunt, als ich Heather erkenne, die den Wolf anstarrt.

„Ich fürchte, die Pflicht ruft", antwortet Thresh mit einem Grinsen.

„Aber was machst du mit ihr?"

Er blinzelt, als wäre meine Frage dumm gewesen.

„Sie ist nicht so abscheulich, wie sich das jeder vorstellt", zischt er in einem plötzlich viel strengeren Tonfall. „Du kennst sie nicht, also wage es nicht, sie zu kritisieren."

Er geht zu ihr, schiebt seinen Arm hinter ihren Rücken und sie setzen sich an einen Tisch, an den sich nicht einmal Heathers Stammsklaven gesellen. Ich versuche, mich nicht von Threshs letzten Worten runterziehen zu lassen. Ich habe das Gefühl, ihn gekränkt zu haben, ohne wirklich zu verstehen, warum. Das Gefühl, dass er mich nicht mehr zu mögen scheint, stört mich.

Ich setze meinen Weg fort, bis ich zum Tisch des rothaarigen Mädchens komme. Sie hält ein Buch vor ihr Gesicht und scheint in ihre Lektüre vertieft zu sein. Sie hat nicht einmal ihren vollen Teller angerührt.

„Ist hier noch frei?", frage ich.

Die rothaarige Teenagerin antwortet nicht.

„Hallo?", betone ich.

Das Mädchen schaut leicht auf. Langsam senkt sie ihr Buch, sodass ihr Gesicht herausschaut.

„Sprichst du mit *mir*?", fragt sie und dreht ihren Kopf nach rechts und links, als ob sie sich vergewissern wollte, dass niemand anderes in der Nähe ist, mit dem ich reden könnte.

„Ja, bestätige ich. Ja, mit *dir*. Tut mir leid, dass ich dich beim Lesen störe... Ich wollte nur wissen, ob ich mich setzen kann oder ob der Platz reserviert ist."

Wiederholtes Blinzeln seitens des rothaarigen Mädchens. Ich fange an, mich zu fragen, was ich falsch mache.

„Darf ich?", betone ich.

„Bist du sicher, dass du das tun willst?"

Ich schließe kurz die Augen. Oh, ich sehe es schon kommen.

„Na und? Ich bin eine Halbe und du bist wahrscheinlich die Erbin irgendeiner herrschenden Familie und ich darf nicht an deinem Tisch sitzen, weil du Angst davor hast, dass ich deinen Ruf ruinieren könnte, oder so?"

Das Mädchen kichert und ich frage mich, ob sie sich über mich lustig macht...

„Und?"

„Nein, nein, du kannst dich hinsetzen. Es ist *dein* Risiko. Natürlich, setzt dich hin."

„Wirklich?"

Sie nickt mit dem Kopf. Ich nehme Platz und greife nach einem Schenkel des Brathähnchens, während die Rothaarige ihr Buch wieder zwischen die Finger nimmt und es auf Augenhöhe hebt, so dass ihr Gesicht dahinter verschwindet.

„Isst du nicht?", frage ich, als ich sehe, dass sie ihren Teller immer noch nicht angerührt hat.

„Oh, doch."

Der Tonfall der Antwort deutet darauf hin, dass sie etwas vergessen hat, was erstaunlich ist. Wer vergisst schon zu essen?

„Ich wurde in mein Buch gesogen", erklärt das Mädchen als Entschuldigung.

„Ist es ein gutes Buch?"

„Ausgezeichnet. Es geht darum, wie sich das Gleichgewicht der Kasten nach dem großen Krieg und Stallens Eingreifen verändert hat.

Ich blinzle mehrmals mit den Augenlidern.

„Ich lese nicht nur Geschichtsbücher", entgegnet das Mädchen. „Ich lese auch Romane. Und Biografien."

Es klingt, als wolle sie sich verteidigen.

„Ich kritisiere deine Lektüre nicht. Ich bin nur neu und es erscheint mir sehr schwierig, über ein solches Thema zu lesen. Ich habe schon Schwierigkeiten, den Großen Krieg einzuordnen."

„Das war vor dreißig Jahren."

„Oh, na gut."

Wir essen beide schweigend. Ab und zu blicke ich auf, um nach Ferynn Ausschau zu halten. Bisher hat er sein Wort gehalten. Warum kommt er also nicht zu mir in die Mensa? Ist er es leid, dass ich immer auf seine Sticheleien reagiere?

„Ich bin Asha", sage ich und stelle mich dem rothaarigen Mädchen vor.

Seine großen, klaren Augen sind blau und hinter seinem lockigen Haar verborgen.

„Oh, ich heiße Darling."

„Darling?"

Sie spitzt die Lippen und nickt.

„Nicht die beste Wahl meiner Eltern, was?", seufzt sie.

„Sagen wir mal so, es ist nicht so einen gängiger Name. Leider eher einer von der Sorte, die Spott und Hohn auf sich zieht, als einer, der Bewunderung hervorruft."

„Ja, ich bin definitiv in die erste Kategorie gefallen. Mit mir gesehen zu werden ist nicht gut für deinen Ruf, daher war ich erstaunt, dass du dich an diesen Tisch setzen wolltest."

„Das stört mich nicht. Es gibt wahrscheinlich keinen niedrigeren Ruf als den einer unwissenden Halbe, oder?"

Darling lächelt.

„Ich habe gehört, dass du die Messlatte tatsächlich sehr hoch gelegt hast."

„Oh, also ist das schon an deine Ohren gedrungen?"

„Tja, ich bin ja unsichtbar. So kümmern sich die Leute nicht darum, was sie in meiner Nähe erzählen. Außerdem habe ich ein sehr gutes Gehör."

„Nun, vielleicht ist es dein Ruf, der jetzt, da ich hier sitze, einen Gang runterschaltet."

„Ich habe mich noch nie um meinen Ruf gekümmert", entgegnet Darling.

„Na, dann ist es ja gut."

Wir lächeln uns gegenseitig an. Darling nimmt ihr Buch wieder auf und wir essen schweigend unseren Teller leer. Als sie schließlich aufsteht, wage ich zu fragen:

„Wohin gehst du?"

„In die Bibliothek", antwortet sie, als wäre es eine Selbstverständlichkeit. „Wenn du willst, führe ich dich herum."

Ich stimme zu und wir wollen gerade die Mensa verlassen, als ein grässliches Klingeln ertönt und uns fast das Trommelfell zerreißt.

KAPITEL 12

ASHKANA

„Was ist das?", brumme ich und lege meine Hände auf meine Ohren, um den Lärm zu dämpfen.

„Ich weiß nicht", schreit Darling, damit ich sie hören kann.

Schließlich wird das Klingeln leiser und man hört eine Stimme aus einem Lautsprecher, die ich als Millies Stimme erkenne.

„An alle Schülerinnen und Schüler, bitte begebt euch zu euren Schlaf..."

Im Hintergrund ist ein Gemurmel zu hören, das ihr das Wort abschneidet.

„... lieber in euren nächsten Klassenraum", sagt sie und ändert ihre Meinung. „Und zwar sofort. Eure Lehrer werden euch empfangen und ihr werdet den Raum unter keinen Umständen verlassen. Ich wiederhole: Begebt euch sofort zu eurer nächsten Unterrichtsstunde und trödelt nicht. Ihr habt zwei Minuten Zeit."

Die Schüler schauen sich gegenseitig an und fragen sich, ob das eine Übung ist oder nicht. Ich greife nach meinem Stundenplan und versuche, ihn zu entziffern.

Darling winkt mir zu und verschwindet durch den nächstgelegenen Ausgang der Mensa.

„Hätten sie nicht den Namen des Gebäudes angeben oder einfach einen Plan erstellen können?" Ich jammere. Ich hätte so gerne einen Hinweis, wohin ich überhaupt muss.

Ich versuche, einige Schüler aufzuhalten, die an mir vorbeigehen, um sie um Hilfe zu bitten, aber keiner lässt sich Zeit für mich. Bald sind nur noch eine Handvoll Schüler in der Mensa und ich beschließe, mich aus dem Staub zu machen. Mit meiner Tasche über der Schulter schaue ich nach oben, als ich den Raum verlasse, und etwas in der Art wie ein Schild mit der Aufschrift *Gebäude für Dressurunterricht auf der linken Seite* zu suchen. Und überhaupt, was ist ein Dressurkurs? Wird mir gezeigt, wie man ein Pferd reitet?

Ich verlasse das Hauptgebäude und stelle fest, dass die Gänge bereits leer sind. Ich habe zu lange gezögert.

„Was machst du hier?", keucht Ferynn, als er aus dem Nichts auftaucht.

„Wo warst du?", murre ich zurück. „Ich habe in der Mensa auf dich gewartet!"

„Oh, ich dachte, du magst mich nicht und dass meine Anwesenheit oder Nichtanwesenheit keine Rolle spielt, dass du auf dich selbst aufpassen kannst."

Ich balle meine Fäuste.

„Was ist los?", flüstere ich, als niemand da ist, der uns zuhört.

Zu meiner Erleichterung verstummt der Alarm.

„Ich war auf Erkundungstour", erklärt Ferynn und bietet mir seinen Arm an, um mich zum Unterricht zu begleiten. Er wirft einen Blick auf meinen Stundenplan und zerknittert ihn. „Dressur, wirklich? Welches Tier wird dich wollen? Wenn du es so behandelst, wie du deine Freunde behandelst, wird es in zwei Minuten weglaufen."

„Tier? Kein Pferd? Geht es nicht um Dressurarbeit?"

„Ich glaube, so wählen Magier ihre Vertrauten aus. Na gut, das musst du eben mit ihnen abklären, hm."

„Und weißt du, wo der Raum ist?", sage ich hoffnungsvoll.

„Warum sollten wir dorthin gehen, wenn du eine perfekte Ausrede dafür hast, dass du den Raum als Neuling nicht gefunden hast?"

„Weil sie uns befohlen haben, zu unserer nächsten Unterrichtsstunde zu gehen?", entgegne ich.

„Und warum haben sie uns so etwas befohlen?"

„Weil... ich weiß es nicht."

„Verdammt, Ferynn, sag mir einfach, in welches Gebäude ich gehen soll und ich komme schon zurecht."

"Weil jemand in Stallen eingebrochen ist. Jemand, der sehr gut einer der Typen sein könnte, die du gestern kennengelernt hast."

„Und woher weißt du das?"

„Was glaubst du, was ich den ganzen Vormittag gemacht habe?"

„Du warst im Unterricht?"

„Oh, Asha, Asha, du musst noch so viel lernen."

„Wie wäre es, wenn du es mir sagst, anstatt zu versuchen, mich raten zu lassen?"

„Ich habe nachgesehen, was um das Südportal herum vor sich geht. Willst du nicht wissen, was gestern Abend wirklich passiert ist, als du angegriffen wurdest? Hast du nicht den geringsten Funken Neugier wer dein Verfolger ist?"

Ich beiße die Zähne zusammen. Natürlich will ich es wissen, aber sie waren nicht hinter mir her, also was spielt das für eine Rolle? Das ist das Problem der Schule, nicht meines, und sie werden mir schon sagen, was Sache ist, wenn... wenn sie die Antworten haben, oder?

„Nein, ich will es nicht wissen, Ferynn. Ich will einfach nur zu meiner nächsten Unterrichtsstunde gehen, das ist alles."

„Verdammt, ich dachte, du wärest lustiger. Es geht hier lang. Ich kenne den Raum nicht, ich war noch nie dort."

Er rempelt mich an, rennt zu einem anderen Gebäude und verschwindet um die Ecke. Ich gehe mit schnellen Schritten in Richtung meiner nächsten Unterrichtsstunde. Die Türen des Gebäudes sind geschlossen und ich versuche, sie zu öffnen, aber es gelingt mir nicht. Ich klopfe an die Tür, ohne Erfolg.

„Verdammt... Okay, ich bin spät dran, aber nicht zu spät, oder?"

Ich hämmere gute drei Minuten lang auf die Tür ein, bis ich schließlich laut schnaufe, als ich aufhöre. Ein schriller Schrei ertönt von draußen und löst eine Reihe von Schauern aus, die über meinen Rücken entlang laufen.

„Lasst mich rein!", schreie ich, während die Angst in mir hochkocht.

Wie durch ein Wunder öffnet sich die Tür endlich.

„Beeilung!", ertönt eine Stimme von drinnen.

Ich schleiche mich hinein. Die Tür schließt sich sofort und es werden Worte gesprochen, die wie Latein klingen. Ich drehe mich zu der Person um, die mich hereingelassen hat. Es handelt sich um eine alte Frau von über sechzig Jahren mit langen silbernen Haaren, die von einem Band im Nacken zusammengehalten werden.

„Nächstes Mal musst du schneller sein. Diese jungen Lehrer geben Befehle und erwarten, dass alle von der ersten Minute an gehorchen. Im Kampf würden sie keine dreißig Sekunden durchhalten. Und unsere Aufgabe ist es, zu schützen. SCHÜTZEN!"

Ich drehe mich um, um zu sehen, ob uns jemand gehört hat. Die Frau hat das letzte Wort so laut geschrien, dass ich zusammen zucke.

„Ist… ist das hier der Raum für die Dressurstunde?", wage ich zu fragen.

Meine Gesprächspartnerin scheint mich nicht gehört zu haben. Ich mustere die Tür und schaue zu der hohen Decke hoch, die sich mehrere Meter über uns befindet.

„Von da aus werden sie kommen", sagt sie.

Und sie rennt die Treppe hinunter und hebt den Kopf zu den Glasfenstern an der Hallendecke. Dabei wiederholt sie diesen Satz in Endlosschleife.

„Nun, ich schätze, ich komme schon klar", hauche ich.

Ich finde meinen Weg durch die Gänge. Ausnahmsweise gibt es Hinweise auf den Türen, so dass ich nach dem Ausschlussverfahren vorgehen kann. Schließlich finde ich das Wort „Dressur", das in goldenen Buchstaben über dem Eingang zu einem langen Korridor steht, der teilweise nach außen hin offen ist. Ich stürme hinein und gehe mit schnellen Schritten. Der schrille Schrei ertönt erneut, dann antwortet ein Echo und plötzlich fliegt ein schwarzer Vogel direkt vor meinen Augen vorbei, was mich abrupt zum Stehen bringt.

„Oh Mann", flüstere ich. „Ich hätte Ferynn folgen sollen."

Ich gehe weiter und renne los, als die schrillen Schreie immer näher kommen. Ich erkenne das Krächzen der Krähen. Der Schwarm stürzt auf mich ein. Einige Krähen prallen an den riesigen Säulen entlang des Korridors ab. Ich spüre, wie ein spitzer Schnabel die Haut meines Gesichtes aufschlitzt. Mit den Händen versuche ich die Vögel von mir fernzuhalten.

Vor mir ist eine verschlossene Tür. Ich denke, dass ich schon wieder ausgesperrt bleiben muss, aber als ich mich der Tür nähere, öffnet sie sich. Ich stürze in den Raum, verliere das Gleichgewicht und falle zu Boden. Ein lauter Knall ertönt, als die massive Tür sofort wieder hinter mir geschlossen wird. Laut schnaufend hebe ich meinen Kopf vom Boden, nur um eine Vielzahl von Augenpaaren zu entdecken, die mich beobachten, darunter Menschen und Tiere. Unter ihnen erkenne ich Darling. Wenigstens hat *sie* es geschafft. Ich höre ein Miauen und Bellen und stehe keuchend auf.

„Miss...?", fragt der Lehrer.

„Ashkana", antworte ich.

Mein Nachname wird ihm sowieso nichts sagen und mein Vorname ist mir tausendmal lieber. Er ist selten und auffällig. Meine Eltern oder zumindest meine Adoptiveltern haben ihn ausgesucht.

„Danke", stottere ich und klopfe mir den Staub ab. „Was war das für ein Ding?"

Ein besorgter Schimmer huscht über die Augen des Lehrers. Er hat braunes Haar und sieht ziemlich jung aus, vielleicht dreißig oder fünfunddreißig Jahre alt.

„Ein böser Zauberspruch, fürchte ich."

Um ihn herum verbreitet sich sofort Gemurmel.

„Nichts, was euch übermäßig beunruhigen sollte", fügte er hinzu. „Böse Zaubersprüche gab es schon immer. Ihr wurdet darum gebeten, zu uns Lehrern zu kommen, damit wir euch schützen können."

„Und wie soll uns der Typ, der unsere Vertrauten trainiert, schützen?", grummelt eine Stimme.

Es ist nicht Heathers Stimme, aber der Tonfall hätte darauf hindeuten können.

„Du kommst zu spät, Ashkana", fährt der Lehrer fort.

Seine Augen sind dunkel, aber sanft.

„Es tut mir leid, ich bin neu. Es ist mein erster Tag und die Angaben auf dem Stundenplan sind für mich nicht ganz klar."

Ich halte das Papier hin, das Ferynn zerknittert hat, was den Lehrer dazu bringt, die Augenbrauen zu runzeln. Ich zwinge mich, den Seufzer zu unterdrücken, der in meiner Kehle aufsteigt. Ich hoffe, dass der Lehrer nur wegen diesem zerknitterten Stundenplan keinen schlechten Eindruck von mir haben wird. Er wird sofort auf die Idee kommen, dass ich nicht auf meine Sachen achte. Wenn ich wieder auf Ferynn treffe, dann kann dieser Idiot was erleben.

„Nun, schließlich hast du uns gefunden, das ist die Hauptsache. Lass uns den hässlichen Schnitt in deinem Gesicht reinigen und dann versuchen wir, den Unterricht so ruhig wie möglich zu gestalten. Palma, kümmere dich bitte um die Wunde. Fehlt jemand? Schaut euch um. Ich rufe auf."

Er beginnt, nacheinander die Namen im Raum aufzuzählen, während mir die sogenannte Palma, eine kleine Brünette, ein Handzeichen gibt. Sie führt mich zu einem kleinen Tisch, der etwas abseits vom Lehrer und den anderen Schülern steht.

„Sind wir hier in einer Art großer Tierhandlung?", frage ich.

Es gibt Kratzbäume, große Käfige aus Glas und Metall für Hunde. Weiter hinten höre ich das Wiehern eines Pferdes und rieche den Geruch von Heu. Es gibt Käfige für Hamster und Kaninchen. In einem Terrarium entdecke ich sogar eine Schlange, aber ich schaue sofort wieder weg. Ich habe diese Tiere noch nie gemocht.

Palma antwortet mir nicht, sondern wirft mir nur einen bösen Blick zu.

„Wir müssen lernen, wie man Tiere dressiert?", dränge ich.

„Du hast wirklich keine Ahnung, was du hier tust, oder?", seufzt sie.

Sie tränkt eine Kompresse mit Desinfektionslösung und tupft meine Wange ab.

„Stimmt."

Ich schweige. Ich habe keine Lust, mir einen Haufen Beleidigungen anhören zu müssen, also kapituliere ich lieber, als mich auf ein Wortgefecht mit Palma einzulassen. Das Mädchen hat die Schuluniform an und trägt sogar stolz einen Anstecker, der darauf hinzuweisen scheint, dass sie Schülersprecherin oder etwas Ähnliches sein muss.

Sie stößt einen Seufzer aus, bevor sie fortfährt:

„Ich nehme an, es ist meine Aufgabe, dich durch die verschiedenen Phasen deiner Ankunft auf dem Campus zu führen."

Ich zucke mit den Schultern. Ferynn erfüllt diese Rolle perfekt, auch wenn er nicht immer sehr zuverlässig ist. Ich frage mich, was er gerade macht. Hat er einen Unterschlupf gefunden, oder ist auch er den vielen Krähen zum Opfer gefallen?

„Ist das... normal, dieses Klingeln, diese Krähen?", wage ich zu fragen.

„Nein. Nicht, dass ich wüsste. Aber ich bin erst seit ein paar Wochen hier."

Natürlich ist sie eine Erstklässlerin wie ich.

„Sollten wir uns Sorgen machen?", fahre ich fort.

„Der Lehrer sagt, dass es keinen Grund zur Sorge gibt, und ich habe Vertrauen in die Hierarchie auf dem Campus", erwidert sie.

Eine gute kleine Schülerin in jeder Hinsicht, denke ich sofort.

„Miss Delaclaux? Miss Delaclaux?"

Es ist das zweite Mal, dass er beim Aufrufen auf diesen Namen zurückkommt, und er hebt die Stimme. Palma und ich drehen unsere Köpfe in Richtung des Lehrers, dessen Besorgnis immer größer wird, während die Sekunden schweigend vergehen. Niemand antwortet.

„Hat irgendjemand Miss Delaclaux gesehen? Beim Mittagessen vielleicht?"

Die Schüler sind in dem großen Raum inmitten von Käfigen und Katzenkörben verstreut. Einige streicheln Tiere, andere halten ihre Augen auf die Eingangstür gerichtet. Ich höre ein Räuspern.

„Ich habe mit ihr zu Mittag gegessen", sagt eine schüchterne Jungenstimme.

„Gut, gut, gut. Hast du eine Idee, warum sie nicht da ist?"

„Sie hat sich nicht gut gefühlt. Ich glaube, dass sie ist auf die Krankenstation gegangen ist…"

Der Lehrer wirkt trotzdem nicht so erleichtert.

„Die Krankenpfleger passen auf sie auf, es gibt keinen Grund zur Sorge."

Er versucht, sich selbst zu beruhigen, genauso wie er versucht, die Klasse zu beruhigen.

„Gut, jetzt kommt niemand mehr."

Er dreht den Schlüssel im Schloss, um die Tür zu verriegeln, und geht dann an jedem Fenster im Raum vorbei. Es gibt welche, an zwei benachbarten Wandabschnitten. Er zieht an den Griffen, um sicherzugehen, dass sich nichts öffnen lässt."

„Gut, gut", fährt er fort. „Wir sind hier sicher. Campuskräfte kümmern sich um ... irgendetwas, das sie dazu gezwungen hat, die Alarme auszulösen. Ich schlage vor, wir beginnen mit dem Unterricht, um auf andere Gedanken zu kommen. Es wird immer noch Zeit sein, herauszufinden, was danach passiert, und bis ich den Befehl erhalte, euch gehen zu lassen, fürchte ich, dass wir alle hier eingesperrt sind. Wir können die Zeit doch genauso gut nutzen, oder?"

Es gibt zustimmendes Nicken, aber nicht viel Begeisterung im Raum.

"Es blutet nicht stark", sagt Palma. „Brauchst du trotzdem ein Pflaster?"

„Nein", sage ich. „Das reicht, vielen Dank."

Ich werfe einen Blick auf das Mädchen und hoffe, dass sie mir Informationen über den Kurs geben kann. Die Klassensprecherin gibt schließlich nach.

„Es handelt sich um Professor Gargoy. Er ist auf die Ausbildung von Vertrauten spezialisiert. Das ist ein sehr wichtiger Kurs, der für alle Magier verpflichtend ist, bevor man einen Vertrauten auswählt, und eine Beziehung zu ihm aufbaut."

„Ein Vertrauter?", wiederhole ich.

Palma hebt entnervt die Augenbrauen.

„Ja, ein Vertrauter", fährt sie fort, „das ist ein Tier, das dich auswählt, so wie du es auswählst, und das dich dein ganzes Leben lang begleiten wird, bis es stirbt oder du stirbst. Du kannst ihm beibringen, bestimmte Zeichen der Magie zu erkennen, und es kann dir auch bei bestimmten Zaubersprüchen helfen."

„Also haben alle Magier einen Vertrauten, sogar die Halben?"

„Das muss wohl so sein", murrt die junge Frau und räumt die Heilutensilien weg.

Sie steht ohne weiteren Übergang auf und geht zu ihren anderen Mitschülern zurück. Sofort erscheint eine graue Katze auf ihrem Schoß, die sie nebenbei streichelt, während sie dem Lehrer zuhört.

„Die Situation ist ein ausgezeichneter Lernmoment. Ihr werdet euer ganzes Leben lang mit stressigen Situationen konfrontiert, und auch eure Vertrauten sind dafür empfänglich. Alles, was ihr empfindet, empfinden auch sie. Sie können euch beruhigen, euch helfen, eure Emotionen zu kanalisieren und euch dadurch eine bessere Beherrschung der Magie ermöglichen, wenn es nötig ist."

„Sie können also unsere Ängste aufnehmen?", fragt ein Junge, der einen Pitbull-Welpen in den Armen hält.

Es ist erstaunlich, wie ein Tier, das wir die meiste Zeit als gefährlich ansehen, harmlos erscheinen kann, wenn es drei Monate alt ist. Ich suche mit den Augen, ob ein Tier für mich bestimmt ist. Wie wählt man seinen Vertrauten aus? Wählt der Vertraute seinen Magier aus?

„Beginnen wir damit, eine Verbindung zu euren Vertrauten herzustellen. Nehmt euch Zeit, um sie zu begrüßen. Beruhigt eure Emotionen mit ihnen und dann werden wir einige Dressurübungen durchführen. Denkt bitte daran, sie wie eure besten Freunde zu behandeln. Sie sind zwar niedlich und liebenswert, aber sie können auch hartnäckig nachtragend sein."

Professor Gargoy kommt auf mich zu, nachdem er noch einmal einen Blick auf die Eingangstür geworfen hat.

„Palma hat die Wunde desinfiziert, sehr gut. Ich wurde nicht über deine Ankunft informiert, Ashkana."

„Ich bin gestern Abend erst spät auf dem Campus angekommen", antworte ich.

„Ja, das ist... das ist so. Wähle deinen Vertrauten aus und wir werden uns die Zeit nehmen, damit du deine Mitschüler in der Dressur einholen kannst. Du wirst ein paar Stunden zu deinen Stundenplan hinzufügen müssen, um dich hier in den ersten Wochen um das

Tier zu kümmern, danach kannst du es auf dein Zimmer bringen."

Er entfernt sich mit einem kleinen Schritt, aber ich rufe ihm sofort zu:

„Professor Gargoy!"

Er dreht sich um.

„Ich... es tut mir leid, aber ich weiß nicht, wie... ich meinen Vertrauten auswählen soll."

Er runzelt die Stirn.

„Wie meinst du das, Ashkana?"

„Ich..."

Ich werde nicht aus dieser Situation herauskommen, ohne die Wahrheit zu sagen.

„Ich habe gestern noch unter den Menschen gelebt, das alles ist... Es ist eine sehr große Veränderung für mich. Ich wusste gestern nicht, dass es Magie gibt, geschweige denn, dass es Vertraute gibt."

Er überlegt kurz und nickt dann.

„Eine Halbe, nehme ich an?"

Ich nicke und versuche, nicht rot zu werden. Ich habe nicht lange in Stallen gebraucht, um zu verstehen, dass dieses Wort eigentlich eine Beleidigung ist.

„Deine Mitschüler haben bereits alle einen Vertrauten gewählt, also bleibt dir nicht mehr viel Auswahl."

Ich beobachte sie mit ihren Katzen, Hunden und Kaninchen. Wenigstens gibt es keine riesigen Spinnen, auch wenn die Schlange im Terrarium nicht gerade vertrauenserweckend ist.

„Einige Tiere, die größer sind, befinden sich weiter hinten in den Ställen, aber die Magier ziehen es oft vor, sich mit einer mäßigen Größe zufrieden zu geben, damit sie das Tier bei sich aufnehmen können."

Er geht zu den Käfigen im hinteren Teil des Klassenzimmers.

„Du kannst aussuchen", sagt er. „Bis zum Ende des Ganges sind Tiere zu finden, aber je weiter du gehst, desto größer werden sie."

Ich werfe einen Blick nach oben zu einer schwarzen Katze, die ganz oben auf einer Säule aus Käfigen sitzt. Sie sieht aus, als hätte sie sich dort oben ein gemütliches Nest eingerichtet.

„Und woher weiß ich, dass der Vertraute *der Richtige* ist?"

Professor Gargoy lächelt.

„Du wirst es nicht wissen, Ashkana. Es ist die Liebe und die Arbeit, die du in deine Beziehung zu diesem Tier steckst. Nur deine Liebe und deine Arbeit bestimmen, ob du ein gutes Frauchen für das Tier sein wirst. Erst dann merkst du, dass dein Vertrauter der *Richtige* ist. Normalerweise suchen wir ein Tier, das unseren Bedürfnissen entspricht."

Ich lasse den letzten Satz in meinem Kopf kreisen, während der Lehrer zu den anderen Schülern geht, um ihnen Ratschläge zu erteilen. Meine Augen bleiben an einem verängstigt aussehenden Welpen hängen, den ich am liebsten umarmen und zu Bert bringen würde. Die beiden wären ein gutes Paar. Ich gehe weiter durch die Reihen und entdecke Ziegen in einem Stall, Schafe und dann Pferde. Wer könnte schon ein Pferd als Vertrauten haben? Es ist so sperrig, so teuer, so unpraktisch!

„Hier, Pegasus, ich bin hier."

Das ist Heathers Stimme. Ich halte mich zurück, um nicht die Augen zu verdrehen. Ihre beiden Gefolgsleute stehen daneben und reichen ihrer Herrin Apfelstücke. Es ist besser, umzukehren. Ich versuche, mich auf Zehenspitzen zu entfernen.

„*Du!*", erhebt Heather zornig ihre Stimme.

Ich zögere. Soll ich sie ignorieren? Weglaufen ist aber bei einem Mädchen wie ihr keine Option.

„Ja, Miss Rhoanne?", sage ich und betone die letzten Worte.

„Glaubst du wirklich, dass du dir einen Vertrauten suchen wirst? Du kommst zu spät. Alle edlen Tiere sind bereits ausgewählt worden. Du wirst mit einer armen Kröte enden, die für dich nutzlos ist. Gib jetzt auf. Und hör auf, mit den Sachen anderer Leute zu spielen."

Bei diesem letzten Satz werfe ich ihr ein scharfes Blick zu. Ich nehme an, dass sie sich auf Thresh bezieht. Ich bin mir nicht sicher, ob es dem Jungen gefallen würde, mit *Sachen* verglichen zu werden, aber das ist nicht mein Problem.

„Ein Pferd, wirklich?", werfe ich ein, obwohl ich mich besser aus dem Staub machen sollte, um nicht noch mehr Ärger mit der Rhoanne-Erbin zu bekommen. „Und Pegasus... Kein sehr origineller Name."

„Pegasus und ich haben eine einzigartige Verbindung", entgegnet Heather. „Eine Verbindung, die du nicht verstehen kannst, weil du nicht in der Lage sein wirst, eine solche mit deinem Tier aufzubauen."

Sie klopft ihrem Reittier den Hals, während es sanft aus den Nüstern schnaubt. Sie passen gut zusammen, sie wirken tatsächlich sehr edel.

Ich drehe kommentarlos um. Wenn ich Heather zur Erzfeindin machen wollte, hätte ich es nicht anders gemacht. Mein Stolz und meine Schlagfertigkeit lassen mich manchmal dumme Dinge tun.

„Cass würde sagen, dass du selbstmordgefährdet bist, mein armes Mädchen", fluche ich vor mich hin.

Die Schlange kommt nicht in Frage. Ich weigere mich, eine solche Abscheulichkeit als Vertrauten zu haben. Wenn ich mich ihr nicht nähern kann, weil ich

Angst habe, weiß ich nicht, welche Art von Beziehung wir zusammen aufbauen könnten.

Alles, was größer oder dicker als ein Hund ist, scheint mir außer dem Verhältnis zu stehen, und eine Menge Arbeit noch dazu.

„Das wird sich zwischen dir und dir entscheiden", sage ich zu der Katze, die mich von ihrem erhöhten Platz aus nicht hören kann, und zu dem ängstlichen Hund, der sich tief in seinem Käfig versteckt und am ganzen Körper zittert.

Ich versuche, mir eine Beziehung mit dem einen und dann mit dem anderen vorzustellen. Ich fantasiere über mein zukünftiges Leben. Würde es mir gefallen, einen Hund im Weg zu haben, um zum Beispiel joggen zu gehen? Oder lieber eine Katze, die mir wenig Mühe macht und mein Zimmer als ihr Eigentum betrachtet?

„Es tut mir leid, mein Kleiner, aber du scheinst schon ziemlich traumatisiert zu sein. Ich fürchte, das Leben mit mir ist nicht das, was du brauchst, um gesund zu werden. Die Leute neigen dazu, mich auf den ersten Blick zu hassen. Du kannst diese Art von Feindseligkeit nicht gebrauchen."

Ich öffne trotzdem den Käfig des Welpen, damit er an meiner Hand schnüffeln kann, und um ihn zu beruhigen. Ich kraule ihn hinter dem Ohr und schiebe die Tür sanft zurück. Sie ist nicht wirklich geschlossen. Er kann kommen und gehen, wie es ihm gefällt, aber er scheint sich nicht aus seinem sicheren Kokon bewegen zu wollen. Vielleicht bildet er sich ein, dass die Gitterstäbe ihn vor äußeren Gefahren schützen?

„Dann zwischen dir und mir", sage ich und beobachte die schwarze Katze ganz oben auf der Käfigsäule.

Ich klettere vorsichtig über die leeren Reihen zu ihr hinüber. Als ich nur noch einen Meter von ihr entfernt bin, beobachte ich ihre geringe Größe. Sie sieht noch aus wie ein Kätzchen. Ihr Fell ist schwarz wie Ebenholz, ihre Augen sind gelb und durchdringend.

„Wir werden ein Team sein", sage ich und strecke meinen Arm aus, um ihr über den Kopf zu streicheln.

Sie faucht, hebt eine Pfote und kratzt mir die Hand, bevor sie geschmeidig auf den Boden springt und eine weitere Käfigsäule an der gegenüberliegenden Wand erklimmt.

„Gut, gut", brumme ich und betrachte die Blutspuren an meiner Hand. „Ich sehe, dass du deine Krallen gut einsetzen kannst. Wir werden sie als Trumpfkarte bezeichnen. Wenn Heather sich nähert, schlage ich vor, dass du ihr ins Gesicht springst, hm."

Ich klettere wieder nach unten. Dabei verliere ich fast das Gleichgewicht, aber ich schaffe es trotzdem, den Boden unverletzt zu erreichen. Die Katze verspottet mich wieder einmal von oben.

„Willst du nicht runterkommen, damit wir uns unterhalten können?"

Professor Gargoy kommt näher.

„Hast du schon eine Wahl getroffen, Ashkana?

Ich deute auf das zusammengekauerte Tier.

„Oh, du hast die Katze genommen... Die Schwarze. Das ist eine... gewagte Wahl."

„Warum?"

„Die schwarze Katze gilt in den meisten Kulturen als ein Tier, das Unglück bringt. Die da ist keine Ausnahme."

Es war klar, dass ich mich für ein verfluchtes Tier entscheiden musste.

„Willst du eine andere Wahl treffen?", schlägt der Lehrer vor.

Ich werfe einen Blick auf den verängstigten Hund in seinem Käfig.

„Nein, seufze ich. Nein, die Katze ist genau das Richtige, und wenn sie Unglück bringt und niemand sie bisher gewählt hat, dann braucht sie Liebe, oder?"

" Ja, es ist sehr ... großzügig von dir, die Situation aus diesem Blickwinkel zu betrachten."

„Wie läuft die Sache mit der Beziehung dann ab? Was muss ich tun?"

„Zunächst soll sie einen Namen bekommen."

„Okay, sowas kann ich machen. Muss es ein edler, origineller Name sein? Muss sie ihn gutheißen?"

„Nein, du wählst, was dir gefällt. Dann baut man bei jungen Tieren die Bindung auf, zunächst durch das Futter und natürlich durch Streicheleinheiten. Die Dressur kommt erst später. Das ist eine langwierige Arbeit und Katzen sind nicht..."

Er macht eine Pause, dreht seinen Kopf zu den anderen Schülern und ich erkenne, dass die meisten einen Hund auf dem Schoß haben. Nur vier Katzen sind mit ihren Besitzern da.

„... die am leichtesten zu trainieren sind. Sie sind ihr eigener Herr, so heißt es oft."

„Warum werden sie in diesem Fall als Vertraute vorgeschlagen?"

„Die Tradition besagt, dass sie die besten Freunde von Magiern sind. Ich weiß nicht, ob dieses Gerücht völlig falsch ist oder nicht, aber sagen wir mal so: Ich habe noch von keiner vertrauten Katze gehört, die zum Helden wurde, während vertraute Hunde ihren Namen in all unseren Geschichtsbüchern haben."

„Na toll..."

„Du kannst dich immer noch um entscheiden."

„Nein", brumme ich. „Nein, diese Katze und ich werden uns perfekt verstehen."

„Gut, dann solltest du wissen, dass es am Ende der Ställe einen Eingang gibt, der ständig geöffnet ist, damit die Magier in den ersten Wochen zu jeder Tages- und Nachtzeit ihren Vertrauten besuchen können. Wenn du dich bereit fühlst und alles Nötige in deinem Zimmer eingerichtet hast, kannst du deine Katze mit nach Hause nehmen."

Ich nicke und halte meine Augen auf die meines neuen Vertrauten gerichtet. Ich hoffe, ihren Blick zu treffen und darin eine winzige Spur von Reue für die Kratzer auf meiner Hand zu sehen. Nein, nichts. Absolut nichts. Null Spuren von Reue.

„Und desinfiziere das, nur für den Fall. Wir wissen nicht, wo sie sich herumgetrieben hat."

„Ja", seufze ich.

Diesmal brauche ich Palma nicht. Ich weiß jetzt, wo das Desinfektionsmittel und die Kompressen liegen. Ich trage etwas von dem Mittel auf meine Hand auf und murre, dass dieser Tag ganz und gar nicht so ist, wie ich ihn mir vorgestellt habe.

Nachdem ich mir einen Napf mit Katzenfutter geschnappt habe, gehe ich zu dem Tier zurück und setze mich im Schneidersitz auf den Boden. Ich werde nicht jedes Mal über die Käfige klettern, wenn das Tier den Drang verspürt, dort oben sitzen zu müssen. Wenn wir ein Vertrauensverhältnis aufbauen wollen, muss sie auch zu mir kommen.

Ich schwenke den Napf mit dem Trockenfutter, um sie heranzulocken, aber es gelingt mir nicht.

„Ich würde sagen, dass wir beide nicht den besten Start hatten", sage ich. „Aber das kann sich ändern. Wir sitzen jetzt zusammen fest, weil der Chef das so entschieden hat."

Ich mache eine Handbewegung mit geballter Faust und ausgestrecktem Daumen, um auf Professor Gargoy zu zeigen.

„Am besten wäre es, wenn wir uns kennenlernen und miteinander auskommen würden, nicht wahr?"

Jetzt rede ich schon mit einer Katze, von der ich nichts weiß. Wenn Cass das alles erfährt, wird sie mich zweifellos auslachen. Ich habe nichts Besseres verdient.

„Komm schon, ich bin sicher, du hast Hunger. Außerdem muss ich mir einen Namen für dich ausdenken, und es wäre mir lieber, wenn du ihn gutheißt. Wenn du mich jedes Mal kratzt oder anfauchst, wenn ich ihn ausspreche, wird unser Leben nicht gerade einfach sein. Ich werde davon ausgehen, dass es ein Zeichen deiner Zustimmung ist, wenn du mich nicht angreifst, wenn ich ihn ausspreche, okay?"

Ich überlege, welche Katzennamen sie schon gehört hat. Was würde zu einem Weibchen passen? Die einzigen, die mir einfallen, sind für Kater gedacht. Tiger zum Beispiel, oder Felix, Speedy...

„Okay, mir fällt nichts ein", seufze ich und schwenke den Futternapf noch einmal.

Ich schaue zu der Katze hoch.

„Mimi? Miezi? Gibt es einen jährlichen Anfangsbuchstaben, der berücksichtigt werden muss?"

Ich schnaufe und merke, dass das Trockenfutter verschwindet. Der ängstliche Welpe mit weißem, schwarzem und rotem Fell hat seinen Käfig verlassen, um sie zu verschlingen. Ich streiche ihm über den Rücken und flüstere:

„Es wird deinem Ruf als hohes Tier nicht gerade förderlich sein, wenn du Katzenfutter frisst."

Ich schaue die Katze an.

„Siehst du, manche sind nicht undankbar."

Im selben Moment ertönen Schreie aus dem Stall.

KAPITEL 13

ASHKANA

„Das ist Heathers Stimme", rufe ich dem Lehrer zu, als er näher kommt.

„Miss Rhoanne?", wundert er sich: „Miss Rhoanne ist in Gefahr?"

Der Gedanke, dass der Erbin unter seiner Aufsicht etwas zustoßen könnte, scheint ihn zu sorgen. Neue Rufe werden laut, vielleicht die von Mary oder Finarelle.

„Miss Rhoanne?", wiederholt er lauter.

Sie antwortet nicht. Inzwischen sind die Schüler aufgestanden und haben sich hinter dem Lehrer versammelt.

„Sind wir in Gefahr?", fragt Palma.

„Ich... nein, nein, niemand ist in Gefahr", antwortet Professor Gargoy in einem Tonfall, der darauf hindeutet, dass er sich seiner Sache nicht ganz sicher ist.

Eine weitere Salve von Schreien ertönt, zusammen mit etwas, das sich wie Flügelschlagen anhört.

„Die Krähen", flüstere ich.

In der nächsten Sekunde sind die Vögel über unseren Köpfen, fliegen nah an der Decke und greifen wahllos

Schüler an. Ich fuchtele mit den Armen, um nicht getroffen zu werden.

„Du! Geh zurück in deinen Käfig!", befehle ich dem kleinen Welpen.

Er weigert sich, der Aufforderung nachzukommen und zittert am ganzen Körper. Ich greife ihm unter den Bauch und bringe ihn sicher an seinen Platz zurück.

„Glaub mir, diese Tiere sind bösartig. Du willst doch nicht, dass sie dir ein Auge aushacken."

Er fängt sofort an, noch stärker zu zittern.

„O.K, ich wollte dich nicht noch mehr erschrecken. Entschuldige, es ist mein Fehler, es ist..."

Ich unterbreche mich, weil jemand an meinen Haaren zieht. Ich drehe mich um und wehre mich, während einer dieser verdammten Vögel eine Strähne meines Haares im Schnabel hat. Ich ziehe mit einer ruckartigen Bewegung daran, um meine Freiheit wiederzuerlangen.

„Ich will euch nicht als Vertrauten haben", brumme ich.

Die Schüler versuchen, sich so gut es geht zu verteidigen.

„Sprecht keine Zaubersprüche!", ruft der Lehrer. „Ihr werdet eure Vertrauten in Panik versetzen oder ein Feuer auslösen! Wir sprechen keine Zaubersprüche! Wir... holen Besen und evakuieren sie in die Ställe!"

Er beginnt selbst, in Richtung von Heathers Schreien zu rennen, die sich intensiviert haben. Ich verdrehe die Augen und murre, dass dieses Mädchen alles außer unserer Hilfe verdient hat, aber ich entscheide mich trotzdem, dem Lehrer zu folgen. Ich weiß nicht, warum mir dieser ritterliche Geist anhaftet, ich sollte ihn besser loswerden. Mein Leben wäre ohne ihn besser, da bin ich mir sicher.

„Gibt es jemanden, den wir benachrichtigen können?"

Der Lehrer dreht sich um, als er sieht, dass ich ihm auf den Fersen bin.

„N-n-n-nein, nicht, dass ich wüsste."

„Gibt es nicht eine spezielle Nummer, die man anrufen kann? Ein neuer Alarm, der ausgelöst werden muss?"

Für eine Privatschule ist Stallen nicht gerade auf dem neuesten Stand der Technik, was die Sicherheitssysteme angeht.

„Miss Rhoanne!", schreit der Lehrer. „Ich komme!"

Die Szene, deren Zeuge ich werde, zwingt mich, meine Meinung über Heather in Frage zu stellen. Sie hat sich mit ihren beiden Mitstreiterinnen im Pegasus-Stall verbarrikadiert und nutzt ihre Magie, um einen Vorhang aus Dornenbüschen über und vor ihnen aufrechtzuerhalten und so die zahlreichen Krähen daran zu hindern, sie anzugreifen. Sie beherrscht den Zauber nicht perfekt, denn immer wieder lockern sich die Dornenranken und geben einem Vogel die Möglichkeit, sich hineinzuzwängen. Andererseits muss es eine ziemliche Anstrengung sein, so eine lange Zeit Magie aufrechtzuerhalten.

„Was können wir tun?", frage ich.

„Das Vogelhaus!", ruft der Lehrer. „Das Vogelhaus!"

Ich gehe durch den Vogelschwarm und schütze mein Gesicht. Sobald ich vorbeigehe, scheinen sich die Tiere für mich zu interessieren. Ich spüre, wie sie an meinen Haaren ziehen und mich in die Waden kneifen. Ich werfe einen Blick zurück. Der Lehrer hat angehalten, um Heathers Abwehr zu stärken, und ihr eine Verschnaufpause zu gönnen. Er versucht, ein Schild zu errichten, um auch die Ziegen und Schafe zu schützen, aber es nützt nichts: Die Krähen interessieren sich nicht für sie. Es ist, als wollten sie nur die Schüler angreifen.

Im Freien finde ich das Vogelhaus auf der rechten Seite. Ein einfaches Netz, das in Form einer Kuppel aufgehängt ist, hindert die Vögel daran, weit zu fliegen, und eine Doppelschleusentür führt ins Innere. Ich blockiere die erste und halte die zweite fest.

„Los ihr Vögel! Raus mit euch! Alle! Der Lehrer braucht euch."

Hier gibt es Vögel in allen Farben, darunter einige riesige, die mir einen Schauer über den Rücken jagen.

„Professor Gargoy!", rufe ich. „Sie weigern sich, rauszukommen!"

Sofort ertönt ein kurzes Pfeifen und alle Vögel hören auf zu piepsen, oder sich zu bewegen. Ein längerer Ton erklingt und diesmal fliegen sie alle auf einmal auf. Ohne mich zu beachten, fliegen sie direkt an mir vorbei, zu dem Mann der sie gerufen hat. Sofort beginnt ein erbitterter Kampf zwischen den Vögeln.

„Nicht angreifen!", befiehlt der Lehrer seinen Vögeln. „Einfach verscheuchen!"

Ein Pfiff ertönt von Neuem und die Vögel organisieren sich wie ein großes Kollektiv um sie herum, um die Krähen ohne Gewalt zu verjagen. Trotzdem kommt es zu Schnabel- und Krallenhieben, zu Zusammenstößen und Verletzungen. Der Lehrer lässt einen Angstschrei los, als er einen seiner Vögel auf den Boden fallen sieht. Er eilt herbei und nimmt ihn in seine Hände. Ich schließe mich ihm an, um ihm zu helfen.

„Wie... wie können wir ihn behandeln?"

„Er ist tot", flüstert er. „Er hat nicht gelitten."

Der Vogel ist blaugrün. Er wirkt groß mit seinen langen Federn und trotzdem kann der Lehrer ihn behutsam in seiner Hand halten. Hinter uns ertönt ein Knall und ich drehe mich sofort um. Ich öffne die Tür des Stalls, denn die Lianen und Brombeeren halten die Öffnung nicht mehr zurück. Die Pflanzendecke ist verschwunden.

„Heather, Heather, sprich mit mir", sagt Mary und tätschelt ihrer Freundin die Wange.

„Oh Gott, sag mir, dass wir die Rhoanne-Erbin nicht getötet haben!", zittert Finarelle.

Ich werfe ihr einen missmutigen Blick zu.

„Sie hat ihre Magie zu sehr verbraucht," antwortet Mary mit aufrichtiger Sorge. „Sie hat uns mit ihrem Leben verteidigt. Sie hat Pegasus verteidigt."

Das weiße Pferd steht direkt hinter ihnen und bewegt sich keinen Millimeter. Die Schnauze zu seiner Herrin gerichtet. Vielleicht teilen sie bereits eine Verbindung.

Heather öffnet ihre fiebrigen Augen, während ich ihren Puls fühle, um zu sehen, ob es ihr gut geht.

„Oh du lebst, du lebst!", ruft Mary und nimmt die Erbin in ihre Arme.

„Was ist das..."

Die Nachfahrin der Rhoanne nimmt sich die Zeit, sich umzusehen. Ihr Blick fällt auf mich. Diesmal ohne jegliche Verachtung mir gegenüber. Dann scheint sie zu realisieren, was passiert ist, und richtet sich sofort wieder auf.

„Lass dir Zeit", befehle ich ihr. „Du bist ohnmächtig geworden. Jetzt ist nicht die Zeit, dich wieder zu stressen."

„Geht es Pegasus gut?"

Es ist fast rührend zu sehen, dass sie sich mehr um ihren Vertrauten, als um ihre Freundinnen sorgt. In der nächsten Sekunde wirft sie einen Blick auf ihre beiden Mitstreiterinnen.

„Keine Verletzten?", fragt sie.

Ich beiße die Zähne zusammen. Es wäre so viel einfacher, Heather zu hassen! Warum kann sie sich in diesem Moment nicht wie eine abscheuliche Königin benehmen?

„Nein, du hast uns gerettet", erwidern die beiden Mädchen mit Augen voller Bewunderung.

Und ausnahmsweise rümpft Heather nicht einmal die Nase über ihre Komplimente.

„Geht es euch allen gut?", fragt sie in der nächsten Sekunde und dreht sich zu mir um.

„Ich weiß nicht. Ich habe die Vögel aus dem Vogelhaus befreit, einige sind verletzt."

„Was ist mit den Schülern?", fragt Heather.

„Ich gucke mal nach…"

Ich verlasse den Stall, gehe an Professor Gargoy vorbei, der Tränen in den Augen hat und den blauen Vogel an sich drückt.

„Die Krähen sind verschwunden", stellt Heather fest, während sie mir folgt.

„Die Vögel des Lehrers haben sie vertrieben."

Mary macht eine kleine Geste, um unseren Lehrer aus seiner niedergeschlagenen Position zu bewegen, damit er uns folgt. An der Decke hängen immer noch Vogelschwärme, die herumschwirren, aber zu meiner Erleichterung sehe ich keine schwarze krähe dabei.

„Geht es allen gut?", ruft Palma, als wir uns zu den übrigen Schülern gesellen.

Es gibt einige Verletzte durch Schnabel- und Krallenhiebe. Einige Vertraute scheinen die Angriffe ebenfalls gut überstanden zu haben.

„Wir werden nicht alle in die Krankenstation bringen. Die Krankenstation muss zu uns kommen", murrt die Klassensprecherin.

„Das wird nicht nötig sein, Palma", antwortet der Lehrer. „Wir haben alles, was wir brauchen, um oberflächliche Verletzungen zu behandeln, und wir haben die tierärztliche Ausrüstung für unsere Tiere. Wir werden warten, bevor wir nach draußen gehen, um sicherzustellen, dass niemand diesen Biestern ausgesetzt wird, falls sie noch draußen herumlungern. Wir brauchen auch eine Möglichkeit, die anderen Gebäude und die Campusbehörde darüber zu informieren, was passiert ist."

Er hält seinen Vogel immer noch an sich gedrückt, als könne er seinen Tod nicht akzeptieren, aber er scheint sich wieder gefangen zu haben und lässt seinen Blick über die Menge schweifen, um zu sehen, ob ein Schüler ihn braucht.

„Ist niemand in der Lage, die anderen Gebäude zu kontaktieren?"

Die Teenager beobachten sich gegenseitig.

„Manchmal wünsche ich mir, dass nicht alle Telepathen ermordet worden wären", murrt er.

Ich speichere die Information ab, um sie Ferynn zu erzählen, wenn er wieder einmal versucht, mich zu verarschen. Ich denke an den jungen Mann und frage mich, ob er es geschafft hat, Schutz zu finden, oder ob er auch in Gefahr ist. Ich sollte mir keine Sorgen um ihn machen. Er ist zwar ein Hitzkopf, aber er ist intelligent. Er würde nicht draußen bleiben, während Schwärme von Vögeln einfallen.

„Ich kann dafür sorgen, dass wir eine Lianensäule hochziehen", schlägt Heather vor und schiebt Marys Arm weg, der sie stützen will.

Sie steht allein auf ihren Beinen und lässt sich nicht helfen. Versucht sie zu zeigen, dass sie stärker ist als alle anderen?

„Du hast soeben deine Magie eingesetzt, Heather, und ich danke dir dafür. Es wäre nicht klug, das jetzt noch einmal zu tun", entgegnet der Lehrer. „Gibt es sonst noch jemanden? Ein Zeichen des Lichts? Ein Element?"

Ich denke über Eis und Kälte nach, aber ich kann mir nicht vorstellen, wie ich es schaffen soll, damit ein Notsignal zu senden. Meine Augen bleiben an Darling hängen, die eine Katze mit weißem Fell und braunen Flecken streichelt. Ich setze mich neben sie und werfe einen Blick auf meinen eigenen Vertrauten, der mehrere Käfigen nach unten gegangen ist, sich aber trotzdem nicht zu mir herablässt. Ich zucke mit den Schultern. Dem Tier geht es gut, es sieht nicht verletzt aus, und außerdem scheint es seine Zähne und Krallen wie ein Profi zu beherrschen. Ich bin mir fast sicher, dass sie sich auf die nächstmögliche Krähe gestürzt hätte.

„Geht es dir gut?", frage ich.

Darling schaut auf. Sie blutet an der Wange und am Augenbrauenbogen. Die rote Flüssigkeit läuft ihr den Nasenrücken hinunter, aber das scheint ihr egal zu sein.

„Ich habe ihn in meinen Armen gehalten", flüstert sie. „Ich hatte solche Angst, dass ihm etwas passiert."

„Er sieht unversehrt aus", sage ich. „Du hast gute Arbeit geleistet."

Ich stehe auf, um Kompressen und Desinfektionsmittel zu holen, und gehe zu Darling zurück, um ihr Gesicht zu reinigen. Sie verzieht das Gesicht, als das Mittel mit den verschiedenen Wunden in Berührung kommt, aber bringt ein Lächeln hervor, als ihre Katze zwischen ihren Beinen zu schnurren beginnt.

„Ist das nicht verrückt?", wirft sie ein.

„Was denn?"

„Die Fähigkeit von Tieren, die gerade eingetretene Gefahr sofort zu vergessen."

„Ich glaube nicht, dass sie vergessen. Ich glaube, er dankt dir dafür, dass du ihn beschützt hast", antworte ich.

„Vielleicht."

„Niemand hantiert wirklich mit Licht?", ärgert sich der Professor.

„Warum schicken Sie nicht einfach einen Vogel mit einer Nachricht? Sie scheinen Ihnen gut zu gehorchen", bemerke ich.

Er öffnet den Mund, um zu protestieren, drückt das Tier etwas fester in seine Hände und schließt kurz die Augen.

„Ja, das können wir machen", bestätigt er. „Wir müssen sie an alle Gebäude schicken."

Drei Vögel landen auf seinem linken Arm, als er ihn hebt.

„Ihr werdet vorsichtig sein, versprochen? Ich will nicht, dass noch mehr von euch verletzt oder getötet werden."

Unter anderen Umständen hätte ich ihn vielleicht für verrückt gehalten, aber nachdem ich gesehen habe, wie die Vögel ihm gehorchen, bin ich überzeugt, dass sie in der Lage sind, ihn zu verstehen und seine Besorgnis zu spüren."

„Gut, ich kümmere mich um die Nachrichten, Ihr kümmert euch um alle Vögel, die verletzt wurden. Niemand geht hier raus, bis wir ein Zeichen bekommen, dass die Gefahr vorbei ist."

Ich stehe auf, um noch jemanden zu versorgen, während ich mir verspreche, von nun an nur noch freundliche Worte für meinen Vertrauten zu haben. Wenn diese Tiere in der Lage sind, die Bedeutung dessen, was ich sage, zu verstehen, habe ich nicht vor, die Beziehung zu meiner schwarzen Katze auf dem falschen Fuß zu beginnen. Übrigens springt das Tier geschmeidig neben mir her und hockt auf einem Käfig in Schulterhöhe.

„Das Trockenfutter wurde gefressen", sage ich.

Als Antwort faucht mich das Tier an.

„Das ist dein Vertrauter?", platzt es aus Heather heraus. „Eine schwarze Katze? Reicht es dir nicht, dass du diese Unglücksvögel auf uns ziehst, musst du jetzt auch noch allen zeigen, dass du Unglück bringst, indem du eine schwarze Katze wählst?"

„Hä?", sage ich und bin mir nicht sicher, ob ich verstanden habe, worauf Heather hinaus will.

„Die Krähen haben dich doch verfolgt, oder? Du bist diejenige, die zu spät gekommen ist und uns alle in Gefahr gebracht hat. Warum wären sie sonst hierher gekommen, hm?"

Ich öffne den Mund, um zu protestieren, schließe ihn dann aber wieder. Ich kann nicht leugnen, dass die Vögel mich auf dem Weg zum Klassenzimmer angegriffen haben. Aber dann, was ihren spektakulären Auftritt angeht…

"Warum sollten sie woanders hingehen, wenn dies wegen der Tiere das einzige Gebäude ist, das nach außen hin offen ist?", platze ich heraus.

„Sie hätten nicht versucht, hineinzukommen, wenn du sie nicht angelockt hättest", zischt Heather, die aussieht, als hätte sie ihre ganze Energie zurückgewonnen. „Du bist für den Schaden verantwortlich. Du hast uns alle in Gefahr gebracht."

Darlings Hand legt sich auf meine Schulter, als wolle sie mich dazu bringen, mich wieder hinzusetzen und den Kampf aufzugeben.

„Das ist es nicht wert", flüstert sie in mein Ohr.

„Oh, und dann hängst du auch noch mit der kleinen Stummen rum."

„Der kleinen Stummen?", frage ich erstaunt.

Darling zuckt mit den Schultern und zieht mich zurück.

„Was ist das für ein Spitzname?", frage ich. „Und was haben die Leute gegen dich?"

„Ich habe dir gesagt, dass das Herumhängen mit mir deinem Ruf schaden könnte."

„*Ditto.*"

Wir setzten uns beide wieder hin und ich strecke meine Arme nach meiner Katze aus, bevor ich sie wieder auf den Boden fallen lasse. Was für eine Hoffnung ist mir durch den Kopf gegangen, dass das Tier mich mögen würde?

„Hast du ihr schon einen Namen gegeben?", fragt Darling.

„Nein, mir fällt nichts ein."

Ich bin es gewohnt, mich auf meine Intuition zu verlassen, nur scheint diese in den letzten Stunden nicht mehr vorhanden zu sein.

„Warum nennen sie dich die Stumme?"

„Was glaubst du wohl?", seufzt Darling.

„Weil du nicht sprichst? Weil du deine Nase ständig in Büchern vergraben hast?"

„Nein, dafür gibt es schon Spitznamen wie „kleiner Bücherwurm"."

„Es ist nicht schlimm, wenn man gerne liest."

„Total."

„Was ist dann passiert?"

Darling seufzt, während sie ihre Katze streichelt.

„Am ersten Schultag war ich so gestresst, dass ich nicht einmal auf meinen Vornamen reagierte, als die Lehrer uns aufriefen, um uns kennen zu lernen. Sie nannten mich die kleine Stumme und von da an wollte sich niemand mehr an meinen Tisch setzen. Zwangsläufig, wer will schon das Essen mit einem Mädchen teilen, das kein Wort spricht?"

„Aber du sprichst doch mit mir, oder?"

„Ich kann mit jedem reden", sagt Darling. „Ich war nur sehr gestresst, weil es der erste Schultag war. Eine neue Schule und meine Eltern... wenn du wüsstest, was meine Eltern alles getan haben, damit ich hier studieren kann.

Du kannst dir nicht vorstellen, wie viel Druck auf meinen Schultern lastet. Sie haben all ihre Ersparnisse hineingesteckt, sie haben..."

Sie schweigt und beobachtet mich und ich verstehe sofort, was in ihrem Kopf vor sich geht.

„Es tut mir leid. Ich weiß, dass ich nichts bezahle und dass das unfair erscheinen mag", sage ich sofort.

„Nein, ganz und gar nicht!", antwortet Darling schnell. Es ist nur, dass ich dir von meinen Eltern erzähle und mir klar wird, dass du... du..."

"Ich bin eine unwissende Halbe."

„Ja", sagt Darling und wirkt erleichtert, dass sie die Worte nicht selbst aussprechen musste. „Bedeutet das, dass du deine Eltern nicht kennst?"

Ich lächle, als ich sehe, dass Darling sich darüber Gedanken macht.

„Du kannst mir ruhig von deinen Eltern erzählen. Ich bin nicht eifersüchtig. Und es tut mir leid, dass sie sich so sehr anstrengen müssen, damit du hier studieren kannst, während ich hereingekommen bin, ohne auch nur einen Dollar zu bezahlen."

„Das ist das Spiel. Du warst nicht... na ja, du solltest nicht unter der Entscheidung deiner Eltern leiden, oder ein... ein... ein... ein Unf..."

„Unfall zu sein?", beende ich.

„Ja."

Ich nehme mir Zeit zum Nachdenken.

„Ich möchte diesen Punkt aufklären. Ich möchte Spuren aus meiner Vergangenheit finden. Wissen, wer meine richtigen Eltern sind, wie ich in die Hände derer gelangt bin, die mich aufgezogen haben und die ich immer noch als meine Eltern betrachte, wenn du verstehst, was ich meine..."

Ich greife nach meinem Handy, weil mich der schreckliche Drang überkommt, meiner Mutter zu schreiben und ihr zu sagen, dass ich sie liebe, aber das Gerät zeigt immer noch einen schwarzen Bildschirm an.

„Du weißt, dass das Netz hier nicht durchkommt, oder? Ich meine, es läuft nur an einem Ort. Es gibt einen Raum, der dafür vorgesehen ist."

„Wirklich? Auf jeden Fall hat es kein Akku mehr."

„Ich werde es dir zeigen."

„Danke."

„Die Vögel sind bereit!", meldet Professor Gargoy und beendet die Befestigung einer kleinen Nachricht am Bein eines der Vögel. „Immer noch niemand da, um ein Zeichen an die anderen Gebäude zu senden? Gut, dann los."

Er legt das tote Tier, das er noch immer in den Händen hält, auf einen Tisch und deckt es mit einem kleinen Tuch ab. Die Schüler folgen ihm, während er an den Ställen vorbeigeht, begleitet von einem Schwarm Vögel.

„Ich werde sie noch eine Weile frei herumfliegen lassen, falls die Krähen wieder angreifen", sagt er. „Ich hoffe wirklich, dass sie auf der Strecke nicht gejagt werden und dass die anderen Lehrer sie sofort in Sicherheit bringen."

Er atmet ein, als würde er die Mission aufgeben wollen. Aber als er den Kopf dreht, fällt sein Blick auf die verunsicherten Schüler, die auf weitere Anweisungen warten.

„In Ordnung, tun wir es."

Die Vögel mit den Nachrichten, alle von unterschiedlicher Größe und Farbe, fliegen davon. Nach einem Pfiff des Lehrers verstreuen sie sich in alle Richtungen auf dem Campus.

„Hier zu bleiben wird uns nicht helfen", fügt er in düsterer Stimmung hinzu. „Gehen wir zurück ins Klassenzimmer."

„Da!", ruft eine Stimme und deutet mit dem Finger in den Himmel.

Dort oben fliegt ein beeindruckender Schwarm schwarzer Vögel in dichten Reihen. Sie scheinen noch zahlreicher zu sein als eben, als sie uns angegriffen haben. Magische Blitze zerstreuen sie für eine Sekunde in der Luft, dann sammeln sie sich wieder, bevor sie wie eine einzige Masse zu Boden stürzen. Sie verschwinden aus unserem Sichtfeld und alle halten den Atem an.

„Was ist hier los?", fragt ein Schüler.

„Waren das die Sicherheitskräfte?", fügt ein anderer hinzu.

„Werden wir es schaffen?"

„Sollten wir nicht evakuieren?"

„Um sich dort draußen mit einer solchen Bedrohung wiederzufinden? Auf keinen Fall!"

„STOP!"

Es ist Heathers Stimme, die alle zum Schweigen bringt. Sie wirft einen Blick auf den Lehrer, der immer noch in den nun leeren Himmel starrt.

„Wir sind hier nicht sicher. Jeder könnte in die Ställe oder in die Dressurhalle eindringen."

Sie spitzt die Lippen.

„Wir wären wesentlich sicherer, wenn wir durch den Korridor zu den anderen Klassen im Hauptgebäude gehen würden."

Sofort beginnen einige Schüler, sich in den hinteren Teil des Klassenzimmers zu begeben, von dem aus man den Korridor erreichen kann, durch den ich gekommen bin.

„ABER ...", Heather hebt die Stimme, um sie zum Umkehren zu bewegen. „Das würde bedeuten, unsere Tiere schutzlos zu lassen. Ist es das, was ihr wollt? In dem Moment, in dem ihr dabei seid, eine Beziehung zu eurem Vertrauten aufzubauen, wollt ihr es schutzlos und einer Bedrohung ausgeliefert lassen, von der wir nichts wissen?"

Es gibt einen Moment der Unentschlossenheit.

„Sprich für dich!", murrt ein Schüler. „So ist das, wenn man sich für ein Pferd entscheidet, man kann es nicht überall mit hinnehmen. Kitty und ich gehen."

Seine Katze springt geschmeidig von der Sitzstange, auf der sie saß, in seine Arme und der Schüler, ein Junge mit zerzausten blonden Haaren, geht sofort in Richtung Korridor.

„Es ist die richtige Wahl!", fügt er wie zur Rechtfertigung hinzu, während er sich entfernt. „Es ist die beste Lösung, um unsere Vertrauten zu schützen! Wieso sollten wir uns alle opfern, um Heather zu helfen, ihr Pferd zu schützen? Auf keinen Fall!"

Kitty. Warum habe ich nicht an Kitty gedacht, um meiner Katze einen Namen zu geben? Ich vertreibe diesen Gedanken, während die Erbin der Rhoannes beobachtet, wie sich die Schüler einer nach dem anderen von ihr entfernen.

„Genau, rennt weg, ihr Feiglinge!"

„Heather, du kannst Pegasus aus seinem Stall holen und ihn in die Halle des Hauptgebäudes bringen. Die anderen Schüler haben Recht: Wir sind hier exponiert, und obwohl ich gerne bleiben würde, um alle Tiere und Vertrauten, die im Tierhaus leben, zu schützen, bin ich auch für die Sicherheit von euch allen zuständig. Tiere können sich verstecken. Sie werden es schaffen, und meine Vögel haben bewiesen, dass sie kämpfen können. Wir müssen jetzt gehen."

Heather spitzt die Lippen noch mehr zusammen, wütend darüber, dass man sich ihren Befehlen widersetzt, aber als sie sich umdreht und auf ihr Pferd blickt, das den Kopf über die Tür seines Stalls streckt, entspannen sich ihre Gesichtszüge. Sie geht zügig zu ihm, greift nach einem Halfter an der Tür, öffnet es und legt es um den Kopf des Tieres. Dann nimmt sie einen Führstrick, klippt ihn unterhalb der Schnauze an das Halfter und führt ihr Pferd mit der Würde einer Königin hinaus. Mary und Finarelle eilen zu ihr. Darling guckt fragend in meine Richtung.

„Klar, hol du deinen Vertrauten. Ich werde versuchen, meinen zu fangen, ermutige ich sie."

Der Lehrer wartet, bis alle in den Saal zurückgekehrt sind. Er wirft einen letzten Blick in den Himmel, um nach seinen Vögeln zu suchen, die ihre Botschaft überbringen sollen, bevor er dem Schülerstrom folgt.

Ich schaue erfolglos in die Höhe, um meinen Vertrauten zu finden. Eine schwarze Katze sollte doch auffallen! Ich schnappe mir eine Packung Trockenfutter, schütte es in einen Napf und rufe fröhlich:

„Miez, Miez, Miez!"

Verärgert beiße ich mir auf die Lippen, als mir klar wird, dass es besser gewesen wäre, ihr sofort einen Namen zu geben, anstatt auf meine Intuition zu warten.

Schließlich ist es der Hund mit den drei Farben, der kommt, um die Mahlzeit zu verschlingen. Ich bringe es nicht übers Herz, ihn daran zu hindern, und bin schon so stolz darauf, dass er die Sicherheit seines Käfigs verlässt, dass ich ihn streichle, um ihn zu loben.

„Braves Hündchen, brav. Du hast nicht zufällig meine Katze gesehen? Na ja, meine Katze... ich nehme an, ich bin *ihr* Mensch und befolge *ihre* Befehle, oder?

Er setzt sich auf sein Hinterteil und beobachtet mich, während er seinen Kopf zur Seite neigt.

„Du bist so süß! Weißt du was? Würdest du weniger zittern, dann würden die Schüler sich bestimmt darum streiten, dich als Vertrauten zu haben…"

Er kommt näher zu mir und reibt seinen Kopf an meinen Beinen. Ich schmelze vor Liebe.

„Oh, ich glaube nicht, dass man zwei Vertraute haben kann, aber ich verspreche dir, dass ich dich sofort adoptiert hätte, wenn es möglich wäre."

Ich lächle ihn an, hebe den Kopf und plötzlich fällt mein Blick auf eine schwarze Katze mit gelben Augen, die mir einen bösen Blick zuwirft.

„Ah, da bist du ja!", rufe ich aus. „Na gut, kommst du? Es ist Zeit, das Gebäude nebenan zu besichtigen. Wir schließen uns den anderen an, damit wir uns besser verteidigen können."

Das Tier bewegt sich keinen Millimeter und obwohl ich von hier aus ihre Gesichtszüge nicht erkennen kann, könnte ich schwören, dass meine Katze eine Augenbraue hochgezogen hat und mich nun verächtlich mustert.

„Okay, Okay Ich gebe zu, dass wir uns erst seit einer knappen Stunde kennen und du hast das Recht, misstrauisch zu sein, aber ich will nur dein Bestes, okay?"

Das Tier ignoriert mich und springt etwas höher. Sie erreicht einen der Balken, stolziert darauf herum, als wäre es die Einfachste Sache der Welt, und entfernt sich. Sie dreht kurz den Kopf und ich sehe, wie sie mir die Zunge herausstreckt. Ich weiß nicht, ob ich lachen oder weinen soll.

„Komm, ich werde dich nicht hier lassen", hauche ich dem kleinen Hund zu. „Wenn Miss Princess nicht will, dass wir sie retten, dann vielleicht du?"

Der Hund nickt. Ich nehme ihn auf den Arm und er leckt mir das Gesicht. Ich unterdrücke ein Stöhnen, als er mit seiner Zunge über die schmerzhafte Wunde an meine Wange leckt, schimpfe ihn jedoch nicht. Ich mache es den anderen Schülern nach. Professor Gargoy bleibt zurück, während seine Klasse den Korridor durchquert. Einige rennen, andere sind in einer Habachtstellung. Eine letzte Gruppe beobachtet den Himmel, um nach der Bedrohung Ausschau zu halten. Wir erreichen das Hauptgebäude ohne Probleme und haben nicht einmal weitere Vogelschreie gehört, was Professor Gargoy offenbar beunruhigt.

Heather sticht in der Halle mit ihrem Pferd neben sich hervor. Ich stelle den kleinen Hund hin und kuschle kurz mit ihm, um zu sehen, ob er sich wohlfühlt.

„Ich lasse dich jetzt allein, okay? Nur so lange, bis ich weiß, was los ist."

Der Lehrer beobachtet den Korridor.

„Wir sollten hier abschließen, um sicher zu sein", seufzt er.

Seine Lippen öffnen und schließen sich, als würde er zögern, zu pfeifen.

„Glauben Sie, dass es ihnen gut geht?", wage ich zu fragen.

„Meinen Babys? Sie sind stark, ich habe sie gut trainiert. Sie können im Eins-zu-Eins-Kampf gewinnen, aber wenn sie in der Unterzahl sind, sieht es für sie nicht mehr so gut aus.

„Sie sind jetzt bestimmt in Sicherheit und haben die Nachricht überbracht, oder?"

"Vielleicht. Aber wir können nicht darauf wetten, und ich muss für die Sicherheit von euch allen sorgen. Palma?"

Die Klassensprecherin tritt vor.

"Klopfe an die Türen der Klassenzimmer und bitte um Hilfe. Wir werden diese Öffnung verschließen. Wir brauchen jedes verfügbare Material."

Das Mädchen winkt drei ihrer Mitschülerinnen zu sich und organisiert sofort ihre Mission: Jede soll ein Stockwerk übernehmen, damit das gesamte Gebäude darüber informiert wird, was sie brauchen.

Ich frage, ob ich etwas tun kann, aber Gargoy ist abgelenkt. Solange der Korridor nicht geschlossen ist, werfe ich einen Blick nach draußen, und da sehe ich ihn.

Ferynn steht inmitten der Gebäude, er humpelt und sucht offensichtlich Schutz.

"Ferynn!", rufe ich, damit er mich bemerkt.

"Psst!", machen die anderen Schüler sofort.

Ich will in den Korridor rennen, um ihm noch größere Zeichen zu geben, aber der Lehrer hält mich zurück.

"Solange diese Wand nicht versiegelt ist, können wir nicht leisten, unseren Standpunkt zu verraten!", sagt der Lehrer und legt seine Hände auf meine Schultern.

"Sie haben mir doch aufgemacht, als ich es brauchte", entgegne ich.

"Ich wusste nicht, dass ..., dass ..."

"Dass was?"

"Dass du eine Halbe bist!", erwidert ein Schüler hinter meinem Rücken.

Er hat kurze, braune Haare und sollte dem Frisör einen Besuch abstatten, da seine zu langen Strähnen ihm ständig in die Augen fallen.

"Na und?", brumme ich.

„Er ist doch auch ein Halber, oder?", sagt er und deutet mit dem Zeigefinger auf die verletzte Gestalt, die auf das große Tor unseres Gebäudes zukommt.

Ich stürme los und versuche, die Tür zu öffnen, aber jemand versperrt mir den Weg. Ich schaue mich nach der alten Frau um, die mir vorhin das Leben gerettet hat. Kann sie nicht in der Nähe sein? Sie könnte diese Versammlung davon überzeugen, dass ein Leben ein Leben ist.

„Hast du nicht verstanden?", fügt der Junge hinzu. „Wir sind bereits in Gefahr. Wir werden die Gefahr nicht auch noch nach innen einladen."

„Aber verdammt, ich rede davon, die Tür eine halbe Sekunde lang zu öffnen, damit er hereinkommt!"

„Zu riskant."

„Es gibt eine verdammte Öffnung in diesem Korridor, durch die jede Krähe reinfliegen könnte, und wovor hast du Angst? Dass wir eine Tür öffnen?"

Ich schreie fast. Darling kommt auf mich zu und versucht, mich zu beruhigen. Sie legt ihre Hand auf meinen Arm und ich befreie mich sofort.

„Nein! Ich habe nur ein paar Stunden an dieser Schule verbracht, aber fast alle von euch haben mir zu verstehen gegeben, dass ich ein Niemand bin, mit der Begründung, dass was? Dass nur meine Mutter oder mein Vater ein Magier war? Unter dem Vorwand, dass ich bis jetzt unter Menschen gelebt habe?"

Ich starre sie an, einen nach dem anderen.

„Ich habe noch nicht einmal einen Hauch von Magie gelernt und ihr habt keine Ahnung, wozu ich fähig bin. Mit den meisten von euch habe ich noch nicht einmal gesprochen, mit einigen habe ich nicht einmal einen Blick gewechselt und ihr habt mich bereits in die Schublade der Leute gesteckt, die man schamlos loswerden will.

Ich bin ein Teenager, wie ihr alle. Ich habe nicht darum gebeten, hier aufzutauchen. Ich habe nicht darum gebeten, eine halbe Magierin zu sein. Gibt es euch das Recht, mich wie... wie ein Nichts zu behandeln? Gibt es euch das Recht, einen Kameraden draußen mitten in der Gefahr zurückzulassen?"

Ich mache eine Pause, um zu sehen, ob jemand reagiert, dann lasse ich meine tödliche Waffe fallen:

„Was wäre, wenn das da draußen Heather wäre, hm? Was würdet ihr tun?"

Ich schlucke und wartet auf eine Reaktion. Ich starre den Jungen an, der mir den Zugang zu den großen Türen verwehrt, in der Hoffnung, dass er mir aus dem Weg geht, aber er rührt sich nicht.

„Was glaubst du denn? Dass wir dich bevorzugen sollten, nur weil du eine Halbe bist?"

„Das habe ich nicht gesagt", presse ich zwischen den Zähnen hervor.

„Macht auf!", ruft eine Stimme.

Und es ist nicht die von Ferynn. Alle erstarren.

„Wir sollen nicht rausgehen, ohne dass eine Lehrkraft es uns befiehlt...", beginnt Gargoy.

„Ich bin Claw Feather und ich befehle Ihnen, diese Tür zu öffnen!"

Gargoys Gesicht wird sofort blass. Er rennt zur Tür, schiebt mich beiseite, dann rempelt er den Jungen unsanft an und tut alles, um den Öffnungsmechanismus zu aktivieren.

„Schnell, schnell, schnell."

„Wir haben einen Verletzten!", fügt die Stimme von der anderen Seite hinzu.

Als sich die Scharniere endlich drehen, sehe ich einen jungen Mann mit blonden Haaren eintreten.

In seinen Armen liegt der bewusstlose Ferynn.

KAPITEL 14

ASHKANA

„Ich habe diesen Jungen auf der Treppe gefunden", berichtet der Mann namens Claw.

Er ist nicht allein. Sechs Männer sind bei ihm. Sie haben Bögen, Pfeile und einer von ihnen hat eine Armbrust. Ihre Waffen sind zwar gesenkt, aber jederzeit einsatzbereit, um jeden Feind zu vernichten, der sich ihnen in den Weg stellt.

„Ferynn!", rufe ich.

„Kennst du ihn?", fragt Claw.

Ich nicke mit dem Kopf.

„Er... er kümmert sich um die Neuen, glaube ich. Er hat mir mein Zimmer gezeigt, das Sekretariat..."

„Sehr gut, sehr gut. Was ist er?"

„Huh?", frage ich.

„Was ist er?", wiederholt Claw.

Es ist Darling, die mich über diese Frage aufklärt und ihre Schüchternheit überwindet, um mir zu helfen.

„Wolf? Magier? Vampir?"

„Er ist ein Wolf", sage ich. „Zumindest glaube ich das."

Ich bin mir nicht mehr so sicher. Ferynn hat mir so viele Geschichten erzählt! Hat er in dieser Hinsicht gelogen?

Es ist schwierig bei ihm festzustellen, ob er lügt oder die Wahrheit sagt.

„Na gut, er wird durchkommen. Ich weiß allerdings nicht, warum er sich nicht verwandelt hat", fährt Claw fort.

Der Körper des Halben ist blutverschmiert, aber er atmet. Sein Puls schlägt und ich fühle mich sofort erleichtert. Ich ziehe ihm allerdings die Ohren lang, wenn er aufwacht.

„Er braucht nur etwas Ruhe", fügt der blonde junge Mann hinzu.

Ich hebe meinen Kopf zu ihm. Er sieht jung aus und ich frage mich, warum alle zurückgewichen sind und ihn mit einer Art Respekt behandeln, in dem sich Bewunderung und Angst vermischen. Nur Heather macht einen Schritt nach vorn.

„Claw", wirft sie ein. „Bist du zu meiner Rettung gekommen?"

Er zieht eine Augenbraue hoch, als wäre die Rhoanne-Erbin seine geringste Sorge.

„Nein", antwortet er und zuckt mit den Schultern.

Heather zeigt ihre Enttäuschung nicht.

„Du kommst trotz allem gerade richtig. Wie der Zufall es so will."

Sie reicht Mary die Führstrick ihres Pferdes und geht auf Claw zu.

„Du wirst uns verteidigen können", fügt sie hinzu.

Er ignoriert sie, dreht ihr glatt den Rücken zu und gibt den Männern um ihn herum Befehle.

„Normalerweise ist die Gefahr vorbei, aber ich möchte, dass wir das gesamte Gebäude durchsuchen. Wir überprüfen alle Öffnungen, dunklen Ecken, das Dach und jeden Ort, an dem sich jemand verstecken könnte. Ich traue den Aussagen der Eiferer nicht."

„Die Eiferer?", wiederhole ich.

„Die Magier der vorherigen Generation", erklärt Darling.

„Claw", sagt Heather.

Sie stampft mit dem Fuß auf und verschränkt die Arme über der Brust.

„Was, Heather?", platzt es aus ihm heraus, als er sich umdreht.

Es scheint ihm nicht zu gefallen, dass die Erbin der Rhoannes versucht, ihm Befehle zu erteilen.

„Du hast ein Gelübde abgelegt, meine Familie zu schützen", sagt sie.

„Ich habe gar nichts versprochen", entgegnet er.

„Deine Mutter hat ein Gelübde abgelegt..."

„Meine Mutter ist tot", unterbricht er sie. „Ihre Gelübde und ihre Loyalitäten sind mit ihr gestorben. Wenn du glaubst, dass ich ein vor Jahren gegebenes Versprechen einhalten will, Heather, dann irrst du dich gewaltig."

„Aber Vater sagt, dass..."

„Was? Dass die Feathers die Rhoanne beschützen müssen? Damit wir ihre Vasallen sind?"

Sie runzelt die Stirn, verliert aber nicht die Fassung. Es fällt mir schwer, Heathers Charakter einzuschätzen. Ich weiß nie, was ich bei ihr erwarten kann. In einem Moment ist sie ein verwöhntes, launisches Kind und im nächsten Moment ist sie bereit, ihr Leben zu riskieren, um ihre Freunde und ihren Vertrauten zu retten.

„Nein, dass die Stallen an unserem Schutz hängen, und das seit Anbeginn der Zeit."

Die Stallen? Wie die Statue vor dem Hauptgebäude der Schule?

„Ich habe dir bereits gesagt, dass ich diesen Namen nicht hören will."

Claw tritt vor. Er überragt Heather um einen halben Kopf und senkt den Blick. Er sieht fast bedrohlich aus und ich frage mich, ob wir nicht dazwischen gehen müssen.

Zum Glück hustet Ferynn und reißt die beiden aus ihrem stillen Duell.

„Oh, verdammt, es tut weh", beschwert er sich.

„Was zum Teufel hast du wieder draußen gemacht? Warum bist du nicht in Deckung gegangen?"

„Die Neugierde", erwidert er. „Bist du nicht ein bisschen besorgt?"

„Nie im Leben! Für einen Idioten wie dich? Ganz bestimmt nicht!"

„Ja, du scheinst mir besorgt zu sein."

„Wirst du darüber hinwegkommen?"

„Siehst du? Ich sagte doch, dass du besorgt bist!"

Er hustet noch einmal und ich balle meine Fäuste. Dann sehe ich, dass die Wunden in seinem Gesicht weniger ausgeprägt zu sein scheinen als bei seiner Ankunft.

„Ich bin ein Wolf und na ja, ein Halber, was bedeutet, dass ich mich nicht so schnell erholen werde wie ein Ganzer. Aber glaub mir, wir sind stark."

„Ich war mir nicht mehr sicher, ob du wirklich einer bist."

„Warum habt ihr die Tür nicht früher geöffnet?", flucht er.

„Weil ..."

Ich suche nach einer Ausrede, um Ferynns Ego nicht zu zerstören, aber mir fällt nichts ein.

„Ja, mach dir keine Sorgen, ich weiß warum."

„Sind es die Krähen, die dich angegriffen haben?"

„Die Krähen?", fragt er, ohne zu verstehen.

„Die Vögel, die in Schwärmen am Himmel flogen."

„Nö", antwortet er. „Das war ein Typ in einem schwarzen Umhang mit seinem verdammten Zauberspruch."

„Ein Magier? Wie der, den..."

Ich schweige reflexartig. Ich weiß nicht, warum ich nicht will, dass die anderen hören, wie es weitergeht. Ich fahre flüsternd fort:

„Der, von dem ich dir erzählt habe?"

„Woher soll ich das wissen, Asha? Ich habe deinen nicht gesehen. Aber Leute in schwarzen Umhängen, schätze ich, gibt es nicht so oft."

„Also ist er zurückgekommen? Wie ist er hierher gekommen?"

„Sag mal, anstatt mich zu verhören, willst du mir nicht beim Aufstehen helfen, damit ich vor deiner Klasse besser aussehe?"

In der Halle haben sich dutzende und aberdutzende von Schülern eingefunden, nachdem sie die Nachrichten der Klassensprecherin und ihres Teams gehört haben. Professor Gargoy gibt den Befehl, den Eingang zu seinem Klassenzimmer zuzumauern, doch Claw hält ihn sofort auf.

„Das wird nicht nötig sein, die Gefahr ist gebannt."

Der Dressurlehrer scheint sich nicht sicher zu sein, ob er auf ihn hören soll. Er zögert, gehorcht aber schließlich.

„Kann ich dann rausgehen?"

Claw nickt.

„Wirklich?"

Der Blonde nickt erneut. Der Lehrer flitzt nach draußen und beginnt zu pfeifen, um seine Vögel zurückzurufen. Erst als der erste Vogel kommt, höre ich ihn vor Freude schreien.

„Ist alles in Ordnung mit ihm?", fragt Ferynn und lehnt sich an mich, um sich aufzurichten.

„Bist du sicher, dass du aufstehen solltest?"

„Siehst du, du machst dir Sorgen", lacht er.

Ich schaue auf. Claw Feather klatscht in die Hände, um die Aufmerksamkeit auf sich zu ziehen.

„Lehrkräfte, Schüler, geht euren Beschäftigungen nach. Die Show ist vorbei und ihr könnt euren Tag fortsetzen, als wäre nichts passiert."

Er zerstreut sein Team, geht aus dem Weg und will gerade die Stufen zum Obergeschoss hinaufgehen, als Heather ihn am Arm packt.

„Wirklich, Claw?", platzt sie heraus.

„Fass mich nicht an, Heather."

Die Erbin der Rhoannes senkt ihre Stimme, aber ich kann immer noch hören, was sie miteinander reden.

„Willst du mir weismachen, dass alles, was wir durchgemacht haben, nicht zählt?"

„Und was, Heather? Wenn es der Fall wäre, würdest du nicht versuchen, mich zu deinem Vasallen zu machen oder die Kontrolle über mein Tun und Lassen zu erlangen, oder? Du würdest mich als gleichberechtigten Partner behandeln?"

Er hält ihren Blick einen Moment lang fest, ohne dass sie antwortet, bevor er sich aus dem Staub macht.

„Sie scheinen sich gut zu kennen", flüstere ich.

„Wer?"

„Der blonde Typ und Heather."

„Oh, sie und Claw? Ihre Familien sind seit Generationen befreundet", erklärt Ferynn. „Sie sind zusammen aufgewachsen, fast wie Bruder und Schwester."

„Na ja, sie streiten sich auf jeden Fall, als ob sie es wären. Gibt es eine Krankenstation, einen Ort, an den ich dich bringen kann, wo man dich behandelt?"

Ferynn lacht und fängt dann an zu husten, vielleicht weil seine Rippen schmerzen.

„Oh, wie lustig du bist, wenn du dich darauf einlässt. Ich bin ein Wolf, Asha. Wir gehen nicht in den Krankenflügel, wenn wir verletzt sind. Wir warten ab und zack, repariert sich unser ganzer Körper von selbst. Wir haben eine Regenerationskraft, die allen anderen Übernatürlichen weit überlegen ist."

„Die Halben auch?"

„Sogar die Halben", seufzt er.

„Tut mir leid, ich wollte nicht..."

„Ich weiß. Du machst dir Sorgen, auch wenn du etwas anderes sagst. Ich habe es kapiert."

Er löst sich von mir und legt seine Hand an die Wand, um sein Gewicht abzustützen. Mit einer Handbewegung schickt er mich zum nächsten Unterricht. Ich ziehe meinen zerknitterten Stundenplan hervor, betrachte ihn und stelle fest, dass es sich definitiv nicht lohnt, dorthin zu gehen. Laut der großen Uhr in der Halle bleiben mir nämlich nur noch zehn Minuten bis zur nächsten Stunde.

„Werden sie uns nichts über diesen Vorfall erzählen?" frage ich. „Keine Ankündigungen? Keine Erklärungen?"

„Hier in Stallen? Erklärungen?", lacht Ferynn. „Warum glaubst du, dass ich mich draußen aufgehalten habe, obwohl es gefährlich ist?"

„Weil du verrückt bist?"

„Weil ich eben Antworten wollte. Und ich warte nicht darauf, dass sie mir auf einem goldenen Tablett serviert werden. Ich werde sie suchen."

Seine Worte hallen lange in meinem Kopf nach und lösen eine Art Klick aus, sodass ich Darlings Arm packe, ihr ins Ohr flüstere und sie nach draußen ziehe.

„Was ist mit mir?", fragt Ferynn.

„Ich dachte, deine Regenerationsfähigkeiten seien außergewöhnlich gut und du müsstest nicht auf die Krankenstation?", werfe ich zurück.

Er streckt mir die Zunge heraus, während ich mit Darling weggehe. Ein Wiehern von Pegasus begleitet unseren Abgang, was mich zum Kichern bringt.

Wirklich, ein Pferd namens Pegasus? Heather ist nicht wirklich einfallsreich.

KAPITEL 15

ASHKANA

„Wir haben jedes Buch in der Bibliothek aufgeschlagen", seufze ich und stütze meinen Kopf in die Hände. „Absolut alle."

„Es gibt hier ungefähr vierhunderttausend Bücher", entgegnet Darling flüsternd, „glaubst du wirklich, dass wir vierhunderttausend Bücher geöffnet haben?"

Es sind jetzt drei Wochen vergangen, seit ich auf dem Campus angekommen bin, und ich fühle mich immer noch nicht wie ein Fisch im Wasser. Ich passe mich viel besser an die Umgebung an, kenne meinen Stundenplan auswendig, und habe die meisten Traditionen und Bräuche dieser neuen Welt verstanden, aber ich kann nicht sagen, dass ich mich überall wohl fühle, wo ich hingehe. Erstens, weil mir jeder deutlich zu verstehen gibt, dass ich eine Halbe bin. Zweitens, weil ich ausgelacht werde, sobald ich eine typische Unwissenden-Frage stelle, wie z. B.:

„Was ist die Dreiviertel-Zeremonie?"

Zum Glück antwortet mir Darling immer geduldig. Wir haben nur drei Stunden in der Woche gemeinsam, aber wir verbringen unsere Mittagspause zusammen und sobald wir Zeit haben, gehen wir in die Bibliothek, um weiter zu recherchieren.

„Sollten wir nicht lieber in menschlichen Bibliotheken suchen?"

„Du gibst so schnell auf", lacht Darling. „Wir machen das alles doch nur für dich."

Sie stellt ein Buch ans Ende des Regals und beugt sich vor, um eine Ecke des Raumes zu betrachten.

„Machen wir das wirklich alles nur für mich?", flüstere ich und rolle mit meinem Stuhl auf Darlings Höhe, um zu sehen, was los ist.

Meine Freundin hat ihre Augen auf einen jungen, ziemlich muskulösen Jungen gerichtet, der keine Schuluniform trägt und sich gerade bückt, um Bücher aus einem riesigen Behälter zu greifen.

„Hmm?"

Darling macht den Eindruck, mir nicht zugehört zu haben.

„Sind wir vielleicht in dieser Bibliothek, damit du ein Auge auf einen bestimmten Bibliotheksassistenten werfen kannst?"

„Was? Nein!", errötet Darling sofort und setzt sich die Brille wieder auf die Nase, die sie immer benutzt, wenn sie den großen Raum voller Bücher betritt.

Sie wird rot. Ihre Sommersprossen kommen noch mehr zum Vorschein und sie sieht so süß aus, dass ich lächeln muss.

„Das ist doch nicht schlimm", sage ich.

„Nein, nein, natürlich nicht, aber deshalb sind wir nicht hier. Wir sind hier, um herauszufinden, wer deine biologischen Eltern sind."

„In diesen Büchern gibt es nichts, womit ich meinen Stammbaum zurückverfolgen könnte oder wo meine Adoptiveltern mich gefunden haben. Ich müsste sie direkt fragen, das wäre so viel einfacher! Memo an mich: ich will sie nicht fragen?"

Darling kehrt zu dem Tisch zurück, an dem wir uns niedergelassen haben, nachdem wir unser Mittagessen schnell verschlungen haben. Sie neigt ihren Kopf zur Seite, um den Jungen noch einmal zu beobachten. Ich ertappe ihre Tat, und sofort hält sie inne und wird wieder rot.

„Weißt du, es wäre viel einfacher, wenn du ihn fragen würdest, ob er mit dir ausgeht", bemerke ich.

„Hä? Nein, niemals! Ich bin nicht einmal interessiert."

„Wirklich? Du gaffst ihn jedes Mal an, wenn wir kommen."

„Aber nein, überhaupt nicht!"

„Darling…"

„Aber echt! Okay, er ist... er ist süß, mehr nicht. Ich habe ihn nie angesprochen."

„Ach ja? Wie oft habe ich mitbekommen, wie du zu ihm gegangen bist, um mit ihm zu quatschen! „Pedro, kannst du mir sagen, wo das älteste und staubigste Buch in der Bibliothek steht?"

Ich klimpere übertrieben mit den Augen, als ich diese Worte ausspreche, und benutze eine verführerische und gleichzeitig naive Stimme, um meine Freundin nachzuahmen.

„Ich rede überhaupt nicht so", verteidigt sich Darling vor Scham.

„Ich ziehe dich nur auf… Natürlich redest du nicht so. Aber ich habe gesehen, wie du Ausreden gefunden hast, um ihn um Hilfe zu bitten, obwohl du dich mit der Klassifizierung der Bib besser auskennst als der Bibliotheksleiter selbst!"

Darling spitzt die Lippen, holt tief Luft und wechselt das Thema.

„Du kannst es ihnen nicht sagen, weil du ihnen dann erklären musst, woher du davon weißt.

Und wie willst du das machen? „Papa, Mama, ich bin auf einer Zauberschule. Hä, was für eine Zauberschule? Ja, natürlich gibt es das. Hört auf, euch wie Unwissende zu benehmen. Ich habe verstanden, dass ihr mir seit meiner Geburt nur Unsinn erzählt habt. Ihr hättet mir auch sagen können, dass ich adoptiert wurde. Ich würde gerne wissen, wie es sein kann, dass ich zu euch in die Menschenwelt gekommen bin. Wie bin ich überhaupt zu euch in die Menschenwelt gekommen? Wie habt ihr mich nur ergattert? Könnt ihr mir das erzählen?"

Darling rächt sich, indem sie ein Gespräch zwischen meiner Familie und mir nachahmt. Es ist ein billiger Trick, aber er gelingt.

„*Wie habt ihr mich nur ergattert?* Echt jetzt?", wiederhole ich.

„Okay, die Worte waren nicht sehr gut gewählt, du bist natürlich kein Gegenstand, den man ergattern kann. Aber du hast verstanden, was ich meine."

„Aber wie soll ich in diesem Fall meine Herkunft finden? Sie haben es angestellt und können mir die Antwort am ehesten geben."

„In all diesen Büchern muss es einen Zauber geben, der deine ersten Erinnerungen wieder aufleben lässt, oder uns einen Hinweis auf deine Geburt gibt."

„Ja, natürlich, man muss nur „Abrakadabra, identifiziere meine Eltern" sagen und schwupps, erscheint ein Licht und man muss ihm nur folgen, damit es mich direkt zu meinen Eltern führt."

Darling verzieht das Gesicht.

„Asha, dir ist schon klar, dass sie möglicherweise tot sind, oder?"

„Natürlich ist es mir klar. Das wäre sogar die beste Erklärung! Es würde ihnen einen guten Grund geben, mich zu verlassen. Ich habe das nur gesagt, um ... der Einfachheit des Zaubers willen, okay?"

„Es gibt keinen Zauberspruch, der so funktioniert."

„Was machen wir dann eigentlich hier, wenn es nicht darum geht, einen zu suchen?"

„Das ist nicht das, was wir suchen. Wir suchen nach Lösungen. Wir haben schon eine Menge erforscht und ich möchte, dass wir etwas finden, das es dir ermöglicht, deine allerersten Erinnerungen wieder zu erleben. Wenn du das tun könntest und ihre Gesichter sehen könntest, zumindest das Gesicht deiner Mutter am Tag deiner Geburt, wäre das ein großer Schritt nach vorn. Vielleicht könnten wir sie identifizieren und ..."

„Selbst wenn ich ihr Gesicht sehen kann, wie soll ich sie dann identifizieren? Gibt es eine Datenbank mit Magiern, die wir durchforsten können, damit ich ihr Gesicht unter den Gesichtern aller Magier der Welt ausmachen kann?"

Darling nickt mit dem Kopf.

„Echt? Gibt es so etwas?"

„Natürlich gibt es so etwas", antwortet sie. „Wir sind alle verifiziert, genau wie die Menschen."

„Warum bin ich nicht in der Datenbank?"

„Klar bist du drin, oder zumindest bist du aufgenommen worden, als du dich an der Schule angemeldet hast."

„Verdammt, ich habe noch nicht einmal ein Dokument über meine persönlichen Daten unterschrieben!"

„Das ist doch wieder so ein Menschending, oder?"

„Ja", seufze ich.

Ich möchte Cassandra unbedingt schreiben, aber in den letzten drei Wochen haben wir kaum miteinander gesprochen. Erstens, weil ich das Telefonnetz nur in einem einzigen Raum nutzen kann, der sich im Hauptgebäude des Campus befindet, und zweitens, weil ich keine Ahnung habe, wie ich all diese Themen ansprechen soll. Cass wagt es nicht mehr, Fragen zu stellen, weil ich ihnen schon viel zu oft ausgewichen bin. Wir kommunizieren kaum noch miteinander. Oh, wir reden über das Wetter und andere unwichtige Themen oder darüber, ob der Tag gut war oder nicht, aber mehr ist nicht drin. Ich weiß nicht einmal, ob ihr die neue Schule überhaupt gefällt. Oder ob sie meine Eltern kürzlich gesehen hat, vielleicht beim Einkaufen? Wie geht es ihnen? Ich habe ihnen drei Nachrichten geschickt, eine pro Woche. Ich habe sogar extra viele Ausrufezeichen verwendet, um deutlich zu machen, wie glücklich ich hier auf dem Campus bin. Betont, wie beschäftigt ich bin. Ob diese Ausreden ausreichen, um mein wiederholtes Schweigen zu erklären? Die beiden Angriffe, denen ich bei meiner Ankunft ausgesetzt war, habe ich nicht erwähnt. Nachdem es seit drei Wochen ruhig ist, denke ich, dass die Magier den Vorfall tatsächlich gut unter Kontrolle haben , sonst hätte es schon längst einen neuen Alarm gegeben .

„Der da?", schlägt Darling vor und deutet auf einen Zauberspruch, der zu passen scheint.

Ich entziffere die Schrift. Zum Glück sprechen die Magier Englisch. Ich kann mir nicht vorstellen, welche Probleme ich gehabt hätte, wenn ich Latein oder eine andere dieser toten Sprachen hätte lernen müssen.

„Ja, das scheint zu passen", bestätige ich. „Was braucht man, um den Zauber zu wirken?"

„Kraft und Stärke? Erfahrung?"

Darling schließt die Augen und seufzt.

„Ich glaube nicht, dass wir das Niveau haben, um einen solchen Zauber auszuführen, und wenn man beim Zaubern versagt... „

„... endet es in einer Katastrophe?"

„Genau", bestätigt Darling. „Aber könnten wir vielleicht einen Fünftklässler um Hilfe bitten?"

„Oder einen Lehrer?"

„Gibt es Lehrer, die bereit wären, das für dich zu tun?", wundert sich meine Freundin.

„Bert Tharys könnte das tun."

„Er ist eindeutig nicht der Mächtigste."

„Aber er mag mich."

Darling zuckt mit den Schultern.

„Warum nicht! Auf jeden Fall werden wir es nicht allein schaffen."

Wir packen die Bücher weg und ich mache ein Foto von dem Zauberspruch, damit ich ihn jederzeit in meinem Handy habe. Alle Anweisungen sind handschriftlich verfasst. Ich frage mich, ob die Person, die den Zauberspruch erfunden hat, wie ich auf der Suche nach ihren leiblichen Eltern war.

„Und wenn das erst einmal funktioniert hat, was... was machen wir dann? Verschaffen wir uns Zugang zur Datenbank und scrollen durch alle Gesichter?"

„Wenn es das ist, was wir tun müssen, dann tun wir das."

„Weißt du, dass du eine tolle Freundin bist?"

„Huh? Warum?"

Darling errötet sofort.

„Weil ich dir das langweiligste Ding der Welt vorschlage, nämlich die Gesichter aller Magier der Welt nacheinander zu scrollen, ohne dich zu beschweren."

„Das ist es doch, was du willst, oder? Deine leiblichen Eltern finden, meine ich."

„Ja."

„Du bist meine Freundin und ich werde dir helfen."

„Gut, dann biete ich dir im Gegenzug auch meine Hilfe an."

„Deine Hilfe bei was?", wundert sich Darling. „Ich brauche keine Hilfe bei irgendetwas ..."

Aber es ist schon zu spät. Ich verlasse unseren Tisch und gehe direkt auf Pedro zu. Ich tippe ihm auf den Arm, um seine Aufmerksamkeit zu erregen, während er einige Bücher wegräumt. Ich unterhalte mich weniger als zwanzig Sekunden mit ihm und deute dann auf meine Freundin, die versucht, sich dummerweise unter dem Tisch zu verstecken. Weniger als eine Minute später steht Pedro vor Darling, deren Gesicht rot glühen. Ich winke ihr aufmunternd zu und spitze die Ohren.

„Ich werde sie ..."

„ ... sie?", fragt Pedro.

„Nichts, nichts", flüstert Darling.

„Deine Freundin sagt mir, dass du mich etwas fragen wolltest?"

„N... nein. Sie hat geraucht. Eine illegale Substanz. Sie hat eine psychische Störung. Hat es dir niemand gesagt?"

Darling beißt sich auf die Zunge, wahrscheinlich um nicht mehr so viel Unsinn zu erzählen. Sie will meinen Ruf nicht beschädigen, der ohnehin schon unterirdisch ist.

„Ich... ich meine, nein, ich wollte dich nicht um etwas bitten."

„Wirklich?", wundert sich Pedro. „Sie schien sich ziemlich sicher zu sein, dass du das von vornherein beantworten würdest. Sie hat mir gesagt, dass du Angst haben würdest und hat die Frage für dich gestellt."

„Huh?"

„Und die Antwort ist ja", fügt Pedro hinzu.

„Ja, was?"

„Ja, ich fände es toll, wenn wir uns außerhalb der Bibliothek treffen und uns kennenlernen würden."

Darling beginnt zu lächeln. Oh, ich weiß, dass sie mich dafür hassen wird, dass ich ihr das angetan habe, und sie wird es mir hundertfach heimzahlen.

Aber ich kann an ihrem Gesicht sehen, dass sie sich mega freut und mir wahrscheinlich ewig dankbar sein wird.

KAPITEL 16

ASHKANA

Ich verlasse die Bibliothek. Ich habe vor, vor meiner nächsten Unterrichtsstunde bei den Ställen vorbeizuschauen. Wenigstens haben wir heute eine Lösung gefunden, die wir ausprobieren können. Die ganze Zeit, die ich damit verbracht habe, in den Büchern herumzustöbern, war nicht umsonst. Ich habe große Zweifel, ob der Zauberspruch funktionieren wird, aber ich will es zumindest versuchen.

„Hey, Frechdachs!", rufe ich, als ich den hinteren Teil der Ställe betrete.

Ich habe immer noch keinen Namen für meinen Vertrauten gefunden. Jetzt bin ich allein, wenn ich hierher komme. Es sei denn, ich treffe auf Heather, die ja Pegasus nicht wirklich in ihr Zimmer bringen kann. Oder hat sie eine Luxussuite mit einer Stallbox anstelle eines Zimmers?

Die anderen Schüler konnten ihre Vertrauten mit nach Hause nehmen, aber ich bekomme meine Katze immer noch selten zu sehen. Ich habe es zwar geschafft, sie mehrmals zu streicheln, einmal konnte ich sie sogar auf den Arm nehmen, aber sie weigerte sich, die Ställe zu verlassen.

„Kuckuck, mein kleiner Kerl", flüstere ich, als ich an dem Hund mit den drei Fellfarben vorbeikomme.

Er ist gewachsen und dicker geworden, aber er ist immer noch ein Angsthase. Nur ich kann mich ihm nähern. Selbst Professor Gargoy scheint für diesen Welpen bedrohlich zu wirken.

„Hast du Hunger?"

Ich hole Katzenfutter für ihn heraus und schiebe es in einen Napf. Es scheint ihn nicht zu stören, dass es für eine andere Spezies als seine eigene bestimmt ist.

„Hast du meine arrogante Katze gesehen?", füge ich hinzu.

Er gibt ein leises Knurren von sich, das ich als „Nein" interpretiere.

„Hey, du Ausweichende!", rufe ich in einem lauteren Ton.

„Ich weiß nicht, ob *Ausweichende* ein echtes Wort ist", antwortet eine Stimme.

Thresh kommt aus einem Stall auf mich zu.

„Du hast einen Vertrauten?", frage ich erstaunt.

„Nein, natürlich nicht. Ich habe ein Nickerchen gemacht.

Ich ziehe die Augenbrauen hoch, weil ich nicht sicher bin, ob ich richtig gehört habe.

„Du hast ein Nickerchen gemacht, inmitten von Pferdemist?"

„In der Box ist niemand", erwidert er. „Und es ist ziemlich ruhig hier. Ich genieße es, meine Ruhe zu haben."

Ich streichle den Hund, als er seinen Napf geleert hat, und wiederhole mit ihm die Kommandos, die ich ihm beigebracht habe.

„Sitz! Gut, prima! Platz!"

Er gehorcht und wedelt mit dem Schwanz, sehr froh darüber, mir eine Freude zu machen.

„Ist das dein Vertrauter?", fragt Thresh.

Ich schaue zu ihm hoch. Ich verstehe nicht, warum er darauf besteht, mit mir befreundet zu sein, obwohl es offensichtlich Heather überhaupt nicht gefällt. Gut, sie ist nicht in der Nähe, aber sie findet immer einen Weg, um davon zu erfahren.

„Nein, ich habe mich für eine schwarze Katze entschieden."

„Das ist eine... interessante Wahl."

„Hast du auch Angst vor schwarzen Katzen?"

Er zuckt mit den Schultern.

„Warum sollte ein Wolf Angst vor einer schwarzen Katze haben?"

„Warum sollte sich ein Wolf weit weg von seinen Leuten verstecken und hinter einer verschlossenen Tür ein Nickerchen machen?"

„Vielleicht bin ich einfach nur müde", antwortet er defensiv.

Ich zögere. Normalerweise bestehe ich gerne darauf und gehe der Sache auf den Grund. Und jetzt habe ich das Gefühl, dass das nicht der Grund ist, warum Thresh wirklich hier ist. Will ich es aber überhaupt wissen?

„Das ist nicht mein Problem", sage ich. „Du kannst den ganzen Tag machen, was du willst."

Er nickt und senkt den Kopf in einer Geste, die aussieht, als wolle er sich bedanken. Er kommt auf mich zu, vielleicht um sich mit mir zu unterhalten, als sich die Tür zum Trainingsraum mit einem lauten Knall öffnet.

„Da bist du ja!", ruft Ferynn und stürmt hinein.

Er schließt nicht einmal hinter sich ab. Man muss dazu sagen, dass der junge Halbe keinen Sinn für Respekt,

Konventionen und Vorsicht hat. Nein, das Einzige, was ihn im Leben antreibt, sind Neugier und Spiel.

Ich drehe mich um und möchte Tresh gerade signalisieren, dass ich beschäftigt bin. Da bemerke ich, dass er verschwunden ist. Er hatte offenbar keine Lust, hier gesehen zu werden.

„Ja, ich bin hier", bestätige ich. „Was führt dich dazu, mich zu besuchen, Ferynn? Konnten deine psychologischen Foltersitzungen nicht bis heute Abend warten, bis ich wieder im Schlafsaal bin?"

Ich wurde zwar nicht nach allen Regeln der Kunst schikaniert, aber ich achte trotzdem darauf, die Tür meines Zimmers abzuschließen, sobald ich gehe. Mehrmals hatte jemand sich zum Beispiel einen Spaß daraus gemacht, mein Essen mit Salz statt mit Zucker zu würzen, während ich kurz meinen Teller aus den Augen verloren hatte. Die Halben sind genauso kindisch wie die Ganzen. Das ist die Lektion, die ich aus dieser Geschichte gelernt habe.

„Du weißt doch, dass ich immer nach Ereignissen untersuche", fährt Ferynn fort, während er die leeren Käfige um uns herum überblickt.

„Ereignisse?", wiederhole ich.

„Ja, deine turbulente Ankunft, ich meine dein turbulenter Abgang, bevor du zurückkamst, und dann der Alarm, der überall losging."

„Ja, du hältst dich für einen perfekten Detektiv. Gehst du überhaupt zum Unterricht, Ferynn? Hast du vor, dein Jahr zu bestehen?"

„Spielt das eine Rolle, da sie mich, selbst wenn ich die Klasse wiederhole, behalten und mir einen weiteren Zyklus bezahlen werden?"

„Ist dir klar, dass du mit deinem Verhalten dazu beiträgst, dass der Ruf der Halben in den Keller sinkt?"

„Na und? Werden die Ganzen uns noch mehr hassen?"

Er findet einen ziemlich großen Hundekorb und setzt sich im Schneidersitz hinein.

„Das ist ziemlich bequem", lacht er.

„Na gut, spuck's aus, Ferynn, ich muss danach in den Unterricht."

Ich höre auf, mein kleines Hündchen zu streicheln, stehe auf und suche auf den hohen Balken nach meiner Katze.

„Was, wenn ich dir sage, dass die fraglichen Kreaturen schon wieder gekommen sind, und wir nichts davon erfahren haben?"

Mit diesem Satz packt mich die Neugier und gehe auf ihn ein.

„Hä?", frage ich.

„Sie sind um unser Gebäude herumgeschlichen."

„Unser Gebäude? Warum unser Gebäude?"

„Willst du meine Theorie hören?"

Ich weiß, dass man ihn nicht in seinen Wahnvorstellungen bestärken sollte, aber selbst wenn ich nichts sage, würde er weitermachen.

„Nur zu, unterhalte mich mit deinen *Theorien*."

„Ich glaube, sie sind extremistische Magier, die die Halben ausrotten wollen."

Ich runzle die Stirn.

„Verdammt, ich dachte, das wäre noch abwegiger."

„Das ergibt doch Sinn, oder?", fährt er fort, springt auf und hüpft vor Aufregung durch den Raum.

„Ja, das ergibt Sinn. Aber... zwei Personen? Um uns alle auszurotten? Und wann sind sie zurückgekommen?"

„Schon vor zwei Wochen. Willst du wissen, was mich auf den Gedanken gebracht hat?"

Mit Nein zu antworten ist sinnlos, Ferynn wird seine Erklärung ohnehin fortsetzen.

„Ja, sag es mir."

„Es gab Spuren eines Kampfes außerhalb des Gebäudes, unter den Fenstern der Zimmer der Erstklässler. Schon allein die Tatsache, dass sie die Halben angreifen, die erst im Ersten Jahr sind, ist ein Hinweis. Es ist leichter, uns zu erwischen als die anderen. Wir sind noch nicht darauf trainiert, uns zu verteidigen."

„Du stützt diese ganze Geschichte auf Kampfspuren außerhalb des Gebäudes?", frage ich erstaunt.

„Nein! Ich habe meine Informationen überprüft. Tss, tss, du hältst mich wohl für einen Amateur!"

Ich greife nach einem Gummiball und werfe ihn in den Gang zu den Ställen. Kleiner Kerl rast los, um ihn aufzufangen.

„Und wie hast du das überprüft, hm?"

„Ich habe natürlich spioniert. Beim letzten Mal hast du mir erzählt, dass Thresh an der Suche teilnahm."

Ich frage mich, ob der Junge sich in seinem Stall verschanzt hat und alles hört, was wir sagen.

„Ich bin ihm wie ein Schatten gefolgt", fügt er hinzu. „Morgens und abends. Ich habe unter dem Fenster seines Schlafsaals gezeltet, falls er durch dieses Fenster fliehen sollte."

„Warum sollte er durch sein Fenster klettern, wenn er in offizieller Mission unterwegs ist?"

„Warum sollte er nicht? Vielleicht trifft er sich nachts mit Heather und sie schmieden gemeinsam Pläne, wie sie die Kaste der Übernatürlichen erobern können. Und wenn es ein geheimer Auftrag ist, wird er vielleicht auf geheimem Wege gerufen und will nicht wieder durch die Gemeinschaftsräume gehen."

„Und ist er überhaupt ein einziges Mal durch sein Fenster ausgegangen?"

„Nein, aber das ist auch nicht die Frage."

Ich verdrehe die Augen.

„Deine Neugier geht zu weit, Ferynn, jetzt wo sie anfängt, die Privatsphäre anderer zu beeinträchtigen. Was wäre wohl passiert, wenn Thresh auf dich gestoßen wäre, während du rumspionierst, hm?"

„Er ist nicht auf mich gestoßen", bemerkt er mit einem Lächeln. „Meine Verschwiegenheit ist tausendmal beeindruckender als seine Macht."

„Tausendmal, was? Nun gut, kommen wir zur Sache."

„Ich habe ihn verfolgt und er hat Besprechungen mit seinem Vorgesetzten. Sie machen jede Nacht Touren mit der Elite der Erstklässler. Sie werden von den Fünftklässlern beaufsichtigt und müssen jeden Eindringling im Gebiet aufspüren."

„Eine einfache Sicherheitsmaßnahme nach dem, was passiert ist, oder?"

„Und ich habe tote Krähen gefunden. Mehrmals."

„Tote Krähen?"

„Du hast mir doch letztes Mal von Krähen erzählt, oder? Als es den Angriff gab."

„Ja, aber du hast mir gesagt, dass du sie nicht gesehen hast."

„Es gibt viele von ihnen. Tote. Es gibt sogar einen Ort an der Grenze zu Stallen, der durch den Schild begrenzt ist, wo ich Hunderte von ihnen gefunden habe. Alle tot und verkohlt."

„Huh?"

Ich gebe zu, dass Ferynn manchmal fantasiert oder übertreibt, aber das Detail mit den Krähen scheint mir zu wichtig, um es zu ignorieren. Kleiner Kerl tippt mir mit dem Ball in seinem Maul auf das Bein. Ich lächle ihn an, hole das Spielzeug zurück und werfe es weit weg, ganz zu seiner Freude.

„Ich glaube, wir sind Opfer eines Angriffs nach allen Regeln der Kunst. Eines Angriffs, der seit drei Wochen nicht aufgehört hat, aber wir sollen alle im Unklaren gelassen werden."

„Und wieso das?", entgegnete ich. „Wir wären doch viel sicherer, wenn wir auf der Hut wären, oder?"

„Wegen des Ansehens, Asha! Kannst du dir vorstellen, welches Ansehen Stallen in der ganzen Welt genießt? Es ist kaum zu glauben, dass die Entscheidungen des Rates nicht von den Stallen-Führern eingeflüstert werden. Sie dürfen nicht schwach erscheinen. Sie bilden doch die Elite, und diese Schule ist ein Geschäft, das vergisst du vielleicht. Es müssen jedes Jahr neue Schüler kommen, um die Kassen zu füllen."

„Geben wir es zu. Willst du damit sagen, dass wir immer wieder angegriffen werden und uns niemand informiert hat?"

„Genau das ist der Fall."

Er klatscht in die Hände, um seine Demonstration zu beenden.

„Das ist total verrückt", bemerke ich.

„Das ist brillant!", erwidert er.

Ich schnappe mir wieder den Ball von Kleiner Kerl und gehe in die Hocke, um das Tier zu umarmen. Die Uhr tickt, aber ich kann nicht den ganzen Nachmittag hier verbringen.

„Ferynn, du musst aufhören, so viel Zeit in deine Nebenabenteuer zu investieren. Geh in den Unterricht, mach deine Hausaufgaben und schreib gute Noten. Dir wurde die Chance gegeben, eine vorbildliche Ausbildung zu genießen, und du verbringst deine Zeit damit, die Schule zu schwänzen. Es ist ein Wunder, dass sie dich nicht von der Schule geworfen haben."

„Wirklich? Ist das deine Reaktion?"

„Welche Reaktion soll ich denn haben?"

„Ein bisschen mehr Interesse daran, was in dieser Schule vor sich geht. Es gibt Dinge, die uns vorenthalten werden, Asha!"

„Und was ist damit? Man wird uns immer Dinge verheimlichen."

„Macht es dir nichts aus, dein Leben nur in deinen eigenen vier Wänden zu verbringen, und dabei nichts von der Außenwelt mitzubekommen?"

„Ferynn, geh in den Unterricht."

Ich verlasse den Raum, während er gegen den Ball tritt, den ich liegen gelassen habe. Der Welpe rennt los, um ihn zu holen. Ferynn geht in die Hocke und vergräbt seinen Kopf in den Händen.Ich drehe mich um und sehe, wie seine Arme sich komplett verändern. Krallen und Haare durchstoßen seine Haut. Er lässt einen Schrei los, und schafft es, sich schnell wieder unter Kontrolle zu bringen. Und mit seinem nächsten Atemzug sind die tierischen Merkmale wieder verschwunden. Nun bin ich mir seiner sicher. Endlich kenne ich seine wahre Natur…

KAPITEL 17

THRESH

Es gelingt mir, den Stall einige Minuten nach Ferynns Ankunft zu verlassen. Ich kann nicht glauben, dass der Halbe es so leicht geschafft hat, mich auszuspionieren. Er hat wohl keine Mühen gescheut. Ich bin der Beste meines Jahrgangs, nicht umsonst gehöre ich zu den Eliteteams, die nachts über den Campus laufen, um nach neuen Eindringlingen in der Nähe Ausschau zu halten. Durch die vielen Tage als Musterschüler und die Nächte, in denen ich am Boden schnüffle, macht sich langsam Müdigkeit breit. Wenn ich ganz genau nachdenke, muss ich zugeben, dass ich mich in den Ställen versteckt habe, um Ruhe zu finden, aber auch um Heather beim Mittagessen und die ganze Wolfsclique zu meiden, die mich beobachtet, als wäre ich ihr nächster Anführer.

Mir ist bewusst, dass genau das passieren könnte, ja, dass genau das passieren soll. Aber ich habe keine Lust, jemanden zu führen. Ich will nicht den Platz meines Vaters an der Spitze unseres Rudels einnehmen, geschweige denn seinen Platz im Rat, und Heather zu heiraten ist vielleicht der Tropfen, der das Fass zum Überlaufen bringt.

Ich mag sie. Wir sind in denselben Kreisen aufgewachsen. Wir haben uns gegenseitig beschützt, als wir es brauchten, aber ich habe keine Gefühle für sie. Ich schätze sie, als wäre sie ein Mitglied meines Rudels, das zu beschützen ich mich verpflichtet fühle. Wenn jemand schlecht über sie redet, sträuben sich meine Nackenhaare. Aber meine Haare sträuben sich auch, wenn sie mich beschimpft oder mich wegen eines neuen Fehlers, den ich begangen habe, belastet.

Nicht auf der Cocktailparty aufzutauchen, auf der sie gehofft hatte, dass wir beide paradieren würden, ist kein Fehler, sondern eine Entscheidung. Ich hasse gesellschaftliche Veranstaltungen und habe kein Interesse daran, zur Belustigung der Zuschauer zu dienen und mich bei einflussreichen Übernatürlichen zu zeigen. Mir ist bewusst, dass die Verbindung, die mein Vater zwischen der Rhoanne-Erbin und mir arrangiert hat, eine noch nie da gewesene Verbindung ist, die zu radikalen Veränderungen in der Gesellschaft führen könnte. Aber ich weigere mich, eine Schachfigur zu sein, die man in diesem Plan nach Belieben einsetzen kann. Es gibt viele Fragen, die aufkommen und die nicht im Sinne meines Vaters sind. Was wird aus unseren Kindern werden? Werden sie die Möglichkeit haben, sich in einen Wolf zu verwandeln UND Magie zu benutzen? Ich möchte nicht einmal darüber nachdenken. Ich werde nächste Woche siebzehn. Der Gedanke, Kids zu haben, macht mir Panik und es ist völlig normal, dass ich deswegen ausflippe.

„Ich wusste, dass ich dich irgendwann in die Finger bekommen würde", sagt Heather, als sie vor der Tür zum Schlafsaal steht, indem die Wölfe im ersten Jahr untergebracht werden.

„Was machst du hier, Heather?"

„Ich suche dich. Und übrigens habe ich was Besseres zu tun… Wir wollten doch zusammen Mittag essen! Wir müssen noch ein paar Punkte durchgehen, bevor wir heute Abend zur Zeremonie gehen."

Die Zeremonie heute Abend? Der Schlafmangel macht mir zu schaffen und ich weiß nicht mehr, welcher Tag heute ist. Sind es noch ein paar Stunden, bis die Party stattfindet?

„Was für Punkte denn?", seufze ich.

„Welches Outfit du tragen wirst, damit meins dazu passt. Um wie viel Uhr wir kommen sollten, damit uns jeder bemerkt. Mit wem wir uns zusammensetzen sollten. Mit welchen Lehrern wir uns unterhalten sollten."

„Das sind keine Punkte, die wir diskutieren müssen, Heather. Wir wissen ganz genau, dass du das alles entscheiden wirst und dass ich dem zustimmen werde, weil es mir egal ist."

Sie schnalzt mit der Zunge gegen ihren Gaumen und macht ein verärgertes Gesicht.

„Warum ist dir alles egal, Thresh? Es ist doch auch deine Zukunft, die auf dem Spiel steht."

„Unsere Zukunft", präzisiere ich. „Eine Zukunft, der ich nicht zugestimmt habe."

„Dein Vater hat für dich eingewilligt."

„Soweit ich weiß, sollte kein Mensch über das Leben eines anderen verfügen. Und das macht mein Vater mit mir. Er will über mich entscheiden. "

„Er ist der mächtigste Alpha seiner Generation."

„Und von allen Generationen dieser Zeit, was seinen Rang erklärt. Hat er somit das Recht über mein Schicksal zu entscheiden?"

Mein Blick kreuzt den von Heather, und ich weigere mich, wegzuschauen.

„Ich hatte den Eindruck, dass es so ist, dass eure Kaste so funktioniert", erwidert sie.

„Oh, und wie funktioniert das bei dir? Bist du mit all den gesellschaftlichen Veranstaltungen einverstanden, mit der Tatsache, dass du dein Schicksal nicht selbst in der Hand hast? Stört dich das nicht im Geringsten, Heather? Sag mir, dass es dich nicht einmal eine Mikrosekunde lang stört."

„Es geht um das Wohl der Übernatürlichen, Thresh. Unsere Pflicht geht über unsere Wünsche, Bedürfnisse oder was auch immer du meinst, hinaus. Wir sind nicht irgendwer, und das weißt du. Wir wurden zu einem bestimmten Zweck erzogen. Ohne uns werden sich die Übernatürlichen nie vereinen und wir werden am Ende zu ... Faulpelzen, die vergessen haben, wie man Magie benutzt oder sich verwandelt."

„Kein Wolf kann vergessen, wie man sich verwandelt."

„Willst du mir weismachen, dass ihr genauso schnell und mächtig seid wie zu Stallens Zeiten?"

Sie hebt eine Augenbraue und wendet dann endlich den Blick ab. Ich genieße diesen kleinen Sieg, aber Heathers Gesicht sieht plötzlich traurig aus. Mein Beschützerinstinkt gewinnt die Oberhand. Mein Ton wird sanfter und ich streiche ihr mit einer Hand über den Rücken.

„Es tut mir leid."

„Ich weiß, dass dir das alles egal ist. Ich weiß nicht, warum ich es jedes Mal versuche."

„Heather... Ja, es stimmt, es ist mir egal. Aber du bist mir nicht egal, das verspreche ich dir. Wenn es... wenn es das ist, was dich glücklich macht, dann werde ich es tun."

„Ich werde dir deinen Anzug bringen lassen", fügt sie hinzu und wischt sich etwas weg, das wie eine Träne aussieht. „Es wird eine Karte mit der Uhrzeit geben, zu der du mich abholen sollst. Komm nicht zu spät."

„Ich bemühe mich."

Sie geht zügig davon. Ich zögere, rufe ihr aber schließlich nach, solange sie noch in Hörweite ist:

„Heather! Sprich mit Claw. Du brauchst ihn."

Sie dreht sich nicht um, sondern bleibt stehen, um jedem Wort zu lauschen. Als sie wieder losgeht, ist ihr Schritt langsamer, weniger entschlossen und ich weiß, dass sie überlegt, was sie Claw Feather oder Claw Stallen sagen soll. Dem Erben seiner Mutter, die Heldin der Magier und dem einzigen Mann, für den Heather in ihrem Leben etwas empfunden hat.

Ich stürme in das Gebäude. Es ist niemand da. Alle sind wieder im Klassenzimmer. Ich ziehe mich für das bevorstehende Training um. Während Magier ihre Zeit in einem Raum verbringen, Bücher studieren und Sprüche vor sich hin murmeln, sind Wölfe viel aktiver. Nicht umsonst wird uns größere Mengen Essen in unsere Schlafsäle geliefert: Das liegt daran, dass wir an einem einzigen Tag so viele Kalorien verbrennen, dass wir das ausgleichen müssen, indem wir zwei bis dreimal so viel essen wie andere Übernatürliche, wenn wir nach einem Training nicht verhungern wollen.

Vampire haben wie Magier keine Ahnung, was bei unseren Trainingseinheiten wirklich vor sich geht. Sie haben keine Ahnung von der Hölle in den ersten Wochen, davon, wie sich die Charaktere der Alphas vom ersten Tag an manifestieren, von den Kämpfen, die zwischen den einzelnen Unterrichtsstunden ausgetragen werden.

Die anderen haben Zeit, sich einzugewöhnen. Ich zweifle nicht daran, dass die Lehrer Verständnis für Magier haben, wenn sie sich ungeschickt anstellen.

Aber bei Wölfen ist das nicht der Fall. Von uns wird absolute Körperbeherrschung verlangt.

Ich muss schlucken, als ich sehe, wie spät ich dran bin, und renne zum Trainingsplatz. Unser Anführer ist bereits da, ebenso wie alle anderen Schüler.

„Thresh! Schön, dass du uns Gesellschaft leistest. Zwanzig Liegestütze."

Wir befinden uns außerhalb der Gebäude, nicht weit von der südlichen Wiese entfernt, im Schutz der Bäume, die das Hauptgelände der Schule umsäumen. So bekommen die Magier nur selten mit, was hier vor sich geht. Und das ist auch gut so, denn ihre Mägen würden sich umdrehen.

„Ja, Chef!"

Ich führe den Befehl aus, ohne zu hinterfragen. Dabei versuche ich nicht einmal zu erklären, warum ich zu spät komme. Für Wölfe gibt es keine Lehrer. Es gibt nur Anführer, Alphas und Vorgesetzte. Und die Befehle eines Vorgesetzten werden nicht hinterfragt. Ich bin zu spät, das ist eine Tatsache, und nichts kann daran etwas ändern, egal wie viele berechtigte, oder unberechtigte Entschuldigungen ich vorbringen kann.

Ich lege mich vor meinen Mitschülern auf den Boden. Sie haben gerade ihre Aufwärmübungen beendet. Sie sehen mich mit einer Art Bewunderung an, in die sich Angst mischt. Sie zittern bei dem Gedanken, dass unser Anführer seine Meinung ändert und beschließt, dass für meine Verspätung die ganze Klasse bestraft werden muss. Es sind nicht zwanzig Liegestütze, die uns Angst machen. Nein, es ist der Gedanke, dass sie sich zu den Dutzenden von Dutzenden, die wir gleich machen werden, addieren werden, weil Chef Goffran, der uns heute betreut, gerne Liegestütze als „pädagogische Maßnahme" einsetzt, wie wir es unter uns vorsichtig formulieren.

Als ich fertig bin, richte ich mich auf. Auf meiner Stirn ist kein Schweißtropfen zu sehen. Ich nehme meinen Platz in der Reihe der Schüler vor Goffran ein, der uns mit Blicken mustert, als hätten wir bereits was Falsches gemacht.

„Ihr werdet es nie zu eurer Zeremonie schaffen", sagt er in einem ruhigen, aber kalten Tonfall. „Niemals. Du, du, du, du, du wirst nicht gehen."

Er zeigt auf einen Wolf nach dem anderen.

„Warum?", fährt er fort, während er vor uns hergeht, als würde er die Reihen inspizieren. „Weil ihr alle nichts taugt. Ihr habt vergessen, was es heißt zu kämpfen. Ihr könnt nicht einmal einen Kampf bis zum Ende durchhalten, weil eure Ausdauer so beschissen ist. Zum Kotzen, ja! Ich habe schon viele Jahrgänge von Wölfen erlebt, und wisst ihr was? Eure ist die erbärmlichste von allen, jawohl!"

Ich halte meinen Oberkörper vorgewölbt und die Schultern gerade, während Goffran vor mir stehen bleibt und seinen Kopf vorschiebt, um mich besser zu untersuchen.

„Niemand war zu meiner Zeit zu spät, niemand!", platzt es aus ihm heraus.

„Wenn du eines Tages die Macht übernehmen und dir Respekt verschaffen willst, Thresh, glaubst du, dass dir Unpünktlichkeit dabei hilft?"

„Nein, Chef!", antworte ich sofort.

„Warum bist du es dann, hm?"

Das ist eine Fangfrage, auf die es keine richtige Antwort gibt. Alle Fragen, die mit „Warum" beginnen, sind bei Goffran Fangfragen. Das habe ich seit Anfang des Schuljahres auf die harte Tour gelernt.

„Fünfzig Liegestütze für alle, weil euer zukünftiger Chef nicht in der Lage ist, eine Frage zu beantworten!"

Ich zucke bei der Erwähnung des Begriffs „zukünftiger Chef" zusammen. Goffran hat zu viel Hoffnung in mich gesetzt. Er gehört zu der Generation, die glaubt, dass die Übernatürlichen weich geworden sind, wie es Heather angedeutet hat. Ich weiß, dass Goffran ihren Ansatz unterstützt. Der Anführer denkt bestimmt sogar, dass die Liegestütze, die er mir gerade gegeben hat, dazu dienen, meinen Charakter und meinen Körper zu formen, und dass es ihm, zu verdanken ist, dass ich eines Tages die Macht über alle Übernatürlichen übernehmen kann.

„Los geht's, Übungsstrecke!"

Goffran klatscht in die Hände und ruft „go go go!". Er wirft eine Stoppuhr an und wir machen uns sofort an den kleinen schlammigen Anstieg, den wir überwinden müssen, bevor wir Holzstämme, die fast so breit sind wie wir, ergreifen und sie über fünfhundert Meter weit schleppen. Nachdem wir diesen Abschnitt überwunden haben, erwartet uns die Überquerung eines künstlichen Gewässers. Ein Becken wurde angelegt und darüber befinden sich in ungleichmäßigen Abständen Ringe, auf denen man balancieren, manchmal sogar Schwung holen muss, um zu springen, den nächsten Ring zu greifen und so weiterzumachen. Es gibt dreiundzwanzig Ringe, das heißt dreiundzwanzig Chancen, es zu vermasseln. Meine Muskeln sind schon müde, als ich ankomme, aber ich bin der Einzige, der noch nie ins Becken gefallen ist, und ich habe nicht vor, mein Ergebnis heute zu ruinieren. Ich halte mich fest, strecke die Arme aus und spanne meinen ganzen Körper an, um durchzukommen. Ich greife einen Ring nach dem anderen und beiße die Zähne zusammen, um mich zusammen zu reißen und die Müdigkeit auf Distanz zu halten. Ich erreiche den Steg auf der anderen Seite, ohne hingefallen zu sein, aber direkt hinter mir stolpert einer meiner Kameraden und fällt in das Becken.

„Wie schade", sagt Goffran, der unsere Fortschritte verfolgt. „Ich habe heute Morgen Piranhas und Blutegel in das Becken setzen lassen, damit ihr mehr Lust auf Erfolg habt, anstatt euch wie müde Kinder zu benehmen."

Ich zögere und weiß nicht, ob ich ihm glauben soll. Goffran ist dazu in der Lage, aber hätte er es wirklich getan? Mein Mitschüler beginnt zu schreien, während er zum Steg schwimmt, um sich aus dem Becken zu befreien. Ich strecke meine Hand aus und überlege sogar, nach ihm zu tauchen.

„Keine Hilfe!", donnert Goffran.

Das ist eine seiner miesen Regel: Wir dürfen uns nicht gegenseitig helfen, sonst lernen die Schwächeren nie, härter zu werden. Ich schaue zu Denver, der mit angespanntem Gesicht versucht, weitere Schreie zu unterdrücken, während er um die letzten Meter im Wasser kämpft.

„Scheiß auf diese Regel!", brumme ich.

Ich strecke einen Arm aus, den Denver ergreift, und helfe ihm, aus dem Becken zu steigen. An seinen Beinen hängen noch Blutegel und ich nehme mir die Zeit, ihn davon zu befreien, bevor ich den Steg verlasse. Am Ausgang erwartet uns Goffran, der die Hände in die Hüften gestemmt hat.

„Dreihundert Liegestütze", verkündet er. „FÜR ALLE!"

Er schreit die letzten Worte regelrecht. Ich weiß, was das bedeutet: Heute gibt es kein Kampftraining. Bis wir alle diese unglaubliche Anzahl an Liegestützen geschafft haben, werden unsere Arme zittern und wir werden unseren Körper nicht mehr heben können. Das Urteil wiegt schwer.

„Schwächlingen müssen alleine zurecht kommen, Thresh!", fügt Goffran hinzu und sieht mich an.

„Stimmt, sie sollen lieber unnötig im Becken leiden", entgegne ich.

Ich weiß, dass ich besser den Mund hätte halten sollen, aber ich bin zu müde, um mich an die grundsätzliche Vorsicht zu erinnern.

„HUNDERT LIEGESTÜTZE MEHR!"

Ich schließe kurz die Augen. Ich werde die Liegestützen machen, egal wie lange ich dafür brauche, aber nicht jeder in unserer Klasse ist dazu in der Lage. Goffran gibt niemals auf. Wenn jemand vierundzwanzig Stunden an der Stelle verbringen muss, an der er sich gerade befindet, um die vierhundert Liegestütze zu machen, ist ihm das völlig egal. Er wird ihn weiter beobachten und beschimpfen.

Ich öffne den Mund und Denver stößt mir den Ellenbogen in die Rippen, um mir zu signalisieren, dass ich den Mund halten soll, aber es ist schon zu spät.

„Das ist bescheuert", sage ich.

Denver hält den Atem an. Die anderen Wölfe haben ein gutes Gehör und können meine Worte des Misstrauens gegenüber unserem Anführer sehr gut hören, auch wenn sie auf der anderen Seite des Beckens stehen.

„Wie bitte?", sagt Goffran in eisigem Ton. „Oder habe ich mich etwa verhört?"

„Das ist bescheuert", wiederhole ich und übertreibe meine Betonung. „Ist das deutlicher?"

Goffran baut sich bedrohlich vor mir auf, allerdings ist er von der Statur her kleiner als ich und die erhoffte autoritäre Wirkung bleibt aus. Nichtsdestotrotz weiß unser Vorgesetzter wie kein anderer zu drohen.

„Willst du mir das noch einmal ins Gesicht sagen, Thresh? Willst du sehen, welche Strafen ich dir auferlegen kann?"

„Wenn ich mich weigere, die Strafe auszuführen, ist sie dann immer noch eine? Weil das Einzige, was uns dazu bringt, diese verdammten Liegestützen auszuführen, ist unser Vertrauen in unseren Anführer. Wenn unser Chef ungerecht wird und wir uns wehren, wer zwingt uns dann, sie zu machen? Sie sind allein und wir sind dreißig".

Ich verschränke die Arme vor der Brust, um meine Worte zu untermauern.

„Glaubst du, dass sie dir bei deinem kleinen Akt der Rebellion folgen werden?", amüsiert sich Goffran.

Ich bewege mich nicht. Tief in meinem Inneren gibt es einen Drang, das mich dazu bringt, Goffrans ungerechter Pädagogik die Stirn zu bieten.

„Ich kann sie in kürzester Zeit gegen dich aufbringen. Glaubst du, dass sie dir gegenüber treu sind? Du hast dir lange noch keine Treue verdient, Junge, schau mal. THRESH HAT ANGEBOTEN, DIE LIEGESTÜTZE VON ALLEN ZU KUMULIEREN, IST DAS NICHT WUNDERBAR? Ihr habt die Wahl: Entweder ihr macht eure eigenen, oder Thresh macht sie für euch. So, wie entscheidet ihr euch?"

Meine Mitschüler beobachten sich gegenseitig. Denver zögert neben mir.

„Ich mache die Liegestütze", entscheidet er schließlich zu meiner Überraschung.

„Das ist nicht nötig", antworte ich. „Niemand wird die Liegestütze machen. Es ist bescheuert, von Schülern zu verlangen, fünfhundert Liegestütze hintereinander zu machen. Das hat keinen körperlichen Nutzen. Es wird uns nur auslaugen und unser Verletzungsrisiko erhöhen.

Und währenddessen werden uns die wirklichen Methoden, die wir lernen sollen, um uns im Falle eines Kampfes zu verteidigen, nicht beigebracht."

„Glaubst du, dass du dafür bereit bist, Junge?"

„Wir sind alle bereit", erwidere ich mit zusammengebissenen Zähnen.

„Glaubst du wirklich, dass meine Methoden nichts nützen? Sie dienen dazu, dich abzuhärten, du Idiot! Sie dienen dazu, dass du deine Grenzen kennen lernst und dich mit den Qualen anfreundest! Wenn ihr eines Tages zweihundert Liegestütze machen müsst, um euer Leben zu retten, wird es euch nicht unmöglich erscheinen, weil ihr hier schon fünfhundert hintereinander gemacht habt! So verschiebt man seine Grenzen!"

„Goffran, in welcher Situation müssen wir zweihundert Liegestütze machen, um aus dem Schneider zu sein, hm?"

„Was ich dir mit den Liegestützen beibringe, gilt für jede Situation, du Vollidiot! Wenn du in einem Kampf steckst, der schon vierzig Minuten dauert und du nicht mehr kannst, wirst du dich daran erinnern, dass du hier tausendmal Schlimmeres durchgemacht hast, dass ich euch manchmal gezwungen habe, in Kämpfen durchzuhalten, die drei Stunden dauerten, und ihr habt durchgehalten! Und du wirst in dir die Ressourcen finden, um diesen kleinen Kampf von vierzig Minuten durchzustehen und zu gewinnen. Weil ich es dir hier eingetrichtert habe!"

Ich halte Goffrans Blick stand.

„Tausend Liegestütze für alle!", sagt der Anführer und erhöht das Gebot.

Niemand bewegt sich. Die Zahl ist viel zu beeindruckend und dumm. Niemand denkt wirklich, sie erreichen zu können. Unsere Arme werden wie gelähmt sein, bevor wir auch nur die fünfhundert überschreiten.

„Kommt, wir gehen", sage ich.

Denver zögert, dann folgt er mir, und bald rennt die ganze Klasse den Hang hinunter.

„Du wirst Goffrans Zorn auf dich ziehen, oder?", flüstert Denver.

„Ja, bestätige ich. Ich habe mir einen Feind gemacht. Einen ziemlich großen Feind."

Als wir den Anfang der Strecke erreichen, ertönt in unserem Rücken ein Wolfsgeheul. Ich bleibe stehen, drehe mich um und entdecke Goffran in seiner Tiergestalt, der mit voller Wucht auf mich zuläuft und sich auf mich stürzt.

KAPITEL 18

HEATHER

Ich warte in meinem Zimmer und gehe auf und ab. Thresh ist zehn Minuten zu spät, obwohl er nie zu spät kommt. Ja, es kann sein, dass er zu bestimmten Veranstaltungen nicht kommt, aber er sagt es mir deutlich, damit ich nicht auf ihn warten muss.

Ich werfe einen Blick in den Spiegel: Mein Haar ist perfekt geflochten, mein leuchtend goldenes Kleid drückt meinen Status als Erbin aus. Die Menge wird nur noch Augen für mich haben.

Ich gehe zur Tür, öffne sie und lausche in die Stille. Alle Schüler sind bereits zur Zeremonie gegangen, die heute Abend stattfindet. Nur ich bin noch da. Wird Tresh mich zum ersten Mal im Stich lassen? Ich schließe mein Zimmer ab, das viermal so groß ist wie das der anderen „ die Erbin einer Ratsfamilie zu sein, hat eben seine Vorteile. Mit meinen Absatzschuhen in der Hand gehe ich barfuß zum Gemeinschaftsraum, der sich auf einer riesigen Veranda mitten in der Natur befindet. Diese Lage begünstigt am meisten Magier, und mich noch mehr. Von hier beziehen wir alle unsere Magie.

Von der Welt um uns herum, der atmenden Natur, den Strömen von Energie, die unter der Erde fließen. Die Nacht ist hereingebrochen und der Himmel schmückt sich zu meiner Freude mit dutzenden verschiedener Farben. Ich hebe meinen Kopf und versuche, all die Schattierungen von Blau, Rot, Orange und Violett zu erkennen, die sich vermischen.

Als ich aus meiner Träumerei erwache und den Kopf wieder senke, läuft Claw mit seinem Bogen auf dem Rücken um den Eingang herum. Ich muss schlucken. Unsere Blicke treffen sich und der junge Mann erstarrt für einen kurzen Augenblick, bevor er seinen Weg fortsetzt.

Das ist mehr, als ich ertragen kann. Ich stürme zum Ausgang, lasse meine Schuhe hinter mir und gehe barfuß durch das Gras.

„Claw Stallen!", rufe ich. „Claw!"

Ich verfolge ihn. Dabei ziehe ich die Säume meines Kleides hoch, um mir Erleichterung beim Laufen zu verschaffen.

„Zwing mich nicht, meine Magie einzusetzen, um dich aufzuhalten", brumme ich.

Ich höre ihn seufzen, als er stehen bleibt, sich umdreht und mir gegenübersteht. Wir bleiben beide ein paar Meter voneinander entfernt stehen. Ich kann nicht glauben, dass er hier ist, so nah, und ich mich nicht an ihn kuscheln kann.

„Warum ignorierst du mich?", stoße ich hervor und schlucke die Tränen hinunter.

Es ist erstaunlich, wie schnell mir der Drang zu weinen zu Gemüte steigt, wenn ich in Claws Gegenwart bin.

„Warum?", wiederhole ich, als er nicht antwortet.

Er schaut weg, bleibt aber regungslos stehen. Ich komme vorsichtig auf ihn zu. Ich habe Angst, dass er sich wieder von mir abwendet.

„Hör auf, mich Stallen zu nennen", erwidert er.

„Na gut", hauche ich. „Wenn es das ist, was es braucht, damit du wieder mit mir sprichst, höre ich auf, dich Stallen zu nennen."

„Das war ihr Name. Ich habe mir einen anderen ausgesucht."

„Ich weiß es."

„Ich will nicht, dass die Leute durch mich nur sie sehen. Ich will, dass sie sich an Claw Feather erinnern. Ich will glänzen, weil ich etwas erreicht habe, das es wert ist, dass die Leute sich an meinen Namen erinnern."

„Ich verspreche dir, dass ich den Namen Stallen nicht mehr benutzen werde, um dich zu rufen", antworte ich und mache einen weiteren Schritt nach vorne.

Er bewegt sich nicht.

„Warum läufst du vor mir weg, Claw?", füge ich hinzu.

„Das fragst du mich?", wundert er sich. „Du wirst Thresh heiraten."

„Das wurde von meinen Eltern arrangiert und das weißt du. Die Liebe spielt dabei keine Rolle."

„Willst du mir weismachen, dass ihr euch nicht irgendwann lieben werdet? Dass es nicht schon so ist? Und wenn ihr zusammen Kinder macht, damit die ganze Kaste der Übernatürlichen herausfinden kann, ob es möglich ist, Wolfsmagier zu erschaffen, wirst du ihn dann auch nicht lieben? Wenn er der Vater deiner Kinder ist, wirst du dann keine Gefühle für ihn haben?"

Ich atme ruhig ein.

„Ich weiß es nicht", gestehe ich. „Ich habe keine Ahnung. Ich... ich tue mein Bestes, um alle meine Verpflichtungen zu kombinieren und die Sache der übernatürlichen Wesen voranzubringen."

„Welche Sache vorantreiben, Heather? Die einzige Sache, die dir all diese Verpflichtungen verursacht, ist die Machtgier deines Vaters. Du musst nur nein sagen, Heath. Einfach nur nein."

„Nein?", wiederhole ich. „Mein Vater hat recht, Claw. Wir sind weich geworden, wir beherrschen keine jahrhundertealten Zaubersprüche mehr. Wenn wir in diese Schule kommen, wissen wir gerade mal, wie man Magie kanalisiert. Dass wir die Hybriden in unsere Reihen aufgenommen haben, trägt nicht dazu bei, das Niveau zu heben."

Ich spreche diese letzten Worte fast mit Verachtung aus und Claw runzelt sofort die Stirn. Wir waren uns in dieser Frage nie einig. Als ich meinen Fehler bemerke, trete ich vor und überbrücke die Distanz zwischen uns. Ihn so nah zu spüren tut weh. Ich würde mich so gern an ihn schmiegen!„Ich will dich, Claw. Dich und keinen anderen. Du bist es, für den ich Gefühle habe. Es sind deine Küsse und deine Berührungen, die ich auf meinen Lippen und meiner Haut spüren will. Es gibt keinen anderen."

„Es gibt Thresh", erwidert Claw in einem kalten Tonfall. „Und selbst wenn Thresh nicht da wäre, dann gäbe es deine enorm vielen Verpflichtungen... Deinen Vater. Ich will so ein Leben nicht, Heath."

Ich beiße die Zähne zusammen und schlucke die Tränen noch einmal hinunter.

„Wirklich?", hauche ich in einem viel härteren Ton. „Willst du so ein Leben nicht, oder hast du Angst, in meinem Schatten zu stehen, weil der Name Rhoanne immer größer sein wird, als der Name, den du dir selbst erarbeitet hast? Du, der du so sehr nach Ruhm und Ansehen jagst, ist das nicht deine Angst? Dass mein Name den deinen übertrumpft?"

Er öffnet den Mund, um etwas zu erwidern, schließt ihn wieder, kneift die Augen zusammen und beobachtet mich ein paar lange Sekunden lang, die mir endlos vorkommen. Ich bin wütend, ich bin hilflos und ich weiß nicht, wie ich das Band, das Claw und mich einst verband, wieder knüpfen soll.

„Ich erkenne dich nicht mehr", sagt er schließlich. „Das Mädchen, in das ich mich einst verliebt habe, gibt es nicht mehr. Sie ist unter Schichten von Verpflichtungen, bauschigen Kleidern und einer Machtgier verschwunden, die übrigens perfekt zu dir passt. Geh zu deiner Zeremonie, Heath, geh und zeige dem Rest der Welt, wie sehr du es verdient hast, eines Tages die Krone zu tragen und die Königin aller Übernatürlichen zu werden. Das ist es doch, was du willst, oder? Erst eine Prinzessin und dann eine Königin sein! Über sie alle regieren, sie beherrschen und die Überlegenheit deiner Familie über diese Welt festigen."

„Du weißt ganz genau, dass das nicht..."

Aber er wartet nicht darauf, dass ich mich verteidige, sondern dreht mir den Rücken zu und geht in den Wald. Erst langsam, dann beschleunigt er seinen Schritt und rennt los.

„Claw!", rufe ich. „Claw! Komm wieder her!"

Nachdem er weggegangen ist, stehe ich zwei lange Minuten lang barfuß zwischen Gras und Wurzeln, bis ich ein Räuspern hinter meinem Rücken höre.

„Es tut mir leid, dass ich zu spät komme", sagt Thresh.

Ich drehe mich um und weiß nicht, ob ich erleichtert bin, dass er endlich da ist, oder enttäuscht, dass er doch noch gekommen ist. Er hat den marineblauen Anzug mit dem goldenen Einfass angezogen, den ich in sein

Zimmer habe bringen lassen, und er sieht blendend aus. Dann gehe ich näher heran und sehe sein Gesicht.

„Was ist mit dir passiert?", frage ich, als ich die blauen Flecken, die Schnitte und sein blaues Auge sehe.

„Ja, es sieht nicht gut aus", stimmt er zu und hält sich die Hand vors Gesicht.

„Bist du verprügelt worden oder was? Verdammt, Thresh, du kannst doch nicht in diesem Zustand zu der Zeremonie gehen, was sollen die Leute denken?"

„Glaub mir, ich weiß ganz genau, was sie denken werden", grummelt er. „Dass Wölfe Wilde sind, die nichts anderes kennen als zu kämpfen."

„Das ist nicht das Bild, das wir vermitteln wollen", erinnere ich ihn.

„Was soll ich tun? In die Vergangenheit zurückkehren, damit der Kampf nicht ausbricht? Es ist nicht so, dass ich solche Kräfte hätte, Heather. Und selbst wenn ich welche hätte, kann ich mir gut vorstellen, dass die Rückkehr in die Vergangenheit nicht die Art von Zauber ist, die man mit einem Fingerschnippen auslösen kann."

„So einen Zauber gibt es nicht", erwidere ich sofort. „Mit wem hast du dich geprügelt?"

Er antwortet nicht.

„Hat es sich wenigstens gelohnt?"

Er nickt und zieht sofort eine Leidensgrimasse. Haben sein Rücken und seine Wirbelsäule auch etwas abbekommen?

„Sollen wir gehen?", haucht er.

Echt jetzt? Ich zögere für einen Moment aber gebe nach. Seine Gesichtszüge zeigen deutlich seine Entschlossenheit. Eine Entschlossenheit, die mich mitzieht...

KAPITEL 19

THRESH

Unter die Dusche zu gehen, um den Schlamm und das Blut abzuwaschen, die meinen ganzen Körper übersähen, war eine Tortur für sich.

Ich tat es trotzdem, weil ich Goffran nicht die Genugtuung geben wollte, dass er mich nicht nur verprügelte, sondern mich an einem so wichtigen Abend für die Schule auch noch im Bett fixiert hatte. Also biss ich die Zähne zusammen, ertrug den Schmerz der Wassertropfen, die auf meine Wunden hämmerten, und wartete, bis es aufhörte zu bluten. Erst dann zog ich mich an, langsam, denn jede Bewegung löste unvorstellbare Schmerzen aus.

Ich muss schmunzeln, als ich an Goffrans Worte denke. Glaubt er wirklich, dass er es geschafft hat, indem er mich k.o. schlug und meine Kameraden dazu zwang, mich mitten im Wald zurückzulassen, damit ich mich selbst durchschlagen musste? Glaubt er etwa, dass er mir eine Lektion erteilt hat? Die einzige Lektion, die ich lerne, ist, dass Goffran keine Ahnung hat, was ich bereits durchgemacht habe. Ich war schon in Zuständen, die weitaus schlimmer waren als der heutige. Meine Grenzen stehen in keinem Verhältnis zu denen meiner Kameraden, oder auch zu denen, die Goffran mir einzutrichtern glaubt. Ich bin schon lange ein Überlebender.

„Und du lächelst auch noch", grummelt Heather und lässt mich da alleine stehen, um drinnen ihre Absatzschuhe zu holen.

Sie setzt sich auf und schlüpft hastig in ihre Schuhe. Sie kommt zurück ins Freie und legt ihre Hand auf meinen Arm. Ich unterdrücke sofort einen Schmerzensschrei.

„Wirst du tanzen können?", fragt sie besorgt.

Ich blinzle, um den weißen Schleier zu vertreiben, der sich in meinem Blickfeld festgesetzt hat.

„Ja", versichere ich ihr.

„Thresh, antworte mir ehrlich. Solltest du nicht auf der Krankenstation sein?"

Ich lache, was ein Ruckeln in meinen Rippen und passende Schmerzen auslöst.

„Wölfe gehen nicht auf die Krankenstation", sage ich.

„Das ist eine dumme Regel."

„Wenn dein Körper sich so regeneriert wie unserer, ist es keine dumme Regel. Die Ärzte würden Zeit verschwenden oder etwas Dummes tun. Mein Wolf weiß besser als ich, was ich brauche."

„Und was sagt er dir gerade?"

Ich zögere.

„Dass ich versprochen habe, dich zur Zeremonie zu begleiten", antworte ich schließlich.

„Bist du sicher, dass du das durchhältst?"

Heathers Besorgnis steht ihr für einen kurzen Moment ins Gesicht geschrieben, bis ich nicke. Dann verhärten sich die Gesichtszüge der Rhoanne-Erbin.

„Lass uns ihnen zeigen, wer wir sind", sagt sie und geht neben mir in Richtung Zeremonienhalle.

KAPITEL 20

ASHKANA

„Ist es normal, dass ich nervös bin?", fragt Darling. Ich zucke mit den Schultern.

„Ich glaube schon. Ich weiß es nicht. Warum sollten wir nervös sein? Das sind Schüler wie du und ich."

„Schüler, denen wir bislang überhaupt nicht begegnet sind. Und plötzlich, hoppla, entdecken wir sie."

„Ich dachte, wir würden bei dieser Zeremonie Halloween feiern", kichere ich. Ich hatte noch keine Zeit, mich an den Gedanken zu gewöhnen.

Wir haben beide viel Aufwand und Sorgfalt in unsere Kleidung gesteckt. Nun befinden wir uns in einem Saal im Erdgeschoss vom Hauptgebäude, der wie ein Ballsaal geschmückt ist. Es gibt so viele Räume im Gebäude, dass ich mich manchmal immer noch ein wenig verlaufe.

„Wovor hast du Angst?"

„Ich habe doch keine Angst, ich bin nur nervös. Das ist nicht das Gleiche", sagt Darling.

„Oh, aber es ist nicht die Zeremonie, vor der du Angst hast", stelle ich plötzlich fest. „Sondern davor, Pedro zu begegnen."

Sie errötet sofort.

„Du hast ihm doch gesagt, er soll vorbeikommen, oder? Auch wenn er kein Schüler ist und vielleicht nicht das Recht hat, heute Abend hier zu sein."

„Wer soll das überprüfen?"

„Oh, meine kleine Darling trotzt den Regeln, ich bin beeindruckt", amüsiere ich mich.

„Gut, ich habe auch ein bisschen Angst vor Vampiren", gibt sie zu. „Nicht, dass ich was gegen sie hätte oder so, huh."

Ich lächle sie an.

„Ich weiß. Es ist neu, es ist gruselig, und ich hoffe, dass diese Vampire keine Zähne zeigen werden…"

„Hast du versucht, ein Wortspiel zu machen?", fragt Darling.

„Nicht einmal das. Beißen sie wirklich?"

„Ich weiß es nicht."

„Hast du nicht die ganze Bibliothek zu diesem Thema gelesen, damit du nicht mehr so ängstlich bist?"

Darling sieht mich an, als würde sie zum ersten Mal erkennen, dass sie ihre Ängste heilen kann, indem sie ihr Gehirn mit Wissen füllt.

„Das würde funktionieren? Meinst du?"

„Ich glaube schon, ja", antworte ich.

„Und gibt es etwas über Dates?"

„Warum hast du ihm gesagt, dass er heute Abend vorbeikommen soll? Es ist doch so viel los, ihr habt ja keine Chance, euch besser kennen zu lernen!"

„Ich weiß nicht, ich war total überfordert! Du hast mich in den Schlamassel gebracht, als du ihn zu uns gerufen hast…"

„Okay, Okay, ich bekenne mich schuldig", bestätige ich und hebe die Hände, um meine Freundin zu beruhigen. „Wir werden eine ruhige Ecke für euch finden, damit ihr euch unterhalten könnt, wenn er kommt, und ich werde nicht gekränkt sein, dass du mich wegen einem Jungen alleine stehen lässt."

Darling errötet noch mehr.

„'tschuldigung, daran habe ich gar nicht gedacht! Ich bin so bescheuert!"

„Darling..."

„Natürlich nicht, ich werde dich nicht alleine lassen. Du bist meine Freundin und ich werde ihn heimschicken."

„Darling..."

„Ich bin so eine schlechte Freundin."

„Hey, Darling! Es war nur ein Spaß."

Ich nehme meine Freundin in den Arm.

„Kein Stress", füge ich hinzu.

„Jeden Moment wird ein ganzer Schwarm Vampire aus allen Jahrgängen hier auftauchen. Wie soll ich mich da nicht stressen?"

„Okay, Okay, komisch, dass wir bis jetzt noch keinem begegnet sind. Ich meine, aus keinem Jahrgang."

Ich beobachte den Raum. Die Schüler mischen sich nicht wirklich. Die Magier bleiben zusammen, nach Jahrgängen geordnet, die Wölfe auch, die Halben ebenfalls. Man könnte meinen, dass die Schlafsäle in der Versammlung exakt repräsentiert sind. Darling und ich sind wirklich ein Sonderfall.

„Das liegt daran, dass die Vampire der höheren Jahrgänge die Aufgabe haben, die Erstklässler bis zur Zeremonie zu beaufsichtigen, bis sie in der Lage sind, sich Tag und Nacht unter uns zu bewegen, ohne eine... Gefahr für uns darzustellen, nehme ich an. Und dann haben sie nachts Unterricht, da fühlen sie sich am wohlsten. Ich habe nie verstanden, warum ihr Stoffwechsel in der Nacht besser funktioniert..."

Darling unterbricht ihre Erklärungen, da sich alle Köpfe gerade zur Tür drehen. Die Vampire treten ein. Es sind nicht so viele, als ich erwartet habe.

„Wow, die haben sich ja herausgeputzt", keucht sie.

Kurz darauf betreten Heather und Thresh den Raum und es wird still... Sie sehen als Paar umwerfend aus mit ihrer perfekt aufeinander abgestimmten Outfits. Ihre bloße Anwesenheit scheint die Atmosphäre des Raumes sofort zu verändern.

„Liegt es an mir oder haben sie gedacht, sie wären auf einem Abschlussball und erwarten, zum König und zur Königin des Abends gekrönt zu werden?", grummele ich.

„Ich denke, da ist ein bisschen was dran. Sie haben nie einen Hehl aus ihren Ambitionen gegenüber der Kaste der Übernatürlichen gemacht. Was sie erreichen wollen, hat niemand vor ihnen erreicht."

Ich runzle die Stirn.

„Was genau wollen sie erreichen?"

Bisher habe ich diese Frage noch nie gestellt, weil mich politische Geschichten nicht interessieren. Ich versuche, im Unterricht mitzuhalten. Ich habe drei Wochen gebraucht, um alles nachzuholen, was ich verpasst habe. Ich bemühe mich jeden Tag im Tierhaus vorbeizuschauen, weil ich meine Katze besuchen und Kleiner Kerl füttern will. Regelmäßig halte ich den Kontakt zu meinen Eltern und Cass, indem ich mich immer wieder in den einzigen Raum mit Empfang schleiche. Und wenn ich endlich mal ein bisschen Ruhe habe, taucht Ferynn immer wieder auf und berichtet mir von seinen neuesten Entdeckungen. All das, wenn ich nicht gerade mit Darling in der Bibliothek bin und Nachforschungen anstelle. Und trotzdem führen meine Bemühungen und meine Entschlossenheit zu keinem Ergebnis:

Ich kann nicht mit den anderen in der Klasse gleichziehen. Ich bin nicht in der Lage, auch nur einen Hauch von Magie zu erzeugen. Meine Katze läuft mir davon. Und schlimmer noch, ich kommuniziere nicht mehr über irgendetwas Wichtiges mit meiner besten Freundin Cass. Oh, und wir haben nicht mal eine Spur davon, wie ich mit diesem Zauberspruch meine Eltern finden könnte. Ich habe nicht wirklich Zeit, mich für andere Dinge zu interessieren.

„Offiziell?", fragt Darling. „Sie wollen die Übernatürlichen wieder groß machen. Sie wollen sie wieder in den Vordergrund rücken, ihre Macht wiederherstellen."

„Aber wem gegenüber? Den Menschen?"

„Das ist die offizielle Antwort, sie ist... ohne wirkliche Grundlage, würde ich sagen. Ich meine, natürlich ist der Krieg vorbei und wir müssen feststellen, dass wir nicht mehr die Macht von früher haben. Aber das ist alles nur Augenwischerei. Inoffiziell geht es um Macht. Heathers Vater ist für seinen Ehrgeiz bekannt. Er träumt davon, über alle Übernatürliche zu herrschen, und durch seine Tochter wird er das auch tun."

„Sie gehorcht also den Befehlen ihres Vaters?", schlussfolgere ich.

Plötzlich empfinde ich viel Sympathie für das Mädchen. Entscheidet Heather für sich selbst, oder liegt ihr Schicksal in den Händen anderer?

„Ja, Heather geht den Weg, den ihr Vater für sie vorgesehen hat", bestätigt Darling.

Als ich gerade dabei bin, neue Fragen zu stellen, treten andere Personen auf. Es sind immer noch nicht die Ehrengäste.

„Werden die Vampire irgendwann auftauchen?", frage ich.

„Was zum Teufel..."

Darling bleibt stehen, während die Silhouetten inmitten all der festlich gekleideten Schüler voranschreiten. Das künstliche Licht wurde ausgeschaltet und durch riesige Kerzen ersetzt, die in den Kronleuchter stecken und auf den Tischen stehen. In einer Ecke wurde eine riesige Tanzfläche für später am Abend eingerichtet. Es gibt auch ein Podium und Mikrofone.

Eine Gruppe von etwa einem Dutzend Personen tritt auf. Selbst Heather wirkt überrascht.

„Wer sind sie?", frage ich, während im Saal Gemurmel zu hören ist und sogar die Musik vorübergehend aussetzt, bis ein Lehrer dem Orchester ein Zeichen gibt, weiterzuspielen.

„Sie... sie sind..."

Darlings Augen sind weit aufgerissen. Sie kann nicht anders, als die langsame Prozession der Neuankömmlinge zu folgen.

„Wer?", wiederhole ich.

„Du hast den gesamten Rat der Magier vor Augen. Ich kenne nicht alle anderen, aber es gibt den offiziellen Vertreter der Werwölfe und auch den der Vampire. Asha, die Spitze der Regierung der Übernatürlichen steht vor dir. Die wichtigsten Köpfe sind hier."

Ich beobachte die vorbeiziehenden Silhouetten.

„Sind sie gekommen, um an der Zeremonie teilzunehmen?"

„Ich weiß es nicht. Es ist meine erste, genau wie bei dir", erinnert Darling.

Ich spüre ein Pulsieren in meinem Inneren. Meine Intuition ist erwacht.

„Sie kommen", flüstere ich.

„Wer?"

„Die Vampire. Sie sind da."

Und tatsächlich, innerhalb der nächsten zehn Sekunden tritt ein Zug von Vampiren auf. Die Jungen tragen alle Anzüge mit verschiedenfarbigen Hemden, die Mädchen haben Röcke oder Hosen an, aber keines trägt ein Kleid. Sie sehen alle wie sechzehn Jahre alt aus, was mich erstaunt.

„Wird man nicht zum Vampir, wenn man gebissen wurde?", flüstere ich.

„Woher soll ich das wissen?"

„Sie sind Teenager, wie wir. Ich dachte... Na ja, in Filmen und Serien kann man in jedem Alter zum Vampir werden, je nachdem, wann man gebissen wurde."

"Vielleicht haben wir nur diejenigen, die mit sechzehn Jahren gebissen wurden?"

„Warum gibt es so viele Geheimnisse um Vampire?"

„Es gibt genauso viele Geheimnisse wie um uns Magier", sagt Darling. „Es ist nur so, dass wir unsere Geheimnisse nicht gerne an andere Kasten weitergeben, als wären wir noch Feinde."

„Weil wir einst Feinde waren?"

„Weißt du, manchmal vergesse ich, dass du nicht mit all diesen alten Geschichten aufgewachsen bist."

„Ich glaube, ich brauche Nachhilfeunterricht bei Bert", seufze ich.

Vampire sind strahlend schön. Sie sind nicht so blass, wie ich erwartet hätte, aber sie sehen alle stolz, kontrolliert und ... überlegen aus.

Ein Vampir, den ich schon einmal getroffen habe und der bei dem Angriff auf den Laden dabei war, geht durch die Reihen der Schüler. Die Vorderen sind wahrscheinlich die Erstklässler, dann kommen weitere Leute aus den höheren Jahrgänge und so weiter bis zum Ende des Zuges.

„Ich freue mich, Ihnen den neuesten Jahrgang der Stallen-Vampire vorstellen zu dürfen. Jeder von ihnen hat seinen Kontrolltest mit Bravour bestanden und es geschafft, in der prallen Sonne zu laufen. Sie sind bereit."

Er wandte sich an einen Fünfertisch, an dem alle Gäste, die dort Platz genommen haben, von einem Podest aus in den Saal blicken. Sie sehen aus wie Mitglieder einer Jury.

„Die in der Mitte ist die Direktorin der Schule", erklärt Darling an meinem Ohr.

Die Direktorin beginnt langsam zu klatschen, dann hallt weiterer Applaus durch den Raum, als alle Gäste mit klatschen.

„Wir freuen uns sehr über diese tolle Nachricht", antwortet sie, als es wieder still wird.

Millie sitzt am selben Tisch, wie die Direktorin, aber Bert ist nirgends zu sehen. Professor Maximus Stargar sitzt rechts neben der Schulleiterin. Ich habe keinen Unterricht bei ihm, da alle Plätze bereits besetzt sind, aber ich bin froh, dass ich dem Hype um den Lehrer entfliehen kann. Alle jungen Magierinnen reden von ihm und seufzen dabei verliebt, was wirklich nervig ist.

„Ich wusste nicht, dass Millie in der Schule so wichtig ist."

„Kennst du die Botaniklehrerin? Ich dachte, du hättest dieses Fach nicht", antwortet Darling.

„Sie ist eine der beiden Lehrer, die mich abgeholt haben. Wer sind all die Leute um die Direktorin herum?"

„Das ist der Schulvorstand."

„Lasst die Zeremonie beginnen!", ruft die Direktorin.

Sofort formieren sich die Reihen der Vampire und sie treten der Reihe nach vor den Vorstand. Nachdem sie ihre Vornamen genannt haben, steht Millie auf, klatscht in die Hände und ein Lichtstrahl erscheint über ihren Körpern und beleuchtet sie von der Seite, indem er das Sonnenlicht imitiert.

„Darin besteht die Zeremonie?", flüstere ich. „Sie müssen zeigen, dass sie dem Sonnenlicht standhalten können?"

„Es sieht so aus, ja", bestätigt Darling.

„Ich bin so sehr daran gewöhnt, dass du über all diese Dinge mehr weißt als ich, dass ich immer noch schockiert bin, dass du das alles zur gleichen Zeit wie ich herausfindest."

Darling stößt mir den Ellbogen in die Rippen, denn am Eingang, während die Vampire sich vorstellen, ist ein gewisser Pedro aufgetaucht.

„Er ist gekommen", flüstert sie. „Aber ich kann nicht zu ihm gehen, während die Vampire ihre Zeremonie abhalten. Was soll ich denn machen? Was soll ich tun?"

Ich hebe meine Hand zu Pedro, um ihm ein Zeichen zu geben. Der Junge erblickt uns, sein Gesicht erhellt sich und er gesellt sich sofort zu uns. Er trägt ein weißes Hemd über einer Jeans. Er hat zwar keinen Anzug angezogen, wie all die anderen Jungen, aber er hat trotzdem eine gewisse Klasse.

Darling errötet, als er sich ihr nähert. Sie stammelt und weiß nicht, was sie sagen soll. Panisch blickt sie zu mir.

„Die Zeremonie ist im Gange", sage ich zu Pedro.

Der junge Mann nickt und versteht sofort, dass Schweigen angesagt ist. Er lächelt Darling an, beobachtet ihre Hand aufmerksam und sieht sie fragend an. Schließlich sucht er ihre Nähe mit seiner Hand, traut sich aber nicht, sie zu berühren. Ich beobachte, wie die Spannung zwischen den beiden spürbar ist und bin

Zeugin ihres Spielchens, wer seine Finger zuerst an den Fingern des anderen heranführen wird.

„Timothy Bethlehem", verkündet eine Stimme und beugt sich vor dem Vorstandstisch in die Mitte.

Millies Licht trifft seinen Rücken, seinen Nacken und sein Gesicht, als er sich aufrichtet. Der Vampir zuckt nicht mit der Wimper, sondern lächelt.

„Timothy Bethlehem, wir freuen uns, dass du in unsere Reihen aufgenommen wurdest", sagt die Direktorin.

Der sechzehnjährige Junge macht Platz für den nächsten Kandidaten. Es ist ein anderer, älterer Vampir, vielleicht ein Fünftklässler, der ihn bei den Schultern packt und ihm gratuliert.

„Das war perfekt, Timothy, ich gratuliere dir. Es war mir eine Freude, dein Mentor zu sein. Einen jungen Vampir zu führen war noch nie so einfach."

Timothy nickt, um seinem Paten zu danken. Dann trennen sie sich und kehren zu ihren vorgesehenen Plätzen zurück. Die Organisation sieht sehr militärisch aus. Ich beobachte sie alle, einen nach dem anderen, und frage mich, was in ihren Köpfen wohl vor sich geht. Schließlich fange ich Timothys Blick auf und er beobachtet mich sehr aufmerksam. Ich bin mir sicher, dass wir uns nicht kennen, aber so seltsam es auch klingen mag, habe ich das Gefühl, ihn wieder zuerkennen, als ob meine Intuition mir etwas über diesen Jungen einflüstern möchte.

Es dauert fast eine Stunde, bis alle Vampire vorgestellt werden, und ich lerne nacheinander ihre Gesichter kennen. Werden sie sich nun, nachdem sie die Prüfung der Sonnenstrahlen bestanden haben, mitten am Tag auf dem Campus aufhalten? Besteht die Gefahr, dass ich in den Gängen zwischen zwei Unterrichtsstunden auf einen von ihnen treffe? Soll ich mich vor ihnen in Acht nehmen?

Nein, das wäre dumm von mir. Wenn sie hier sind, besteht keine Gefahr. Andernfalls würden die Lehrer das Zusammenleben der verschiedenen Kasten nicht zulassen. Ihre Hauptaufgabe besteht darin, ihre Schüler zu schützen. Ich habe nur Angst vor meinem Unwissen und verstehe plötzlich die Verachtung für uns Halben: die Magier fürchten sich vor uns, weil sie uns nicht kennen.

Als der letzte Vampir vorbei ist und Millie sich wieder hinsetzt, erhebt sich die Schulleiterin. Sie hat kurz geschnittenes, silbernes Haar, das ihr ein strenges Aussehen verleiht.

„Ich danke Ihnen allen für Ihre harte Arbeit. Dies ist ein großartiger Jahrgang, der das Licht der Welt erblickt. Die Nacht gehört Ihnen."

Sie applaudiert. Der ganze Saal stimmt mit ein, während ich versuche, die Worte zu analysieren. „Licht der Welt erblickt" ist ein interessantes Wortspiel. Ist es eine Form der Tradition, diese Worte auszusprechen? Denn Vampire haben tatsächlich das Licht der Welt erblickt und diese Zeremonie scheint ihre Fähigkeit, dem Sonnenlicht zu widerstehen, zu bestätigen.

Darling reißt mich aus meinen Gedanken, indem sie komisch übertrieben grinst und stumm auf Pedro deutet, der seinen Blick noch immer nicht von den Vampiren abwenden kann.

Ich antworte mit einem Schulterzucken und artikuliere stumm:

„Geh einfach!"

Dabei scheuche ich sie lächelnd mit einer kleinen Handbewegung. Darling antwortet, indem sie die Augen verdreht und dann die Stirn runzelt. Ihre Nase rümpft sich leicht und sie hat einen dieser niedlichen Gesichtsausdrücke, die dafür sorgen, dass sie niemand ernst nimmt.

„Pedro", sage ich dann. „Ich sehe, dass einige Leute zu tanzen beginnen. Wie wäre es, wenn du Darling aufforderst?"

Meine Freundin gerät sofort in Panik. Sie hebt den Zeigefinger und fuchtelt damit in der Luft hin und her, bis Pedro sich zu ihr umdreht. In diesem Moment lässt sie ihren Arm neben ihrem Körper sinken und ihr Gesicht nimmt wieder einen sanften Ausdruck an.

"Willst du tanzen?", schlägt er vor.

Darling nickt und greift nach der Hand, die er ihr reicht. Als sie an mir vorbeigeht, wirft sie mir einen vorwurfsvollen Blick zu. In der Sekunde, in der Pedro sie über die Tanzfläche wirbelt, ist es ihr aber unmöglich, ein Lächeln zu verkneifen.

Ich betrachte amüsiert das süße Paar, als Ferynn sich zu mir gesellt.

„Du spielst gerade die Heiratsvermittlerin, nicht wahr?"

„So etwas in der Art", bestätige ich.

„Ist er ein Magier?"

„So etwas in der Art", wiederhole ich.

Ich habe keine Lust, Ferynn dieses Geheimnis zu verraten. Unser letzter Austausch hat mich etwas abgekühlt. Der Junge ist ein Hitzkopf, der sich in jede erdenkliche Gefahr begeben kann, um seine Neugier zu befriedigen.

Thresh und Heather tanzen ebenfalls auf der Tanzfläche und ziehen alle Blicke auf sich. Ich frage mich, was Thresh an dem Mädchen findet und warum er ihr weiterhin bei ihren Machenschaften folgt. Als sie nicht weit von mir entfernt tanzen, sehe ich das Gesicht des jungen Mannes und weitere Fragen steigen in meinem Kopf auf.

„Was ist mit Thresh passiert?", frage ich.

Ferynn seufzt.

„Du hast nicht ein einziges Wort von dem, was ich gesagt habe, gehört, oder?"

„Warum ist er in diesem Zustand? Hat ihn jemand verprügelt? Was macht ihr in euren Kursen, ganz ehrlich? Versucht ihr, euch gegenseitig umzubringen?"

„Nun, ja, in gewisser Weise schon. Kämpfe machen den Großteil unseres Unterrichts aus", erklärt Ferynn. „Und die Halben werden nicht gerade am besten behandelt. Die Anführer sind von der Sorte, die auf ihnen herumhacken, wenn es nicht sogar die Kameraden sind, die sich daran beteiligen."

Ich drehe meinen Kopf zu meinem Freund und erkenne die Not in seiner Stimme, aber vor allem die Müdigkeit.

„Ist das der Grund, warum du nicht in den Unterricht gehst? Und, dass du deine Zeit lieber damit verbringst, deine Neugier hier und da zu befriedigen?"

Er murrt, wendet den Blick ab und weigert sich, meinen zu treffen.

„Hast du mir überhaupt zugehört?"

„Was ist mit Thresh passiert?"

Keiner von uns beiden scheint nachgeben zu wollen, bis Ferynn einen gewaltigen Seufzer ausstößt.

„Das ist kein Staatsgeheimnis", entgegnet der Halbwolf. Ich war nicht im Unterricht dabei, aber ich habe gehört, wie die anderen Halbwölfe darüber gesprochen haben. Im Moment wissen sowieso alle Wölfe Bescheid, die Information hat sich wie ein Lauffeuer verbreitet.

„Die Fakten, Ferynn, komm zur Sache."

„Er hat sich Goffran entgegengestellt."

„Goffran? Wer ist Goffran?"

„Einer unserer Anführer. Nicht der zärtlichste, wenn du mich fragst, aber auch nicht der schlechteste, was viel über unsere Ausbildung aussagt."

„Okay, er hat sich ihm widersetzt, na und? Das erklärt aber nicht seinen Zustand."

„Oh, Asha, du hast keine Ahnung, wie Wölfe ausgebildet werden."

Ich drehe mich zu dem Jungen.

„Nein, es ist nicht meine Aufgabe, dir das zu erklären", sagt er defensiv. „Es gibt gute Gründe, warum Wölfe ihre Geheimnisse nicht gleich ausplaudern. Und Magier tun das auch, bei Vampiren ist es noch katastrophaler. Hast du eine Ahnung, was sie überhaupt lernen? Wie man uns im Schlaf beißt? Wie sie uns in weniger als einer Minute ausbluten lassen?"

„Ferynn, entweder du packst jetzt alles aus oder du lässt es bleiben. Du wolltest doch, dass ich dir zuhöre, oder? Erzähl es mir, du hast meine volle Aufmerksamkeit."

„Ja, eigentlich wollte ich nicht, dass du mir bei diesem Thema zuhörst", brummt er.

„Ferynn ...", zische ich in einem bedrohlichen Ton.

„Er wurde bestraft und ist noch nicht in der Lage, sich zu verteidigen."

„Er wurde bestraft? Wie bestraft? Welche Strafe bewirkt, dass er überall im Gesicht blaue Flecken hat? Schnitte, die noch nicht verheilt sind?"

„Ja, und das ist nur der sichtbare Teil. Ich kann mir vorstellen, dass sein Rücken und seine Rippen in einem noch schlechteren Zustand sind. Obwohl, Goffran ist einer von denen, die auf das Gesicht zielen, um eine klare Botschaft an alle Wölfe zu senden."

„Was für eine Botschaft?"

„Dass er der Boss ist."

Ferynn zuckt mit den Schultern, als wäre das eine Selbstverständlichkeit."

„Aber das ist... barbarisch!"

„Das ist das Gesetz der Wölfe, so funktioniert's bei uns: Die Stärksten haben alle Rechte."

„Sogar das Recht, einen Teenager zu verprügeln?"

„Wie ich dir schon sagte, soweit ich weiß, hat Thresh sich ihm entgegengestellt. Man kann sich Goffran nicht widersetzen, das ist dumm. Ich würde sogar sagen, es ist selbstmörderisch. Er hat Glück, dass er in der Gunst des Ausbilders steht, sonst wäre es noch schlimmer gekommen."

„Schlimmer? Schlimmer? Willst du mir sagen, dass dein Goffran sich zurückgehalten hat, weil er Thresh mag?"

„Ich glaube, er ist sogar sein Lieblingsschüler", bestätigt Ferynn.

„Aber was ist schlimmer als das, was er erlitten hat?"

Ferynn schweigt, und dieses Schweigen reicht als Antwort allein.

„Du machst wohl Witze? Gab es schon mal Tote unter den Erstklässlern?"

„Unter den älteren Jahrgängen ist das häufiger der Fall", erklärt Ferynn. „Wegen den Alphahitzköpfen, die sich erheben und versuchen, die Autorität über den Rest der Klasse zu erlangen. Wölfe verbringen ihre Zeit damit, darüber zu streiten, welche Position sie im Vergleich zu den anderen einnehmen. Die Frage, die unser Leben bestimmt, lautet: Wer ist der Stärkste?"

„Und wo stehst du?"

„Ich bin ein Halber, ich kann nicht mit ihnen gleichziehen. Ich werde immer an der untersten Stelle stehen."

„Sollten sie nicht daraufhin die Schwächten beschützen?"

„Doch, aber nicht, wenn es ein Halber ist, den sie hassen."

„Es tut mir leid, Ferynn. Ich habe nicht verstanden, dass es sich so verhält."

„Nachdem ich dich nun über mein erbärmliches Leben aufgeklärt habe, hast du vor, mir zuzuhören?"

„Ja, natürlich."

Ich wollte meinen Blick gerade von der Tanzfläche lösen, um Ferynn meine volle Aufmerksamkeit zu schenken, doch dann begegne ich Threshs Blick. Das Orchester spielt leise, langsame Musik. Heather hat sich an ihn geschmiegt und er hält eine ihrer Hände in der seinen, während er mir tief in die Augen blickt.

Wir haben nie wirklich miteinander gesprochen, nie zusammen gegessen, nie eine Stunde lang nebeneinander gesessen und uns unterhalten. Und doch treffen wir immer wieder aufeinander. Um die Ecke eines Gebäudes, bei einem improvisierten Nickerchen. Man könnte meinen, dass das Schicksal versucht, uns zusammenzubringen. Oder romantisiere ich diese Geschichte?

„Du hörst mir nicht zu", beschwert sich Ferynn.

Er geht zügig los und ich will ihn einholen, aber ein Glas klirrt und mein Blick richtet sich auf einen Mann, der neben dem Mikrofon auf dem Podium steht. Hinter ihm stehen zwei weitere, ebenfalls männliche Personen im Hintergrund.

Alle hören auf zu tanzen. Darling und Pedro kommen zu mir. Ich beginne sofort mit meinen Fragen:

„Das sind die Leute vom Rat, oder?"

Aber Darling hat keine Zeit zu antworten, da die Person schon das Wort ergreift.

„Ich danke Ihnen allen, dass Sie gekommen sind, um an der Begrüßungszeremonie für den neuen Jahrgang der Vampire teilzunehmen. Meine Kollegen und ich sind gekommen, weil wir Ihnen einige Informationen mitteilen müssen, von denen wir gehofft hatten.

Die Umstände zwingen uns dazu, mit allen transparent zu sein, damit Sie die Gefahr verstehen, die..."

Krächzen und schrille Schreie ertönen. Ich schaue zur Decke hoch. Ganz oben in der Mitte des Raums gibt es große Glasfenster, durch die man den dunklen Himmel und das Licht des Mondes sehen kann. Nur ist der Mond nicht zu sehen. Stattdessen ist ein Schwarm Krähen aufgetaucht und sie scheinen mit ihren Schnäbeln gegen die Glasscheiben zu klopfen.

Der Schulvorstand springt auf, als Claw Feather mit zerkratztem Gesicht und Blut überströmt hereinkommt.

„Wir werden angegriffen!"

KAPITEL 21

ASHKANA

Ferynn kommt zurück und packt mich am Arm.
„Glaubst du mir jetzt?"
In seinem Blick liegt so viel Entschlossenheit, ein solches Bedürfnis, gehört zu werden, dass ich nicht zögere. Ich nicke und sofort sinken die Schultern des jungen Mannes nach unten. Erleichtert kullern Tränen aus seinen Augen, die er mit einer Handbewegung wegwischt. Ihm scheint es lebenswichtig zu sein, ernst genommen zu werden.
„Wer sind sie?", frage ich.
„Dämonen", antwortet er sofort.
Ein Schauer läuft mir die Wirbelsäule hinunter. Ich habe keine Ahnung, was Dämonen sind oder welche Fähigkeiten sie haben, aber meine Intuition sagt mir, dass die Gefahr real ist.
„Alle bleiben hier!", verkündet die Stimme des Mannes am Mikrofon. Wir werden Sie beschützen.
Aber Millie springt auf und schreit über das Flüstern hinweg, das überall im Raum zu hören ist:
„Wir müssen woanders hin! Diese Fenster werden nicht lange halten. Alle in den Keller!"

Sofort beginnt der Ansturm auf die Tür. Die Person am Mikrofon starrt Millie mörderisch an und die Direktorin staucht sie zusammen. Ferynn zieht mich zurück und ich halte selbst Darlings Hand, die Pedros Arm gepackt hat. Wir vier landen am Ende der Schlange, die sich zum Verlassen des Ballsaals gebildet hat. Claw ist dabei, die Truppen hinter uns zu organisieren, um eine Verteidigungszone zu errichten, falls die Dachfenster herunterfallen.

Und sie stürzen in der nächsten Minute mit einem Klirren von Glas zusammen. Ich drehe mich um und sehe, wie die schwarzen Vögel im Sturzflug auf die Übernatürlichen zufliegen. Meine Augen weiten sich, als ich begreife, dass sie sich auf uns stürzen. Sie interessieren sich nicht für Claw Feather, der große Bewegungen macht, um sie anzulocken, oder für Millie, die sich bereithält, um sie zu bekämpfen. Sie kommen direkt auf uns und die Gruppe von Schülern zu, die gerade nach draußen gehen wollen.

„Verdammter Mist...", beginne ich.

Heather rennt los. Sie hat ihre Absatzschuhe ausgezogen und läuft barfuß über das Parkett des riesigen Ballsaals. Sie erreicht ihre Mitschülerinnen als Erste, taucht zu Boden, schließt die Augen und plötzlich wachsen riesige Ranken und Brombeeren aus dem Boden und bilden einen schützenden Vorhang. Die Erbin der Rhoanne stöhnt, schnauft und schwitzt, während sie sich anstrengt.

„Weg hier!" Sie schreit die Leute an, die sich umgedreht haben und den Weg versperren.

Sie treten sich gegenseitig auf die Füße, um sich zu befreien. Die Vögel prallen gegen Heathers magische Wand, die einen Schrei unterdrückt. Ein paar Krähen schaffen es, sich durchzuschlängeln. Die Fläche ist zu groß für die Rhoanne-Erbin, und so sehr sie sich auch anstrengt, sie kann nicht alle ihre Mitschüler schützen.

In diesem Moment springt ein weißer Wolf an ihre Seite. Ich erkenne seine goldenen Augen und muss schlucken, als ich sehe, dass er mit einem Hinterbein hinkt. Menschliche Verletzungen verschwinden bei der Verwandlung nicht, so scheint es.

„Was können wir tun?", frage ich.

„Asha, schau mal!", ruft Ferynn und deutet auf das Schauspiel, das sich vor unseren Augen durch Lianen und Dornenbüsche entfaltet.

Einige Vögel haben sich umgedreht und in der Mitte des Ballsaals ist ein regelrechter Kampf entbrannt. Die drei Mitglieder des Rates der Übernatürlichen kämpfen nicht allein. Die Magier, die sie begleiteten, haben sich ihnen angeschlossen.

„Dein Vater ist hier", sagt Darling in der Hoffnung, Heather mit dieser Nachricht zu ermutigen.

„Ich weiß", zischt sie durch die Zähne, als ob das keine gute Sache wäre.

Ihre Arme sind so weit wie möglich angespannt, ihre Hände sind am Boden gepresst und die Adern treten in ihren Fingerknöcheln hervor. Sie nutzt alle ihre verfügbare Energie, um ihre Pflanzenwand aufrechtzuerhalten.

Hinter diesem dürftigen Schutz fliegen Pfeile durch die Luft. Ich beobachte die rasche Verwandlung eines Menschen in einen Wolf. In Windeseile reißt sich ein Mann mit braun-weißem Haar seinen Anzug vom Leibe und verwandelt sich in einen ebenholzfarbenen Wolf, dessen Augen violett leuchten. Als er zu brüllen beginnt, bebt der Boden unter unseren Füßen.

Magische Blitze zucken in alle Richtungen. Millie hat sich den Kämpfern angeschlossen, während Claw Pfeile verschießt, um die Bestien auf Distanz zu halten.

Sechs Männer sind bei ihm. Es muss sein üblicher Trupp sein, denn ich erkenne einige Gesichter.

„Was ist hier los?", fragt Pedro.

„Ich weiß es nicht", antwortet Darling. „Wir werden angegriffen..."

„Ja, das ist ziemlich klar."

Die Vögel beginnen im Chor zu schreien, so laut, dass ich mir die Ohren zuhalten muss, um mein Trommelfell zu schonen.

„Was sollen wir tun?", rufe ich.

Heather beißt die Zähne zusammen, während der Lärm sie schwanken lässt. Schließlich lässt sie den Boden los, krümmt sich zusammen und presst ihre Hände auf die Ohren. Sofort schleppt sich Thresh in seiner Wolfsgestalt durch das Chaos zu ihr hin. Sanft leckt er ihr Gesicht, um zu sehen, ob es ihr gut geht. Der Lärm muss seine Ohren auf schreckliche Weise zerschmettern. Tiere haben doch ein besseres Gehör als Menschen, oder?

Es ist Claw, der einen brennenden Pfeil abschießt, der sie alle zum Schweigen bringt. Ich löse meine Hände von den Ohren, aber der Schaden ist bereits angerichtet: Heather hat ihren Zauber nicht aufrechterhalten können. Die Lianen und Dornbüsche sind kleiner geworden, bis sie unter den Latten des Holzbodens verschwunden sind. Die Vögel erspähen ihre Beute. Ich drehe den Kopf, um zu sehen, ob die anderen Schülerinnen und Schüler fliehen können, aber es ist nur noch eine Handvoll übrig, die zur Tür eilen und die anderen anrempeln, um durchzukommen.

Thresh stellt sich schützend vor unserer Gruppe, jederzeit kampfbereit. Ferynn hat seine Verwandlung noch nicht begonnen. Seine Augen sind auf die Kreaturen und das Schauspiel des Kampfes gerichtet, der sich im ganzen Ballsaal abspielt. Es ist so beeindrukkend, sie kämpfen zu sehen. Rechts und links zucken Blitze in allen Farben, Wölfe springen in die Luft, um Vögel zu Fall zu bringen, und Vampire heben die Hände und spielen mit ihren Fingern, als könnten sie Raben zu Marionetten machen.

Uns bleiben nur noch drei Sekunden, bevor die Vögel sich auf uns stürzen. Heather versucht, ihre Hände wieder auf den Boden zu bringen. Sie schreit, sie beißt die Zähne zusammen, sie ruft alle Energie, die sie hat, zu sich, aber es kommt nichts. Entweder kann sie sich nicht mehr konzentrieren oder sie ist erschöpft. Sie beobachtet ihren Vater in der Ferne mit seinen langen, glatten, weißen Haaren, der mit verblüffender Leichtigkeit Winde beherrscht. Ihre Blicke treffen sich und ich spüre bis hierher den Biss seiner Enttäuschung gegenüber Heather. Sie ist nicht das Mädchen, das er sich vorgestellt hat. Sie ist nicht in der Lage, tief in ihrem Inneren die Ressourcen zu finden, um sie alle zu retten. Das ist es, was sein Blick sagt.

Ich übernehme die Führung. Ich wische mir das Blut von der Wange, denn diese verdammten Vögel lieben es, mein Gesicht zu attackieren. Einer von ihnen hat es geschafft, sich bis zu meiner Haut durchzukämpfen. Ich habe ihn mit einer Handbewegung abgewehrt, er ist zu Boden gestürzt und hat sich dann wieder auf seine Beute gestürzt. Ich musste ihm einen Flügel brechen, um ihn kampfunfähig zu machen.

Ich weiß nicht, ob ich aus einem Automatismus heraus handle, oder, ob meine Intuition die Oberhand gewonnen hat. Ich weiß nur, dass ich es tun muss. Entschlossen richte ich mich auf und trete hinter Thresh, damit er nicht in meine Schusslinie gerät. Damit er nicht in seinem Kampfrausch auf die Idee kommt sich schützend vor mich zu stellen, muss ich schnell handeln. Meine Hände schlagen instinktiv vor mir zusammen und unter meinen Füßen erscheint ein Ring aus Licht und reinster Energie. Die Magie pulsiert durch meinen Körper und ich konzentriere mich, um diese Energie zu kanalisieren.

„Ihre Augen", haucht Darling. „Sie sehen aus wie zwei weiße Schleier."

Eine Wand aus Eis erscheint, baut sich mit ungeheurer Geschwindigkeit vor unseren Augen auf. Sie wird größer und stärker, sodass Thresh zwei Schritte zurücktreten muss, und bildet eine Halbkuppel um uns herum. Rechts und links bleiben Öffnungen zugänglich, damit wir durchkommen und den Übernatürlichen auf der anderen Seite helfen können.

„Was zum ...?"

Heather kann ihren Satz nicht beenden, als sie sieht, wie leicht ich diese Magie erzeugen kann. Ich bin selbst verblüfft: Woher kann ich das nur?

„Sie kann nicht einmal einen Kaffee im Klassenzimmer kühlen", murmelt die Erbin der Rhoanne vor sich hin.

Thresh brüllt, um mich anzufeuern, was mich aus meiner Konzentration reißt und — ein noch außergewöhnlicheres Phänomen — die Magie bleibt aufrecht erhalten.

„Das ist... das ist verrückt", platzt es aus Darling neben mir heraus.

Pedro nickt zustimmend mit dem Kopf. Er schnippt mit den Fingern, um Licht zu machen, denn unter der dicken Eisschicht ist es dunkel. Seine Fingerknöchel bewegen sich und eine leuchtende Kugel erscheint zwischen seinen Fingern. Sie ist schwach und zart und es ist klar, warum er in der Bibliothek arbeitet: Seine Beherrschung und Kraft sind nicht außergewöhnlich.

„Was sollen wir tun?", fragt Ferynn und sammelt die Gruppe ein.

Die Tür ist offen. Das ist unser Ausgang und niemand hindert uns mehr daran, hindurchzugehen.

„Geht voraus", schlage ich vor. „Ich bleibe hinter euch, denn ich bin diejenige, die die Eiswand zusammenhält, also muss ich als Letzte gehen, um so lange wie möglich den Kontakt zu erhalten."

Thresh murrt. Ich weiß nicht, ob es als Protest oder Zustimmung gemeint ist. Ich drehe meinen Kopf zu Ferynn, um eine Übersetzung zu bekommen.

„Glaubst du, dass wir telepathisch kommunizieren, oder was?", platzt es aus ihm heraus.

„Ich gehe auf keinen Fall", sagt Heather und reißt den unteren Teil ihres Kleides auf, um sich besser bewegen zu können. „Mein Vater ist hier, alle Augen sind auf mich gerichtet. Ich werde nicht weglaufen, ich werde an seiner Seite kämpfen."

Ihr entschlossener Gesichtsausdruck ist fast unheimlich.

„Heather, das ist ein ziemlich heftiger Kampf, der sich da abspielt. Wir sind überfordert mit dem, was da passiert", sage ich.

„Ich habe sie in Schach gehalten, bevor du die Führung übernommen hast", sagt sie. „Ich kann es wieder tun."

Ich schüttele den Kopf.

„Wenn wir es vermasseln, müssen sie nicht nur sich selbst, sondern auch uns beschützen. Das ist das Schlimmste, was wir tun können."

„Und wenn wir es schaffen, werden wir Helden sein", fügt Heather hinzu.

„Ist das alles, was dir wichtig ist?", seufzt Ferynn.

Darling und Pedro sagen kein Wort. Heather hat das Warten satt. Mit Thresh auf den Fersen setzt sie sich von der Gruppe ab, umrundet die Eiswand und rennt los, um sich ungeschützt den verdammten Krähen zu stellen. Ich renne ihr hinterher, gefolgt von Ferynn. Darling und Pedro gehen etwas vorsichtiger voran, weigern sich aber, allein zu bleiben.

„Das ist die dümmste Entscheidung der Welt", sage ich, bevor ich feststelle, dass die Krähen verschwunden sind und sich als Gestalten mit schwarzen Umhängen materialisieren, deren Gesichter nicht zu erkennen sind.

Ich bleibe auf der Höhe von Heather stehen, die die Veränderung ebenfalls bemerkt.

„Dämonen", stellt sie überrascht fest. „Dämonen."

„Dämonen?", wiederhole ich.

Das ist es also, was mich angegriffen hat, bevor ich durch das Tor gestürzt bin.

„Vater!", schreit die Erbin und rennt dem Mann mit den langen weißen Haaren zur Hilfe.

Gekrümmt vor Schmerzen hält er sich seine Rippen. Blut tropft zu Boden. Seine Kleidung ist rot durchtränkt und er humpelt mit einem Bein, während er zurückweicht. Heather rast los und schert sich nicht um die Glasscherben auf dem Boden, denn Tische sind zersplittert und das Geschirr ist in tausend Stücke zersprungen. Thresh galoppiert neben ihr her. Er ist als Erster da und beißt dem Dämon, der Heathers Vater bedroht, in die Wade. Er hält seinen Kiefer fest auf den Muskel gepresst und drückt zu, bis der Dämon zurückweicht und sich um ihn kümmern muss. In diesem Moment lässt er los, aber es ist eine Sekunde zu spät und ein Tritt schleudert ihn trotz seiner stattlichen Größe gegen die Wand. Er heult auf, als sein Körper den Schlag abfängt. Heather schreit, um ihren Vater vor dem nächsten Schlag zu warnen, aber er wirkt zu müde. Zum Glück taucht der ebenholzfarbene Wolf auf, wirft seinen Gegner um und der Anführer der Rhoanne hat genügend Zeit, um zurückzuweichen und sich neben einem Magier und einem Vampir zu stellen.

„Das war eine schlechte Idee", ertönt die Stimme eines Jungen neben mir.

Ich bin stehen geblieben. Um mich herum werden in alle Richtungen magische Elemente abgefeuert. Ich drehe mich um die eigene Achse, um wie in einem Film der Handlung zu folgen. Ich fühle mich fremd in all dem. Ich halte meine Hand an mein Gesicht. Das Blut hat aufgehört zu fließen. In der Nähe des Eingangs verdampft meine Eiskonstruktion regelrecht innerhalb von zwei Sekunden, ein Zeichen dafür, dass ich meine Konzentration völlig verloren habe oder zu weit von meiner Schöpfung entfernt bin.

„Du hättest in Deckung bleiben sollen", fügt die Stimme hinzu.

Schließlich stoße ich auf den jungen Mann: Es handelt sich um Timothy, einen der neuen Vampire. Was macht er noch hier? Sind nicht alle Erstklässler abgehauen?

Heather hat sich schützend vor ihren Vater gestellt. Sie beschwört erneut ihre Ranken und flechtet sie zu einem dichten Schild, an dem der Angriff des Dämons abprallt.

„Was werfen sie uns entgegen?"

„Zaubersprüche", erklärt Timothy, während er sich Rücken an Rücken mit mir stellt.

Ferynn hat sich eine Fackel geschnappt, die den Raum erhellt, und er schwingt sie vor sich her, um schwarze Vögel auf Abstand zu halten. Einer der Dämonen muss sich wieder verwandelt haben. Darling und Pedro schließen sich Timothy und mir an. Rücken an Rücken bilden wir alle zusammen einen Kreis.

Ein Dämon nähert sich von Timothys Seite. Der Vampir hebt den Arm und sofort fliegt ein Stuhl quer über den Weg, um ihn zu rammen. Er verwandelt sich beim Aufprall und mehrere Krähen zerstreuen sich in alle Richtungen.

„Was zum...", beginne ich.

Ich beende meinen Satz nicht, denn die Vögel fallen über mich her, zwicken in meine Kleidung, durchbohren meine Haut und ziehen mich von der Gruppe weg. Darling packt mich am Ärmel, während Pedro mit den Armen fuchtelt, um die Vögel zu vertreiben. Ferynn, der mit seiner Fackel zu ihnen läuft, schafft es schließlich sie wegzuscheuchen. Unser Kreis wird immer größer.

„Was sollen wir tun, um sie für immer aus dem Weg zu räumen?", hauche ich.

Gleichzeitig füllt sich der Raum mit einer Vielzahl von Gestalten, so dass ich fast ersticke.

„Meister Silver wird sich darum kümmern", kündigt Timothy an.

Die vielen Gestalten, die gerade aufgetaucht sind, sind alle Doppelgänger eines der Ratsmitglieder. Ich vermute, dass es sich um den Vertreter der Vampire handelt.

„Geht oder sterbt!", ruft er mit herrischer Stimme.

Alle Doppelgänger sprechen die Worte gleichzeitig aus. Der Kampf hört für zwei lange Atemzüge auf, als ob ein Waffenstillstand verkündet worden wäre, dann verwandeln sich die Dämonen, von denen es mindestens zwanzig gab, in schwarze Vögel und fliegen durch das von ihnen durchbrochene Deckenfenster davon.

Claw schießt Pfeile ab, während sie fliehen, als wolle er andeuten, dass sie sich besser nicht zurückkehren wagen. Er sucht vergeblich nach einen letzten Pfeil, um einen offensichtlich verletzten Vogel im Schlepptau zu erwischen, aber sein Köcher ist leer. Ich frage mich, warum er einen Bogen benutzt und nicht seine Magie. Allerdings bin ich froh, dass er so gut mit einer Waffe umgehen kann. Die Doppelgänger von Meister Silver verschwinden mit einem Mal. Alle Beteiligten sehen sich ungläubig um und Stille macht sich breit…

KAPITEL 22

ASHKANA

Ich sehe nach, ob es meinen Freunden gut geht, dann renne ich zu Thresh. Sein Fell hebt sich in regelmäßigen Abständen, was ein Zeichen dafür ist, dass er noch atmet. Ich knie mich hin, um meine Hand trotzdem vor seine Nase zu halten. Wie er da mit geschlossenen Augen liegt, sieht er weniger beeindruckend aus.

„Er wird wieder gesund", sagt eine tiefe Stimme zu seiner Rechten.

Ich drehe meinen Kopf und mein Blick fällt auf die Geschlechtsteile eines Mannes, der viel älter ist als ich. Ich schaue sofort weg.

„Zieh dich an", brummt Millie und kommt näher. „Nur Wölfe können nach einem Kampf nackt herumlaufen, als wäre nichts gewesen. Nicht einmal ein Kratzer, oder?"

Sie wirft ihm seine Kleidung zu, die sie auf dem Boden aufgehoben hat, als sie zu ihnen gelaufen ist.

„Er wird wieder gesund", wiederholt sie, während ich noch immer neben Thresh knie. „Wölfe haben eine unvergleichliche Erholungsfähigkeit. Warum bist du nicht gegangen?"

„Was war das?", erwidere ich.

„Ich bin diejenige, die die Fragen stellt", erinnert Millie. „Was war das für eine Eiswand? Woher hast du diese Kraft?"

Sie ist fast schon misstrauisch, als ob eine Halbe nicht so viel Kraft ausstrahlen könnte. Ich habe nicht nachgedacht. Ich habe gehandelt und mein Körper hat die Führung übernommen.

„Warum gibt es Dämonen, die uns immer wieder angreifen?"

Millie beißt die Zähne zusammen. Das ist offensichtlich keine Frage, die sie beantworten möchte.

„Der Rat wollte es bekannt geben", erklärt sie. „Ich schätze, sie werden jetzt eine Menge Erklärungen abgeben müssen. Sie werden alles sagen. Versammle deine Mitschüler und sage ihnen Bescheid. Wir werden uns alle in... der Mensa treffen. Das ist wahrscheinlich der einzige Raum, der für uns alle groß genug ist, und der weniger gefährlich ist als der Ballsaal, jetzt wo das Dach offen ist. Es wird eng, aber es wird reichen. Vielleicht kann Miss Johnson etwas zu essen für uns zaubern. Schlechte Nachrichten lassen sich besser mit einer guten Mahlzeit verdauen."

Ich bleibe stehen, weil ich nicht ganz verstanden habe, was Millie von mir erwartet, und ich weigere mich, Thresh allein zu lassen.

„Ich kümmere mich um ihn", verkündet der Mann, der vor ein paar Minuten noch nackt war.

Er hat sich Kleidung angezogen. Er geht auf den Wolf zu, flüstert ihm etwas ins Ohr und Thresh öffnet die Augen. Er findet die Kraft aufzustehen, obwohl er in der Sekunde zuvor noch ohnmächtig schien. Ich beobachte, wie er humpelt, aber trotzdem dem Mann folgt.

„Er sollte nicht laufen."

„Er kann gehen", erwidert der Mann. „Ich verspreche dir, dass er wieder gesund wird."

Als sie sich entfernt haben, packt Millie mich an den Schultern.

„Hol deine Freunde, sag den anderen Bescheid und sorge dafür, dass sie alle in der Mensa sind, denn der Rat wird mit ihnen reden wollen."

„Sie waren Dämonen, nicht wahr?"

Mille spitzt die Lippen und seufzt dann:

„Ja."

„Was wollen sie von uns?"

„Ashkana, glaubst du wirklich, dass ich gerade jetzt Zeit habe, einer Erstklässlerin, noch dazu einer Halben, zu erklären, was los ist, wo doch der Rat selbst gekommen ist, um diese Informationen zu geben? Und das, obwohl wir gerade einen Angriff erlebt haben und ich die Schule sichern soll?"

Bert kommt auf uns zu. Wie viele andere Lehrer auch, war er bei der Zeremonie anwesend. Ich mustere ihn und suche nach Anzeichen einer Verletzung.

„Na, aus dem Versteck gekommen? Denkst du wirklich, sich unter einem Tisch zu verstecken, ist für dein Alter angemessen, Bert?"

Er stottert, unfähig, einen Satz hervorzubringen. Seine Gesprächspartnerin geht ihrer Arbeit nach, bevor er antworten kann.

„Ist alles in Ordnung, Professor Tharys?", frage ich.

„O-o-ja", antwortet er. „Mehr An-angst als L-l-leid."

Er zittert immer noch wegen der Ereignisse, die er gerade durchgemacht hat. Ich lache ihn nicht aus und mache keine Bemerkung zu dem, was Millie gerade gesagt hat. Ich habe gesehen, wie viel Mut Bert braucht, um sich seinen Ängsten zu stellen. Er ist kein Feigling. Er hat nur mehr Angst als der Durchschnitt, was bedeutet, dass er, um sich der Gefahr zu stellen, ebenfalls viel mehr Mut aufbringen muss.

„Ich muss alle in der Mensa versammeln", erkläre ich.

Bert nickt zustimmend, weil es in seinem Zustand einfacher ist, als zu sprechen. Er deutet auf einen Teil des Saals, um mir zu verstehen zu geben, dass er sich darum kümmern wird, diese Leute zu warnen, und ich danke ihm.

Ich sehe Heather mit dem Mann, der wohl ihr Vater ist. Das Wort der Rhoanne-Erbin wird bei unseren Mitschüler viel besser ankommen als meine Stimme, also gehe ich zuerst zu ihr, damit sie mir hilft, alle zu versammeln. Je näher ich komme, desto klarer und deutlicher wird das Gespräch, das sie mit ihrem Vater führt.

„Dieser Abend sollte das Ansehen unserer Familie festigen, nicht zerstören."

Das ist die Stimme des Vaters. Er klingt unzufrieden.

„Ich konnte nicht wissen, dass Dämonen auftauchen würden. Warum haben Sie mich nicht gewarnt?"

Siezt Heather etwa ihren Vater? Wie merkwürdig. Vielleicht auch ein bisschen traurig...

„Devallois wollte es ankündigen. Er ist extra aus Europa angereist. Ich wollte sehen, wie du die Nachricht verkraftest, ob du ihr gewachsen bist."

Er deutet auf die Silhouette des Magiers, der das Wort hatte, bevor der Angriff die Rede unterbrach.

„Ob ich ihr gewachsen bin, Vater?", erwidert Heather. „Was hätte ich denn versäumt? Ich habe es gerade selbst herausgefunden, dass Dämonen uns angegriffen haben. Ich habe meine Kameraden beschützt, ich bin Ihnen zu Hilfe geeilt, ich habe..."

„Du hast deinen Schild losgelassen, ich habe es gesehen. Du hast dich ablenken lassen, oder dir ist die Energie ausgegangen. Du bist noch nicht bereit, Heather.

Wenn wir unsere Ziele erreichen wollen, müssen wir viel mehr tun als nur einen netten Pflanzentrick."

„Einen netten Pflanzentrick..."

Ich räuspere mich neben den beiden Rhoanne, um meine Anwesenheit zu signalisieren.

„Wir müssen uns in die Mensa begeben", sage ich.

Heather nickt, um mir zu danken, während ihr Vater nicht einmal in meine Richtung schaut und so tut, als würde ich nicht existieren.

„Die Mensa, Vater. Vielleicht nimmt Devallois seine Rede wieder auf, die jetzt völlig überflüssig ist. Warum haben Sie uns nicht früher gewarnt? Warum hielten Sie die Zeremonie aufrecht, wenn Sie wussten, dass wir angegriffen werden würden?"

„Wir wussten es nicht", antwortet er. „Natürlich hätten wir Vorkehrungen getroffen, wenn wir gewusst hätten, dass sie heute Abend während der Zeremonie angreifen würden."

„Was machen sie denn hier und jetzt? Ich dachte, sie wären alle vernichtet."

Ich gehe ein paar Schritte zurück und gebe die Information über die Versammlung in der Mensa an andere weiter. Ich seufze erleichtert, als ich auf Ferynn treffe, der sich in einer Ecke an eine Wand gelehnt hat.

„Ich muss allen Bescheid geben, dass wir uns in der Mensa treffen, aber ich kann nicht einschätzen, wie unsere Mitschüler aus dem ersten Jahr oder den Jahrgängen darüber auf mich hören werden... Ich bin ja nur die neue unwissende Halbe."

Ich strecke meine Hand aus, um Ferynn beim Aufstehen zu helfen.

„Ich helfe dir, aber deine Freundin ist für diese Rolle besser geeignet."

„Wer? Darling?"

Ich suche mit den Augen nach ihr. Sie ist bei Bert. Pedro ist verschwunden, aber das ist auch nicht schlimm. Seine Anwesenheit hier zu erklären, wäre nicht so einfach gewesen.

„Sie ist eine fleißige Ganze, oder? Ihre Stimme hat mehr Gewicht als deine."

„Ich bin auch fleißig", erwidere ich.

„Ja, und niemanden interessiert es, weil du eine Halbe bist."

Ich mache einen Schritt nach vorne, um zu Claw Feather zu gehen, den ich auch zu benachrichtigen habe, aber Heather ist mir zuvorgekommen.

„Oh, oh, es riecht nach Ärger…"

„Ärger?", wiederhole ich.

„Wenn die beiden zusammen sind, kann es schnell aus dem Ruder laufen", erklärt Ferynn.

„Geht es dir gut?", haucht Heather, während sie ihre Hand zu Claws Arm und dann zu seinem Gesicht führt.

Am ganzen Körper des jungen Mannes sind Blutspuren zu sehen. Ferynn und ich bleiben auf Abstand. Ich versuche, meinen Kumpel in eine andere Richtung zu schieben, aber er wehrt sich und hält meinen Arm fest, damit ich bei ihm bleibe.

„Deine Neugier ist ungesund", flüstere ich ihm ins Ohr.

„Ja, aber gib zu, dass auch du wissen willst, was zwischen den beiden vor sich geht, oder?"

Ich antworte nicht, sondern bleibe an Ort und Stelle stehen, was für sich spricht.

„Du bist verletzt", fügt Heather hinzu.

„Was willst du, Heath?"

„Nachsehen, ob es dir gut geht", flüstert sie.

„Du hast dieses Recht verloren."

„Claw, du kannst mich nicht weiter so behandeln. Bedeutet es dir nichts, was wir erlebt haben?"

„Du weißt ganz genau, dass es nicht stimmt", entgegnet er und starrt sie an.

Sie sind so nah beieinander, dass sie nur ihre Köpfe ausstrecken müssten, um sich zu küssen.

„Warum verhältst du dich dann so, als wäre ich ein Dämon?"

„Weil es weh tut, Heath! Ich habe keine Lust, noch wochenlang zu leiden. Ich halte mich von dir fern und lecke meine Wunden, kannst du das verstehen?"

Sie öffnet den Mund, um etwas zu sagen, aber es kommt kein Ton heraus.

„Wir haben keine gemeinsame Zukunft, Heath. Akzeptiere das und lass deine Intrigen. Du kannst nicht alles haben, das weißt du. Du hast deine Wahl getroffen. Steh dazu und lass mich da raus."

Sie muss schlucken. Er starrt sie noch drei Sekunden lang an, bevor er sich umdreht und weggeht. Heather bleibt wie angewurzelt stehen und starrt ins Leere.

Ich drücke Ferynns Arm, damit er mitkommt. Es ist Zeit, weiterzuziehen.

„Waren sie zusammen?", frage ich den Halben.

„Ich glaube schon", antwortet Ferynn.

„Weißt du es nicht?"

„Ich weiß nicht alles", stellt er fest.

Wir informieren den Rest des Saals über die Ankündigung, die in der Mensa gemacht wird, und gehen dann auf Darling und Bert zu.

„Geht es dir gut?", frage ich meine Freundin.

Sie lächelt, nickt und gestikuliert mir dann mit der Hand zu, um zu erklären, dass Pedro gegangen ist, bevor er in Schwierigkeiten gerät.

„Wir sollten uns die Schüler vornehmen", schlage ich vor.

„Ich komme", sagt eine Stimme, die ich sofort wieder erkenne.

Trotzdem zucke ich zusammen, als ich eine Gestalt in meinem Rücken spüre. Ich drehe mich um und entdecke Timothy. Seine Fähigkeit, sich lautlos zu nähern, ist gruselig. Ist das eine der Fähigkeiten von Vampiren? Wenn ich so darüber nachdenke, habe ich ihn vorhin nicht weggehen hören, als der Kampf aufhörte. Ich habe ihn nicht einmal im Saal gesehen. Ist er zu seinem Vorgesetzten gegangen, um ihm zu berichten, was er getan hat? Wurde er von Millie geschimpft, sowie ich?

„Um sicherzugehen, dass alle meine Mitschüler ebenfalls informiert sind", fügt er hinzu.

Ich nicke und wir verlassen gemeinsam den großen Ballsaal. Die Lehrer und Ratsmitglieder haben bereits die Organisation für die Reparaturen initiiert und lassen den Tatort und die Umgebung überwachen. „Solange das Dach nicht repariert ist, will ich zehn Männer ständig in diesem Raum haben. Sie sollen auf keinen Fall die Decke aus den Augen verlieren, um nach Gefahren Ausschau zu halten. Und ich will Patrouillen draußen."

Das sind die letzten Befehle, die ich aus dem Raum höre, während wir uns entfernen. Wir finden einen Großteil der Schüler in der großen Eingangshalle. Andere sind in die Klassenzimmer geflüchtet. Wir geben die Nachricht weiter, die von allen Seiten weitergegeben wird, und schon bald bildet sich eine langsame Prozession zur Mensa.

„Einige sind vielleicht in ihren Schlafsaal zurückgekehrt", bemerkt Darling.

„Pech für sie", brummt Ferynn.

„Das glaube ich nicht", fügt Bert hinzu, dessen Stottern sich beruhigt hat. „Sie hätten nach draußen gehen müssen, und die Gefahr war auch draußen, oder?"

„Selbst wenn einige zurückgekehrt wären, würden sie die Nachricht schnell genug bekommen, weil jeder auf dem Campus darüber reden wird", sagt Ferynn. „Dasselbe gilt für die Abwesenden."

„Die Abwesenden?", frage ich erstaunt. „Ich dachte, die Zeremonie ist Pflicht?"

„Es gibt immer welche, die sich vor solchen Veranstaltungen drücken", antwortet der Halbe.

Auch wir gehen in die Mensa. Ich halte Darlings Hand, die ein wenig zittert.

„Alles wird gut", verspreche ich ihr, um sie zu beruhigen.

„Zum Glück waren du und Heather da, sonst... sonst..."

„Sonst gar nichts. Du hättest es in dir gefunden, um es zu schaffen."

„Heather war... meisterhaft", kommentiert sie.

Ich nicke, wobei ich immer noch das Gespräch zwischen Heather und ihrem Vater im Kopf habe. Ich frage mich, was für ein Druck auf den Schultern unserer Mitschülerin lastet. Ich schüttle den Kopf. Ich will doch kein Mitleid mit der Erbin der Rhoannes haben, es wäre bescheuert!

„Und du warst noch verblüffender", fügt Darling mit leuchtenden Augen hinzu. „Ich fange an zu denken, dass es eine gute Idee ist, deine biologischen Eltern zu finden, weil deine Mutter oder dein Vater zwangsläufig ein mächtiger Magier war."

„Und das war vorher keine gute Idee?"

„Doch, doch, es war eine gute Idee. Na ja, es war eine Idee, aber jetzt... du könntest eine verrückte Herkunft haben, ist dir das klar?"

Ich schüttele den Kopf. Welche Konsequenzen würde das haben? Ich möchte herausfinden, wer meine Eltern sind, damit ich weiß, warum sie mich weggegeben haben und, ob sie einen guten Grund dafür hatten. Ich will eine Antwort auf die Frage, die mir unter den Nägeln brennt: Warum haben sie ein Kind gezeugt, wenn sie es anderen anvertrauen wollten? Wollten sie mich nicht haben? Ich habe mir bereits alle möglichen Szenarien ausgemalt. Ich frage mich, ob meine Mutter ein Mensch und mein Vater ein Magier war und er starb, während meine Mutter mich allein aufziehen musste. Vielleicht habe ich sogar als Baby gezaubert und sie ist deswegen ausgeflippt, sodass sie mich lieber loswerden wollte. Ich habe mir das Beste, wie auch das Schlimmste vorgestellt. Ich muss nur bestätigt bekommen, welches dieser Szenarien richtig ist.

„Nein", hauche ich. „Es ist mir nicht klar."

„Asha, was du getan hast, können nicht einmal versierte Magier mit zwanzig Jahren Erfahrung."

„Ich zum Beispiel könnte es nicht tun", setzt Bert nach.

Was kein sehr großes Argument ist. Ich bin mir nicht sicher, ob Bert über viele Kräfte verfügt. Er ist nicht umsonst Professor für die Geschichte der Zauberei.

Wir lassen den Lehrer in der Nähe der Tür zurück, wo er mit seinen Kollegen warten wird, während wir uns weiter hinten zu den anderen Schülern gesellen. Thresh ist nirgends zu sehen, was mich beunruhigt. Als Heather mit ihrem Vater auftaucht, habe ich die Hoffnung, den Wolf direkt hinter ihr auf den Fersen zu sehen, aber weder er, noch sein Anführer, dem es nichts ausmacht, nackt herumzulaufen, sind in der Nähe.

„Du hast eine Eiswand erschaffen", fügt Darling begeistert hinzu.

„Und Heather hat eine Wand aus Lianen geschaffen. Sowas ist nicht unmöglich."

„Heather stammt aus einer angesehenen Linie von Magiern. Ihre Mutter war für ihre Gabe mit Pflanzen bekannt, ihr Vater ist sehr mächtig, also ist es nicht verwunderlich, dass sie es auch ist."

Ich beobachte, wie die Erbin der Rhoanne durch die Menge geht. Sie scheint Mary und Finarelle zu suchen, aber die beiden Mädchen sind nirgendwo zu sehen. Sie weiß nicht, wo sie sich niederlassen, oder an wen sie sich wenden soll, also hebe ich reflexartig die Hand, um ihr ein Zeichen zu geben. Überrascht geht Heather auf uns zu. Vielleicht ist ihr auch nicht bewusst, was sie da tut, sonst würde sie es sich zweimal überlegen, bevor sie sich mit Darling und einer Halben blicken lässt.

„Was machst du da?", flüstert Darling.

„Wir haben zusammen gekämpft, das verbindet doch, oder?"

„Sie ist fast eine Königin."

„Sie ist nur ein Mädchen in unserem Alter, das gerade eine Schlacht erlebt hat", entgegne ich.

„Okay, beschwer dich nicht, wenn sie uns herumkommandiert und erwartet, dass wir ihren Willen tun."

Ich kichere, als ob so etwas unmöglich wäre.

„Wirklich? Kannst du dir vorstellen, dass ich Heather Rhoanne gehorche?"

„Gut, vielleicht nicht, aber wir haben keine Gemeinsamkeiten mit ihr. Warum willst du ihr auf einmal deine Unterstützung anbieten?"

„Weil ich merke, dass es manchmal mehrere Wahrheiten zu einer Situation gibt, und dass ich Heather vielleicht falsch eingeschätzt habe."

Darling murrt, dass so etwas nicht möglich sei, aber sie setzt ein angenehmes Gesicht auf, als Heather zu uns stößt. Sie ist selbst erstaunt, dass sie so weit gekommen ist.

„Ich muss einen Schock haben, dass ich zugestimmt habe", murmelt sie.

„Genau das ist es", bestätige ich. „Aber wenigstens weißt du, dass du von Menschen umgeben bist, die dich unterstützen und die nicht gezögert haben, dir zu folgen, als du Kopf und Kragen riskiert hast."

Heather grunzt und murmelt etwas davon, dass sie nichts riskiert hat und genau wusste, was sie tat.

„Wir hätten Professor Tharys nach dem Zauberspruch fragen sollen", fügt Darling in einem Flüstern hinzu, damit Heather es nicht hören kann.

Die Rhoanne-Erbin dreht den Kopf, zuckt aber mit den Schultern, als sie merkt, dass Darling sie nicht in die Diskussion einbeziehen will. Ich gebe meiner Freundin ein Zeichen, dass das unhöflich ist und wir später darüber sprechen werden. Ja, ich hätte Bert gerne gefragt, aber es war nicht wirklich der richtige Zeitpunkt. Es wird andere Gelegenheiten geben.

Heathers Vater tritt auf, zusammen mit den anderen Magiern, den Ratsmitgliedern und anderen Lehrern. Millie ist nicht dabei. Sie muss sich noch um die Organisation der Reparaturen und die Sicherheit kümmern. Claw ist auch nirgends zu sehen. Das merke ich daran, dass Heather immer wieder wiederholt:

„Wo bist du? Wo bist du? Wo bist du? Claw, verdammt, wo bist du?

Schließlich greife ich nach dem Arm des Mädchens.

„Er sieht aus, als ob er sich verteidigen kann", versichere ich ihr. „Wo auch immer er ist, es geht ihm gut."

„Dich habe ich nicht gefragt!"

Heather macht eine ruckartige Bewegung mit ihrem Arm, um sich aus meinem Griff zu befreien, der freundlich und beruhigend gemeint war.

„Weißt du, du musst dich nicht immer so verhalten", antworte ich.

„Wie meinst du das?"

„Als könnte dir nichts etwas anhaben."

Für einen kurzen Moment bermerke ich wie Heathers Maske fällt und kann in ihr Innerstes sehen. Ihr Innerstes, das Angst davor hat, enttäuscht zu werden. Sie hat Angst, nicht geliebt zu werden. Doch fast sofort gewinnt sie ihre Fassung zurück und blickt mich an.

„Lass mich in Ruhe!", ruft sie mir zu.

„Ich habe es dir doch gesagt", sagt Darling.

„Ja, du hast mich gewarnt", seufze ich. „Aber es ist kein hoffnungsloser Fall."

Heather sieht uns nicht mehr an und geht einen Schritt weiter. Sie steht dem Lehrerkollegium und den Ratsmitgliedern gegenüber. Es sind so viele Leute im Raum, dass die Schüler fast alle aneinander hängen bleiben.

In diesem Moment wird mir klar, dass Timothy uns wieder einmal entwischt ist, ohne dass ich es bemerkt habe. Ich suche mit den Augen nach dem Vampir, kann ihn aber nicht finden. Ich bin nicht einmal in der Lage, seine Kaste inmitten all den Gesichtern im Saal zu erkennen.

Wir hören ein Räuspern und alle Blicke richten sich auf den Magier, der bereits vorhin das Wort ergriffen hat.

„Es tut mir leid, was gerade passiert ist", fährt er fort. „Das war sozusagen eine interessante Einleitung zu dem, was ich Ihnen ankündigen wollte."

Er lässt seinen Blick über die Anwesenden schweifen.

„Die Dämonen sind zurück!"

KAPITEL 23

ASHKANA

Ich zucke nicht mit der Wimper, da die Information für mich nicht neu ist. Der Rest der Versammlung beginnt aber zu tuscheln und zu flüstern. Unter den Lehrkräften sind erstaunte Ausrufe zu hören. Zweifelten einige von ihnen immer noch an der Erscheinung von Dämonen? Dass die Schüler nicht verstanden haben, worum es ging, kann ich verstehen: Sie waren nicht zur Zeit des Krieges geboren. Wenn ich mich richtig an meinen Unterricht in Geschichte der Magie, erinnere, sprechen wir über ein Ereignis, das bereits dreißig Jahre zurückliegt.

Maximus tritt vor und macht große Gesten mit den Armen, um allen zu signalisieren, sich zu beruhigen.

„Lassen wir Sir Devallois erklären, was los ist, ja? Es gibt keinen Grund, in Panik zu geraten. Wir sind den Dämonen doch gerade erst entkommen, oder? Das ist der Beweis, dass wir ihnen überlegen sind."

Heather zuckt bei der Erwähnung des Wortes „überlegen" zusammen. Die Ambitionen ihres Vaters decken sich mit der Realität. Seine Idee, dass sie überlegen sein müssen, dass sie ihre alte Stärke wiedererlangen müssen, mit der sie in erster Linie die Dämonen besiegt haben, scheint hochaktuell zu sein.

Sir Devallois tritt einen weiteren Schritt vor. Hinter ihm bleiben die beiden anderen Mitglieder des Rates der Übernatürlichen zurück. Einer von ihnen ist ein Vampir, der andere ein Wolf, denn jede Kaste ist in diesem Rat vertreten. Ich habe keine Ahnung, wie Vampire oder Wölfe miteinander umgehen, aber Bert hat, auf Heathers Anregung hin, die Art und Weise, wie sich Magier regieren, von vorne bis hinten erklärt. Seit drei Wochen durchkämmen wir das Thema so oft wie möglich.

„Wir wissen nicht, wie sie erwacht sind", fährt er fort.

Sein Satz führt zu einer heftigen Diskussion unter den Lehrern. Sie beobachten sich gegenseitig, um herauszufinden, wer bisher Bescheid wusste, wer erst jetzt davon erfuhr, wer was verheimlichte und vor wem. Die Schülerinnen und Schüler ihrerseits sind in dieser Sache nicht weitergekommen.

„Wir wissen nicht, ob es einigen gelungen ist, sich nach dem Ende des Krieges zu verstecken. Ob sie gewartet haben, ob sie ... Naja, es ist einfach schwer zu sagen... Es ist ja nicht so, dass wir ihre Reihen infiltrieren könnten."

Er unterdrückt ein nervöses Lachen.

„Wir wissen nicht, was sie wollen. Sie haben keine Forderungen gestellt, aber ihre wiederholten Angriffe zielen auf Stallen, und *nur* auf Stallen, ab. Wir stellen uns vor, dass sie, da Lady Stallen das Symbol ihrer Niederlage war, versuchen, ihr Image zu beschädigen. Die Schüler dieser Schule sind der Nachlass von Lady Stallen."

Er legt eine Pause ein.

„Ich bitte Sie alle, von nun an doppelt so vorsichtig zu sein. Bewegen Sie sich nie allein außerhalb der Gebäude, haben Sie immer jemanden bei sich, gehen Sie nachts nicht nach draußen, wenn Sie es vermeiden können. Auf dem gesamten Schulgelände werden Patrouillen eingesetzt. Die Verteidigungsanlagen werden verstärkt. Die..."

„Können sie die Schilde überwinden?", unterbricht ihn Ferynn.

Sir Devallois, dessen graues Haar ihm ein attraktives Aussehen verleiht, scheint nicht verärgert darüber zu sein, dass man ihm das Wort abschneidet.

„Ja, junger Mann, es gelingt ihnen, die Schilde zu überwinden, als ob es sie nicht gäbe."

Die Nachricht ist düster, und dieses Mal wird das Gemurmel unter den Schülern lauter. Der Schild, der den Campus umgibt, ist fast heilig. Man spricht von ihm als einer unüberwindbaren Barriere, die die Schule mit einer so starken Illusion schützt, dass die Menschen jedes Mal vom Weg abweichen und, dass selbst Satelliten an genau dieser Stelle verschwommen sehen. Und Dämonen können dieses magische Feld problemlos durchbrechen?

„Wir wissen nicht, wie sie es schaffen, oder welche Tricks sie sich ausgedacht haben. Aber ich versichere Ihnen, dass unsere Verteidigung in Bezug auf alle anderen Bedrohungen zuverlässig ist."

„Werden die nächsten Personen, die den Schutzschild durchbrechen, Menschen sein?", fragt eine Stimme aus den Schülerreihen.

„Nein, natürlich nicht", beruhigt sie Devallois. „Die Menschen sind sich unserer Existenz immer noch nicht bewusst und wir sind froh über diese Tatsache. Es gibt keinen Grund, warum sich das morgen ändern sollte."

„Was werden wir tun?"

„Wird der Krieg wieder beginnen?"

„Müssen wir uns irgendwo anmelden, um Hilfe anzubieten?"

„Müssen wir den Campus verlassen?"

Eine Frage nach der anderen wird gestellt und die Schüler machen sich nicht einmal die Mühe, auf eine Antwort zu warten. In diesem Moment taucht Millie auf. Sie sieht müde aus und ist kurzatmig.

„Wie sehr sind wir in Gefahr?"

„Sind unsere Eltern benachrichtigt worden?"

„Wenn sie Bescheid wussten, würden sie uns sagen, dass wir sofort die Schule verlassen sollen."

„Sollten wir uns nicht am sichersten Ort Amerikas befinden?"

„RUHE!"

Es war Millie, die schreit, als sie sieht, dass Devallois die Kontrolle über die Versammlung verloren hat.

„Sir Devallois hat mehr Erfahrung als ihr alle zusammen, ob ihr nun Wölfe, Magier oder Vampire seid", sagt sie und lässt ihren Blick über jede Gruppe schweifen, die sich gebildet hat. „Seien Sie still und hören Sie ihm zu."

„Danke, Millie", sagt Devallois und räuspert sich.

Es scheint ihm peinlich zu sein, dass ein Lehrer eingegriffen hat, um seine Autorität wiederherzustellen. Ich sehe Heather kichern und höre dann, wie sie mit sich selbst spricht:

„Mein Vater hätte so etwas nie zugelassen, das ist ein Zeichen von Schwäche. Er soll der einflussreichste Magier unserer Kaste sein, derjenige, der unserer Regierung vorsteht. Er sitzt auch im Rat der Übernatürlichen und nun braucht er eine Botanikprofessorin, die ihm zu Hilfe eilt, um die Aufmerksamkeit seiner Zuhörer zurückzugewinnen."

Die Erbin der Rhoannes wirft einen Blick auf ihren Vater. Er steht aufrecht, hat seinen Anzug abgestaubt und sein silbernes Haar fällt tadellos zu beiden Seiten seiner Schultern. Er begegnet dem Blick seiner Tochter und hebt die Augenbrauen, als wolle er ihr sagen: „Ich hab's dir ja gesagt".

„Ihre Lehrer werden Ihnen ausführlichere Sicherheitsvorkehrungen erklären. Selbstverständlich werden wir uns bemühen, die Bedrohung so schnell wie möglich zu verringern. Wir werden Sie über die Entwicklung der Situation auf dem Laufenden halten. Es ist nicht nötig, Sie daran zu erinnern, dass Ihr Fleiß und Ihre Fähigkeiten in den kommenden Tagen auf höchstem Niveau sein müssen. Sie repräsentieren nicht nur Stallen, eine angesehene Schule, *die* angesehenste Schule, sondern Sie repräsentieren auch unsere Zukunft. Sie sind die zukünftige Generation. Einer von euch wird eines Tages an meiner Stelle stehen und die nächsten Ankündigungen weitergeben. Arbeitet hart, seid geduldig und hört auf die Älteren."

Heather beugt den Oberkörper, als sie seine Rede hört. Hat sie vor, in ein paar Jahren an der Stelle von Sir Devallois zu stehen? Mit Thresh an ihrer Seite?

„Ich... ich nehme an, Sie können in Ihre Zimmer zurückkehren", fügt er in zögerndem Ton hinzu und sucht Millies Zustimmung.

Es ist seltsam, dass er sich nicht an die Direktorin wendet. Sie hat ihre Augen gesenkt und beobachtet nicht einmal, was im Raum vor sich geht. Jemand stößt sie mit dem Ellbogen an und schließlich geht sie nach vorne. Sie schaut in den Raum, als würde sie ihn gerade erst entdecken.

„Tut, was er sagt", befiehlt sie und blinzelt ein paar Mal.

Sie lehnt sich wieder an die Wand. Nichts passiert, außer dass alle tuscheln. Dann klatscht Millie mehrmals in die Hände, um Aufmerksamkeit auf sich zu ziehen.

„Auf eure Zimmer!", ruft sie, um den Raum aufzuwecken.

Die Mensa hat viele Ausgänge, sodass das Gedränge beim Verlassen des Raums weitaus geringer ist als vorhin.

„Soll ich mit dir mitkommen?", fragt Darling mich.

„Nein, ich werde an Ferynns Seite kleben bleiben", beruhige ich sie. „Außerdem müsstest du so alleine in deinen Schlafsaal zurückkehren, wenn du erstmal mich begleitest."

„Okay, dann lass uns gehen", fügt sie hinzu.

Wir können eine Weile zusammenlaufen, bevor unsere Wege sich trennen. Ferynn folgt uns und wir warten, bis wir das Hauptgebäude verlassen haben, um zu verschnaufen und zu reagieren.

„Geht es dir gut?", erkundige ich mich bei meiner Freundin.

„Ich weiß nicht. Ich … ich möchte meine Eltern anrufen, macht mich das zu einem Weichei?"

„Nein, natürlich nicht", antworte ich.

Ferynn schweigt.

„Ich werde sie kontaktieren, wenn ich wieder in meinem Zimmer bin."

Im Gegensatz zu anderen Magiern verfüge ich nicht über magische Gegenstände, wie zum Beispiel einen speziellen Spiegel. Sie werden von Magiern benutzt, um sich gegenseitig zu kontaktieren. Selbst wenn ich einen solchen Spiegel hätte, würde er mir nicht helfen, meine Eltern zu kontaktieren, da sie keine Magier sind und sowas nicht bedienen könnten.

„Bis morgen", sagt Darling und nimmt mich in den Arm. „Seid bitte vorsichtig."

Wir können es nicht lassen, einen Blick in den Himmel zu werfen. Viele Schüler um uns herum haben ihre Augen ebenfalls nach oben gerichtet.

„Wie nehmen die Wölfe Kontakt zu ihren Familien auf?", frage ich, um ins Gespräch zu kommen, während Ferynn neben mir zu unserem Schlafsaal läuft.

Die Halben im ersten Jahr wohnen im allerletzten Gebäude des Campus, das am weitesten vom Herzen Stallens entfernt ist.

„Ferynn?", wiederhole ich, als der Halbe mir nicht antwortet.

„Hmm?"

„Wirst du deine Eltern kontaktieren?"

„Nein."

„Denkst du, sie wissen schon Bescheid?"

„Nein."

„Willst du nicht, dass sie sich Sorgen machen?"

„Sie sind tot, Asha. Daher können sie sich gar kein Sorgen machen."

„Oh, entschuldige!", rufe ich aus. „Ich wollte nicht..."

„Schon gut, ich habe mich schon vor langer Zeit damit abgefunden, also mach dir keine Sorgen."

„Also hast du niemanden, an den du dich wenden kannst, der dich beruhigen oder dich da rausholen könnte?"

Ich habe kurz gezögert, den zweiten Teil meiner Frage zu stellen. Ferynn ist nicht so gut in der Schule integriert, das weiß ich, das sehe ich. Er macht einen auf fröhlich, taucht ständig auf, um Witze zu reißen und sich in die Angelegenheiten aller im Wohnheim einzumischen, aber er unterhält sich nie lange, sondern geht gleich wieder.

Er taucht auch nicht in den Kursen auf, in die er eigentlich gehen sollte.

Hat er Angst, weil die Vollblut Wölfe ihn behandeln, als wäre er ein Nichts? Ich fühle nicht den gleichen Druck, eine Halbe zu sein. Ich höre zwar den Spott und die Selbstgefälligkeit in den Stimmen der Ganzen, aber ich leide nicht darunter, zum Beispiel die Schwächste im Rudel zu sein.

„Nein", haucht er.

Wir gehen am Tierhaus vorbei und ich muss an meine undankbare Katze denken. Eigentlich will ich weitergehen. Stattdessen brumme ich, als ich doch umkehre.

„Ich dachte, wir sollten sofort zurückgehen", lacht Ferynn.

„Meine scheiß... meine geliebte Katze ist noch im Gebäude, ich will nur nach ihr sehen."

Ich verdrehe die Augen, auch wenn mich mein Vertrauter auf diese Entfernung nicht hören kann. Ich habe noch die Worte des Professors im Kopf, dass unsere Begleiter alles verstehen, was wir sagen.

Wir betreten die Stallungen und hören eine Stimme. Sofort hält Ferynn seinen Zeigefinger vor seinen Mund, um mir zu zeigen, dass ich schweigen soll.

„Sollten wir nicht umkehren?", flüstere ich. „Vielleicht ist es ein Dä ..."

Aber die Stimme kommt mir bekannt vor. Wir nähern uns, ich öffne leise den Stall von Pegasus und wir schleichen uns hinein. Das Pferd schnaubt aus den Nüstern, aber es wiehert und protestiert auch nicht.

„Schlechte Idee", brummt Ferynn. „Pferde können Wölfe nicht leiden."

„Du bist in Menschengestalt", erinnere ich ihn.

„Ja, aber sie können so etwas riechen."

„Dann geh in eine andere Box, wenn du nicht zufrieden bist."

„Ja, denn die Ziegen und Schafe werden sich genauso freuen, wenn sie einen Wolf in ihrem Gehege haben."

„Dann hör auf, dich zu beschweren!"

Ich beiße die Zähne zusammen, um nicht zu laut zu sprechen, und diesmal bin ich es, die einen Zeigefinger vor den Mund hält, um meinen Kumpel zum Schweigen zu bringen.

„Was soll ich tun, hm?", fährt die Stimme fort.

Ich spitze die Ohren, um so gut wie möglich zuzuhören. Ferynn scheint genau zu verstehen, was gesagt wird. Als er merkt, dass ich nicht alles verstanden habe, wiederholt er die Worte, damit ich dem Gespräch — oder besser gesagt dem Monolog — folgen kann, denn niemand scheint auf die erste Stimme zu antworten.

„Das ist Claw, oder?", frage ich.

Ferynn nickt.

„Was macht er hier?", frage ich. „Er hat doch bestimmt schon einen Vertrauten, warum sollte er sich im Tierhaus um sein Haustier kümmern? Und mit wem spricht er?"

„Natürlich weiß ich, dass Geduld die beste aller Eigenschaften ist", fügt Claw hinzu. „Ich weiß es, ich weiß es, ich weiß es! Ich war aber geduldig! Sowas von mehr als geduldig! Glaubst du, es ist leicht, ihr dabei zuzusehen, wie sie Tag für Tag mit dem anderen Idioten an ihrem Arm herumstolziert, der nichts Besseres kann, als seine Lehrer aufzuhetzen und eine Tracht Prügel zu ernten?"

Ferynn und ich hocken in der Box und ich muss mich zurückhalten, aufzustehen und Claw zu sagen, was ich von dem Bild halte, das er von Thresh hat.

„Ich hasse den Geruch von Pferdeäpfeln", seufzt Ferynn.

„Für ein wildes Tier finde ich dich ziemlich empfindlich", entgegne ich.

„Sag mir lieber, was ich tun soll! Es gibt da auch noch diese verdammten Dämonen und ich kann sie nicht vor jedem schützen. Und es ist kompliziert, sie zu beschützen, weil ich ja mich von ihr fern halte."

Claw setzt seinen Monolog fort.

„Ich frage mich wirklich, mit wem er spricht. Antwortet die Person ihm in Zeichensprache?", frage ich.

Ferynn zuckt mit den Schultern.

„Einer dieser Magierspiegel, mit denen man mit seiner Familie kommunizieren kann, vielleicht?"

„Hier sind Dämonen! Hier! Natürlich gibt es sie noch. Ich verstehe nicht, wie man der gesamten übernatürlichen Welt den Schwachsinn einreden konnte, dass die Dämonen vom Erdboden verschwunden seien. Es gibt immer noch Überlebende. Aber wie können sie bereits so zahlreich und organisiert sein? Was haben wir verpasst, hm? Was hast du verpasst, als du gegen sie gekämpft hast?"

„Hä?", wundert sich Ferynn. „Spricht er mit jemandem, der am Krieg teilgenommen hat?"

„Ich muss gehen", haucht Claw. „Und ich muss diese Wunden reinigen lassen. Ich weiß nicht, wann ich zurückkomme, die Tage sind im Moment sehr anstrengend. Die Nächte auch, übrigens."

Ferynn und ich kauern uns noch mehr zusammen, als seine Schritte näher kommen. Der junge Mann wird vor Pegasus' Stall langsamer, sodass wir aus Angst, entdeckt zu werden, die Augen weit aufreißen.

„Du siehst gut aus, Pegasus. Pass gut auf deine Herrin auf, ja?"

Claw klopft ihm auf den Hals und lehnt sich dabei leicht in die Box. Ich schließe die Augen, als würde mich das unsichtbar machen. Die Schritte setzen wieder ein, entfernen sich nach draußen. Ich öffne meine Augenlider und lockere meine Fäuste. Meine Fingernägel haben sich in die Haut meiner Handfläche gebohrt, ohne dass ich es bemerkt habe. Zum Glück blute ich nicht.

„Wir müssen uns auch um die Desinfektion deiner Wunden kümmern", sagt Ferynn und wirft einen Blick auf mein Gesicht.

Ich dachte gar nicht mehr an die Wunde auf meiner Wange. Man könnte meinen, dass diese verdammten Vögel wirklich Lust haben, mein Gesicht zu fressen. Wir stehen auf und schütteln uns ein wenig, damit das Stroh, das sich an unseren Schuhen festgesetzt hat, wieder in die Box fällt. Ich streichle Pegasus, um ihn für seine Geduld zu danken, und gehe aus der Box. Ich halte die Tür offen, um auf Ferynn zu warten, aber er bleibt in einer Ecke zurück. Pegasus dreht sich zu ihm um, dann hebt er plötzlich beide Vorderhufe, um seinen Gegner einzuschüchtern.

„Ich habe dir doch gesagt, dass es keine gute Idee war", brummt Ferynn.

„Er wird dir nichts tun", versichere ich ihm.

„Er hat gespürt, was ich bin."

„Und du hast ihm nichts getan."

„Wölfe sind natürliche Raubtiere", erinnert Ferynn.

„Komm einfach raus."

Der Junge macht einen Schritt nach rechts, das Pferd versperrt ihm sofort den Weg.

„Siehst du, huh! Siehst du! Ich lüge dich nicht an! Er will nicht, dass ich rauskomme. Er wird mich hier festhalten. Ich werde nie rauskommen, er wird mich mit seinen Hufen töten und..."

Ich gehe wieder in den Stall, packe meinen Freund am Arm und ziehe ihn mit mir nach draußen, wobei ich vorne bleibe, um ihn vor dem Pferd zu schützen, falls es sich als wirklich bedrohlich erweisen sollte. Wir kommen ohne Schaden heraus.

„Feigling", sage ich dann.

„Das Ding ist mindestens 800 Kilo schwer", erwidert er. „Wenn es dich bedrohen würde, würdest du nicht so angeben."

„Komm, ich schaue nach, ob es meiner Hinterhältigen gut geht."

Wir gehen weiter bis zum Ende des Tierhauses und finden uns im Klassenzimmer wieder. Ich habe immer noch keinen Namen für meinen Vertrauten gefunden, also versuche ich es mit einem verzweifelten Aufruf:

„Hallo? Bist du da? Willst du was essen?"

Es ist Kleiner Kerl, der sich meldet, indem er neben mir her hüpft und seine Vorderpfoten auf meine Hose legt, um auf sich aufmerksam zu machen.

„Oh, mein kleines liebes Hündchen, ja, ich gebe dir Trockenfutter", hauche ich und streichle ihn.

Ich greife nach dem Napf, schütte eine große Menge hinein und gebe sie ihm.

„Katzenfutter für einen Hund? Wirklich, Asha?"

Ich verdrehe die Augen.

„Er liebt es, was kann ich dafür?"

„Ist das dein Vertrauter? Wie heißt er?"

„Er ist nicht mein Vertrauter", sage ich und spitze die Lippen. „Aber ich denke immer mehr darüber nach, meine Meinung zu ändern. Andererseits hätte ich Angst, meine hinterhältige Freundin zu kränken."

„Wer ist hinterhältig?

„Die Katze, die ich mir ausgesucht habe, die aber ihre Zeit damit verbringt, mich zu ignorieren und manchmal noch besser, mich anzufauchen. Ich weiß nicht, wie ich sie zähmen soll. Wie zähmt man eine Katze, hm?"

„Ich kann sie für dich rufen, wenn du willst. Wenn sie in der Nähe ist, wird sie mich hören."

„Wird sie dich hören?"

„Ich bin ein Wolf, das scheinst du so ziemlich jede Sekunde zu vergessen."

„Du hast mir auch gesagt, dass du ein natürliches Raubtier bist, warum sollte sie kommen, wenn du ein Raubtier bist?"

„Weil ich einen Hauch von Autorität über Tiere habe, die schwächer sind als ich. Außerdem sieht dein Hündchen hier nicht so aus, als hätte es Angst. Wir sind in gewisser Weise Teil der gleichen Familie. Hunde stammen von Wölfen ab. Wenn ich jetzt knurren würde, hätte er bestimmt große Angst. Warte, ich versuche es..."

„Wage es nicht, Kleiner Kerl zu erschrecken!", unterbreche ich ihn sofort. Er ist schon ängstlich genug, da muss man nicht auch noch mit ihm rumexperimentieren.

„Spaßverderberin...", Ferynn seufzt „Und wozu ist ein Vertrauter gut, hm?"

Ich gehe zu dem Verbandskasten, öffne ihn und hole einige Sachen heraus, die ich Ferynn reiche, damit er mein Gesicht desinfiziert. Er tränkt die Kompressen mit einer Betadinlösung und reinigt meine Wunden.

„Ich weiß es nicht", gestehe ich. „Ich meine, ja, der Professor spricht regelmäßig über die Fähigkeit, erhöhte Energie zu kanalisieren, die Möglichkeit, dass sie uns vor Gefahren warnen und eine Menge anderer Dinge. Aber in meinem Fall weigert sich meine Vertraute auf jeder erdenklichen Weise bei mir zu sein. Selbst wenn ich sie in mein Zimmer bringen würde, wäre es zwecklos. Sie hat kein Interesse."

„Vielleicht wird die Zeit die Dinge in Ordnung bringen."

„Vielleicht."

„Möchtest du ein Pflaster?"

Ich schüttele den Kopf. Ich hasse Pflaster. Sie ziehen, schränken die Bewegungen ein und ein Pflaster auf der Wange ist das Auffälligste, was es gibt.

„Wenn es nicht mehr blutet, ist es nicht nötig."

„Gut, dann bist du also repariert", bestätigt Ferynn, während er das Verbandsmateria wegräumt und die benutzten Sachen wegwirft. „Hast du versucht, einen Zauber zu benutzen, um deinen Vertrauten zu dir zu ziehen?"

„Nein, gibt es dafür Zaubersprüche?"

Er zuckt mit den Schultern.

„Was weiß ich schon davon? Ich bin kein Magier."

Ich spitze die Lippen und versuche, mich zu erinnern, ob ich in einem der Bücher, die ich in der Bibliothek durchgeblättert habe, auf irgendwas gestoßen bin, das mir sagen würde, was ich tun soll.

„Es war ziemlich beeindruckend, was du im Ballsaal gemacht hast. Ich nehme an, wenn du einen Zauberspruch kennst, mit dem du deinen Vertrauten anlocken kannst, würdest du ihn ohne große Probleme wirken können."

„Ich kenne keinen", seufze ich. „Und die Chancen stehen gut, dass ich es vermasseln werde. Im Gegenteil. Ich weiß nicht, was im Ballsaal passiert ist, Ferynn, aber ansonsten bin ich die schlechteste Schülerin in der Geschichte von Stallen."

„Wirklich?", wundert er sich. „Aber du gehst mit Elan in die Klasse, du nimmst am Unterricht teil, du gehst in die Bib, du schließt dich abends in deinem Zimmer ein!

Du nimmst nicht einmal an den Aktivitäten in unserem Gemeinschaftsraum teil, nur weil du arbeiten musst."

„Ich muss wirklich arbeiten, denn ich bin einfach zu schlecht", erwidere ich lachend. „Und das Schlimmste ist, dass mir das noch nie passiert ist. Ich bin es gewohnt, die beste Schülerin in meiner Klasse zu sein."

„Und du gehst trotzdem weiter in den Unterricht?"

„Natürlich", antworte ich.

„Warum denn?"

Kleiner Kerl hat seinen Napf leer gegessen. Ich setze mich im Schneidersitz auf den Boden und lasse ihn zu mir kommen und an mich kuscheln. Ich streichle die Stelle zwischen seinen beiden Ohren.

„Weil ich in meinem vorherigen Leben Vorfälle um mich herum verursacht habe. Ich hatte meine Macht nicht unter Kontrolle und es war für meine Umgebung gefährlich. Und ich werde nicht aufgeben, nur weil ich schlecht bin. Was macht das überhaupt für einen Unterschied? Jeder erwartet von mir, dass ich scheiße bin und das nur weil ich zu den Halben gehöre."

„Aber du bist nicht scheiße, du hast eine Eiswand erschaffen!"

„Durch Zufall! Es war echt ein Versehen, ich habe überhaupt nicht damit gerechnet und wäre nicht in der Lage, es morgen noch einmal zu versuchen. Ich wüsste nicht einmal, wie ich es machen sollte."

„Trotz all der Zeit, die du in das Lernen investierst, schaffst du es nicht, aber... du machst es trotzdem weiter?"

„Ja, bestätige ich. Ich werde nicht aufgeben, obwohl ich erst seit drei Wochen hier bin. Ich muss auch noch einiges aufholen, da ich erst nach Schulbeginn angekommen bin. Und ich muss diese Fähigkeit beherrschen."

Ich sage ihm nicht, dass ich auch meine leiblichen Eltern finden möchte. Dafür muss ich vielleicht selbst den Zauberspruch sprechen, den Darling und ich in dem Buch gefunden haben, falls Bert uns zum Beispiel nicht helfen will. Das kann ich aber nur, wenn ich meine Gabe perfekt beherrsche.

„Was schockiert dich?", frage ich.

„Du machst auf mich den Eindruck, dass ich zu schnell aufgegeben habe", antwortet er.

„Hast du zu schnell aufgegeben?"

„Ich glaube schon."

Er nickt mit einem traurigen Gesichtsausdruck.

„Wegen der Tatsache, dass du in der Rangordnung des Rudels ganz unten stehst?"

„Ich stehe nicht unten, Asha, ich bin die unterste Ebene, ich bin der Letzte im Rudel. Ich bin weniger stark, weniger schnell, weniger... herrisch. Ich habe nicht die Reflexe, die sie haben, ich wurde nicht wie sie von einem Rudel aufgezogen. Ich bin den Großteil meines Lebens allein zurechtgekommen, und wenn nicht, war ich mit anderen Halben zusammen. Ich wurde nicht so trainiert, wie die Ganzen ihr Leben lang trainiert wurden."

„Und das weckt nicht den Wunsch, es besser zu machen?"

„Ich kann es nicht besser machen."

„Wirklich? Gibt es in einem Rudel keine Möglichkeit, sich zu verbessern? Wenn du Letzter bist, bleibst du Letzter?"

„Ich bin ein Halber, Asha. Ich könnte mich mit aller Kraft wehren, aber ich könnte niemals mit einem Ganzen gleichziehen."

„Wurde das schon bewiesen? Ich meine, es gibt keinen Halben in eurer Kaste, der es geschafft hat, mit einem Ganzen gleichzuziehen?"

„Nicht, dass ich wüsste."

„Und hat jemand es schon versucht?"

„Warum sollten wir es versuchen? Das kann nicht sein, wir sind nur die Hälfte von... warum diskutiere ich das mit dir, hm?"

„Man würde euch bestimmt Steine in den Weg legen. Ich kann mir gut vorstellen, dass es nicht einfach wäre, aber... warum sollte es unmöglich sein?"

„Weil es in unseren Genen liegt", antwortet er.

„Ferynn, du hast selbst gesagt, dass ich gerade eine außergewöhnliche magische Sache gemacht habe. Dabei bin ich doch nur eine Halbe, oder?"

Meine Worte bahnen sich ihren Weg durch den Kopf des jungen Mannes.

„Ich habe den Glauben rund um die Halben verstanden: Wir sollen nur halb so gut sein wie unsere Ganzen-Mitschüler. Aber was ist, wenn das nicht stimmt? Stell dir mal vor, Ferynn! Sie glauben, wir könnten keine mächtige Magier sein, weil unser Blut mit Menschenblut *verdünnt* ist. Aber was ist, wenn unser Blut gar keine Rolle spielt?"

„Warum sollten wir in diesem Fall so diskriminiert werden?"

„Oh, dafür gibt es eine ganze Reihe von Gründen, aber sie dienen alle der Abschreckung. Es ist unerwünscht, dass die Übernatürlichen sich mit Menschen paaren und wir eine Bevölkerung haben, die überall verstreut ist. Man will, dass die Übernatürlichen unter sich bleiben, das macht es leichter, das Geheimnis zu bewahren. Außerdem sind sie elitär und dumm, das funktioniert auch als Argument."

Ich lache und Ferynn entspannt sich.

„Also glaubst du, dass ich es besser machen kann?", fragt er in einem zögerlichen Ton.

„Ich weiß nicht, wie es in deiner Kaste genau funktioniert, und ich bin bereit, dir zuzuhören, wenn du mir mehr darüber erzählen willst, das musst du wissen. Aber ja, ich glaube, dass du viel mehr tun kannst, als du heute tust. Und wenn es an roher Kraft mangelt, gibt es andere Wege, stark zu sein, Ferynn. Ich bin mir sicher, dass du Tricks finden kannst, um deine Mitschüler zu übertrumpfen. Du musst nicht am unteren Ende der Rangliste bleiben, wenn es keine Position ist, die dir zusagt und in der du dich wohlfühlst."

Ich habe das Gefühl, mit Cass zu sprechen. Ich muss feststellen, dass ich sie bereits als Teil meines alten Lebens betrachte. Ich suche nach meinem Telefon. Ich würde ihr gerne schreiben oder sie anrufen und um zu wissen, wie es ihr geht.

„Na gut, Ashkana, ich weiß nicht, ob du Recht hast, aber ich bin bereit, es zu versuchen."

„Das ist alles, was es braucht", lächle ich. „Lass uns gehen."

Ich lasse Kleiner Kerl los, der ein enttäuschtes Geräusch von sich gibt.

„Ich bin doch nicht die Einzige, die sich um dich kümmert, oder?"

Er schaut mich mit seinen großen Augen, wie der gestiefelte Kater von Shrek an und mein kleines Herz schmilzt vor Liebe zu ihm.

„Du bist nicht mein Vertrauter, Kleiner Kerl, aber ich verbringe gerne Zeit mit dir und kümmere mich um dich. Ich verspreche dir, dass ich jeden Tag wiederkommen werde, auch wenn meine Hinterhältige am Ende bei mir lebt."

Ich seufze bei meinem eigenen Versprechen, das ist keine leichtfertige Verpflichtung. Was wäre, wenn ich meinen Vertrauten wechseln würde? Wer würde es wissen, außer dem Professor, Darling und natürlich Ferynn?

Ich zucke zusammen, als mein Freund Laute von sich gibt, die eher einem heiseren Knurren als einem verständlichen Wort ähneln.

„Was machst du da?", frage ich.

Er fährt fort, ohne mir zu antworten. Nach einer langen Minute höre ich Pfotengeräusche an den Balken über meinem Kopf. Ich knuddle Kleiner Kerl und gehe dabei in die Hocke, weil er verängstigt aussieht. Ich kneife mich, um zu überprüfen, ob ich nicht träume: Es ist tatsächlich meine Katze, die zu uns herunterkommt.

„Ich habe vielleicht nicht das Auftreten eines Thresh, aber ich bin trotzdem in der Lage, eine Katze mit meiner Autorität anzulocken."

Ich lächle meinen Freund an.

„Danke", antworte ich.

„Gib ihr einen Namen, so wird's beim nächsten Mal einfacher sein. Ich werde ihn in einem autoritären Tonfall aussprechen, so kann ich an ihr üben."

Ich kneife die Augen zusammen.

„Vertraute sind keine Versuchskaninchen, Ferynn."

„Na gut... Aber sieh mal, da ist sie. Das ist doch praktisch, oder?"

Ich lasse den Hund los und strecke meine Arme nach meiner schwarzen Katze aus. Sie kommt langsam nach vorne, schnüffelt an meinen Fingern, reibt ihren Kopf an meiner Hand, damit ich sie streichele.

„Hast du Hunger?", frage ich.

Ich könnte schwören, dass das Tier mir mit einem Kopfschütteln antwortet.

„Du hast ein Wunder vollbracht, Ferynn", sage ich. „Sie war noch nie so verschmust und aufmerksam."

Ich schütte etwas Trockenfutter in den Napf. Kleiner Kerl will sofort losstürmen, um es zu verschlingen, aber ich halte ihn zurück.

„Dein Bauch ist echt wie ein Fass ohne Boden", sage ich zu ihm. „Du musst etwas für die anderen übrig lassen."

Er knurrt, um seine Missbilligung zu zeigen, aber meiner Katze ist das egal. Sie verschlingt das ganze Trockenfutter und genießt es, ihren Kopf zu dem Welpen zu drehen, um ihn zu verspotten.

„Meinst du, ich kann sie jetzt in mein Zimmer bringen?", frage ich hoffnungsvoll.

Ferynn zuckt mit den Schultern.

„Nimm sie auf den Arm und du wirst es sehen."

Ich warte, um mich dem Tier zu nähern, und lasse mich beschnuppern, denn ich weiß, wie wichtig Gerüche für Tiere sind. Schließlich nehme ich sie in den Arm und stehe triumphierend auf. Sie hat es akzeptiert, es ist das erste Mal!

„Los, ab in den Schlafsaal. Wir haben schon zu lange gewartet und außerdem habe ich Angst, dass sich unser Glück wendet und sie anfängt, dir das Gesicht zu zerkratzen."

Ich ziehe dümmlich die Lippen auseinander.

„Ich werde sie Prudence nennen", beschließe ich. „Weil sie immer sehr vorsichtig ist, sogar bei mir."

„Oder Misstrauen, weil sie misstrauisch ist?"

„Prudence. Sie heißt Prudence."

Ich werfe einen Blick auf Kleiner Kerl, dessen Schwanz von links nach rechts wedelt. Er bleibt in der Mitte des großen Klassenzimmers sitzen, während Ferynn und ich uns entfernen. Ich kann nicht anders, als einen Blick nach hinten zu werfen. Mein Herz zerreißt es, als ich den Hund allein sehe.

„Ich komme morgen wieder", verspreche ich.

Obwohl Prudences raue Zunge über meine Finger leckt, habe ich das Gefühl, ein Tier im Stich gelassen zu haben. Dabei ist Kleiner Kerl nicht mein Vertrauter, ich habe ihn mir nicht ausgesucht.

KAPITEL 24

ASHKANA

Die Nacht war unerträglich.

„Ich bin kurz davor, dir Sachen ins Gesicht zu werfen", brumme ich und schiebe die Decke von meinem Bett.

Meine Katze wurde innerhalb von Sekunden von einer honigsüßen Katze zu einem unausstehlichen Biest. Ich musste nur die Schlafzimmertür schließen und sie drinnen loslassen, und schon fing sie an, alles zu zerreißen und fallen zu lassen. Wenn Prudence Krallen und Zähne hat, dann wohl nur, um alles, was sie berührt, in Stücke zu reißen.

Ich öffne mit zusammengekniffenen Augen die Tür zu meinem Zimmer und sofort fällt Ferynns Kopf auf meine Füße.

„Was zum Teufel machst du hier?", meckere ich.

Der Junge wacht auf, richtet sich auf und klopft den Staub von seiner Kleidung.

„Schläfst du nie in deinem Zimmer?", frage ich weiter.

Es ist nicht das erste Mal, dass ich ihn beim Aufwachen an meine Tür gelehnt und im Halbschlaf vorfinde.

„Ich wollte dich nicht verpassen. Du schleichst dich früh morgens so unauffällig raus, dass man kaum die Chance hat, dich zu sehen."

„Jetzt gerade bin ich mürrisch", entgegne ich. „Prudence sollte einen anderen Namen haben. Hinterhältig war viel besser."

„Was ist los?"

„Urteile selbst", schlage ich vor und lasse ihn eintreten.

Ich trage meinen Harry-Potter-Schlafanzug, was mich an mein anderes Leben erinnert. Seit Beginn meines Aufenthalts hatte ich noch nie so viel Lust, in den Raum mit dem Handyempfang zu rennen und Cass zu schreiben. Ich habe ihr so viel zu erzählen.

„Was ist denn hier passiert?", fragt er.

Selbst die Gardinenstange hält nicht mehr richtig über dem Fenster. Die Vorhänge selbst sind noch an ihrem Platz, aber unten sind sie zerrissen. Ich gehe zum Fenster, um etwas Licht ins Zimmer zu bringen. Als ich die Gardinen zur Seite schiebe fällt mir die Stange auf meine Zehen. Fluchend hüpfe ich auf meinem gesunden Fuß durch den Raum, beiße die Zähne zusammen und beschimpfe meinen Vertrauten.

„Du hinterlistige, bösartige, hasserfüllte..."

„Okay, Okay, ich glaube, du hast dir ein paar Namen einfallen lassen. Oh, sieh mal, wer da ist."

Ich drehe meinen Kopf zum Fenster und entdecke Kleiner Kerl, der seine Pfoten an die Scheibe presst.

„Hat er da geschlafen?", frage ich.

Ich mache schnell auf und lasse ihn herein. Seine Pfoten sind matschig und er macht sofort alles mit Erde voll. Prudence scheint seine Anwesenheit nicht zu mögen. Sie springt auf den Schreibtisch und dann auf das Regal, das darüber an der Wand hängt, auf dem ich zwei Bilderrahmen und die Schneekugel, die Cass mir geschenkt hat, aufgestellt habe. Im ersten Rahmen sind meine Eltern zu sehen, die Hand in Hand am Strand stehen. Im zweiten Rahmen ist eine Nahaufnahme von Cass und mir zu sehen.

Prudence geht hinter den ersten Rahmen und bleibt stehen, während sie mir direkt in die Augen schaut.

„Nein", sage ich sofort. „Nein, nein, nein."

Die Katze streckt ihre Pfote aus, schiebt den Rahmen beiseite und er fällt auf den Schreibtisch, wo er zerbricht.

„Nein!", rufe ich aus.

Das Tier verfährt mit dem nächsten genauso und ich schaue meinen Vertrauten an.

„Wirklich? Hast du vor, alles in diesem Zimmer zu zerstören? Was muss ich tun, damit du denkst, dass wir ein Team sind?"

Ich schnappe mir die Schneekugel und verstecke sie in der Schreibtischschublade, bevor sie das gleiche Schicksal, wie meine beiden Bilderrahmen, ereilt.

„Ich glaube, Prudence zieht ihre Unabhängigkeit vor", bemerkt Ferynn.

„Das ist deine Schuld", brumme ich. „Wenn du sie nicht weichgeklopft hättest, hätte ich sie nie hierher gebracht, ich wäre dazu nicht in der Lage gewesen."

„Hey oh, gestern warst du froh, dass sie auf mein Knurren reagiert hat."

„Nun, heute Morgen bin ich enttäuscht und wünschte, es wäre nicht passiert", erwidere ich.

Ich seufze, deute Ferynn, sich umzudrehen und ziehe mich schnell um. Normalerweise frühstücke ich im Pyjama, aber heute will ich mich beeilen und in den Netzwerkraum gehen, um Cass zu schreiben. Vielleicht habe ich dann Zeit, sie anzurufen, wer weiß?

„Du, ich bringe dir nachher was zu essen mit", sage ich zu Prudence. „Versuch, nichts mehr im Schlafzimmer zu zerstören."

„Willst du sie nicht rauslassen?", schlägt Ferynn vor.

Ich seufze, öffne erneut das Fenster und die Katze zögert nicht lange, um sich aus dem Staub zu machen.

„Ich werde sie nie wieder sehen."

„Vielleicht ist das gar keine schlechte Nachricht", kichert mein Freund.

„Sie sollte doch mein Vertrauter sein! Was soll ich denn ohne Vertrauten machen? Es reicht schon, dass ich im Unterricht nichts zustande bringe, wenn ich sogar in den Bereichen versage, in denen keine magischen Fähigkeiten erforderlich sind, werde ich wohl nicht einmal das erste Semester überstehen."

Mein Freund packt mich an den Schultern.

„Erst gestern hat mir jemand gesagt, dass man nicht aufgeben soll, wenn man auf Hindernisse stößt."

Ich werfe einen Blick auf Ferynn.

„Hat dich jemand in der Nacht verzaubert? Du scheinst mir sehr ernst zu sein."

„Ich habe beschlossen, deinen Rat zu befolgen und mein Glück zu versuchen, also werde ich in meinem Unterricht auftauchen."

„Das ist eine weise Entscheidung", lobe ich ihn. „Und was soll ich mit dir machen?"

Ich gehe in die Hocke und streichle Kleiner Kerl.

„Ich habe hier nicht einmal Trockenfutter. Miss Johnson hat bestimmt Speck liefern lassen. Komm schon, komm schon."

Ich schnappe mir meine Tasche und mein Handy, das ich am Vorabend aufgeladen habe, um sicherzugehen, dass mein Akku hält und gehe in die Küche, wobei Kleiner Kerl neben mir her trottet.

„Also, welche tollen Neuigkeiten wirst du mir heute Morgen mitteilen?", frage ich Ferynn, während alle in der Gemeinschaftsküche frühstücken und sich über die Ereignisse des Vortags austauschen.

Ich finde Speck, der bereits knusprig und sogar noch warm ist. Wenn es eine Sache gibt, mit der Ferynn in jeder Hinsicht recht hat, dann ist es diese: Miss Johnson ist eine außergewöhnliche gute Köchin, die die Geschmacksknospen des gesamten Campus verwöhnt.

„Probier mal, Kleiner Kerl, du wirst nichts Besseres finden können."

Ich gebe ihm die Stücke in die Hand und beobachte, wie er den Speck genüsslich verschlingt.

„Und?", wiederhole ich an Ferynn gewandt.

„Ja, also... also... eigentlich..."

„Du hast mir gesagt, dass du zum Unterricht gehst, was toll ist, aber du hast doch nicht nur deswegen dösend vor meiner Tür gewartet, oder?"

Ich nehme mir eine Schüssel mit selbst gemachtem Müsli von Miss Johnson, die meine Notiz darüber erhalten hat, dass ich menschliche Industrienahrung vermisse und füge Milch hinzu. Zucker, ich brauche Zucker, um diesen Tag zu beginnen. Ich verteile weiter Speckscheiben an Kleiner Kerl, der sich neben mich setzt, während ich meinen Löffel in die Schüssel tauche. Ich habe mich an den großen, hohen Tisch in der Küche gesetzt und Ferynn hat mir gegenüber Platz genommen. Er beugt sich über den Tisch, bis er sich halb liegend darauf ausbreitet.

„Meinst du, du könntest mich zur ersten Stunde begleiten?"

Ich spucke fast mein Müsli aus.

„Soll das ein Witz sein, Ferynn?"

„Nein", seufzt er.

„Aber warum denn? Ich kann nicht an deinem Unterricht teilnehmen, ich muss selber in den Unterricht gehen. Und falls du nicht aufgepasst hast, bin ich ja nicht so gut. Ich kann es mir nicht leisten, eine Stunde zu verpassen!"

„Ich verlange nicht, dass du mitmachst. Verdammt, natürlich kannst du nicht mitmachen, du würdest keine einzige Minute in einem unserer Kurse überleben."

„Überleben?", wundere ich mich. „Aber ihr verbringt eure Zeit damit, euch in Lebensgefahr zu begeben, oder was?"

„So etwas in der Art", sagt er und zuckt mit den Schultern.

„Was willst du dann von mir?"

Kleiner Kerl kläfft schüchtern neben mir und ich halte ihm ein weiteres Stück hin.

„Nach diesem hören wir auf", sage ich. „Ich glaube nicht, dass das das richtige Futter für Hunde ist."

Ich habe eigentlich überhaupt keine Ahnung. Zu Hause wollte ich schon immer einen Hund haben, aber mein Vater ist allergisch und ich habe nie einen gekriegt.

„Kannst du mich einfach zum Kurs begleiten und in der Nähe bleiben?"

„Aber warum?"

„Damit ich überhaupt hingehe."

„Was meinst du damit? Du gehst nicht hin, wenn ich nicht mit dir Hand in Hand gehe?"

„Asha, mach dich nicht lustig", murrt er.

Ich esse meinen Bissen Müsli auf und lasse den Löffel in meine Schüssel zurückfallen. Ich erinnere mich, wie sehr Ferynn mich gehänselt hat, als ich ankam, und wie sehr mich das genervt hat.

„Du hast recht", entschuldige ich mich. „Es tut mir leid. Ich bin sehr stolz auf dich, dass du neu anfangen willst, dass du um den Platz kämpfen willst, den du verdienst. Ich werde dich gerne begleiten und ich werde natürlich in deiner Nähe bleiben, wenn du das brauchst."

„Danke", haucht er mit einem erleichterten Gesichtsausdruck.

Ich lächle ihn an und trinke meine Schüssel leer, während Kleiner Kerl nach mehr Essen verlangt.

„Wenn Prudence hier wäre, würde ich ihr Milch anbieten, aber ich weiß nicht, ob du sie willst?"

Ich halte Kleiner Kerl den Boden meiner Schüssel hin und denke mir, dass ich mich jetzt, nachdem ich versprochen habe, mich um ihn zu kümmern, mich sehr schnell über Hundenahrung informieren muss. Ich werde mich ausrüsten müssen. Professor Gargoy kann mir bestimmt Auskunft geben.

Kleiner Kerl schnüffelt an der Schüssel, leckt zaghaft am Rand und wendet dann den Kopf ab.

„Okay, keine Milch mit Müsliresten, verstanden", amüsiere ich mich.

Ich räume das benutzte Geschirr weg und winke Ferynn zu.

„Bist du bereit? Komm schon, zeig mir den Weg. Ich weiß nicht einmal, wo ihr Unterricht habt. Welches Gebäude ist das?"

Er fängt an zu lachen.

„Es ist nicht in einem Gebäude."

„Wirklich? Aber wie macht ihr das, wenn es regnet?"

„Der Regen stört uns nicht."

„Was ist mit Hagel? Gewitter? Schnee?"

„Ich glaube, das ist unseren Vorgesetzten völlig egal."

„Macht ihr wirklich Unterricht im Freien?"

„Wir haben keine großen theoretischen Kurse wie die Magier", antwortet er. „Bei uns geht es mehr um körperliche Betätigung."

Wir gehen direkt auf den Wald zu.
„Klettert ihr auf Bäume?"
„Nein, nicht wirklich."
„Ferynn, ich verstehe das Geheimnis um deine Ausbildung nicht. Warum kannst du mir nicht davon erzählen? Ich erzähle dir manchmal doch von meiner."
„Du erzählst mir nicht viel."
Das ist auch wahr. Warum erzähle ich ihm nicht mehr davon? Liegt es daran, dass ich glaube, dass er es nicht verstehen würde, oder dass es ihn nicht interessiert?
Kleiner Kerl folgt uns, was Ferynn sehr amüsiert.
„Deine Katze ist nicht dazu fähig, dich zu mögen, aber du hast ein Hündchen, das dir treu ist."
„Niemand hatte ihn ausgewählt, ich habe lange gezögert."
„Kannst du es nicht ändern?"
„Ich würde den Lehrer fragen, aber das ist doch nicht richtig, oder? Gibt es nicht ein magisches Band, das zwischen einem Magier und seinem Vertrauten entsteht?"
„Was weiß ich schon davon?"
Ich seufze. Wir gehen in den Wald und stoßen auf Thresh, der vom Norden des Campus kommt. Er muss uns gehört haben, denn er dreht sich um, brummt und bleibt stehen.
„Was macht sie hier?", ruft er Ferynn zu.
„Geht es dir besser?", frage ich und ignoriere seine Worte.
„Was macht sie da?", wiederholt Thresh und ist sichtlich schlecht gelaunt.
„Sie geht nicht bis zum Ende, sie begleitet mich nur auf dem Weg, das ist alles."
„Und was ist dann? Du lässt sie allein in den Unterricht gehen, obwohl die Anweisungen klar besagen,

dass niemand allein unterwegs sein darf, weder bei Tag noch bei Nacht?"

Thresh geht mit einem Grunzen zu Ferynn hinüber. Er schubst den Halben an den Schultern und macht sich bereit, ihn noch einmal zu schubsen.

„Ich komme ohne Probleme zurecht", antworte ich. „Wer hat dich gestern beschützt, als deine Freundin das Handtuch geschmissen hat?", unterbreche ich Thresh in seinem Redefluss.

Ich spitze die Lippen, weil ich eine solche Ungeheuerlichkeit ausgesprochen habe. Es ist nicht meine Art, anzugeben, und ich weiß genau, dass ich so etwas nicht wiederholen kann. Aber ich werde nicht zulassen, dass der Ganze den Halben ohne triftigen Grund angreift. Ich kann mich doch am helllichten Tag, um acht Uhr morgens, auf dem Campus bewegen, ohne Gefahr zu laufen, von Dämonen gefressen zu werden, oder? Um diese Uhrzeit müssen sich eine ganze Reihe von Schülern zwischen den Gebäuden bewegen, ich werde nicht einmal allein sein.

„So beschützt man nicht seine eigenen Leute", zischt Thresh trotz allem zu Ferynn.

„Moment mal! Weil es auch noch deine Aufgabe ist, sie zu beschützen? Hast du nicht schon mit Heather alle Hände voll zu tun?"

Sie blicken sich gegenseitig an. Ich bin stolz darauf, dass Ferynn weder zittert noch wegläuft. Er muss sich jetzt behaupten, wenn er eine Chance haben will, die Leiter des Rudels zu erklimmen.

„Ich habe gehört, dass Goffran dich ganz schön verprügelt hat", fügt er hinzu.

Thresh muss schwer schlucken. Seine Augen färben sich golden und er scheint bereit zu sein, den Halben herauszufordern.

„Ich sehe, dass es zu heilen begonnen hat, aber es sind immer noch Spuren zu sehen, und dann tauchst du auch noch auf, um dich wieder zu prügeln. Du bist nicht einmal in der Lage, dich gegen deine Vorgesetzten aufzulehnen."

„Weil du es bist, du miese Ratte?", keift Thresh. „Wie viele Tage haben wir dich nicht mehr im Unterricht gesehen? Hast du dich vor der Wasserfolter gefürchtet? Du hast nicht mal zwei Minuten durchgehalten, Mann. Wie kommst du darauf, dass du heute noch länger aushalten würdest?"

Wasserfolter? Ich halte kurz die Luft an. Was geht nur in den Köpfen dieser Wölfe vor? Was zum Teufel machen die Lehrer, dass sie ihnen solche Prüfungen auferlegen?

„Weißt du was?", fährt Thresh fort. „Antworte nicht darauf. Ich habe keine Lust, Antworten von einem Typen zu bekommen, der seine Leute nicht richtig beschützt und sie mitten in Gefahr bringt. Du wirst jetzt umkehren und deine Prinzessin zu ihrem Klassenzimmer begleiten."

Ferynn zögert. Er dreht seinen Kopf zu mir und ich mache große verneinende Gesten. Auf keinen Fall soll ich mich eskortieren lassen, als wäre ich eine Jungfrau in Nöten.

„Soll er zu spät zum Unterricht kommen und eine eurer Züchtigungen über sich ergehen lassen?", ärgere ich mich. „Ich nehme an, wenn die schon beim Ertrinken und Verprügeln sind, wird jede Verspätung hart bestraft. Er ist hier, er wird in den Unterricht gehen und ich bin durchaus in der Lage, mein eigenes Gebäude zu finden. Außerdem bin ich nicht allein, Kleiner Kerl begleitet mich."

Ich schaue mich nach dem Hündchen um, das irgendwo zu meinen Füßen liegt, und entdecke, dass es sich hinter meinen Beinen versteckt hat.

„Ja, der sieht wirklich wie ein Kleiner Kerl aus", kommentiert Thresh.

Er packt Ferynn am Arm und zieht ihn zu mir.

„Begleite sie zum Unterricht und komm zurück. Du wirst deine Strafe bekommen, wie es sich gehört. So ist es, ein Wolf zu sein. Ein echter Wolf."

Er betont das letzte Wort, als ob Ferynn nie ein Wolf sein könne. Ich balle meine Hände zu Fäusten und spüre, wie mich die Wut durchströmt. Das ist es, was mein Freund durchmachen muss, noch bevor er überhaupt im Klassenzimmer angekommen ist? Natürlich will er nicht zurück, welcher Idiot würde sich schon freiwillig in eine solche Situation stürzen?

„Wiederhole, was du gerade gesagt hast?", brumme ich.

„Ich brauche dich nicht, um meine Schlachten zu gewinnen", erwidert Ferynn trocken.

Ich schweige sofort, um seine Autorität nicht zu untergraben.

„Thresh, du kannst tun, was du willst. Wenn du meinst, dass Asha eine zerbrechliche Puppe ist, die begleitet werden muss, nachdem sie gestern ihre Kräfte demonstriert hat, dann begleite sie doch einfach selbst."

Er wartet nicht auf Threshs Antwort und geht mit schnellen Schritten in den Wald. Er dreht sich für einen Moment um, aber nur ich kann ihn sehen. Er winkt mir entschuldigend zu und ich verkneife mir ein Lächeln, um Thresh nicht zusätzlich zu provozieren.

Dieser sieht mich mit einem wütenden Blick an. Ich lasse ihm keine Zeit, etwas zu sagen, sondern drehe mich um und gehe zu meiner nächsten Unterrichtsstunde.

„Komm mit, Kleiner Kerl", füge ich an den Hund gewandt hinzu. „Ich bringe dich zum Tierhaus und dann mache ich mich auf den Weg, um die Wunder der Energiekanalisierung zu entdecken."

Ich höre Thresh noch einmal murren, dann trabt er an, um mich einzuholen. Als ich meinen Kopf zu seinem Gesicht drehe, sind die Spuren der blauen Flecken tatsächlich ein wenig verblasst. Ich halte meine Hand an meine eigene Wange, um zu überprüfen, ob die Wunde wie von Zauberhand verschwunden ist. Nein, ich habe nicht die regenerativen Superkräfte der Wölfe und ich werde meinen Kratzer noch tagelang mit mir herumtragen.

„Weißt du was? Nach diesem Kurs wird er aufgeben... Die anderen werden es ihm zeigen, wenn Goffran es vorher nicht schon in die Hand nimmt."

„Er wird durchhalten", entgegne ich.

„Er ist kein Alphatier."

„Nicht jeder kann ein Alpha sein."

„Er ist ein Halber, er wird immer am unteren Ende unserer Hierarchie stehen und wenn er das nicht akzeptieren kann, ist es besser, wenn er desertiert."

„Also sind alle Halben schwach?", sage ich.

„Sie haben weniger Macht als wir."

„Ist das der Grund, warum du dich verpflichtet fühlst, mich zu begleiten? Weil ich eine Halbe bin? Wäre Heather hier an meiner Stelle, hättest du sie allein zum Unterricht gehen lassen, oder? Du vertraust ihr."

Er ballt die Fäuste und sieht wütend aus.

„Ist es das, was du denkst? Dass ich dich für schwach halte?"

„Das ist die Schlussfolgerung, die ich nach deiner Rede ziehe."

Er grummelt etwas Unverständliches und packt mich am Arm, als ich den linken Weg nehme.

„Ich muss zuerst ins Tierhaus, nicht in den Unterricht."

„Noch dazu ein Umweg?"

„Kleiner Kerl ist nicht mein Vertrauter. Selbst wenn er es wäre, Vertraute sind im Klassenzimmer nicht erlaubt und ich werde ihn nicht allein draußen herumlaufen lassen, wenn Gefahr droht."

Thresh zieht eine Augenbraue hoch.

„Ja, weil wir beide zustimmen, dass man die Schwächsten schützen muss, aber wenn das auf deinen Fall zutrifft, bist du nicht in der Lage, das zu akzeptieren."

Ich halte inne und verschränke die Arme vor der Brust.

„Ich habe mich schon drei Mal gegen die Kreaturen verteidigt", argumentiere ich. „Ich lebe immer noch und habe es jedes Mal geschafft. Kleiner Kerl kann nicht mithalten und er hat schon Angst vor dir, also stell dir mal einen Dämon vor. Ich glaube nicht, dass das vergleichbar ist. Ich denke, es macht dir Spaß, die Halben zu unterdrücken, weil du dich so stark fühlst. Und das brauchst du auch, wenn man bedenkt, wie eure Lehrer euch unterdrücken."

Er knurrt noch lauter, dreht den Kopf und zieht mich in Richtung Tierhaus.

„Moment mal, ich darf wohl in meinem eigenen Tempo gehen!", rufe ich und befreie meinen Arm.

„Geh weiter", befehlt er mir.

„Nein. Auf keinen Fall werde ich deinen Befehlen gehorchen."

„Was macht das schon für einen Unterschied? Du gehst doch ins Tierhaus, oder?"

„Ich gehe mit meinem Stolz und meiner Würde, nicht unter Zwang."

„Das Ergebnis wird das gleiche sein."

Ich trete einen Schritt vor, denn die Uhr tickt und ich denke an all die Folgen meiner Verspätung, aber vor allem der von Thresh. Ich stelle mir vor, wie die Spuren der Schläge auf seiner Haut sichtbar werden. Mein Herz zieht sich zusammen, ohne dass ich verstehe, warum. Ich mochte den Jungen vom ersten Augenblick an, aber seitdem hat er nicht mehr gepunktet und ich bin nicht weit davon entfernt, ihn jetzt zu hassen.

Trotz allem kann ich nicht anders, als mir Sorgen um ihn zu machen.

„Was werden sie mit dir machen?", frage ich.

„Wer?"

„Wird dein Anführer dich wieder schlagen, wenn du zu spät kommst? Wer aber macht sowas? Dir ist doch klar, dass eure Situation wahnhaft ist, oder? Es gibt keine menschliche Schule, in der so etwas passieren könnte."

„Es trifft sich gut, dass wir nicht bei den Menschen sind, und vielleicht solltest du dich daran erinnern."

Ich versuche, meine Bedenken zu verdrängen, denn dieser Idiot hat es nicht verdient, einen Teil meiner Gedanken zu beanspruchen. Ich schweige und wir gehen in einer spannungsgeladenen Stille zum Tierhaus. Im Vorbeigehen streichle ich Pegasus' Hals, was Thresh sofort murren lässt, als ob er nicht tolerieren kann, dass ich mir eine Sekunde Zeit nehme, um ausgerechnet dieses Tier zu begrüßen.

Ich gehe weiter nach hinten. Es ist niemand da. Der Lehrer ist angeblich ein Morgenmuffel und unterrichtet nicht vor zehn Uhr. Ich schaue mich nach Prudence um, ob sie vielleicht wieder hier ist, aber ich kann sie nicht finden. Ich zögere, Thresh zu bitten, das Gleiche zu tun wie Ferynn am Vortag, aber seinem verschlossenen

Blick nach zu urteilen, ist es besser, es nicht zu tun. Ich hocke mich vor Kleiner Kerl.

„Ich glaube, ich brauche einen Namen für dich, einen richtigen, denn Kleiner Kerl passt ja nicht so gut zu dir", beginne ich.

Ich greife nach einem Napf, schütte Katzenfutter hinein und sehe, wie Thresh die Augen verdreht. Der Hund stürzt sich auf das Futter.

„Ja, der Speck war wohl nicht genug, was? Du bleibst heute brav hier, ja? Ich komme am Ende des Tages wieder, um nach dir zu sehen."

Ich streichle sein Fell. Er hebt den Kopf von seinem Napf und seine Augen scheinen mir zu danken. Seufzend stehe ich auf und gehe nach draußen, nicht ohne mich mindestens sechsmal umzudrehen, um zu sehen, ob es ihm auch wirklich gut geht und er nicht allzu traurig ist. Wie schaffen es Magier, deren Vertrauter wirklich ein Hund ist, ihn nicht mit in den Unterricht zu nehmen?

„Warum kümmerst du dich um ihn, wenn er nicht dein Vertrauter ist?"

Ist Thresh jetzt neugierig geworden? Ich beiße die Zähne zusammen und weigere mich, ihm zu antworten.

„Ist er der Vertraute von jemand anderem? Der vielleicht krank ist?"

Keine Chance, ihn gewinnen zu lassen.

„Ich rede mit dir", bemerkt er.

Genervt packt er mich an den Schultern und zwingt mich, ihm gegenüberzustehen, direkt vor Pegasus' Box, der ein leises Wiehern von sich gibt.

„Was?", sage ich. „Jetzt sind wir plötzlich Freunde und du interessierst dich für mein Leben? Ich bin nicht länger eine kleine, beschissene Halbe, die man beschützen muss, weil sie sich nicht selbst verteidigen kann? So eine schwache Halbe…"

Mein sarkastischer Tonfall lässt Threshs Wut in die Höhe schnellen.

„Ist es das, was du denkst, was ich von dir halte?"

Er drückt meine Schulter so fest, dass es zu schmerzen beginnt. Wenn diese Geschichte in einen Streit ausartet und er kämpfen will, kann ich nicht gewinnen, es sei denn, ich setze meine Magie ein.

„Warum sonst? Aus welchem Grund solltest du darauf bestehen, mich zu begleiten, als wäre ich ein kleines Ding, das beschützt werden muss?"

Ich habe mit kühlem Ton geantwortet, ohne zu schreien. Er schubst mich an, damit ich einen Schritt zurücktrete, weil Pegasus hinter seinem Rücken unruhig wird. Das Schweigen zwischen uns dauert einige Sekunden. Einige lange, unangenehme, intensive Sekunden.

„Weil ich mir Sorgen um dich mache", antwortet er in einem leiseren Ton. „Ist es so kompliziert, das zu verstehen?"

Ich öffne den Mund, um zu antworten, aber mir kommen keine Worte über die Lippen. Ich blinzle, um zu versuchen, seinem Satz einen Sinn zu geben.

„Du... du... du machst dir Sorgen um mich?"

Ich stottere halb, weil ich so verwirrt bin.

„Es liegt nicht daran, dass du eine Halbe bist", antwortet er sofort, als hätte er Angst, dass dies meine erste Reaktion sein könne.

Er hat nicht unrecht, das ist der Grund, der mir auf Anhieb einfällt.

„Aber was für einen anderen Grund...?"

Er unterbricht mich sofort.

„Ich bin ein Wolf, ein zukünftiger Alpha. Ich habe das Bedürfnis, alle zu beschützen. Das ist einfach so, es liegt in meiner Natur."

„Warum beschützt du dann nicht Ferynn?"

Er spitzt die Lippen, als wäre er in eine Falle geraten.

„Ich beschütze ihn auf meine Weise."

„Indem du ihn in die Höhle des Löwen wirfst? Indem du ihn beschimpfst? Indem du ihn klein machst?"

„Er ist ein Halber, er sollte seinen Platz kennen."

„Ich bin eine Halbe", erinnere ich ihn. „Und ich war in der gestrigen Schlacht nützlicher als du."

Jetzt ist es er, der sprachlos ist.

„Was soll ich mit Ferynn machen? Die anderen werden ihm das Leben schwer machen, viel schwerer als ich es getan habe. Goffran wird ihn für jeden Unterricht, den er versäumt hat, auseinandernehmen."

„Hilf ihm, durchzuhalten. Ich verlange nicht mehr. Es liegt an ihm, sich anzustrengen, um aufzuholen und sich gegen die anderen zu behaupten. Aber du musst seinen Erfolgswillen nicht untergraben. Es reicht schon, wenn du ab und zu ein aufmunterndes Wort sagst, oder? Das würde ihm helfen, durchzuhalten."

„Er wird schon heute aufgeben", grummelt Thresh.

„Na gut, vielleicht hast du Recht. Aber wenn nicht, wirst du dann meinen Rat befolgen?"

„Er wird das Handtuch schon vor der ersten Viertelstunde werfen. Bis ich zum Unterricht komme, ist er schon weg."

„Und wenn nicht?", beharre ich.

„Ja, das mache ich", murrt er.

„Was denn?"

„Ich werde ihn nicht platt machen, auch wenn ich es unbedingt will?"

„Und?"

„Ich werde ihn mit aufbauenden Worten ermutigen, wenn ich kann."

„Danke", lächle ich. „Danke dafür."

KAPITEL 25

THRESH

Sie lässt die Schultern hängen, und ich denke, dass sie wunderschön ist...

... Gedanke, den ich sofort wieder aus meinem Kopf verbanne, weil ich kein Recht habe, jemand anderen schön zu finden. Ich habe nicht das Recht, diesen rasenden Wunsch zu haben, Ashkana zu beschützen. Es ist ein dringendes, brennendes Verlangen, das mich zu Dummheiten treibt, wie zum Beispiel ein zweites Mal hintereinander zu spät zu Goffrans Unterricht zu kommen. Das darf ich nicht. Ich bin an Heather gebunden, unsere Eltern haben unsere Verbindung beschlossen. Ich sollte nie eine andere Person lieben.

Ich muss schlucken, weil mir bewusst ist, dass mein Verlangen nach Asha nicht existieren darf. Ich muss es unbedingt abstellen, ersticken, irgendwo in der hintersten Ecke meines Kopfes verstauen, damit es nie wieder hervorkommt.

Und doch ist es da, es ist ein Feuer, das seit dem ersten Tag in mir brennt, seit dem Moment, in dem ich sie über die Wiese habe gehen sehen, als ich nicht wusste, wer sie war.

Während des Kampfes gestern musste ich mich überwinden, um bei Heather zu bleiben und sie zu beschützen. Ich will ja auch die Rhoanne-Erbin schützen. Sie liegt mir am Herzen, wir sind eine Partnerschaft eingegangen und ich habe nicht vor, von meiner Rolle abzuweichen. Aber mein ganzer Körper sehnt sich nach Ashas Gegenwart. Ich möchte sie sehnlichst berühren und darf es nicht. Ich möchte sie sehnlichst küssen und darf es nicht. Es macht mich verrückt in ihrer Nähe zu sein... Sie zu riechen... Meine Lippen sind nur wenige Zentimeter von ihren Lippen entfernt. Ich muss meine Gedanken davon abhalten...

„Thresh?", fragt sie und unterbricht meinen Gedankengang.

„Hm?"

„Können wir jetzt gehen?"

Meine Hand gleitet von ihrer Schulter zu ihrem Handgelenk. Nach einer weiteren Sekunde hätte ich meine Finger mit ihren verschränkt. Ich ziehe meine Hand zurück und verstecke sie hinter meinem Rücken, als würde ich mich schuldig fühlen.

Es ist Heather, der ich mein Leben versprochen habe. Ich bin nicht der Typ, der ein Versprechen bricht. Wenn ich eine Verpflichtung eingehe, halte ich sie bis zum Ende ein. Also schlucke ich in einer übertriebenen Anstrengung meine Gefühle hinunter, gebe trotz allem ein etwas fröhlicheres Gesicht und lächle Ashkana an.

„Wollen wir das Kriegsbeil begraben?", schlage ich vor.

Sie zögert.

„Ja, aber wenn ich erfahre, dass du dich mit Ferynn angelegt hast, kann ich nicht versprechen, dass ich es vergraben lasse."

„Oh, du wirst es ausgraben?", lache ich.

„Ich werde es ausgraben und ich werde lernen, es zu benutzen."

Wir setzen unseren Weg fort.

„Ach ja?"

„Ja, und ich werde dir damit den Kopf abschlagen."

„Na, sag mal, das ist ja ein ganz schönes Programm."

Sie lächelt und ich denke, dass es das schönste Lächeln ist, das ich je in meinem Leben gesehen habe. In der nächsten Sekunde muss ich schlucken und lasse Heathers Gesicht in meinen Gedanken erscheinen. Meine Eltern haben diese Verbindung natürlich wegen der Macht und des Ehrgeizes gewählt, ohne dabei zu denken, dass sie mir missfallen würde. Ich muss aber zugeben, dass Heather theoretisch alle Eigenschaften aufweist, die meinem Charakter entsprechen könnten.

Es ist nur so, dass mein Herz nicht auf die gleiche Weise schlägt, wenn ich in der Gegenwart der Rhoanne-Erbin bin. Es ist definitiv anders mit Asha.

„Welche Klasse hast du heute Morgen?"

„Wie man Magie kanalisiert", antwortet sie. „Nichts Interessantes, es ist ja sowieso nicht so, dass ich gut im Unterricht wäre."

„Wir erlauben uns also, Eiswände zu erschaffen, aber wenn es um kleine, grundlegende Übungen geht, schaffen wir es nicht?"

Sie brummt, dass es genau das ist.

„Wer weiß, warum mir dieses Wissen nicht zugänglich ist. Und doch ist es mega wichtig, die Magie zu kanalisieren."

„Daran habe ich keinen Zweifel."

„Heather kann das sehr gut", fügt sie seufzend hinzu.

„Heather ist in allen Fächern gut."

„Ja."

Es liegt kein Neid in ihrer Stimme, als sie nickt. Es ist einfach eine Feststellung.

Wir unterhalten uns noch ein wenig auf dem Weg, bis sie das Gebäude betritt. Ich winke ihr zu, während ich mich umdrehe. Die Glocken haben bereits geläutet. Ich bin zu spät, schrecklich zu spät. Ich humple nicht mehr, aber wenn Goffran beschließt, mir das Leben schwer zu machen, werde ich wieder humpeln, wenn ich aus dieser ersten Stunde komme.

Wen versuche ich zu täuschen?

Natürlich wird Goffran mir das Leben schwer machen.

KAPITEL 26

ASHKANA

Ich denke, ich bin zu spät, aber im Klassenzimmer wird überall getuschelt und am Lehrerpult ist niemand zu sehen. Darling ist schon da und stürmt auf mich zu, als sie mich hereinkommen sieht.

„Ich dachte, dir wäre etwas passiert."

„Nein, nein, ich habe Ferynn nur ein Stück begleitet und dann einen Abstecher ins Tierhaus gemacht."

Ich wollte gerade über meine Sorgen um Kleiner Kerl und den stürmischen Einzug meiner verdammten Katze in meinem Zimmer berichten. Ich habe ja so viel zu erzählen… Da bemerke ich, dass etwas nicht stimmt.

„Ist der Lehrer nicht da?", frage ich.

Darling nickt. Wenigstens wird meine Verspätung nicht bemerkt.

„Wissen wir, warum?"

„Nein, aber viele vermuten, dass er gestern Abend beim Kampf verletzt wurde und sich noch nicht genug erholt hat, um den Unterricht zu halten."

„Und worauf warten wir? Wie läuft das ab, wenn ein Lehrer fehlt?"

„Ich weiß nicht, es ist das erste Mal, dass das passiert."

Maximus Stargar betritt die Klasse und das Getuschel wird immer lauter, vor allem bei den Mädchen. Ich frage mich echt, warum sie für einen Lehrer so schwärmen.

„Sag mir, dass du nicht zu der Schar von Fans gehörst, die..."

Ich kann meinen Satz nicht beenden, weil Darling mir nicht zuhört. Ich drehe meinen Kopf zu meiner Freundin und entdecke sie seufzend, während sie den Professor beobachtet.

„Darling! Was ist dann mit Pedro, huh?"

„Das ist nur eine Fantasie, okay? Ich weiß, dass er außer meiner Reichweite ist, aber sieh ihn dir an, er ist so..."

Sie seufzt erneut, um ihren Satz zu unterstreichen.

„... herrlich!"

Ich murmele, dass ich für seinen Charme unempfänglich bin. Ja, er ist süß, keine Frage, aber er ist ein Professor, und das baut direkt eine Barriere in meinem Kopf auf, die jede Lust auf Fantasien zerstört.

„Professor Dumdory liegt auf der Krankenstation und ich wurde gebeten, ihn zu vertreten, bis er sich wieder erholt hat. Die gestrigen Ereignisse haben ihn etwas mitgenommen, er wurde verletzt. Ich kann euch aber beruhigen, denn er ist außer Gefahr."

Seine Rede wurde mit Applaus beantwortet, als ob Professor Dumdory nur dank Maximus Stargar selbst noch am Leben wäre. Ich habe ihn am Vortag zusammen mit den anderen Lehrern kämpfen sehen, aber ich habe nicht bemerkt, ob er besser oder schlechter war als die anderen. Ich bin mir nicht sicher, ob ich in der Lage bin, den Unterschied zu erkennen. Andererseits habe ich Millies Kampfgeist sehr wohl wahrgenommen. In der Gegenwart der Magierin werde ich nichts

Unerfreuliches mehr sagen. Ich will ja nicht von Kopf bis Fuß von ihrem magischen Licht verkohlt werden.

„Wie weit seid ihr schon?", fragt er.

Heather hebt sofort die Hand, um die Antwort zu geben, ebenso wie Darling und ein Dutzend anderer Schüler. Ich beobachte sie alle. Einige von ihnen haben sich seit meiner Ankunft noch nie im Unterricht gemeldet, nicht ein einziges Mal. Man könnte meinen, dass Maximus die Gabe hat, die Zungen zu lockern.

„Dies ist nicht mein üblicher Unterricht, aber ich werde mein Bestes tun, um zu versuchen, der Leitlinie von Professor Dumdory zu folgen. Heather, kläre uns doch bitte auf."

Heather erhebt sich von ihrem Stuhl. Mary und Finarelle sitzen links und rechts von ihr und scheinen eifersüchtig darauf zu sein, dass die Aufmerksamkeit noch immer auf ihre Anführerin gerichtet ist.

„Er hat uns erklärt, woher unsere Magie kommt und wie wir sie kanalisieren können. Wir lernen gerade die Machtvektoren, also alles, was den wahrnehmbaren Energiefluss in unserer Nähe verstärken kann, sodass wir auch dann handeln können, wenn der Energiefluss schwach ist."

Er kennt natürlich Heathers Namen. Warum ist sie eigentlich nicht in seinem Kurs? Gab es keinen Platz mehr? Denn der erste Unterricht, den ich besuchte, ohne wirklich Schülerin zu sein, war eine Stunde von Maximus. Bert begleitete mich, er sprach von einem Hindernislauf und von Magie..."

„Ich denke, es gibt nichts Besseres als die Praxis", sagt Professor Stargar."Ich habe euch einen Hindernisparcours vorbereitet, der eure Fähigkeit testen soll, euch zu konzentrieren, während ihr eine andere Aufgabe erledigt. Ihr werdet kaum in der Lage sein,

Magie zu wirken, ohne gleichzeitig unter dem Druck zu stehen, etwas anderes zu bewältigen. Dieser Parcours soll euch zeigen, dass die größte Schwierigkeit nicht darin besteht, den Energiefluss, den ihr aufnimmt, zu verstärken, sondern ihn aufrechtzuerhalten, während ihr gleichzeitig etwas anderes tut. Es sieht so aus, dass Professor Dumdory die verschiedenen Artefakte durchgehen wollte, mit denen ihr eure Kraft steigern könnt ..."

Er lässt den Satz stehen und geht zwischen den Reihen hindurch, um jeden Schüler mit den Augen zu prüfen und sicherzustellen, dass niemand etwas gegen seinen Vorschlag einzuwenden hat.

„... aber ich glaube nicht, dass das der nächste Schritt in diesem Kurs ist, denn ihr seid noch nicht bereit, diese Artefakte, Zaubersprüche oder Möglichkeiten zu entdecken, mit denen ihr eure Macht steigern könnt. Bevor ich euch erlaube, mit mehr Magie zu arbeiten, möchte ich mich vergewissern, dass ihr bereits in der Lage seid, das Potenzial der Magie, die ihr auffangt, zu nutzen."

„Er ist sehr schnell von Professor Dumdorys Programm abgewichen", denke ich, während alle applaudieren. Meine Intuition sagt mir, dass etwas im Gange ist, aber ich weiß nicht, was genau. Alles, was der Professor sagt, ist logisch. Es ist gesunder Menschenverstand. Natürlich ist es besser, wenn wir 100 % der Magie, die wir auffangen, nutzen können, bevor wir weitermachen. Natürlich ist die Beeinflussung unserer Fähigkeit, uns zu konzentrieren, ein hervorragendes Mittel für uns, um zu üben.

Warum zieht sich dann mein Bauch zusammen und mein Magen verkrampft sich?

„Lasst uns gleich loslegen!", begeistert er sich. „Wir haben noch genug Zeit, um eine Runde auf dem Parcours zu drehen. Das nächste Mal verabreden wir uns direkt dort, um keine Zeit zu verlieren. Aber denkt bitte an die Anweisungen: Niemand geht allein. Es geht um eure Sicherheit."

Alle nicken und stehen dann gleichzeitig auf. Wir folgen dem Lehrer aus dem Klassenzimmer und dann aus dem Gebäude. Ich frage mich, ob wir bis zu dem Ort gehen, an dem Ferynn wohl trainiert, aber nein, wir bleiben am Rand eines kleinen Waldstücks stehen. Die Bäume hier stehen noch ziemlich weit auseinander.

Ich beobachte die Strecke. Es gibt Holzstücke und Seile, die an den Bäumen befestigt sind, und kleine Plattformen, als ob der Lehrer die Einrichtung eines Hochseilgartens gefordert hätte.

„Der Parcours selbst ist nicht schwierig, zumindest nicht der erste, und wir werden die Schwierigkeit erhöhen, wenn ihr Fortschritte macht. Die Idee ist nur, dass ihr erstmal zwei Dinge gleichzeitig tut. Ich bitte euch also darum, den einfachsten Zauberspruch, den ihr kennt, zu verwenden, derjenige, der euch am wenigsten Konzentration abverlangt, der euch am natürlichsten vorkommt, und ihr werdet ihn aktiv halten, während ihr den Parcours absolviert, und zwar in der Geschwindigkeit, die euch angemessen erscheint, um nicht den Faden eurer Konzentration zu verlieren. Nach und nach werdet ihr immer schneller werden. Und wenn ihr den Parcours und die magische Konzentration beherrscht, ohne dass es euch Schwierigkeiten bereitet, gehen wir zur nächsten Stufe über."

Er beobachtet die Klasse und ist ganz begeistert von der Herausforderung. Selbst ich muss zugeben, dass mich dieser Hindernisparcours viel mehr motiviert als der einschläfernde Unterricht von Professor Dumdory. Maximus Stargar weiß, wie man eine Klasse animiert.

„Hier ist der Eingang zum Parcours, der sich in einer Höhe von maximal zwei Metern erstreckt. Es ist nicht wirklich gefährlich, dennoch rate ich euch trotzdem davon ab, zu fallen."

Da sich niemand vor dem Eingang des Parcours meldet, um als Erster zu gehen, macht Maximus einen Schritt nach vorne.

„Ein Beispiel ist besser als eine lange Liste von Anweisungen, nicht wahr?", fügt er mit einem breiten Grinsen hinzu.

Er hat nicht eine einzige sichtbare Verletzung vom Kampf am Vortag. Ich frage mich, wie er das geschafft hat. Diese verdammten Vögel haben fast jeden angegriffen.

Er wedelt mit den Fingern seiner linken Hand und erzeugt eine wunderschöne goldene Lichtkugel. Alle stoßen „Ooooh" aus, sodass ich am liebsten die Augen verdrehen würde, obwohl ich nicht leugnen kann, dass die Kugel schön ist und ich am liebsten in sie hineinschauen würde.

„Ich behalte die Kugel in der Hand", sagt er und klettert das Holzgeländer hinauf, das den Start des ersten Parcours markiert. „Ich versichere euch, dass es keine Schwierigkeiten gibt, sodass ihr mit nur einer Hand die verschiedenen Plattformen überwinden könnt. Ich kann also meinen aktiven Zauberspruch in der anderen Hand behalten. Für die folgenden Parcours müsst ihr einen anderen Zauberspruch wählen, da eure beiden Hände manchmal benötigt werden."

„Ich dachte, als Magier sei man von solchen körperlichen Aktivitäten befreit", mault ein etwas übergewichtiger Junge hinter meinem Rücken, der enttäuscht über die Wendung der Ereignisse zu sein scheint.

„Ich setze meinen Weg fort", sagt Maximus, während er über eine zwischen zwei Bäumen gehaltene Brücke aus Seilen und Holzlatten schreitet, ohne dass die Kugel in seiner Hand auch nur ein einziges Mal wackelt. Und wie ihr seht, konzentriere ich mich gleichzeitig voll und ganz auf meine Magie.

Er bleibt in der Mitte der Hängebrücke stehen, um sich seiner Klasse zuzuwenden. Das Lächeln auf seinem Gesicht lässt Darling seufzen.

„Er ist wunderbar", sagt sie.

„Ihr habt das Prinzip verstanden", fügt er hinzu. „Ich gehe weiter. Bei diesem ersten Parcours müsst ihr sechs Plattformen überwinden. Das ist nicht viel, aber ihr werdet merken, dass es gar nicht so einfach ist, euren Zauber aktiv zu halten und sich gleichzeitig darauf zu konzentrieren, ob ihr euch duckt, springt, das Gleichgewicht haltet oder über ein Hindernis klettern müsst. Wenn ihr diesen Parcours beherrscht und in der Lage seid, ihn in weniger als zwei Minuten zu absolvieren und dabei euren Zauber aktiv zu halten, werde ich euch den nächsten zeigen."

Heather macht einen Schritt nach vorne, um die erste Kandidatin zu sein. Maximus schenkt ihr ein breites Lächeln.

„Ihr sollt euren Zauber am Eingang des Parcours initiieren, und dann jedes Mal, wenn ihr den Zauber verliert, anhalten, ihn wieder aktivieren und dann weitergehen. Ich bitte euch um ein wenig Geduld, wenn die Mitschüler vor euch die Konzentration verlieren. Dies ist im Moment nur eine Übung. Ich stoppe jetzt nicht eure Zeit. Bleibt also ruhig und aufmerksam."

Ich spitze meine Lippen. Auf keinen Fall werde ich unter den Ersten sein. Im Gegensatz zu all meinen Mitschülern bin ich nicht in der Lage, auch nur einen einzigen Zauberspruch zu wirken. Ich muss als Letzte gehen, um niemanden aufzuhalten.

„Los", ermuntere ich Darling.

„Sicher?"

Ich nicke, um ihr zu bedeuten, dass das kein Problem ist. Die Schüler gehen weiter, aufgeregt, weil sie ihre Fähigkeiten testen und Maximus Stargar beweisen wollen, dass sie bereits für den nächsten Parcours fit sind. Heather lässt eine Blume aus ihrer Handfläche sprießen. Es ist eine Sonnenblume, und ich bin überwältigt, dass sie es schafft, eine Pflanze in ihrer Handfläche entstehen zu lassen, ohne dass sie über ihre Wurzeln mit dem Boden verbunden ist.

Die Rhoanne-Erbin betritt den Parcours. Die Rampe bereitet ihr keine Probleme Sie läuft diese in einem schnellen Tempo unter den Augen des Lehrers ab. Selbstbewusst balanciert sie auf die Hängebrücke, überquert die erste Holzlatte und wird sofort von einem Zungenschnalzen von Maximus Stargar gestoppt.

„Der Zauberspruch", deutet er an.

Heather betrachtet ihre Hand und stellt erstaunt fest, dass die Sonnenblume bereits verschwunden ist. Sie runzelt die Stirn, die Blume wächst wieder und sie läuft weiter, plötzlich viel langsamer. Heute ist nicht der Tag, an dem sie zum nächsten Parcours übergehen wird. Und wenn die mächtige Heather es nicht schafft, dann wird es wohl auch niemand anderes sofort schaffen.

Die anderen machen sich trotzdem auf den Weg. Die Schlange ist langsam, was für mich umso besser ist. Ich sitze in der letzten Reihe, zusammen mit dem Jungen, der ein wenig übergewichtig ist. Wir streiten uns fast darum, wer als Letzter an der Reihe sein darf.

„Du kannst zaubern", erinnere ich ihn. „Du wirst schneller Fortschritte machen als ich."

Er zieht einen Schmollmund, geht aber vor. Ich versuche, einen Zauberspruch zu sprechen. Egal was, etwas Grundlegendes. Aber ich beherrsche die Grundlagen nicht. Ich strenge mich an. Wenn ich den Kopf hebe, sehe ich, dass Darling ebenfalls auf der Hängebrücke ist und sich langsam durchschlägt, ohne jedoch den Lichtzauber in ihrer rechten Hand zu brechen.

„Komm schon, du verdammte Magie! Wenn es einen Tag gibt, an dem du dich freimachen musst, dann ist es heute."

„Ein Problem?", wirft Maximus ein. „Miss ..."

„Ashkana", seufze ich.

Alles, wovon ich geträumt habe, war, unbemerkt zu bleiben.

„Ich erinnere mich an dich", fügt er hinzu. „Bert hat dich am ersten Tag in meine Klasse gebracht."

Ich nicke mit dem Kopf.

„Und gestern hast du deine Kräfte eindrucksvoll demonstriert."

Erneutes Nicken meinerseits. Ich weiß nicht, was ich tun soll.

„Was ist das Problem?", fragt er geduldig.

Alle Blicke der Mädchen sind neidisch und eifersüchtig auf mich gerichtet. Ich träume davon, dass Maximus sich mit einer anderen Schülerin unterhält. Ich bin schon nicht beliebt, und wenn ich den Mädchen auch noch Gründe dafür gebe, mich zu hassen, sieht es für mich wirklich nicht gut aus.

„Ich kann nicht zaubern, das ist das Problem", knirsche ich mit den Zähnen.

Ich bin kurz davor zu sagen, dass es daran liegt, dass ich eine Halbe bin, dass die ganze Geschichte nur ein Zufall ist, so wie gestern, als ich gezaubert habe: Es war nur ein Zufall. Aber ich erinnere mich an meine Diskussion mit Ferynn, wie ich ihn dazu motiviert habe, sich selbst in den

Vordergrund zu stellen und sein Schicksal in die Hand zu nehmen. Ich wäre plötzlich eine absolute Heuchlerin, wenn ich meine Situation als Halbe als Entschuldigung für meinen Misserfolg benutzen würde. Also schlucke ich die Worte, die mir in der Kehle brennen, hinunter, schlucke all die Ausreden, die ich im Kopf habe: die Tatsache, dass ich erst ankam, als das Jahr schon begonnen hatte. Die Tatsache, dass ich von Menschen aufgezogen wurde und keine Ahnung von der Existenz einer magischen Welt hatte. Die Art und Weise, wie ich systematisch ausgegrenzt wurde. Die Art und Weise, wie manche Lehrer nicht einmal einen Blick auf mich werfen, um zu sehen, ob ich Hilfe brauche ...

Ich schlucke das alles hinunter. Denn die Wahrheit ist, dass es nur Ausreden sind. Die gleichen Ausreden, die Ferynn benutzt hat, um nicht zum Unterricht zu gehen. Ja, ich war nicht von Anfang an dabei und ja, es ist schwieriger, wenn man keine Ganze ist. Ich wurde nicht in eine Familie wie die von Heather hineingeboren, die seit Generationen aus ihrer Macht Kapital schlägt. Es ist sehr wahrscheinlich, dass die Rhoanne-Erbin einen Lehrer hatte, der sie in der Magie unterrichtete, sobald sie alt genug war, um ihre Kräfte zu entwickeln in der Sekunde, in der sie auftauchten. Vielleicht hat man ihr schon vorher die Grundlagen beigebracht und ihr die ganze Theorie um die Ohren gehauen. Ich hatte nichts davon, aber das bedeutet nicht, dass ich das Niveau nicht nachholen kann.

„Ich habe gesehen, wie du gestern im größten Moment der Gefahr eine Eiswand errichtet hast, obwohl der Druck überwältigend gewesen sein muss", sagt Maximus in einem sanften Ton.

Ich versuche mein Bestes, um die Blicke der anderen Mädchen in der Klasse zu ignorieren, die mich anscheinend am liebsten Tod sehen wollen.

Sogar Darling sieht eifersüchtig aus, obwohl sie weiß, dass ich mich einen Dreck um den Lehrer schere. Und selbst wenn, er ist ein Lehrer! Warum fantasieren Mädchen über das Unerreichbare?

„Was kann für dich anders sein, als hier ohne Druck zu experimentieren?", fügt er hinzu.

„Eigentlich der Druck?", frage ich.

„Wie hast du dich gestern gefühlt? Was hat dich dazu gebracht, dich zu konzentrieren, obwohl es der schwierigste Moment war?"

Ich seufze, bin aber bereit, mitzumachen. Ich schließe kurz die Augen, rufe mir die Szene in Erinnerung und sauge jedes Detail in mich auf.

„Ich habe nicht nachgedacht", gebe ich zu. „Es war wie ein Automatismus, es kam zu mir, als ob ich es tun müsste. Es war mehr ein zwingender Impuls als ein ... Ich weiß nicht, wie ich es erklären soll."

„War es natürlich?", schlägt Maximus vor.

Ich nicke.

„Und jetzt, wo ich dich dazu auffordere, nicht weil dein Überleben auf dem Spiel steht, sondern weil man eben üben muss, bist du blockiert?"

Ich nicke, ohne zu wissen, wohin uns diese Diskussion führen wird. Er beobachtet mich einen Moment lang und trifft dann eine Entscheidung:

„Du wirst nach deinem Schultag in mein Büro kommen", kündigt er an. „Wir werden dich in eine Situation bringen, in der du unter starkem Druck stehst, und wir werden sehen, ob deine Magie in diesem Moment ausgelöst wird."

„Wie... wie eine Nachhilfestunde?"

Ich spitze die Lippen. Nun ist es sicher, Darling wird mich hassen.

„Du bist erst im Laufe des Schuljahres angekommen, Ashkana, es ist normal, dass du noch einige Blockaden hast. Wir werden unser Bestes tun, um sie zu lösen."

Ich kann nicht nein sagen. Ein Teil von mir würde es gerne tun, weil ich weiß, welche Probleme das mit sich bringen wird. Aber wie könnte ich gleichzeitig nein sagen zu der Gelegenheit, zu lernen, Fortschritte zu machen und mit den anderen gleichzuziehen? Ich kann nicht zurückbleiben. Wie soll ich jemals wieder zu meinen Eltern zurückkehren, wenn ich meine Gabe nie beherrsche und sie sich immer wieder in seltsamen Situationen bemerkbar macht?

„Danke", füge ich hinzu und erinnere mich an die grundlegenden Regeln der Höflichkeit.

Er lächelt mich an und geht zu meiner Erleichterung weg, um sich um andere Schüler zu kümmern. Ich versuche weiterhin, wenigstens einen Hauch von Magie zu erzeugen, bis Darling sich am Ende ihres Parcours zu mir gesellt.

„Was war das?", fragt sie und deutet auf den Lehrer.

„Nachhilfeunterricht, glaube ich", murmel ich.

„Aber..."

Darling sieht enttäuscht aus und zieht einen Schmollmund.

„Ich habe es nicht gewollt", erinnere ich sie.

„Ich weiß", seufzt meine Freundin. „Ich bin dir nicht böse. Ich wünschte, ich wäre es gewesen."

„Wie könntest du das sein?", frage ich amüsiert.

„Du kennst die ganze Theorie in- und auswendig. Man könnte meinen, dass du dich seit deinem achten Lebensjahr für den Tag vorbereitest, an dem deine magischen Kräfte endlich mal zu Schau kommen. Danach musst du nur noch alle Regeln, die man dir beigebracht hat, buchstabengetreu umsetzen. Easy peasy."

„Es stimmt ein bisschen", bestätigt sie. „Aber ich bin immer noch die unsichtbare Schülerin, für die sich niemand interessiert. Sieh mal, du bist erst seit knapp drei Wochen hier und hast schon Privatunterricht bei Maximus Stargar."

„Ist das etwas... ich verstehe nicht. Ist das etwas, das du dir für dich selbst gewünscht hast?"

„Nein, ich habe damit gerechnet, dass das nie passieren würde. Ich war nicht einmal in seinem Unterricht. Ich wollte dabei sein, ich war sogar auf der Warteliste, aber ich wurde nicht genommen."

„Aber warum will jeder in seiner Klasse sein?"

„Weil er eben Nachhilfeunterricht gibt, und er testet die Schüler regelmäßig. Du bist nicht die Erste, die ein Einzelgespräch mit ihm führen darf. Wenn du es schaffst, stehen die Chancen gut, dass er dir einen Platz in der Gruppe anbietet, die er gegründet hat. Oh, Heather brennt bestimmt schon vor Eifersucht."

„Die Gruppe, die er gegründet hat?"

„Er versammelt einmal pro Woche die Schüler, von denen er glaubt, dass sie das größte Potenzial haben. Niemand weiß, was bei diesem Treffen gesprochen oder diskutiert wird, ob er ihnen Zaubersprüche beibringt oder nicht. Aber das ist das Gerücht: dass er diesen Club selbst gegründet hat."

„Ich glaube nicht, dass ich eine Kandidatin für diese Geschichte bin, Darling. Ich kann nicht zaubern, er will mir nur helfen, weil ich eine..."

Ich beende den Satz nicht, es wird nichts Gutes dabei herauskommen außer Gejammer.

„Er hat noch nie Halbe genommen", fügt Darling hinzu, ohne dass ich weiß, ob sie mich warnen oder aufmuntern will.

„Nie?", wiederhole ich.

„Nie", bestätigt Darling.

KAPITEL 27

ASHKANA

Als die Glocke ertönt, die das Ende des Schultags ankündigt, bin ich hin und hergerissen. Soll ich zuerst zum Netzwerkraum und Cass kontaktieren? Oder gehe ich doch lieber zu Bert, um ihn dazu zu bringen, an dem Zauber teilzunehmen, der mir meine leiblichen Eltern offenbaren soll? Und es gäbe noch eine dritte Option, wie den Einzelunterricht mit Maximus Stargar.

Darling plant, sich währenddessen mit Pedro zu treffen, und fragt mich schon das vierte Mal, ob das wirklich kein Problem sei und ich ihr nicht böse sein werde. Ich lächle sie an und beruhige sie:

„Ich freue mich sehr für dich. Geh zu ihm, tauscht die neuesten Nachrichten aus, seid verrückt und haltet Händchen."

Sie errötet, als ich den Rest des Satzes ausspreche. Wenn schon der Gedanke, Pedros Hand zu nehmen, diese Reaktion bei ihr hervorruft, kann ich mir nicht vorstellen, was passiert, wenn sie ihn küsst.

Was meine Entscheidung angeht, so trifft sie sich von selbst, als ich in der Eingangshalle des Hauptgebäudes fast mit Bert zusammenstoße.

„Ich brauche Hilfe", sage ich. „Für einen Zauberspruch."

Ich habe ihn kaum gegrüßt, aber ich zittere bei dem Gedanken, dass er meine Bitte ablehnen wird.

„Hallo Ashkana, hast du dich von den gestrigen Ereignissen gut erholt?"

„Ich habe die Einzelheiten des Zaubers gespeichert", füge ich hinzu.

Ich zeige ihm das Foto auf meinem Handy und lese für ihn die verschiedenen Gegenstände, die er für die Durchführung benötigt.

„Es fällt mir schwer, Magie zu praktizieren, wenn ... wenn mein Überleben nicht auf dem Spiel steht, wie es scheint. Aber dieser Zauber könnte mir helfen, meine leiblichen Eltern zu identifizieren und herauszufinden, ob meine Mutter eine Magierin war oder mein Vater. Darling hat mir von der Datenbank erzählt, in der alle Gesichter der Kaste der Übernatürlichen gespeichert sind."

„Es kann sein, dass sie dort nicht registriert wurden", kommentiert Bert vorsichtig.

„Würden Sie mir bitte helfen, Professor Tharys?"

Er spitzt die Lippen.

„Ich ... ähm ... wir können uns nächste Woche mit dem Thema befassen, wenn es dir recht ist? Wie du dir sicher denken kannst, ist nach dem, was passiert ist, auf dem Campus die Hölle los. Millie schickt mich hin und her, ohne auch nur einen Funken Rücksicht auf..."

Er hält inne, als er die Enttäuschung in meinem Gesicht liest.

„Es ist nicht so, dass ich nicht will, Ashkana", fährt er fort. „Es ist... eine untypische Bitte, und es ist Lehrern wohl kaum erlaubt, Schülern mit einem so persönlichen Zauber zu helfen."

Ich runzel die Stirn und wollte mich schon abwenden, als ich begreife, dass er nicht weiter darauf eingehen würde, aber er fährt fort:

„Aber das heißt nicht, dass es verboten ist."

In meiner Brust keimt wieder Hoffnung auf.

„Ich kann mir jetzt nicht die Zeit nehmen, deinen Spruch zu betrachten, aber ich verspreche dir, dass wir ihn uns nächste Woche nach dem Unterricht gemeinsam ansehen werden. Ist das für dich in Ordnung?"

Ich nicke und danke ihm. Die nächste Woche scheint mir Lichtjahre entfernt zu sein. Ich kann nicht länger warten, ich muss es wissen.

„Miss Ashkana?", ertönt eine Stimme hinter meinem Rücken.

Maximus Stargar legt seine Hand auf meine Schulter, während Bert immer noch vor mir steht.

„Hast du unsere Einzelstunde vergessen?", fragt er mich.

Ich verneine mit dem Kopf. Natürlich nicht, aber es könnte schon sein, dass ich mir eine Prioritätenliste erstellt habe, die diesen Einzelunterricht ganz unten angesetzt hat... Und ja, es heißt, dass ich eventuell keine Zeit mehr dafür habe.

„Komm", ermutigt er mich.

Bert protestiert nicht, was mich in gewisser Weise beruhigt.

„Gehört sie zu den brillanten Schülern, die Sie betreuen, Professor Stargar?" fragt er.

Maximus scheint sich nicht sicher zu sein, was er antworten soll.

„Ich weiß es noch nicht", sagt er. „Aber sie ist hinter ihren Mitschülern zurückgeblieben und braucht Hilfe."

Bert hustet und würgt ein Wort in seiner Kehle, das ich nicht verstehe.

„Und Sie werden einer Halben helfen?", fügt er hinzu.

Die beiden Lehrer starren sich an. Ich runzle die Stirn bei Berts Worten. Der Grund, warum ich ihn mag, ist, dass er meine Stelle als Halbe nie gegen mich benutzt hat. Er war immer höflich, hat immer sein Bestes getan, um mich nicht zu belasten, und jetzt fragt er Maximus Stargar in einem misstrauischen Ton, ob er bereit wäre, einer Halben zu helfen?

„Ja, warum, Professor Tharys? Sind Sie der Ansicht, dass nicht alle unsere Schüler gleich sind und dass wir einige von ihnen bevorzugen sollten?"

Maximus' sarkastischer Tonfall entgeht mir nicht. Bert wird sofort rot. Er hat nicht die gleiche Schlagfertigkeit zur Verfügung und kann sich nicht wehren. Er geht an mir vorbei und flüstert mir ins Ohr:

„Sei vorsichtig. Nutze sein Fachwissen, aber sei vorsichtig."

Ich habe keine Zeit zu nicken, da Maximus mir mit einem Kopfnicken zu verstehen gibt, dass ich ihm folgen soll. Ich gehe mit, denn ich kann meine Entscheidungen nicht auf die Rivalität zwischen zwei Lehrern stützen. Wir gehen die großen Treppen in der zentralen Halle hinauf, dann weitere Treppen auf der rechten Seite, erreichen einen hellen Korridor und eine Tür mit der Aufschrift „Professor Maximus Stargar, Mitglied des Direktoriums".

„Ich habe gestern herausgefunden, dass Sie im Schulvorstand sitzen", werfe ich ein, um ins Gespräch zu kommen, während Maximus einen Schlüsselbund hervorholt und die Tür zu seinem Büro aufschließt.

„Oh, das ist eine öffentliche Information, aber da du den Schulbeginn verpasst hast, hast du es vielleicht noch nicht gewusst."

Wir betreten sein Büro. Er lässt die Tür offen und bietet mir einen Platz an. Der Raum ist voll mit Bücherregalen, Büchern und Papiersäulen.

„Was ist das alles?", frage ich und deute auf eine der Säulen rechts neben seinem Schreibtisch, die größer ist als ich.

„Eine Dissertation", sagt er. „Über die Zukunft der Magie. Ich habe überall im Büro Entwürfe davon. Sie ist tausend Seiten lang, ich muss definitiv mehr als die Hälfte kürzen."

Er zuckt mit den Schultern, als ob das keine Rolle spielen würde.

„Die Zukunft der Magie?"

„Die Art und Weise, wie wir unsere Kräfte in Zukunft nutzen werden, ja. Wie wir sie nutzen können, welche Arten von Zaubersprüchen wir erschaffen können. Und wie wir unsere Kräfte über die Zeit hinweg aufrechterhalten, wenn wir im Alltag immer mehr menschliche Technologie nutzen."

Ich nicke. All das ist mir fremd. Das sind keine Fragen, die ich mir stelle, da ich meine Kräfte nicht beherrschen kann.

„Fangen wir an", schlägt er vor, setzt sich an seinen Schreibtisch und räumt einige Akten weg, damit er mich sehen kann, ohne dass sein Blick gestört wird.

„Wie... wie sollen wir vorgehen?"

Er lächelt mich an, aber es ist ein etwas verlegeneres Lächeln als zuvor.

„Ich glaube, das wird dir nicht gefallen", gibt er zu. „Meine Methoden sind nicht ... konventionell. Aber ich kann dir versichern, dass der Vorstand über meine

Vorgehensweise Bescheid weiß. Du kannst dir sicher vorstellen, dass ich sonst nicht in dieser Position wäre."

Ich nicke mit dem Kopf.

„Ich habe Anfang des Jahres eine neue Arbeitsweise entwickelt, die zu glänzenden Ergebnissen geführt hat. Ich glaube, das war es übrigens, was Professor Tharys über mich verärgert hat. Er gehörte vor nicht allzu langer Zeit noch zu meinen Fürsprechern."

„Was für eine Arbeitsweise?"

„Du musst wissen, dass ich in Stallen und seinem Vorstand aufgenommen wurde, um die Art und Weise, wie wir Magie lehren, zu modernisieren, aber auch, um das Potenzial einiger Schüler freizusetzen. Mit der Zeit müssen wir zugeben, dass wir unsere Magie immer weniger brauchen, und die Magie spürt das. Wir befinden uns nicht mehr im Krieg, Ashkana. Unsere Magie hat keinen Grund mehr, mächtig zu sein, weil wir uns nicht mehr verteidigen müssen."

„Wenn man die Ereignisse von gestern ausblendet", bemerke ich.

„Genau darauf komme ich gerade zu sprechen. Unser Problem ist, dass wir viele Jahre lang Frieden hatten und deine Generation in diese Ära des Friedens hineingeboren wurde, sodass sie nie daran denken mussten, dass sie in Gefahr ist. Deshalb ist eure Magie manchmal latenter als die unserer Generation. Tatsache ist, dass die Macht, über die ihr verfügt, bis heute nicht mit der meiner Generation oder mit der von Menschen, die älter sind als ich, vergleichbar ist."

Ich denke da an Bert, dessen Kraft nicht außergewöhnlich zu sein scheint.

„Wenn man von einigen Ausnahmen absieht, natürlich", fügt Maximus hinzu. „Ich meine das ganz allgemein."

„Und was ist das für eine Methode?", dränge ich.

Er grinst mich an.

„Ich werde dich unter starken Druck setzen", erklärt er. „So sehr, dass du dich in Gefahr fühlst. Und dann werden wir sehen, ob sich deine Magie manifestiert. Schließlich ist das gestern passiert, nicht wahr? Du warst in Gefahr, deine Instinkte haben die Oberhand gewonnen und du hast es geschafft, deinen Zauberspruch zu wirken."

Das Wort „Instinkt" hallt in meinem Kopf wider. Es verweist mich auf meine Intuition, die anscheinend funktioniert, ohne dass ich sie um etwas gebeten habe. Ich nicke, weil Maximus Stargar perfekt beschreibt, was ich gefühlt habe.

Ich muss schlucken. Welche Art von Druck kann Maximus auf mich ausüben? In welcher Form?

„Versuche, alle Einzelheiten genau zu registrieren", fügt er hinzu. „Wir müssen verstehen, wie deine Kraft funktioniert, wie sie ausgelöst wird, um dir zu helfen, Fortschritte zu machen."

„Was ist, wenn ich es nicht schaffe?"

„Du wirst es schaffen", versichert er. „Du hast es gestern gut gemacht, als du in Gefahr warst."

„Aber heute bin ich nicht in Gefahr."

„Glaubst du, dass die Dämonen für immer verschwunden sind, Ashkana? Glaubst du, dass ein kleiner Kampf gereicht hat, damit sie sich verziehen und sich sagen, dass sie nie wiederkommen werden?"

Während er spricht, kann ich dunkle Vögel erkennen, die an dem Fenster vorbeifliegen, das sich direkt hinter dem Schreibtisch befindet.

„Ich weiß nicht", antworte ich ohne nachzudenken, während mein Blick von den Kreaturen eingenommen wird.

„Sie sind erstmal weg. Sie haben zwar eine Schlacht verloren, aber nicht den Krieg. Wir haben ihr Versteck nicht gefunden und sie wurden nicht vom Campus vertrieben."

„Ihr Versteck?"

„Ja."

Ich denke über alle möglichen Orte nach, an denen sie sich aufhalten könnten. Ich kenne mich auf dem Campus nicht gut aus, aber das Tierhaus ist vielleicht der beste Ort, um sich zu verstecken, oder? Ist Kleiner Kerl in Gefahr? Ist Pegasus das auch? Ich muss dort vorbeischauen, um mich zu vergewissern. Ich stehe hastig auf und stoße meinen Stuhl um. Im selben Moment klopfen Vögel gegen das Fenster des Büros.

„Sie sind hier", sage ich, ohne in Panik zu geraten.

Kleiner Kerl braucht mich sowie alle Tiere, die noch im Tierhaus sind. Ist Prudence dorthin zurückgekehrt? Und wo ist Darling? Hoffentlich sind sie und Pedro drinnen geblieben und nicht zum See gefahren oder auf eine ähnlich romantische Schnapsidee gekommen.

Die Fliese explodiert unter dem Aufprall der vielen Schnäbel. Maximus steht ebenfalls auf und geht um den Schreibtisch herum, um neben mir zu stehen und sich den Kreaturen zu stellen.

„Was sollen wir tun?", frage ich.

„Ich weiß es nicht", antwortet er. „Meine Generation... ich kann sagen, dass ich mehr weiß als ihr, aber ich weiß nicht, wie ich sie besiegen kann."

„Wir müssen jemanden warnen", setze ich fort.

Ich drehe mich um und will auf die Tür zugehen, aber sie schließt sich vor meinen Augen und verfehlt knapp meine Nase.

„Sind sie auch im Flur?", frage ich besorgt.

Haben sie schon das Hauptgebäude besetzt? Vogelkrächzen antwortet mir. Ich drücke mich an die Tür, Maximus an meiner Seite.

„Was sollen wir tun?"

Sie kommen auf uns zu und ich habe keine Zeit zu reagieren, da ihre Schnäbel auf meiner Haut hacken. Ich lasse meinen Rücken gegen die Tür rutschen, krümme mich zusammen und versuche, mein Gesicht zu schützen. Ich spüre die Wunde an meiner Wange, die wieder aufplatzt. Sie greifen nach meinen Händen, meinen Armen und ihre Vogelschreie zerreißen mir das Trommelfell.

Ich muss etwas tun. Und Maximus, was macht der denn? Ich habe ihn am Vortag keine Zaubersprüche sprechen sehen, stimmt etwas nicht mit seiner Magie? Ist er wie Bert, wenn Gefahr droht?

Ich werde gefressen werden, wenn ich nichts unternehme, und schlimmer noch, ich lasse Kleiner Kerl allein und hilflos im Tierhaus zurück. Ich muss mich selbst da irgendwie rausholen und ihn beschützen gehen.

Ich stoße ein Grunzen aus, suche tief in meinem Inneren nach einem magischen Kern, versuche mich zu konzentrieren und mich mit den Strömen um mich herum zu verbinden. Immer wieder treffen mich Schnabelhiebe. Jedes Mal, wenn ich das Gefühl habe, diese Energieströme zu finden, die meine Magie frei fließen lassen, verliere ich sofort die Kontrolle.

„Ashkana!", schreit der Lehrer. „Du musst etwas tun! Schnell!"

Ich schaffe es nicht. Ich versuche, die Quelle meiner Magie freizuschalten, ich versuche, einen Eisschild zu beschwören, wie am Tag zuvor.

Nichts passiert. Ich schreie, ich kreische, ich wehre mich, ich benutze meine Arme und Beine, um mich aufzurichten und versuche, mir einen Weg durch den Vogelschwarm zu bahnen.

Dann verschwindet alles.

Ich blinzle und versuche zu verstehen. Ich sitze wieder auf dem Stuhl, der nicht umgefallen ist, und blicke auf Maximus Stargar, der mir ein dünnes Lächeln schenkt. Das Fenster hinter ihm ist nicht zerbrochen, es gibt keine Spur von bösen Vögeln.

Und doch bin ich am Boden zerstört und versuche, wieder zu Atem zu kommen, als hätte ich gerade eine außergewöhnliche körperliche Anstrengung hinter mir. Ich ziehe an der Jacke der Schuluniform, die ich trage: Meine Arme sind intakt. Ich führe meine Hand zu meinem Gesicht: auch nichts.

„Was war das?", frage ich.

„Eine Illusion", antwortet Maximus.

„Eine... eine Illusion?"

Er nickt.

„Ich bin in deinen Geist eingedrungen, um Bilder eines traumatischen Ereignisses zu projizieren, das dich zwingen würde, deine Kräfte einzusetzen, um aus der Situation herauszukommen."

„Es ist mir nicht gelungen", stelle ich fest.

„Vielleicht war es nicht stark genug? Woran hast du gedacht?"

„An... mein Überleben und das meiner Freundin und das meiner Vertr... der Tiere im Tierhaus."

Kleiner Kerl ist nicht mein Vertrauter, und doch dachte ich zuerst an sein sanftes Lächeln und nicht an Prudence' zerstörerische Neigungen, als ich fast das Wort „Vertrauter" ausgesprochen hätte.

„Wir fangen noch einmal an", verkündet Maximus.

Ich schließe die Augen, weil ich keine Lust habe, es noch einmal zu versuchen. Meine Muskeln sind vom Stress angespannt und mein Magen krampft sich zusammen. Ich habe immer noch das Gefühl der Schnabelhiebe auf meiner Haut, meine Arme kribbeln, als hätten sie das Gefühl der Vogelschnäbel nicht vergessen.

Ferynn stürmt in diesem Moment ins Büro und ich drehe mich um, um ihn atemlos und mit blutverschmiertem Gesicht zu sehen.

„Es ist... es ist... Asha..."

Ich stürze auf ihn zu und stütze ihn in dem Moment, in dem er fällt. Ich begleite seinen Fall, um ihn zu verlangsamen. Es fehlt mir die Kraft, ihn zu stoppen. Meine Finger streichen über seinen Körper und suchen nach der größten Wunde, die ihn in diesen Zustand versetzt hat.

„Ferynn ? Ferynn?"

Ich taste, und er verzieht das Gesicht. Er blutet an vielen Stellen, überall auf seiner Haut sind blaue Flecken, seine Kleidung ist zerrissen und schlammig. Was ist mit ihm passiert?

„Ich habe dir zugehört", flüstert er. „Und das ist passiert..."

„Ferynn? Was haben sie dir angetan? Sprich mit mir!"

Ich wende mich an Maximus, der neben uns auf die Knie gegangen ist.

„Wir müssen ihn in die Krankenstation bringen", sage ich.

„Wölfe gehen nicht in die Krankenstation", erwidert er sofort.

„Was ist das für eine dumme Regel, die sie aufgestellt haben? Ferynn hat Schmerzen! Gibt es keine Schmerzmittel, die ihm helfen könnten? Können wir nicht wenigstens seine Wunden desinfizieren?"

„Asha... Asha... das werden sie tun."

„Was werden sie tun?", hauche ich und höre meinem Freund zu.

„Der Schlafsaal der Halben. Sie werden ihn verbrennen."

„Häh? Aber warum denn?"

„Sie hassen uns, sie wollen uns nicht hier haben. Wir sind nicht willkommen. Wir müssen fliehen."

„Ferynn, niemand in Stallen würde so etwas zulassen. Ich weiß, dass wir nicht die Beliebtesten sind, aber unseren Schlafsaal abzufackeln, das geht nicht."

„Und Kleiner Kerl, den werden sie sich vornehmen."

In diesem Moment wird mir bewusst, dass ich wieder in die Simulation eingetreten bin. In meinem Kopf werden die Verbindungen geknüpft, und ich habe das Gefühl, mir eine Schachpartie mit Jake an meiner alten Schule vorzustellen. Ich sehe wieder die Figuren auf dem Schachbrett und sein Gesicht. Ich versuche nicht herauszufinden, wie ich ihn besiegen kann, ich versuche herauszufinden, ob er blufft, wie beim Poker. Alles, was in diesem Moment passiert, ist ein Bluff. Ferynn ist nicht wirklich hier. Kleiner Kerl ist nicht in Gefahr. Niemand ist dabei, unseren muffigen Schlafsaal anzuzünden. Kein Ganzer hat überhaupt Lust, sich bis ans Ende des Campus zu wagen, um uns fertigzumachen."

„Nichts davon ist wahr", flüstere ich vor mich hin.

„Alles ist wahr, Ashkana", sagt Maximus neben mir. „Ferynn ist verletzt."

„Nein."

Ich hebe den Kopf zu ihm.

„Das ist nicht wahr. Es ist eine Illusion."

Ich betrachte meine Hände, die voll mit dem Blut meines Freundes verschmiert sind.

„Geben wir es zu", erwidert der Lehrer. „Würdest du es riskieren, dir einzureden, dass es nicht wahr ist? Dass es nur eine Illusion ist? Bist du dir so sicher, dass du das Leben deines Freundes darauf verwetten würdest?"

Ich beiße die Zähne zusammen. Natürlich gibt es eine winzige Möglichkeit, dass es keine Illusion ist...

„Nein."

„Was willst du dann tun?"

„Ich bringe ihn auf die Krankenstation."

„Und dann?"

„Ich renne zum Schlafsaal und rette alle."

Maximus nickt, um meinem Vorhaben zuzustimmen.

„Worauf wartest du?", fragt er, als ich mich nicht rühre.

Ich zögere. Ich weiß, dass er blufft. Meine Intuition sagt es mir, ich spüre es tief in meinem Inneren. Warum sollte ich auf eine Illusion reagieren? Warum sollte ich Maximus das geben, was er erwartet? Meine Kräfte weigern sich, sich zu manifestieren, wenn ich nicht in Gefahr bin, hat das nicht einen guten Grund? Vielleicht schütze ich mich auf diese Weise selbst.

„Ashkana, was willst du tun?", wiederholt er, um mich zu ermutigen, mich zu bewegen.

„Nichts", hauche ich. „Nichts. Es ist ein Bluff. Es ist eine Illusion."

Ich stehe auf und das Blut an meinen Händen verschwindet, aber Ferynns übel zugerichteter Körper ist noch da. Professor Stargar richtet sich auf und steht mir gegenüber.

„Willst du zulassen, dass deine Zweifel den Tod von Dutzenden von Menschen in deinem Wohnheim verursachen?", wundert er sich.

„Niemand wird sterben. Nichts davon ist wahr."

Ich drehe mich um, um auf den Raum zu zeigen.

„Sie sind mächtig", füge ich hinzu und beobachte den Professor. „Sie können das alles erschaffen. Sie können meine Ängste finden, sie auslösen und eine Reaktion provozieren. Ich frage mich, wie viel Sie wirklich wissen. Bin ich es, welche die Illusion aufrechterhält, indem sich meine Ängste in meinem Kopf drehen, oder sind Sie es, der sie kennt und sie vor meinen Augen verbreitet?"

„Sie werden deinen Vertrauten angreifen", fährt er fort. „Deine Freundin. Alle Menschen, die du liebst und die du kennst. Dann deine Eltern."

Das ist das Wort, das mich dazu bringt, die Illusion zu zerstören.

„Sie wissen nicht, wer ich bin."

„Wer?"

„Meine Eltern, sie wissen nicht, wer ich bin. Warum hätten sie mich sonst verlassen?"

Ich konzentriere mich und versuche, Ferynns Körper verschwinden zu lassen. Jetzt schreit und brüllt er, dass ich ihm helfen soll.

„Du bist nicht da", flüstere ich. „Du bist nicht hier. Es ist nur eine Illusion. Nichts von all dem existiert wirklich."

Ich schließe die Augen, öffne sie wieder und sitze wieder auf dem Stuhl vor Maximus, der mich anstarrt. Seine Gesichtsfarbe ist blass und ich habe das Gefühl, dass er einen Dämon gesehen hat.

„Du bist aus der Illusion herausgekommen", sagt er.

Ich nicke mit dem Kopf. Ich spüre eine warme Flüssigkeit, die über meine Lippen fließt. Ich halte mir die Hände an die Nase und wische mechanisch darüber. Meine Finger kommen blutverschmiert heraus. Ich greife nach einem Taschentuch aus der Schachtel auf dem Tisch. Plötzlich ist mir kalt.

„Niemand ist je aus der Illusion herausgekommen", fährt Maximus fort und betrachtet seine Hände.

In diesem Moment wird mir klar, dass er sie nicht bewegt. Sie liegen flach auf dem Schreibtisch in zwei riesigen Eisblöcken eingefroren.

KAPITEL 28

ASHKANA

„Was zum...?"

Ich reiße meine Augen auf, während ich versuche, den Blutschwall zu stoppen, der aus meiner Nase läuft.

„Ich hätte nichts dagegen, wenn du mich befreist", fährt er fort.

Seine Augen sind immer noch auf mich gerichtet, als ob er mich näher studieren wollte.

„Ich..."

Ich weiß nicht, wie ich das machen soll. Ich atme ein, beruhige meine Gefühle und versuche, mich zu konzentrieren, aber es gelingt mir nicht, die Eisblöcke, die Maximus Stargars Hände umklammern, zu zertrümmern.

„Es tut mir leid", füge ich hinzu.

„Es ist nicht schlimm. Ich möchte nur keine Frostbeulen bekommen, das ist alles", lacht er. „Das schaffst du schon. Was hat dieses Mal deine Kraft ausgelöst?"

„Die... Ich weiß es nicht. Ich wollte aus der Illusion herauskommen."

„Und das hast du getan", bestätigt er.

Er hat keine Angst. Es scheint sogar ein Hauch von Stolz in seiner Stimme zu liegen, zusammen mit Neugier. Ich lege meine Hände auf das Eis und versuche, daran zu ziehen, aber es gelingt mir nicht.

„Ich werde heißes Wasser holen", schlage ich vor und stehe von meinem Stuhl auf.

„Nein, du schaffst das schon. Konzentriere dich einfach. Das Verfahren, um Magie rückgängig zu machen, ist dasselbe wie das, um sie zu aktivieren. Du musst nur deine Gefühle kanalisieren und sie in eine Handlung lenken."

„Ich weiß nicht einmal, wie ich die Kraft überhaupt aktiviert habe."

Ich versuche, nicht in Panik zu geraten und meine Stimme nicht zu erheben, aber ich kann mich nur mühsam beherrschen.

„Ashkana, du hast das Potenzial, eine große Magierin zu werden. Bisher hat es noch kein Schüler geschafft, sich aus einer meiner Vorspiegelungen zu befreien. Weder Schüler noch sonstige Magier haben dies bislang geschafft. Die Menschen tauchen völlig ein. Die meisten haben anfangs Zweifel, aber wenn man ihnen Gründe gibt, sich Sorgen zu machen oder Angst zu haben, denken sie nicht mehr daran. Sie sind in der Handlung, im Augenblick. Du hast dich davon mit aller Macht und Gewalt befreit, so dass ich jetzt Kopfschmerzen habe. Du hast meine Hände gefesselt, während du dich in der Illusion befandest, um mich daran zu hindern, meinen Zauber fortzusetzen."

„Ist das... ist das der Grund, warum Ihre Hände im Eis sind? Habe ich das getan, damit die Illusion aufhört?"

Er nickt gelassen mit dem Kopf.

„Ich denke schon. Was hat dich geleitet?"

„Meine Intuition?", schlage ich vor.

„Ich brauche eine bessere Antwort als das", lächelt er.

Ich entspanne mich und versuche mir vorzustellen, dass es Ferynn gut geht, auch wenn ich den ganzen Tag nichts von ihm gehört habe. Ich visualisiere Kleiner Kerl und Prudence, die gesund sind. Ich sehe Darling und Pedro am See und dann in der Bibliothek, weil das Licht draußen langsam dämmert und ich hoffe, dass sie vor Einbruch der Dunkelheit nach Hause gegangen sind, um sich in Sicherheit zu bringen.

„Erzähl mir von etwas anderem", schlägt Maximus vor, während das Eis um seine Finger nicht einmal schmilzt.

„Soll ich wirklich kein Wasser holen?"

„Ich habe keine Schmerzen", beruhigt er mich. „Entspann dich, erzähl doch mal von deinen Eltern. Das ist das Letzte, was ich erwähnt habe, und das scheint dich aus der Illusion gerissen zu haben."

„Das liegt daran, dass ich nicht weiß, wer sie sind", sage ich. „Ich..."

Wenn ich schon darüber reden soll, kann ich doch gleich mein Glück versuchen, oder?

„Ich versuche herauszufinden, wer sie sind. Als wir uns vorhin begegnet sind, habe ich Professor Tharys um Hilfe gebeten. Ich wollte einen Zauberspruch ausführen und versuchen, ihre Gesichter zu erblicken. Meine Adoptiveltern haben mich großgezogen und sie sind wirklich großartig, aber ich wünschte, ich könnte..."

Ich weiß nicht, wie ich es ausdrücken soll. Ich habe das Gefühl, dass ich meine Mutter und meinen Vater respektlos behandle, wenn ich um jeden Preis versuche, etwas über meine leiblichen Eltern zu erfahren. Sie wissen nichts von meiner Suche, aber schrei ich ihnen nicht irgendwie zu: „Es ist nicht genug, was ihr getan habt, ich habe immer noch diese Leere und diese Fragen in mir, die es erfordern, dass ich die Wahrheit herausfinde"?

„Das ist normal, du willst wissen, wer dich auf die Welt gebracht hat. Hast du Nachforschungen angestellt?"

Ich nicke mit dem Kopf.

„Ich habe nichts gefunden", gestehe ich. „Meine Freundin Darling und ich haben dann angefangen, nach Zaubersprüchen zu suchen und sind auf den Zauberspruch gestoßen, mit dem man seine ersten Erinnerungen wieder erleben kann."

„Damit du deine Geburt sehen kannst", versteht Maximus sofort.

„Ja."

Ich lasse einen Moment verstreichen.

„Ist das verrückt?"

Er zuckt mit den Schultern.

„Das ist sicherlich nicht die verrückteste Bitte, die ich je gehört habe. Warum hast du Professor Bert gebraucht?"

„Weil ich nicht richtig zaubern kann und weil... der Zauberspruch kompliziert scheint. Ich möchte keine Dummheiten machen. Man hört auf dem Campus alle möglichen Geschichten über Schüler, die etwas ausprobieren wollten, das zu kompliziert für sie war, und sich dann in Kröten verwandelt haben."

„Ich denke, dass die Gerüchte diesbezüglich übertrieben sind. Ich kenne keinen Zauberspruch, mit dem man jemanden in eine Kröte verwandeln kann. Andererseits, ja, es gibt viele Unfälle, aber misslungene Zauber enden eher mit gebrochenen Gliedmaßen, gebundenen Zungen, Explosionen ..."

„Na toll..."

„Ich werde dir helfen."

„Wirklich?"

„Es ist nichts Außergewöhnliches und ich würde auch gerne wissen, wer deine Eltern sind. Du hast eine große Gabe, Ashkana. Mehr über denjenigen zu erfahren, der dir deine Kräfte gegeben hat, wäre eine große Hilfe, um zu wissen, wie du sie beherrschen kannst."

Seine aufrichtige Miene löst den Rest meiner Vorbehalte gegen ihn in Luft auf. In diesem Moment sehe ich den silbrig-weißen Nebel um seine Hände. Er hebt seine Finger, die nicht mehr im Eis eingeschlossen sind, und ich muss lächeln.

„Aus dem Schneider", sagt er. „Siehst du, du musst meine Hände nicht mit der Teekanne verbrühen. Ich habe mehr Angst vor der Verbrennung als vor der Kälte."

Es klopft an der Tür und ich drehe mich um. Ich habe einen Kloß im Hals aus Angst davor, dass Ferynn verletzt hereinstürmt. Die Bilder der Illusion kreisen noch immer in meinem Kopf.

„Anabelle", sagt Maximus. „Komm rein, wir waren mit Ashkana fertig."

Ich stehe sofort auf.

„Komm in einer Stunde wieder, nachdem ich mich um Annabelle gekümmert habe."

Ich nicke mit dem Kopf. Diesmal habe ich vor, zur vollen Stunde zurückzukommen. Ich bedanke mich, schnappe mir meine Sachen und mache Platz für das Mädchen mit den langen braunen Haaren, das vor dem Büro herumsteht. Sie ist älter als ich, vielleicht ist sie im vierten oder fünften Jahrgang. Sie mustert mich, als ich vorbeigehe. Versucht sie herauszufinden, was die Aufmerksamkeit des Lehrers auf mich gelenkt hat?

Ich renne den Flur entlang. Ich habe genau eine Stunde Zeit und plane, in den Netzwerkraum zu gehen, um mit Cassandra zu sprechen, bevor ich zu Maximus zurückkehre. Ich stürze die Treppe hinunter in den ersten Stock und erreiche die Stufen, die in die Eingangshalle führen. Dort höre ich plötzlich Schreie…

KAPITEL 29

ASHKANA

Ich stürme nach draußen und entdecke eine Menschenansammlung vor den Türen. Ich erkenne Ferynn, der genauso verletzt zu sein scheint wie in der Illusion, die ich gerade erlebt habe. Er steht einem anderen Jungen gegenüber, der die doppelte Breite seiner Schultern hat und ihn um einen Kopf überragt. Sie umkreisen sich mit erhobenen Fäusten, während eine Schar von Schülern sie beobachtet und anfeuert.

„Es ist eine Illusion, es ist eine Illusion", sage ich, schließe die Augen und balle die Fäuste.

„Ich glaube nicht, dass es eine ist."

Ich öffne meine Augen sofort wieder und entdecke Timothy, der an der Mauer des Hauptgebäudes lehnt und mit ernstem Blick die Szene betrachtet.

„Warum kämpfen sie?", frage ich.

„Eine Ego-Sache, nehme ich an. Wölfe neigen dazu, sich bei jeder Gelegenheit zu bekriegen. Es reicht schon, wenn einer den anderen schief angesehen hat..."

„Ferynn ist nicht so", unterbreche ich ihn.

„Ferynn ist ein Wolf."

Fast möchte ich ihm sagen, dass er ein Halber ist, aber das würde bedeuten, meinen Freund auf einen Rang zu reduzieren, um den uns niemand beneidet.

„Warum hält sie niemand vom Kampf ab?"

„Kämpfe zwischen Wölfen unterbricht man nicht, man mischt sich auch nicht ein."

„Wer hat diese dumme Regel beschlossen?"

„Die Wölfe. Das sind ihre Regeln. So beweisen sie ihren Wert und klettern in der Rangfolge des Rudels nach oben."

„Durch kämpfen? Ferynn wird sterben, wenn niemand eingreift."

Timothy zuckt mit den Schultern.

„Wenn er bereit ist zu sterben, bedeutet das, dass er einen gewissen Status hat, und sein Gegner wird ihn anerkennen und verschonen."

„Kein Lehrer wird eingreifen, wirklich?", keuche ich.

Mein Blick fällt auf Thresh in der Menge. Er erblickt mich und kommt auf mich zu.

„Du solltest ihn doch beschützen", sage ich.

Er sieht noch schlimmer aus als heute Morgen, als hätte er wieder eine Tracht Prügel bekommen. Aber Ferynn ist in einem viel schlechteren Zustand. Er humpelt, kann sich kaum auf einem Bein halten und hält dennoch die Fäuste hoch, um sich zu verteidigen und den nächsten Angriff seines Gegners zu verkraften.

„Nein, ich sollte ihn ermutigen, nicht aufzugeben", widerspricht Thresh.

„Er wird doch umgebracht!"

„Er hat heute seinen Status bewiesen", versichert mir der Wolf.

„Und das ist also seine Belohnung?"

„In gewisser Weise, ja. Er hat nicht locker gelassen, Ashka.

„Nenn mich nicht so."

„Du kannst stolz auf ihn sein", fährt er fort.

Ich balle meine Fäuste wie nie zuvor. Meine Fingernägel drücken sich in meine Handflächen und ich spüre, wie ich sie bis zum Blut in meine Haut bohre.

„Das ist nicht das Gefühl, das ich habe."

„Wenn er diesen Kampf gewinnt, werden die anderen Wölfe ihn respektieren. Er wird Anspruch auf einen weiteren Kampf haben, mit jemandem, der stärker ist, und seinen Status in der Klasse um eine Stufe erhöhen."

„Es wird keine weiteren Kämpfe geben, er wird schon diesen einen nicht überleben."

Ich mache einen Schritt nach vorne. Da hält Thresh seinen Arm aus, um mich am Weitergehen zu hindern. Blitzschnell ist auch Timothy an meiner Seite, sein Arm ist genauso ausgestreckt wie der des Wolfes. Beide weichen meinem Blick aus und halten ihre Augen auf die Kampfszene gerichtet.

„Du bleibst hier", verkündet Timothy.

Seine Worte klingen wie ein Befehl.

„Du machst das bisschen Ansehen, das er heute gewonnen hat, kaputt, wenn du hin gehst", fügt Thresh hinzu.

Ich muss schlucken und halte aus Respekt vor meinem Freund die Augen offen, auch wenn das, was ich sehe, mir das Herz zerreißt. Das Jubeln der Menge und die Anfeuerungsrufe, die fast alle gegen meinen Freund gerichtet sind, lassen mich vor Wut zittern. Wie können sie sich an der Situation vergnügen?

Dann geht Ferynn nach einem Kinnhaken zu Boden. Er versucht aufzustehen, schafft es, ein Knie auf den Boden zu setzen, um sich aufzurichten, aber ein Tritt trifft ihn mitten ins Gesicht. Er kippt nach hinten und Blut läuft aus seiner Nase. Er hustet auf den Boden, spuckt Blut, dreht sich um und ein weiterer Schlag trifft ihm ins Gesicht. Die Hand seines Gegners schnellt vor, packt ihn an der Kehle und drückt zu, bis ein würgendes Geräusch zu hören ist.

„Er wird ihn töten", betone ich und versuche, durchzukommen.

Die beiden Jungen halten ihre Arme ausgestreckt.

„Er wird ihn nicht töten", versucht Thresh mich zu beruhigen.

„Und woher weißt du das? Ist es deine Intuition, die zu dir spricht? Denn wenn es so ist, dann kann ich dir schwören, dass meine schreit, dass es gefährlich ist."

Ich lüge ihn nicht an. In meinem Kopf geht ein Alarm los und schreit mir zu, dass diese Geschichte ein schlimmes Ende nehmen wird.

„Ferynn!", rufe ich, um ihn zu ermutigen. „Ferynn!"

Mein Freund dreht nicht einmal den Kopf zu mir.

„Warum gibt er sich nicht geschlagen?"

Niemand antwortet mir. Ferynn bewegt sich keinen Millimeter.

„Er hat das Bewusstsein verloren", stelle ich fest. „Verdammt, er hat das Bewusstsein verloren! Er kann wahrscheinlich nicht mehr atmen! Thresh, lass mich durch!"

Der Wolf stellt sich vor mich, Timothy packt und umklammert mich. Ich wehre mich, presse den Absatz meines Schuhs auf seine Zehen, versuche, ihm einen Ellbogenstoß zu versetzen, und schließlich senke ich den Kopf und beiße vor lauter Verzweiflung in seine Hand, die mich unter dem Hals hält. Er zuckt zusammen, festigt seinen Griff und lässt nicht von mir ab.

Ich unterdrücke einen Hilfeschrei, betrachte Ferynns Gestalt und kann nicht anders, als davon zu träumen, dass es sich um eine Illusion von Maximus Stargar handelt.

Aber es ist keine. Ich bin mir sicher, dass es keine ist, denn egal, wie sehr ich die Augen schließe und mir im Kopf immer wieder sage, dass die ganze Szene verschwinden wird, sie ist immer noch da und der Schmerz, der in meine Brust hämmert, ist real.

Ich lasse meinen Instinkt die Oberhand gewinnen. Meine Kraft wird aktiviert, meine Hände werden weiß und umgeben sich mit einem kalten Nebel. Ich stoße Timothy mit dem Ellenbogen in den Bauch und vereise dann ohne Zögern seine Arme. Thresh will dazwischen greifen. Ich erschaffe einen Schutzschild, um ihn von mir fernzuhalten. Ich gehe die Außentreppe hinunter und renne zur Menge, die ich kurzerhand beiseite schiebe. Ferynns Gegner hält meinen Freund immer noch am Hals fest. Ich greife ihn schamlos an, indem ich ihm einen Tritt in die Weichteile verpasse und danach mit einem Direktschlag ins Gesicht fortfahre. Die Überraschung spielt mir in die Karten. Meine Fingerknöchel stöhnen vor Schmerz, aber ich erreiche die gewünschte Wirkung: Er lässt Ferynn los. Mein Freund fällt zu Boden und ich eile auf die Knie, um seinen Atem zu hören.

„Ferynn, Ferynn! Sprich mit mir, ich bitte dich. Ferynn!"

Er antwortet mir nicht. Seine Augen sind geschlossen und ich habe nicht den Eindruck, dass er atmet. Ist irgendwas in seinem Hals zerquetscht worden?

„Ferynn, gib mir ein Zeichen, drück meine Finger, tu etwas."

Ich höre nichts mehr, so sehr konzentriere ich mich auf meinen Freund. Erst als Timothy seine Hand auf meine Schulter legt, wird mir klar, was hier vor sich geht. Anstelle von Ferynns menschlichem Gegner steht ein riesiger grauer Wolf, der sein Maul aufreißt und auf mich zu springt. In der Sekunde, in der ich denke, dass meine letzte Stunde geschlagen hat, wird er von einem riesigen weißen Wolf mit goldenen Augen im Sprung umgerissen. Sie rollen knurrend zusammen, rappeln sich auf und Thresh stößt ein Heulen aus, das mir das Blut in den Adern gefrieren lässt.

„Was zum...?", hauche ich.

„Thresh kümmert sich um deinen neuen Feind", sagt Timothy.

Er bückt sich und hebt Ferynn mühelos hoch, während ich protestiere, dass wir ihn nicht bewegen sollten, da wir seine Verletzungen verschlimmern könnten.

„Er ist ein Wolf", erinnert mich Timothy. „Er wird sich erholen, wenn ein Alphatier auf seine Genesung achtet."

„Ein Alphatier? Ich kenne keinen Alpha."

Timothy lächelt mich halbherzig an.

„Du kennst einen", versichert er mir.

Thresh trottet zu uns, während ich seinen Gegner beobachte, der am Boden liegt, die Ohren auf seinen Kopf angelegt hat und sich nicht zu bewegen wagt.

„Wohin bringen wir ihn?", fragt mich Timothy.

„Zur Kranken..."

Der weiße Wolf neben mir gibt ein Knurren von sich, das mir zu verstehen gibt, dass meine Lösung nicht in Frage kommt. Ich seufze.

„Dann eben in sein Zimmer. Im Schlafsaal der Halben im ersten Jahr. Das ist ganz am Ende des Campus."

„Dann mal los."

Timothy geht vor. Ich protestiere und sage ihm, dass er Ferynn nicht den ganzen Weg tragen kann. Er amüsiert sich über meine Antwort.

„Du kennst das Ausmaß der Vampirkräfte nicht", erklärt er mir.

Und auch nicht das Ausmaß von Threshs Autorität, denn als wir uns auf den Weg machen, knurrt er die Menschenmenge an, die uns beobachtet. Die Schüler zerstreuen sich sofort. Ferynns Gegner geht mit angelegten Ohren in den Wald und wir ziehen schweigend weiter.

KAPITEL 30

ASHKANA

Die Stille begleitet uns in den Schlafsaal. Wenn wir durch die Tür gehen, schweigen die wenigen Anwesenden, die Gespräche verstummen und alle beobachten unseren kleinen Zug. Selbst in der Küche geben diejenigen, die einen Snack zu sich nehmen, keinen Laut von sich. Kein Löffel, der auf die Arbeitsplatte fällt, kein Wasserkocher, der sich einschaltet.

„Sein Zimmer?", fragt Timothy.

Mir wird klar, dass der Grund, warum niemand ein Wort sagt, auch darin liegt, dass uns ein riesiger weißer Wolf folgt. Er dreht den Kopf, ohne zu knurren, aber seine goldenen Augen starren jede Person im Raum an. Jemand kommt näher und traut sich, mich zu fragen, ob ich Hilfe brauche. Ich winke ihm zu und sage, dass das nicht nötig sein wird.

„Nach links", sage ich.

Ferynn hat mich immer aufgesucht, egal wo ich hingegangen bin. Ich habe sein Zimmer noch nie betreten, obwohl ich weiß, welches es ist. Ich glaube nicht, dass er jemals jemanden in sein Zimmer eingeladen hat.

„Es tut mir leid", flüstere ich und taste ihn nach seinem Schlüssel ab.

Er steckt in der Tasche seiner Jeans. Ich greife danach und öffne die Tür ganz weit, damit Timothy durchgehen kann. Er geht nach rechts zum Bett und legt den bewusstlosen Ferynn ab. Ich eile herbei, um zu sehen, ob er noch lebt. Ich fühle seinen Puls, der stark genug schlägt, um mich zu beruhigen. Seine Atmung hat wieder eingesetzt, abgehackt und keuchend, aber zumindest wird sein Körper von Sauerstoff durchströmt.

Ich halte die Tränen der Erleichterung zurück, die mir über die Wangen laufen. Ich hatte gar nicht gemerkt, dass ich Ferynn so sehr ins Herz geschlossen hatte. Er verbringt seine Zeit damit, mich zu ärgern, oder gerät in die verrücktesten Situationen. Und ausgerechnet an dem Tag, an dem ich ihn motiviere, sein Leben wieder in den Griff zu bekommen, wird er nahezu umgebracht. Der Knoten in meinem Magen wird größer, als die Schuldgefühle meinen Körper erobern.

„Es ist nicht deine Schuld", sagt Timothy und legt eine Hand auf meine Schulter.

Ich antworte ihm nicht, es gibt nichts zu antworten: Es ist meine Schuld. Thresh kommt und schmust sich an meinen Beinen an. Er springt geschmeidig auf das Bett und zerquetscht Ferynns Körper teilweise, was meine Alarmglocken läuten lässt.

„Er passt auf ihn auf", versichert mir Timothy und hält mich davon ab, mich einzumischen.

„Indem er ihm die Schenkel zerquetscht? Wie viel wiegt er in dieser Gestalt?"

„Er *leiht* ihm von seiner Alphastärke. Er muss ihm nicht so nahe sein, aber ich nehme an, dass es dem Prozess hilft. Solange er da ist, kannst du sicher sein, dass Ferynn es schaffen wird."

„Seine Alphastärke? Funktioniert das so bei den Wölfen? Braucht man einen Alpha, um die anderen zu heilen?"

„Thresh kann dir das besser erklären als ich."

Ich nicke, strecke meine Hand aus und streichle den Kopf des weißen Wolfs, der es sich gefallen lässt, aber dennoch ein leises Knurren von sich gibt.

„Sollte ich es lieber lassen?", frage ich.

Der Wolf sagt nichts und Timothy zuckt mit den Schultern.

„Ich bin mir nicht sicher, ob er es mag, wenn er gestreichelt wird, aber jeder Wolf ist einzigartig."

„Was weißt du über sie?"

Threshs goldene Augen richten sich auf Timothy und halten ihn davon ab, noch mehr über ihre Kaste zu verraten.

„Wenn Thresh dir davon erzählen will, wird er es tun. Es liegt nicht an mir, die Geheimnisse der Wölfe zu enthüllen."

„Aber du kennst sie, das heißt, du lernst sie irgendwann in deiner Ausbildung, oder? Warum ist es Vampiren erlaubt, mehr über Wölfe zu erfahren, Magiern aber nicht?"

„Vampire haben kein Recht, etwas zu wissen", erwidert Timothy. „Was ich weiß, habe ich auf andere Weise erfahren. Verbreite bloß nicht das Gerücht, dass wir Informationen haben, die andere nicht haben. Das könnte zu Spannungen führen."

Ich nicke. In den letzten vierundzwanzig Stunden gab es genug Streitigkeiten und Kämpfe, da sollte ich die Lage nicht noch weiter verschlimmern.

Einige Minuten vergehen in einer Stille, die nur durch Ferynns keuchenden Atem gestört wird.

„Du musst nicht den ganzen Abend hier bleiben, er wird es schaffen."

„Das sind die Lieblingsworte von jedem auf diesem Campus", sage ich genervt. „Er wird es schaffen, er wird es schaffen. Ich werde erst dann gelassen sein, wenn das der Fall ist."

Und mit *gelassen* meine ich mega-besorgt-aber-zumindest-lebt-er-noch.

Thresh springt vom Bett, streckt sich und trottet ins Badezimmer.

„Wo geht er hin?", frage ich.

Ich hatte kaum Zeit, meine Frage fertig zu stellen, denn schon ertönte die menschliche Stimme des jungen Mannes:

„Kleidung?", fragt er.

Timothy kramt in Ferynns Schrank und reicht Thresh einen Jogginganzug und ein T-Shirt ins Badezimmer. Der junge Mann gesellt sich barfuß zu uns. Die Spuren seiner blauen Flecken haben sich auf seiner Haut verstärkt.

„Du hättest nicht eingreifen sollen", schimpft er sofort.

„Er wäre gestorben."

„Du hast deine Magie gegen deine Mitschüler eingesetzt", fügt er hinzu. „Dafür gibt es Strafen."

„Euch beiden geht es gut. Und du hast gegen ein Mitglied deiner Kaste gekämpft."

„Wölfe kämpfen ständig gegeneinander", betont Thresh. „Das ist nicht strafbar. Und Gaetan wird Ferynn so schnell nicht angreifen, nicht jetzt, da er unter meinem Schutz steht."

„Er steht unter deinem Schutz?", frage ich erstaunt.

Er nickt mit dem Kopf.

„Ich wollte nicht, dass es dazu kommt, Ashka."

„Ich habe dir gesagt, dass du mich nicht so nennen sollst."

Er lächelt.

„Warum?"

Er lässt mir keine Zeit zu antworten.

„Ein Wolf muss sich selbst verteidigen können. Ich habe Ferynn keinen echten Gefallen getan, als ich für ihn eingesprungen bin. Jetzt wirkt er noch schwächer."

„Ihn durch die Hände deines kleinen Kameraden sterben zu lassen, wäre eine ziemlich endgültige Geste gewesen, meinst du nicht? Ich habe nicht das Gefühl, dass es ihm einen Gefallen getan hätte."

„Ashka, du weißt nichts von den Regeln, die für uns gelten."

„Du hast gesagt, dass er unter deinem Schutz steht, das ist doch gut, oder?"

„Ja und nein. Ja, weil es ihn vor den Angriffen der schwächeren Mitglieder des Rudels schützt. Nein, weil es bedeutet, dass ich mich auf eine Seite gestellt habe. Nein, weil es bedeutet, dass er nicht stark genug war, um sich allein zu verteidigen."

Ich versuche, die Konsequenzen dieser Situation zu verstehen, bin mir aber nicht sicher, ob ich sie alle richtig begreife.

Mein Handy fängt an zu klingeln. Ich habe mir einen Wecker gestellt, damit ich meine Verabredung mit Maximus nicht vergesse, und die Stunde ist schon fast um.

„Musst du woanders sein?", fragt Timothy.

„Ja, aber nichts ist in diesem Moment wichtiger, als mich um Ferynn zu kümmern. Das war's dann wohl mit dem Termin."

Ich betrachte die Gesichtszüge meines Freundes, die entspannter aussehen als zuvor. Ich gehe ins Badezimmer, um ein Handtuch zu holen, das ich unter das heiße Wasser halte. Ich komme zurück, um die Wangen und die Stirn des Halben zu waschen.

„Er würde nicht wollen, dass du wegen ihm etwas verpasst", fügt Timothy hinzu. „Geh zu deinem Termin."

„Ich werde nicht von seiner Seite weichen."

„Ich bleibe", schlägt der Vampir vor.

Ich runzle die Stirn.

„Und wieso? Ich habe dich nie mit Ferynn zusammen gesehen, und kenne dich kaum. Warum bietest du deine Hilfe an?"

„Reicht die gestrige Schlacht nicht aus, um aus uns Freunde zu machen?", fragt er amüsiert.

Ich schüttele den Kopf und er seufzt.

„Du bist nicht sehr schnell dabei, dein Vertrauen zu schenken. Ferynn ist dir wichtig, oder?"

„Ja."

„Dann ist er wichtig für mich. Das ist alles, was du wissen musst. Was für dich wichtig ist, ist auch für mich wichtig."

„Häh?"

Ich blinzle verständnislos.

„Ich habe meine Gründe, warum ich dich für wichtig halte, Ashkana. Und was dir wichtig ist, ist mir wichtig. So ist es nun mal."

„Stell keine Fragen, Vampire haben seltsame Regeln", fügt Thresh hinzu. „Wo ist dein Termin?"

„Im Hauptgebäude", antworte ich.

„Ich komme mit dir mit."

„Du musst doch bei Ferynn bleiben, damit er richtig heilen kann, oder?"

„Ich werde zurückkommen. Es geht ihm gut, glaub mir."

„Ihm geht es nicht gut, oder wir haben nicht die gleiche Vorstellung davon, was gut bedeutet."

„Es wird ihm gut gehen, korrigiert er sich."

„Nein, du verlässt dieses Zimmer nicht."

Thresh beginnt zu murren.

„Ich glaube, du hast den Gefallen, den ich ihm und dir tue, nicht richtig verstanden. Jemanden zu beschützen hat ernste Folgen. Seit ich hier bin, habe ich mich sorgfältig davor gedrückt. Ich habe es für dich getan, Ashka."

Ich muss schlucken, als mir bewusst wird, dass Thresh etwas geopfert hat, um mir zu helfen und um Ferynn zu retten.

„Danke", sage ich, als ich merke, dass ich es noch nicht getan habe. „Ich danke euch beiden."

„Ich komme mit dir", grummelt Thresh, dem die Danksagung nicht ganz geheuer ist. „Timothy, ich übernehme, wenn ich zurückkomme. Ich brauche sowieso ein bisschen frische Luft, um mich abzuregen."

Der Vampir nickt, als ob es keine Rolle spielt. Wir verlassen das Schlafzimmer, gehen durch den Flur und dann in den Gemeinschaftsraum, wo alle Blicke auf uns gerichtet sind. Niemand spricht ein Wort oder fragt, ob es Ferynn gut geht. Ich denke an das Zimmer meines Freundes. Es ist genauso eingerichtet wie meins, aber es fehlen die kleinen Dinge, die Leben in einen Raum bringen. Es hat keine Bilderrahmen, Poster oder persönliche Dekorationen.

Thresh und ich gehen schweigend weiter. Als wir an dem Tierhaus vorbeikommen, bitte ich ihn um einen Moment. Ich renne hinein und füttere Kleiner Kerl mit Trockenfutter. Der Welpe freut sich wahnsinnig, mich zu sehen, aber ich muss leider wieder los. Ich verspreche ihm, bald wiederzukommen und Zeit mit ihm zu verbringen.

„Du hast ein ernstes Problem mit diesem Tier", sagt Thresh.

Wir gehen weiter bis zum Hauptgebäude und erst als ich durch die Türen gehen will, bleibt Thresh stehen.

„Du bist gut angekommen", sagt er mit einem Hauch von schlechter Laune.

Ich drehe mich um. Ich bin schon zu spät, aber ich kann nicht anders, als mich über das Verhalten des Wolfs zu wundern.

„Habe ich was Falsches getan?"

Er reißt die Augen auf und zieht die Augenbrauen hoch.

„Wenn es nur eine Sache wäre...", sagt er. „Die Liste ist lang, Ashka."

„Ich habe dir schon gesagt, dass du mich nicht so nennen sollst."

„Wieso?"

„Niemand nennt mich so, nur Asha oder Ashkana."

„Ich mag den Klang von Ashka und bin sehr froh, dass niemand diesen Namen benutzt. Zumindest weißt du, dass es von mir kommt."

„Was habe ich getan, Thresh?"

„Du hast mich dazu gebracht, einem Halben zu helfen, dem es viel besser gegangen wäre, wenn er heute nicht versucht hätte, seinen Mut unter Beweis zu stellen."

„Das ist nur eine Sache."

„Es ist eine ganze Menge an Konsequenzen."

„Wenn du mir erklären würdest, wie das zwischen euch Wölfen funktioniert, würde ich es vielleicht besser verstehen."

„Du hast jetzt deinen Termin."

Er wendet sich ab und ich fühle mich verlassen. Etwas in meinem Inneren drängt mich, mich nicht mit Thresh anzulegen, als wäre es zu schmerzhaft, obwohl ich ihn kaum kenne. Ich versuche, dieses Gefühl erfolglos zu verdrängen. Es schwebt trotzdem in meinem Kopf und hindert mich daran, mich auf etwas anderes zu konzentrieren.

„Thresh!", rufe ich.

„Was?", sagt er und dreht sich um.

„Danke."

Seine Gesichtszüge sowie seine Schultern entspannen sich und er lächelt mich an, was ein wärmendes Gefühl in meinem Bauch hervorruft.

„Er wollte dich bei lebendigem Leib fressen."

Er spricht von Ferynns Gegner.

„Ich hätte meine Magie eingesetzt."

„Du hast nicht einmal gehört, wie er sich auf dich gestürzt hat, es wäre zu spät gewesen."

„Also habe ich Glück, dass du da warst und eingegriffen hast."

„Bitte tu es einfach nicht mehr."

„Ich kann dir so etwas nicht versprechen."

„Ashka, ich könnte es nicht ertragen, dich ein zweites Mal in Gefahr zu wissen. Tu es nicht mehr."

Nach diesen Worten rennt er los, ohne dass ich etwas erwidern kann.

KAPITEL 31

ASHKANA

„Es tut mir leid, dass ich zu spät bin."

Ich komme atemlos im Büro des Lehrers an. Er hat seinen vorherigen Termin beendet und ist in seinen Notizen vertieft, vielleicht aus seinem Buch.

„Nein, nein, das ist schon in Ordnung", beruhigt er mich.

Ich komme herein und setze mich auf den Stuhl. Er steht auf und geht zur Tür, um sie zu schließen, bevor er sich wieder hinsetzt.

„Die Schulregeln sehen zwar vor, die Tür offen zu lassen, wenn ein Lehrer mit einem Schüler allein ist, aber es ist auch nicht unbedingt üblich, die Tür offen zu lassen, wenn man einen Zauberspruch für eine Schülerin ausführen will, vor allem, wenn es um etwas so Persönliches geht."

„Danke", hauche ich.

Ich hole mein Handy und das Foto des Zaubers hervor.

„Es ist nichts Kompliziertes. Na ja, ich verstehe, dass es für dich, die gerade erst unsere Welt kennenlernt, so scheinen mag", kommentiert er.

„Es gibt offenbar einige notwendige Artefakte."

„Nein, nichts davon ist für mich notwendig."

„Wirklich?"

Er nickt mit dem Kopf.

„Es gibt verschiedene Arten von Magie. Meine verbindet sich bereits durch die Illusion mit dem Geist des anderen. Ich benötige keine Artefakte, um ein solches Ergebnis zu erzielen. Andere als ich könnten es natürlich brauchen, weil ihre natürliche Affinität nicht an den Geist gebunden ist. Aber du bist an die richtige Person geraten."

Mein Herz füllt sich mit Hoffnung.

„Also, wie geht es weiter?"

Er hebt seine rechte Hand und ich fühle mich wie in einer Achterbahn auf einer großen Abfahrt, die gleich darauf plötzlich wieder ansteigt: Mein Magen macht einen Sprung in der Brust, ich fühle mich nach hinten geschleudert und schließe die Augen. Ich öffne sie in der nächsten Sekunde wieder und schreie.

Nur dass meine Stimme nicht ganz meine eigene ist, sondern die eines neugeborenen Babys. Ich sehe alles durch seine Augen. Die Welt besteht aus verschwommenen Formen, die sich nach und nach stabilisieren. Ich schreie wieder. Stimmen rufen aus, dass dies ein Zeichen von guter Gesundheit sei, und ich will den Kopf drehen, um herauszufinden, wer sie sind, aber es gelingt mir nicht. Ich bin nicht Herrin über das, was geschieht, es ist nur eine Erinnerung, an der ich teilhabe. Ich spüre die Kälte auf meiner Haut, als ob die Temperatur plötzlich um einige Grad gesunken wäre. Ich werde gewaschen, in ein Handtuch gewickelt und schließlich fällt mein Blick auf ein Gesicht.

Es ist das einer Frau mit blonden, zu einem Bob geschnittenen Haaren, die ihr bis auf die Schultern fallen. Ihre Stirn ist verschwitzt, sie sieht müde aus, aber auf ihren Lippen liegt ein riesiges Lächeln.

„Meine kleine Ashkana", flüstert sie. „Da bist du ja."

„Du solltest ihr keinen Namen geben", sagt eine Männerstimme von nebenan.

Ich versuche zu verstehen, wo ich mich befinde. Ich bin nicht in einem Krankenhaus, eher in einem Zimmer. Ich höre mich selbst lallen, was der Frau vor mir ein Lächeln entlockt.

„Ich kann nicht anders. Meinst du nicht, wir könnten dafür sorgen, dass sie den Namen behält? Es ist schön. Es ist poetisch. Es passt zu ihr."

„Sie wird nie erfahren, was es bedeutet."

„Ashkana, Tochter der Zeit."

„Sie wird es nicht erfahren, sie wird von anderen aufgezogen."

„Das macht nichts, ich werde es wissen."

„Millya...", flüstert der Mann.

Endlich erscheint sein Gesicht. Er hat kastanienbraunes Haar, leuchtend blaue Augen und sieht jung aus, zu jung, um Vater zu werden.

„Bitte... Ich möchte, dass sie Ashkana heißt. Können wir eine Botschaft hinterlassen, irgendetwas, damit ihre Adoptiveltern verstehen, dass das ihr Vorname ist?"

„Ist es wenigstens ein gebräuchlicher Name in der Menschenwelt? Bringen wir sie in Gefahr? Wenn sie von ihrer Existenz erfahren, Millya, wird sie niemals das ruhige Leben führen können, das du dir für sie erträumt hast."

„Ich möchte sonst nichts weiter. Nur dass ihr Name Ashkana ist."

Er schließt die Augen und nickt sein Einverständnis

„So soll ihr Name sein. Ashkana, Tochter der Zeit", bestätigt er und küsst die Stirn seiner Frau.

„Sie wird nie das volle Ausmaß ihrer Kräfte erfahren, oder?"

„Ich werde sie blockieren."

„Vielleicht wird sie gar keine haben."

Er lächelt.

„Nein, Millya, ich glaube nicht, dass es möglich ist."

„Wir wissen es nicht, sie ist die erste ihrer Art, soweit wir wissen", antwortet er. „Vielleicht haben andere vor uns so etwas schon einmal getan."

„Nein, das hat noch nie jemand getan. Oder wir reden von einer Zeit, in der es uns noch nicht gab."

„Das meine ich: Andere haben es vielleicht schon getan, aber die Information ist nicht bis in unsere Zeit gelangt."

„Dann bist du vielleicht nicht die Erste deiner Art", sagt sie amüsiert und streichelt mir über die Nasenspitze.

„Es ist Zeit", fügt der Mann hinzu.

„Nein, Yrul, noch nicht, ich bin noch nicht bereit."

„Es muss aber sein, Millya."

Wieder dieses Achterbahngefühl. Ich versuche, mich zu wehren, länger zu bleiben, um herauszufinden, warum sie mich verlassen haben. Ich hatte zwei liebevolle Eltern, warum haben sie mich anderen anvertraut?

„Das ist unmöglich", haucht Maximus.

Ich bin wieder im Büro des Lehrers.

„Warum haben Sie mich zurückgebracht?"

„Ich habe alles gesehen", flüstert er. „Ich habe alles gesehen. Ich habe alles gehört."

„Professor Stargar, schicken Sie mich zurück. Sie waren am Reden. Sie hätten mir vielleicht die Antworten gegeben, auf die ich warte. Warum haben sie mich weggegeben?"

„Du brauchst diese Antworten nicht, Ashkana. Und du darfst mit niemandem darüber sprechen, was du gesehen hast. Mit niemandem, hörst du?"

Er scheint plötzlich in Panik zu geraten. Er steht auf, wühlt durch die Papiere auf seinem Schreibtisch und sucht offensichtlich nach etwas, das er nicht finden kann.

„Warum?", frage ich. „Warum darf ich niemandem davon erzählen? Was haben Sie gesehen, was Sie in diesen Zustand gebracht hat?"

„Ich muss die Information bestätigen. Ich muss es überprüfen."

Er spricht nicht mit mir, er ist in Gedanken versunken.

„Du sprichst nicht darüber", beharrt er. „Gar nicht. Mit niemandem. Die Information darf dieses Büro nicht verlassen, nicht, bis sie bestätigt ist."

Er kommt auf mich zu, legt seine Hände auf meine Wangen und betont:

„Es ist lebenswichtig, Ashkana. Hast du das verstanden?"

„Ich muss unbedingt mehr wissen", flehe ich.

„Es geht nicht. Ich muss den..."

Er spricht kein weiteres Wort.

„Mach, was du für die Schule zu tun hast. Wenn ich mehr weiß, wenn ich mir sicher bin, was ich gesehen habe, werde ich mich bei dir melden."

Ich schlucke. Ich habe das Gefühl, dass man mich an den Rand eines Abgrunds gebracht hat und mir nicht sagen will, wann ich springen muss, oder ob jemand mich schubsen wird.

„Ich habe ein Recht darauf, es zu wissen", dränge ich.
„Ich werde zu dir kommen. Ich verspreche es. Sobald ich mehr weiß."

Er stöbert in den Bücherregalen und nimmt keine Notiz mehr von mir. Obwohl ich ihn bei seinem Namen rufe, hört er mich nicht mehr. Ich beobachte, wie er hektisch die Seiten bestimmter Bücher umblättert und in den Papiersäulen sucht, die überall im Büro stehen.

Schließlich stehe ich auf, erschrocken über die Unruhe, die er gerade verursacht. Ich suche in der Erinnerung, die ich erlebt habe, nach etwas, das ihn so verrückt gemacht haben könnte. Dann erinnere ich mich an das Register, von dem Darling mir erzählt hat. Kann ich es in der Bibliothek einsehen? Ich habe die Vornamen meiner Eltern, das würde doch reichen, um sie zu finden, oder? Einer von beiden muss eingetragen sein. Wer war der Magier: meine Mutter, oder mein Vater? Beide schienen Bescheid zu wissen.

Ich renne durch die Gänge, während meine Gedanken über das Thema kreisen. Erst langsam, dann immer schneller, weil die Antworten nicht länger warten können.

Ich stürze mich in die Bibliothek und renne fast bis zu Pedro, der hinter dem Tresen steht.

„Darling ist nicht da", sagt er sofort. „Ich habe sie zu ihrem Schlafsaal begleitet. Es wurde langsam dunkel und ich musste die Spätschicht übernehmen ..."

„Sie ist nicht der Grund, warum ich hier bin", sage ich.

Ich vergesse sogar, ihn zu fragen, wie es mit ihr gelaufen ist. Darling wird es mir bestimmt später alles erzählen.

„Oh, was brauchst du?", fragt er mit einem Lächeln.

„Sie hat mir von einem Register erzählt, in dem die Namen aller Übernatürlichen verzeichnet sind. Ist es der Öffentlichkeit zugänglich?"

„Ja, natürlich."

Er tippt auf dem Computer herum, der, wie ich annehme, nicht mit dem Internet verbunden ist, aber eine Datenbank haben soll.

„Hier ist es", sagt er und bietet mir an, hinter den Tresen zu kommen.

„Kann ich eine Suche durchführen?"

Er nickt.

„Welchen Namen suchst du?"

„Es ist ein Vorname", sage ich. „Millya."

„Weißt du, wie man das schreibt?"

Ich verziehe sofort das Gesicht.

„Wir probieren ein paar aus", schlägt er vor. „Was brauchst du überhaupt?"

„Ein Bild von ihr."

„Gut, dann los."

Er stellt ein paar Dinge ein, tippt dann M-I-L-I-A ein und scrollt durch die Ergebnisse. Ich strecke meinen Kopf über seine Schulter und sehe mir die angezeigten Fotos an. Keines davon passt.

„Hast du außer ihrem Vornamen noch andere Informationen? Ihr Alter vielleicht?"

„Nein."

„Na gut, dann eine andere Schreibweise?", schlägt er vor, als wir am Ende der Liste angelangt sind.

Ich nicke. Er deutet mir an, nach dem Stuhl nebenan zu greifen, damit ich mich bequemer einrichten kann.

„M-I-L-L-I-A."

Er tippt, und wir gehen die Liste erfolglos durch. An einer Stelle habe ich das Gefühl, auf ein Foto zu stoßen, das passen könnte, aber das Gesicht ist nicht ganz dasselbe.

„M-I-L-L-Y-A", schlägt er dann vor. „Meine Großmutter heißt so. Schau, sie ist es."

Er deutet auf das dritte Foto. Ich sehe keine offensichtliche Ähnlichkeit und finde es vor allem seltsam, dass das Foto seiner Großmutter das Schwarz-Weiß-Foto einer 16-jährigen Frau ist. Ich erkundige mich sofort danach.

„Die Fotos werden nicht aktualisiert, zumindest nicht oft. Meine Großmutter wollte ihr Foto nie aktualisieren lassen, und wenn es um Personen aus der Zeit vor der Digitalisierung geht, muss man in den Registern herumschnüffeln."

Er deutet auf einen großen, geschlossenen Schrank links neben der Theke.

„Ist das eine Person, die in den Registern stehen könnte?"

„Nein, das ist nicht lange her. Ich bin mir sicher, dass sie vor sechzehn Jahren noch am Leben war."

„Dann sollte sie in den Ergebnissen zu finden sein."

Er scrollt weiter und beim elften Foto stockt mir der Atem. Als er beim zwölften Bild angelangt ist, bitte ich ihn, zurück zuscrollen.

„Das ist sie", hauche ich und spüre, wie mir die Tränen in die Augen steigen. „Das ist sie!"

„Toll", schwärmt Pedro, ohne zu sehen, wie die Träne über meine Wange rollt. „Was willst du über sie wissen?"

Er schlägt die Seite auf, auf der alle Informationen über Millya Barnaum zu finden sind.

„Ah, das ist seltsam, ihr Profil ist sehr leer. Normalerweise sind alle diese Kategorien ausgefüllt", erklärt er, „vor allem für jemanden, der nach den 70er Jahren geboren wurde."

Die Felder sind leer. Da ist normalerweise etwas wie ein Stammbaum vorhanden und ich kann dort die Namen meiner Großeltern finden.

„Es tut mir leid, das hilft dir sicher nicht viel weiter."

„Doch, das war genau das, was ich brauchte", versichere ich ihm.

Meine Mutter! Meine Mutter ist eine Magierin. Ich kann es nicht glauben.

„Können wir herausfinden, ob sie lebt oder tot ist?"

„Hier ist es", sagt Pedro.

Er deutet auf die letzte Zeile, die ausgefüllt ist. Mein Herz zieht sich zusammen.

„Verstorben", liest er.

Ich schlucke. Die Freude war nur von kurzer Dauer. Aber ich wusste, dass es wahrscheinlich war. Ich versuche, die Tränen herunterzuschlucken und setze ein Lächeln auf. Von einer plötzlichen Vermutung gepackt, frage ich:

„Können wir nach einem anderen Namen suchen?"

„ Ja, natürlich."

„Yrul", sage ich.

„Yrul? Y-R-U-L, wie der berühmte Dämon?"

„N-n-n-nein..."

Welcher berühmte Dämon? Hat sich Maximus Stargar deshalb so aufgeregt? Ist mein Vater etwa kein Mensch? Mein Herz beginnt zu rasen. Bin ich etwa keine Halbe, sondern ...

Ich versuche, das Herzklopfen in meiner Brust zu beruhigen.

„I-R-U-L-E?", fährt Pedro fort.

Ich nicke. Ich verstehe jetzt besser, warum Maximus nicht wollte, dass ich darüber rede. Wenn seine Vermutung stimmt, bin ich nicht aus demselben Holz wie die anderen Halben.

Ich bin die Tochter einer Magierin und eines Dämons.

KAPITEL 32

ASHKANA

Ich lasse Pedro suchen. Er findet keine Ergebnisse und ich bitte ihn nicht, die Rechtschreibung zu korrigieren. Ich nehme an, dass die Dämonen nicht in der Datenbank sind. Ich kann nicht sofort darüber recherchieren, das könnte Verdacht erregen. Aber wenn Yrul berühmt ist, muss es in der Bibliothek mehr als ein Buch geben, das über ihn berichtet.

Ich verlasse das Gebäude so schnell ich nur kann. Ich bedanke mich kaum merklich bei Pedro für seine Zeit und eile zum Netzwerkraum. Ich habe einen Überfluss an Informationen.

Ich brauche Cassandra. Der Raum ist fast menschenleer, weil es schon spät ist und alle wahrscheinlich in ihren Schlafsälen oder in der Mensa zu Abend essen. Mein Handy beginnt in der Sekunde, in der es wieder ins Netz geht, vor Nachrichten und Benachrichtigungen zu vibrieren. Ich lasse mich in einen der riesigen Sitzsäcke im Raum sinken. Ich drehe meinen Kopf nach links und rechts: Ich bin ganz alleine. Der Raum befindet sich im ersten Untergeschoss, was für einen Ort, an dem man

Empfang hat, seltsam ist, aber er blickt tatsächlich auf das Gartengeschoss auf der anderen Seite des Gebäudes. Es wurde eine riesige Fensterfront eingebaut, von der aus man bei Tageslicht einen herrlichen Blick auf die Gärten hat.

Ich habe acht verpasste Anrufe, davon drei von Cass, zwei von meinen Großeltern und drei von unbekannten Nummern. Ich schlucke. Die Ahnung, dass etwas Schlimmes passiert ist, schnürt mir die Kehle zu. Ich scrolle durch die Textnachrichten meiner besten Freundin. Die letzten sagen nichts aus, sind aber alarmierend.

Cass: *Ruf mich doch bitte zurück!*

Cass: *Asha, du musst mich anrufen, es ist dringend.*

Cass: *Warum ist auf deinem Handy ständig der Anrufbeantworter an? Hast du auf dem Campus keinen Empfang?*

Cass: *Ich habe das MIT angerufen. Ich habe alle Institute angerufen, die ich kenne, die Vorbereitungskurse anbieten. Ich habe nach deinem Namen gefragt. Du bist nirgends zu finden.*

Cass: *Ich weiß, dass das etwas Seltsames ist, in dem du steckst. Das habe ich verstanden, aber ich dachte, ich könnte dich wenigstens erreichen.*

Cass: *Wirklich, Asha, du MUSST mich zurückrufen.*

Ich atme schwer. Ich habe Sprachnachrichten und traue mich nicht einmal, sie zu starten, weil ich Angst habe, das Schlimmste zu hören. Ich glaube nicht, dass ich in der Lage bin, noch mehr zu ertragen, nicht durch einen Anrufbeantworter. Ich wähle Cass' Nummer und drücke die Daumen, dass sie abhebt.

Sie hebt beim ersten Klingeln ab, als hätte sie nur auf meinen Anruf gewartet und ihre Finger an ihr Handy geklammert.

„Asha?", fragt sie.
„Cass", flüstere ich mit zugeschnürter Kehle.
„Weißt du schon Bescheid?
„N-n-n-nein."
„Okay, Okay"
Sie holt tief Luft und ich höre, wie sie herumläuft, vielleicht durch ihr Haus, um einen ruhigen Ort zu finden.
„Sitzt du gerade?", fügt sie hinzu.
Ich antworte nicht.
„Asha? Bist du noch da? Sitzt du gerade?"
„Okay, Okay"
Sie scheint in Panik zu sein.
„Du hast bestimmt Anrufe aus dem Krankenhaus bekommen. Sie warten darauf, dass du kommst."
„Dass ich komme?"
„Asha, deine Eltern hatten einen Autounfall."
Ich bleibe ruhig. Mein Gesicht bleibt ausdruckslos, und ich habe das Gefühl, dass mir mein eigener Körper und meine Empfindungen fremd sind, während sie mir erklärt, was passiert ist.
„Die Sanitäter haben sie aus dem Fahrzeug geholt, ich meine, sie haben deinen Vater geholt, deine Mutter hatte es geschafft, sich aus dem Auto zu befreien. Sie wurden ins Krankenhaus gebracht, und dein ... dein ..."
Sie hat Schwierigkeiten, die folgenden Wörter auszusprechen.
„Dein Vater ist an seinen Verletzungen gestorben", fuhr sie fort. „Sie haben deine Mutter in ein künstliches Koma versetzt, damit sie weniger Schmerzen hat. Sie sagen, dass die nächsten Stunden entscheidend sind. Asha, jeder, absolut jeder versucht, dich zu erreichen. Du musst zurückkommen. Deine Großeltern reisen gerade von der Ostküste her, sie werden morgen früh hier sein, sie sind bereit, dich von deiner Schule abzuholen, und ..."

„Das können sie nicht", murmel ich.

„Was können sie nicht?"

„Mich von meiner Schule abholen."

„Asha, es ist egal, wo du bist, sie werden kommen können."

„Das können sie nicht", wiederhole ich. „Ich vermute, dass sie nicht einmal auf einer Karte zu finden ist."

Sie nimmt die Information auf, ohne zu zucken.

„Hast du die Möglichkeit, zu kommen?"

„Man wird mich nicht lassen."

„Kannst du nicht einfach weggehen?"

„Nicht sofort, nicht solange..."

Ich wage es nicht, die nächsten Worte auszusprechen, denn trotz der drei Wochen, die seither vergangen sind, haben Cass und ich noch nicht DAS Gespräch geführt. Ich weiß, dass sie alles ahnt, sie hat das Phänomen mit eigenen Augen gesehen, aber wäre es nicht das Tröpfchen zu viel, es ihr zu sagen?

„Asha, wo auch immer du bist, was auch immer passiert, ist der Tod deines Vaters nicht Grund genug, um zu kommen?"

„Doch, natürlich ist es einer, aber für sie..."

Sie werden sie nicht einmal als meine Eltern betrachten. Und angesichts dessen, was Maximus gerade erfahren hat und gerade dabei ist, zu bestätigen, wird man mich überhaupt vom Campus lassen? Besteht nicht die Gefahr, dass ich eingesperrt werde? Und wenn ja, was werden sie mit mir machen?

„Ich muss hier raus", sage ich vor mir her.

„Hä?"

„Cass, ich werde weglaufen. Ich werde von hier abhauen. Ich... ich könnte Hilfe brauchen."

„Was auch immer du willst. Aber Asha, du musst es mir erklären. Was ist hier los? Wo bist du?"

Der Campus wird durch den Angriff der Dämonen so gut bewacht wie nie zuvor. Wird Thresh mir helfen können, hier rauszukommen? Wird er es überhaupt wollen? Er ist bereits ein Risiko eingegangen, als er Ferynn beschützt hat. Ich weiß nicht, ob er bereit sein wird, noch mehr zu tun.

Ich muss jetzt handeln, bevor Maximus auf die Idee kommt, mich einsperren zu lassen.

„Ich… ich weiß es noch nicht. Sei einfach bereit. Das ist alles, worum ich dich bitte."

„Kannst du mir nicht wenigstens sagen, was los ist? Oder wo du bist?"

„Nein, also ja... Cass, es ist kompliziert. Vertraust du mir?"

„Das weißt du doch."

„Also gib mir ein paar Stunden Zeit. Ich schwöre dir, dass ich mich bis Mitternacht bei dir melden werde. Wenn das nicht der Fall ist, betrachte mich als nicht in der Lage zu kommen."

„Du wirst nicht zur Beerdigung deines eigenen Vaters kommen? Asha? Asha?"

Ich lege auf, weil ich nicht noch mehr Zeit damit verschwenden kann, ihr die Lage zu erklären. Ich tippe hastig eine Nachricht ein, um sie zu beruhigen:

Asha: *Ich tue mein Bestes, um zu kommen. Ich hab dich lieb.*

Ich stehe auf. Mir wird schwindelig und ich falle fast wieder in den Sitzsack. Ich atme unregelmäßig und versuche, mich zu beruhigen, aber es gelingt mir nicht. Mein Vater ist tot. Verdammt, mein Vater ist tot! An dem Tag, an dem ich die Identität meiner leiblichen Eltern erfahre, wird mir mitgeteilt, dass mein Adoptivvater tot ist? Wie kann das sein? Das kann doch kein Zufall sein.

Ich komme wieder zu mir, stürme aus dem Raum, steige die Stufen hinauf, die mich zurück ins Erdgeschoss führen, verlasse das Gebäude und renne los. Da ich nicht weiß, wie lange ich weg sein werde, halte ich beim Tierhaus an, wie ich es Kleiner Kerl versprochen habe.

Ich stoße auf Heather und Claw, die sich vor Pegasus' Box streiten.

„Achtet nicht auf mich", sage ich.

Beide starren mich an, was Heather nicht davon abhält, weiter zu flüstern:

„Was soll ich tun?"

„Nichts, ich habe dich um nichts gebeten", erwidert er.

„Warum bist du dann immer noch sauer auf mich?"

„Ich bin nicht sauer auf dich, ich tue nur meine Pflicht, nämlich die Rhoanne-Erbin im Auftrag des Schulvorstands zu beschützen. Ich nehme an, dass dein Vater etwas mit diesem Befehl zu tun hat und nicht damit gerechnet hat, dass ich beauftragt werde. Glaub mir, das gefällt mir genauso wenig wie dir. Aber ja, ich bin dein Schatten für die nächsten Tage, finde dich damit ab."

„Ich bin nicht unzufrieden, Claw, ich versuche nur, dir zu erklären, dass..."

Als ich bei Kleiner Kerl ankomme, sind ihre Stimmen zu weit weg, um das Gespräch weiter zu verfolgen. Er bellt und freut sich, mich wiederzusehen. Ich nehme ihn in den Arm und spüre, wie mir die Tränen in die Augen steigen. Ich greife nach dem Napf, schütte das Trockenfutter hinein und stelle fest, dass die Packung fast leer ist. Ich schaue mich um, wo die anderen Säcke sind. Mein Blick fällt auf Prudence, die hoch oben über den Käfigen steht. Sie scheint sich über meine Anwesenheit zu amüsieren. Sie klettert herunter und kommt auf meine Höhe, damit ich sie auch füttere.

„Ich werde dir schon was besorgen", versichere ich ihr.

Schließlich entdecke ich die Säcke in einer Ecke des Raums. Ich ziehe einen in die Mitte, öffne ihn und hole einen weiteren Napf für Prudence heraus. Ich fülle ihn bis zum Rand. Ich habe keine Ahnung, wie viel sie braucht, aber da sie nur jeden dritten Tag isst, kann ich mir vorstellen, dass ich ihr ruhig auch mal zu viel abfüllen kann.

Ich spreche mit Kleiner Kerl und bin überzeugt, dass er alles versteht, was ich sage, und erkläre ihm, dass ich weggehen muss. Prudence wirft mir einen Seitenblick zu, um mir zu zeigen, dass sie genau sieht, wohin meine Vorliebe geht, und dass es ihr völlig egal ist. Dann ertönt ein Schrei und ich stelle mich vor die beiden Tiere, bereit, mich in die Gefahr zu stürzen, um sie zu beschützen. Ich mache ein paar Schritte nach vorne und entdecke Claw, der Heather zu mir schiebt.

„Beschütze sie!", ruft er.

„Hä?", sage ich.

„Claw! Du kannst doch nicht alleine in den Kampf ziehen! Ich bin durchaus in der Lage, wenn nicht sogar besser als du, zu kämpfen!", ruft Heather.

„Heath, du tust, was ich sage, und du bleibst in Deckung", donnert Claw.

„Was ist los?", frage ich.

Claws Augen ruhen auf Prudence, kurz bevor er zum Ausgang rennt. Er bleibt stehen und erstarrt.

„Was ist los?", fragt Heather.

Prudence reibt sich an meinen Beinen und schnurrt, was sie sonst eigentlich nie tut. Ich bin also sehr misstrauisch.

„Woher kennst du meine... diese Katze?"

Es ist Claw, der zu mir spricht. Hinter ihm höre ich die typischen Geräusche von Krähen. Dämonen.

„Das ist mein Vertrauter", antworte ich.

„Wir haben keine Zeit für sowas, Claw. Wir müssen Pegasus verteidigen!", ruft Heather.

„Dein Vertrauter?", wundert er sich. „Du hast eine schwarze Katze als Vertrauten gewählt?"

Ich zucke mit den Schultern.

„Ich wusste nicht, dass Magier in dieser Hinsicht abergläubisch sind. Aber inzwischen verstehe ich, warum sie bis jetzt nicht ausgewählt wurde."

Ich bücke mich, um sie zu streicheln. Sie kratzt mich nicht, was ein großer Fortschritt für unsere Beziehung ist, vor allem nach der Nacht, die sie mir beschert hat.

„Sie mag es nicht, eingesperrt zu sein", füge ich hinzu.

„Das hat sie noch nie gemocht", bestätigt Claw.

„Kennst du sie? Ist sie deine Vertraute? Es tut mir leid, wenn es so ist, ich wusste nicht, dass ... na ja, das würde einiges erklären."

„Sie ist kein Vertrauter", unterbricht Claw mich.

Ich warte auf den Rest und werfe ihm einen aufmunternden Blick zu. Seine Augen wandern über Heather, als würde er zögern, wegen ihr fortzufahren.

„Das ist meine Mutter", verkündet er dann.

„Was?", ruft die Rhoanne-Erbin und reißt die Augen auf. „Deine Mutter? Deine Mutter ist in dieser Katze? Wie ist das möglich, Claw? Deine Mutter ist tot!"

Die Vogelgeräusche kommen näher. Heather rennt zu den Boxen, um ihren eigenen Vertrauten zu schützen.

„Pegasus, ich komme!"

Es kommt nicht in Frage, sie allein zu lassen, und auch nicht, Kleiner Kerl und Prudence schutzlos zu lassen. Ich packe die Katze, die es sich gefallen lässt, und nehme sie in den Arm. Ich deute Kleiner Kerl an, mir zu folgen, und Claw und ich rennen zu Heather.

„Die Dämonen sind zurück", sagt er.

„Das habe ich mir schon gedacht", brumme ich. „Wie sollen wir die Verstärkung herbeirufen? Und warum greifen sie schon wieder das Tierhaus an?"

Claw zieht seinen Bogen vom Rücken, steckt einen Pfeil ein und stellt sich an den Eingang der Ställe. Am Himmel sind die Vogel so dicht aneinander, dass sie schwer von den dunklen Wolken zu unterscheiden sind. Sogar das Mondlicht schafft es kaum, die Umrisse der Vogelschar zu unterstreichen.

Ich fühle mich plötzlich schlecht und mir wird schwindelig. Meine Sinne werden stumpf. Ich sehe verschwommen und habe das Gefühl, dass ich meinen Geruchssinn verliere. Ich gehe in die Hocke, um nicht zu fallen. Prudence verlässt meine Arme und landet auf den Boden. Kleiner Kerl schmiegt sich an mich und ich spüre gerade noch, wie seine Zunge über meine Hand streicht. Die Geräusche verschwinden und plötzlich fühle ich mich wie in einem Sog.

Der einzige Sinn der zurückkehrt, ist mein Sehvermögen.

Aber was ich sehe, erfüllt mich mit Entsetzen.

Claw liegt auf dem Boden und die Vögel fallen über ihn her. Prudence liegt daneben. Ihr Körper aufgeschlitzt. Und Heather sieht aus, als hätte sie sich den Kopf an der Stalltür gestoßen und liegt bewusstlos daneben.

KAPITEL 33

ASHKANA

Ich schüttle den Kopf und die Horrorvision verschwindet. Heather geht es gut. Sie steckt den Kopf über die Boxtür ihres Pferdes, prüft, ob es ihm gut geht, und dreht sich dann in dem Moment um, als ein Vogel auf sie zufliegt. Ich habe das Gefühl, die Szene vorauszusehen, als ob meine Intuition genau wüsste, was passieren würde. Ich sehe, wie Heather aufspringt, sich den Kopf anschlägt und zu Boden sinkt. Bevor das alles passiert, eile ich herbei, packe sie am Arm und lasse sie dem Elendsvogel ausweichen, den Claw zwei Sekunden später anvisiert und mit einem Pfeil erschießt.

„Ich brauche dich nicht!", schreit Heather sofort, als ich sie loslasse.

Ihre Reaktion ist mir egal. Ich stürme auf Claw zu und packe ihn, als er einen weiteren Pfeil abschießt. Ich drücke ihn auf den Boden, was mir das Gefühl gibt, dass ich es vermasselt habe, denn dort sollte er meiner Intuition nach nicht sein.

„Verdammte Magie, aktiviere dich", murmel ich.

Ich betrachte meine Hände, die ich bis aufs Blut gerieben habe, als ich auf den Boden gefallen bin. Claw schreit mich an. Er hat seinen Bogen fallen lassen, zu weit, dass er ihn greifen kann.

„Meine Waffe!", schreit er.

Warum benutzt er nicht seine Magie? Der Vogelschwarm kommt auf uns zu. Ich errichte automatisch eine Eiswand und bin als Erste überrascht, als ich sehe, dass sich meine Magie fügt. Nur zwei Vögel haben die Mauer passiert, bevor sie sich aufgebaut hat. Prudence springt auf den ersten und reißt ihm einen Flügel aus. Sie behält ihn stolz in ihrem Maul, um uns zu zeigen, dass sie nützlich sein kann. Kleiner Kerl bellt den zweiten an und ich bewundere seinen Mut. Claw holt seinen Bogen zurück, spannt einen Pfeil ein und erschießt den Feind.

„Was zum Kuckuck ist das?", schreit er mich an.

„Ich habe... ich habe... gesehen..."

Ich muss es nicht erklären, sie werden es nicht verstehen, und ich bin mir auch nicht sicher, ob ich alles verstanden habe. Prudence tritt vor und reibt sich an Claws Beinen, der sie sofort ausfragt:

„Was? Was willst du mir sagen? Wie meinst du das?"

Spricht er mit seiner Mutter? Denkt er, dass Prudence eine Katze ist, in der seine Mutter wiedergeboren wurde, und er spricht mit ihr?

„Sag mir, dass ich nicht die Einzige bin, die das gesehen hat", flüstert Heather in mein Ohr. „Er ist doch nicht verrückt geworden, oder?"

Sie sieht ehrlich besorgt aus.

„Nein, das glaube ich nicht. Ich meine, ich denke nicht. Kann sie ihn verstehen? Ist sie wirklich seine Mutter? Können Magier im Körper eines Tieres leben?"

„Nicht, dass ich wüsste", antwortet die Roanne-Erbin.

„Sie kommen wegen mir", fährt Claw fort. Weil ich deine Nachkommenschaft repräsentiere, die Familie, die sie ausgelöscht hat. Ich bin ein Wahrzeichen!"

Prudence verneint und reibt sich an meinen Beinen, als würde sie mich plötzlich mögen, was ich als Heuchelei empfinde.

„Warum sollten sie wegen ihr kommen, sie ist doch eine Halbe! Sie interessieren sich nicht für Hybriden. Du hast den Verstand verloren, Mutter."

Es ist eher Claw, der den Verstand verloren hat, wie es Heather scheint. Sie wendet sich der Eismauer zu.

„Du schaffst es, sie zu halten", sagt sie.

Das ist keine Frage, sondern eine Feststellung.

„Ich denke nicht darüber nach", gestehe ich.

„Ist dir klar, dass sie etwa vier Meter hoch und vier Meter breit ist?"

Ich nicke und betrachte die Wand. Auf der anderen Seite sammeln sich die Schatten der Vögel, dann verschwinden sie plötzlich und stattdessen zeichnet sich eine menschliche Silhouette ab. Die Person legt die Hand gegen die Eiswand und ich habe das Gefühl, dass jemand versucht, eine Tür in meinem Kopf aufzureißen.

„Er wird sie abreißen", sage ich.

„Was?", sagt Heather.

„Wir müssen gehen", sage ich. „Jetzt!"

Heather zögert, dann wirft sie einen Blick auf Pegasus' Box und trifft eine Entscheidung. Sie öffnet die Box, ermutigt ihr Pferd, herauszukommen, steigt ohne Sattel darauf und reicht mir die Hand, damit ich aufs Pferd steigen kann.

Ich verneine mit dem Kopf, denn ich werde Kleiner Kerl auf keinen Fall verlassen. Hinter mir zersplittert der Schild. Ich ziehe Claw am Ärmel, er schnappt sich Prudence und ich stürze mich auf Kleiner Kerl.

„Lauf!", befehle ich dem Bogenschützen.

Das lässt er sich nicht zweimal sagen. Heather geht voraus und galoppiert den Gang entlang, der zum Klassenzimmer führt. Sie steigt weit vor uns ab, öffnet die Tür zum Korridor und klatscht ihrem Pferd auf die Hinterbacken, damit es losrennt und flieht.

„Schnell!", ruft sie uns zu.

Sie stützt ihre Hände auf den Boden und Lianen schießen hinter unserem Rücken hervor, um uns den Rücken frei zu halten. Ich gehe mit Kleiner Kerl auf dem Arm zu ihr, lasse ihn in den Korridor los und ermutige ihn, so schnell wie möglich zu fliehen. Claw lässt Prudence los, die geschmeidig hochspringt.

„Lauf!", befehle ich dem Hund.

Er rührt sich nicht und beobachtet mich mit wedelndem Schwanz.

„Das ist gefährlich", betone ich.

Am Ende des Ganges sehe ich die Silhouette von Thresh, der auf uns zu gerannt kommt.

„Was ist los?", fragt er.

„Was machst du hier?", erwidere ich zusammen mit Heather, als wir auf ihn zulaufen, Claw auf den Fersen.

Er hat seinen Bogen gespannt und geht mit kleinen Schritten zurück, um die Annäherung des Dämons zu beobachten.

„Ich habe Ashka gesucht", verkündet er.

„Ferynn?", flüstere ich und bin krank vor Sorge.

„Er ist wach und will dich sehen."

„Dann müssen wir euer reizendes Wiedersehen wohl auf später verschieben", sagt Heather.

„Was ist los?", drängt Thresh.

Sie beobachtet ihr Pferd, das die niedrige Mauer des Korridors ohne Probleme überwunden hat und weiter hinten auf der Wiese grast.

„Ein Dämon", erklärt Claw. „Und er ist wegen ihr hier."

„Wegen ihr?", wiederholt Thresh.

„Wegen Ashkana", bestätigt Claw.

„Ich würde gerne wissen, warum Claw glaubt, dass diese Dämonen wegen dir da sind", fügt Heather hinzu.

„ Ich auch", versichere ich ihr.

Obwohl ich langsam eine Ahnung davon bekomme, jetzt, da ich einen Hinweis darauf habe, wer mein leiblicher Vater ist. Aber wenn ich darüber nachdenke, taucht vor meinem inneren Auge das Gesicht meines Vaters auf. Vom Mann, der mich groß gezogen und geliebt hat. Mein Herz zieht sich zusammen und ich werfe ein:

„Ich muss den Campus verlassen."

„Hä?", meint Thresh.

„Es ist nicht wirklich die Zeit für Gespräche", bemerkt Claw.

Der Dämon geht durch die Ausgangstür des Klassenzimmers. Er ist am Ende des Korridors.

„Warum musst du gehen?", wiederholt Thresh, als der Dämon beginnt, sich auf uns zuzubewegen.

„Irgendeine Lösung?", fragt Claw.

Heather taucht die Hände auf den Boden und erschafft eine Wand aus Lianen und Dornenbüschen, die den Eingang verschließen.

„Wenn ich meine Konzentration verliere, verschwindet er", mahnt sie.

Ich drehe mich zu Thresh um.

„Mein Vater ist tot. Mein Adoptivvater", präzisiere ich. „Und meine Adoptivmutter liegt im Koma."

„Bitte einen Lehrer um Erlaubnis, sie werden sie dir geben."

„Thresh, ich beherrsche meine Magie noch nicht perfekt und ich habe... sie werden mich nicht gehen lassen.

Ich weiß das. Ich brauche nicht um Erlaubnis zu fragen, ich muss gehen, sofort."

Kleiner Kerl bellt vor meinen Füßen.

„Und wenn sie abhaut, folgen ihr vielleicht die Dämonen und lassen uns in Ruhe", fügt Claw hinzu.

„Sind diese Dämonen nicht eher wegen dir da?", brummt Thresh, als wäre ein verbaler Angriff auf mich strafbar.

„Das hatte ich auch gedacht. Aber offensichtlich nicht."

Der Bogenschütze erwähnt nicht, wer ihm diese Information gegeben hat.

„Wie lange?", fragte Thresh.

„Ich weiß es nicht. Zwei Tage? Vielleicht drei?"

„Zwei Tage", sagt er. „Mehr nicht. Es ist Wochenende, vielleicht kriegen sie gar nicht mit, dass du nicht da bist."

„Was redest du da, du Idiot?", grunzt Claw. „Natürlich werden sie ihre Abwesenheit bemerken, sie wird durch ein Portal oder durch den Schild gehen müssen. Wie soll sie da unbemerkt durchkommen? Sie werden es sofort wissen. Der ganze Campus ist in höchster Alarmbereitschaft, falls es euch nicht aufgefallen ist."

„Ich kann dir helfen, durchzukommen", garantiert mir Thresh.

Mein Herz schwillt trotz der Gefahr, die uns droht, vor Hoffnung an.

„Können wir uns stattdessen um den Dämon kümmern?", schreit Claw.

„Ich rufe die Verstärkung", sagt Thresh.

Er beginnt, sich auszuziehen. Ich drehe mich um, um ihm seine Privatsphäre zu lassen, und in der nächsten Sekunde höre ich einen Wolf in unserem Rücken lauthals aufheulen. Ein Schauer läuft mir den Rücken hinunter.

Dann durchbricht der Dämon Heather Pflanzenwand so leicht, wie er meine Eisschöpfung durchbrochen hat, und stürmt direkt auf mich zu…

Dir gefällt Magic Academy? Erfahre in einer brandneuen, kostenlosen Kurzgeschichte, wie sich Ashkanas Kräfte zum ersten Mal manifestierten! Melde dich einfach für meinen Newsletter an:
https://jupiterphaeton.com/pages/ deutsch-newsletter

Milton Keynes UK
Ingram Content Group UK Ltd.
UKHW022350060724
445042UK00001B/8